신현덕 제3소설집

여성 상위시대

2015

신세림출판사

신현덕 제3소설집

여성 상위시대

작가의 말

　제3소설집에 수록된 13편의 단편은 제2소설집에 수록되었던 작품들과 마찬가지로 다른 사람들의 이야기를 하고 있는 것임에는 틀림이 없지만, 이번 소설집의 경우에는 사회비평 소설로서의 성격이 훨씬 농후하다고 할 수 있을 것이다. 다른 사람들의 이야기를 하다 보니 그들이 사는 모습뿐만 아니라, 그들의 삶이라는 것이 그들 한 사람에게만 국한되는 것이 아니라 우리 사회에 영향을 주고받는 관계에 있다는 것을 깨닫게 되었다.

　그런 의미에서 볼 때 사회비평 소설은 쓸 만한 가치가 있다는 것을 알게 되었다. 작가는 앞으로의 창작활동의 방향을 사회비평 소설의 창작에 두고 계속 정진해 나아갈 생각이다. 우리 사회에는 너무나 모순되는 일이 많으며 여러 가지 부조리가 사회의 구석구석까지 만연되어 있다고 해야 할 것이다. 이러한 문제들을 하나씩 파헤쳐서 그것을 소설로 써서 사회에 고발하는 것도 작가의 사회에 대한 중대한 의무의 하나가 아닐까 한다.

작가가 앞으로 창작해 내려는 작품의 주제는 바로 여기에 있으며, 그것이 우리 사회가 작가에게 명하는 엄격한 소임이라고 생각하면서 나의 건강이 허락하는 한, 그러한 목표를 염두에 두고 창작 활동을 계속해 나갈 생각이다. 사회비평 소설을 쓰다보면 독자들에게 소설이 아니라 사회비평문을 읽는 듯한 착각도 들게 되겠지만, 그것이야말로 사회비평 소설의 특색이며 작가가 소설이라고 쓴 것이니 그것은 분명히 소설이지 사회비평은 아닌 것이다. 아마도 사회비평 소설은 작가가 시도해보는 최초의 사람이라고 해도 과언이 아닐 것이다. 초년생 작가의 이러한 새로운 시도를 눈여겨 보아주기 바란다.

2015년 4월 5일
안산 우거(寓居)에서

여성 상위시대

I. 간접영향

흡연과 같이 담배를 피우지 않는 사람이 담배를 피우는 사람 때문에 폐암에 걸리거나 다른 질병에 시달리게 된다면 우리의 삶은 어떻게 될 것인가? 간접영향은 흡연 이외에도 여러 가지 다른 경우를 생각해 볼 수 있을 것이다. 우연히 도로공사현장에 있다가 도로 교각이 붕괴되면서 교각위에서 작업을 하다가 떨어진 인부들과 함께 떨어진 교각에 깔려서 죽거나, 차를 몰고 도로를 주행하다가 도로가 함몰되어서 차와 함께 지하로 떨어져서 죽거나 부상하게 되는 경우도 있다. 자신은 제대로 운전을 하고 있는데, 갑자기 뛰어든 차와 충돌하여 사고를 당하는 경우도 있다. 지금은 그런 일이 거의 없지만, 예전에는 길을 걸어가다가 2층에서 무심코 뿌린 세숫물에 물벼락을 맞아 온몸을 적신 일도 있다. 이렇게 우리가 전혀 예측하지 못했던 일로 봉변을 당하는 경우를 간접영향이라고 할 수 있을 것이다.

6 · 25 전쟁과 같은 난리 통에는 직접 전투에 참여하지 않은

경우에도 전쟁의 영향을 받게 된다. 차수영은 10여세의 어린 나이로 전쟁을 겪으면서 전쟁 중에 부모를 잃어 고아가 되었으며, 단신으로 인생을 헤쳐가야 할 처량한 신세가 되었다. 전쟁 전까지만 해도 서울에서 유족한 가정에 태어나서 부모의 사랑을 받으면서 아무 걱정 없이 초등학교를 잘 다니던 그가 전쟁 중에 피난길에 나선 그 가정이 적의 포격을 맞아 부모님은 돌아가시고, 함께 피난길에 나섰던 형제들은 뿔뿔이 헤어져서 단신으로 피난민들과 함께 남하하는 피난길에 따라나서게 되었다. 부모형제들을 삽시간에 모두 잃어버린 그는 어디로 가는지 방향도 정하지 못한 채 피난민들을 따라서 무조건 남쪽으로 내려가고 있었다. 그런데 피난길에서 자칭 고아원 원장이라고 말하는 험상궂은 인상을 가진 중년남자에게 걸려들었다. 이때부터 차수영의 험난한 인생이 시작되었던 것이다.

고아원 원장은 사기전과가 있는 인물로서 6·25 전쟁 중에 피난길에서 전쟁고아들을 모아들여서 그들을 돕는다는 명분으로 구호물자를 챙겨서 돈벌이를 하는 악당이었다. 그는 고아들을 돌보는 자상한 원장이라기보다는 거지들의 왕초처럼 거지같은 고아들을 돈벌이에 앞장 세워서 구걸을 해오게 했다. 구걸을 해오는데 실적이 신통치 않은 고아들에게는 밥을 굶기기까지 하는 몰인정한 일도 서슴지 않았다. 전쟁 중이라 언제 죽을지도 모르는 처지였지만, 미국의 원조물자는 고아원에 우선 배정되었기 때문에 그는 고아원 운영을 한다는 구실로 상당한 양의 구호물자를 공짜로 챙길 수가 있어서 참으로 신바람이 나기 시작했다.

이러한 악당에게 걸려든 것이니 차수영의 앞길도 험난해 질 수밖에 없었던 것이다.

　사업가적인 자질도 갖고 있었던 원장의 생각으로는 앞으로 전쟁이 계속되다 보면 대한민국의 정부자체가 적군에게 밀려서 대구나 부산 쪽으로 쫓겨나게 될 것이 확실한데, 피난길에 나선 이 참에 아예 고아들을 데리고 부산으로 가서 자리를 잡는 것이 현명할 것이라는 판단을 하여 부산으로 내려가기로 결정했다. 그런데 그동안 모아들인 100여 명이나 되는 고아들을 부산까지 운송하는 것이 문제였다. 전쟁 중이라 민간의 교통수단은 이용할 방법이 없었다. 군용트럭을 동원하는 방법도 생각해 보았지만, 100여 명의 고아들을 부산까지 안전하게 운송하려면 최소한 2대의 군용트럭을 동원해야 하는데 한창 전쟁 중인데 무슨 방법으로 그러한 계획을 실천에 옮길 수 있단 말인가? 참으로 난감한 일일 수밖에 없었다. 그런데 죽으라는 법은 없는 것인지 고아원에 원조물자를 대주던 미군이 군용트럭을 동원해서 고아들을 부산까지 운송을 해주겠다는 제안을 해왔다.

　뜻밖에 이러한 행운이 찾아온 원장과 그의 100여 명의 고아들은 미군의 군용트럭을 타고 전원 무사히 전쟁이 한창 진행 중인 1950년 11월에 부산으로 자리를 옮겨 앉게 되었다. 귀공자의 모습을 하고 있던 차수영은 다른 고아들보다 특별히 눈에 띄어서 고아원장의 총애를 받다가 결국에는 원장의 양아들이 되었다. 양아들이 된 그는 다른 고아들처럼 구태여 구걸하러 나설 필요도 없게 되었다. 그런데 부산에서 자리를 잡게 된 고아원은 전쟁 중이었지만 미군의 원조물자는 물론 다른 자선단체들의 지원을 받아서 고아원 운영에 여유가 생기게 되었다. 그러다 보니 고아들이 이전처럼 구걸해오지 않아도 모든 고아들이 충분히 먹고 살 수 있게 되어서 고아들의 형편도 이전보다는 훨씬 나아지게 되었다. 고아원의 시설도 확장되어서 더 많은 전쟁고아들을 받아들여서 전국에서 제일 큰 규모의 고아원으로 발전하게 되었다.

남들처럼 결혼을 하지 않고 독신으로 살고 있던 원장은 험악한 인상과는 달리 마음이 착한 사람이었다. 그가 어쩌다가 독신으로 지내면서 고아원 운영과 같은 자선사업에 일생을 보내기로 결심을 했는지는 모르지만, 사업수완을 갖고 태어난 그는 전시이기는 했지만 고아원 운영에 있어서 거의 천재적이라 할 수 있는 능력을 발휘하여 단시일 내에 전국에서 제일 큰 고아원으로 육성하게 되었다. 이전에는 고아들을 거지나 다름없이 다루어서 거지들의 왕초처럼 고아들에게 양아치와 같은 생활을 강요했던 원장이었지만, 각계의 지원을 받아서 고아원의 형편이 이전보다는 훨씬 나아진 현재에는 고아원 원장으로서의 품위를 유지하고 고아들을 친자식처럼 대하기 시작했다. 특히 양아들로 받아들인 차수영에게는 외모에 어울리지 않는 자상한 모습을 보여주어서 차수영 자신도 원장의 변화된 그러한 모습을 의아하게 생각할 지경이었다.

피난길에서 우연히 원장을 만나게 되었을 때만 하더라도 어린 차수영의 마음속에 이제는 죽었구나 하는 절망감만이 들었지만, 본의 아니게 원장을 따라 다니다 보니 원장의 양아들도 되고 원장의 변화된 이러한 모습도 대하게 되는구나 하는 희한한 생각까지 들게 될 지경이었다. 아직 어린 나이이기 때문에 '세상은 살아봐야 한다'는 말과 '사람은 겪어봐야 한다'는 말의 참뜻을 충분히 알 수 있는 것은 아니었지만, 어렴풋이 원장을 만나게 된 것이 그에게 불행을 가져오는 것이라기보다는 행운을 가져오는 것이라는 기대감을 은근히 갖게 되었다. 왜냐하면 전쟁 중에는 고아원생활을 하면서 학교라는 데는 근처에도 가보지를 못했다. 그런데 원장이 우선 수영을 비롯하여 몇 사람의 선발된 고아들을 정규학교에 보내주기로 결정했기 때문에 학교라는 데를 다시 다닐 수 있게 되었다. 당시만 해도 부산피난시절이라 서울에서 내려온 피난학교들이 많았다. 그런데 이러한 피난학교들의 대부분은 서울에서 내려온 명문학교들이었다. 당시만 해도 피난시절이라 부산에 내려와 있던 이러한 명문학교에 입학하는 것이 어려운 일은 아니었다.

수영을 비롯한 대부분의 고아들도 이러한 명문학교의 학생이 쉽게 될 수 있었다. 초등학생 때 전쟁을 겪게 된 수영은 고아원생활을 하다 보니 초등학교 시절을 허송해버리고 말았다. 좀 무리한 일이기는 했지만 중학교 1학년에 입학하기로 했다. 머리가 좋았던 수영은 초등학교 과정을 월반하여 중학교에 입학한 다른 우수학생들처럼 중학 1학년의 공부를 남들에게 뒤처지는 일 없이 충분히 따라갈 수 있어서 그대로 중학교에 머물러 있기로 했다. 명문학교에 다니는 이유는 그 학교에서 동문수학하던 동문

들 중에 사회적으로 출세하는 사람들이 많이 나와서 수영의 경우에도 비록 고아출신이기는 하지만, 후일에 그들과 함께 신분상승을 기할 수 있다는 잇점이 있기 때문이다. 이것은 비단 우리나라에서만 그런 것이 아니라 미국과 같은 선진국에 있어서도 미국 대통령의 상당수가 명문 하버드대학교 출신이라는 점이 그것을 말해주는 것이리라.

'사람의 운명이란 태어날 때부터 이미 결정되는 것'이라고 말해지는 경우도 있지만, 그 후에 인생을 살아가면서 자신이 닥치게 되는 운명을 유리한 방향으로 개척해가서 결국에는 성공적인 삶을 살게 되는 경우가 더 많다는 생각을 해볼 수 있을 것이다. 수영의 경우에도 좋은 가정에서 태어나서 6·25 전쟁이 일어나기 전까지는 한동안 유복한 생활을 보냈지만, 뜻하지 않게도 피난길에서 부모를 모두 잃고 형제들과도 헤어져서 천애의 고아신세가 되었다. 다행히 고아원장에게 구제되어 처음에는 거지와 같은 비참한 생활을 했지만, 전쟁 중에 부산으로 옮긴 고아원이 피난지에서 형편이 좋아져서 수영도 구걸이나 해오는 거지생활에서 벗어나서 양아버지가 된 원장의 특별배려로 다른 몇 명의 원생들과 함께 학교에 다닐 수 있게 되었다. 초등학교 과정을 제대로 마치지 못한 수영이었지만, 초등학교를 월반한 학생들처럼 서울에서 피난 온 명문중학교 1학년에 입학한 수영은 신분상승을 할 수 있는 기회를 맞이할 수 있었다.

우리 사회에서는 공부를 잘 한다는 것이 신분상승의 지름길이라는 것이 일반적으로 받아들여지고 있다. 계급사회가 아닌 우리나라에서는 신분에서 오는 사회진출의 제약은 이미 사라진 지 오래 되었다. 제아무리 미천한 지위에 있는 사람이라 하더라도 일단 정규교육을 받을 수 있는 기회를 잡을 수 있게 되어 공부를 잘 할 수만 있다면, 신분상승의 기회는 얼마든지 주어질 수 있다는 것이다. 고아출신이기는 했지만, 워낙에 명석한 머리를 타고 태어났던 수영은 일단 명문중학교에서 공부를 시작하게 되자 다른 학생들보다 두각을 나타내게 되어 학급에서 곧 상위권에 들게 되었다. 그가 공부를 잘하게 되자 그와 사귀려는 학생들이 주변에 구름같이 몰려들어서 훗날에 그가 사회에 진출하여 직장생활을 할 때에도 친밀한 관계를 일생동안 유지할 수 있게 되었다.

수영은 중학생 때부터 아인슈타인과 같은 유명한 과학자가 되는 것이 꿈이었다. 과학자가 되려는 꿈을 꾸고 있던 수영은 나중에 좀 더 자라서 기회가 된다면 미국유학을 가서 명문대학에서 원자력공학에 관한 공부를 해서 박사학위를 받아와서 한국의 원자력공학 발전에 기여하고 싶었다. 중학생이었던 어린 나이에 이미 이러한 원대한 계획을 세울 수 있었던 차수영이야말로 실로 천재적인 두뇌의 소유자였다고 할 수 있을 것이다. 그는 이러한 그의 인생목표를 달성하기 위하여 영어를 열심히 공부하는 한편, 특히 수학과 물리학을 공부하는데 주력했다. 많은 동료학생들이 수학을 잘 못하거나 기피하는데, 수학에 취미가 있는 수영은 수학시험은 언제나 만점을 받았다. 수학과 같은 과목은 기초를 탄탄히 해두어야 점차 어려운 문제를 푸는 일이 수월해지며 두뇌의 훈련에도 좋은 것인데, 과학자를 목표로 하고 있는 수영이가 수학을 잘 할 수 있다는 것은 참으로 다행한 일이었다.

　중학교의 공부라는 것이 수학과 영어 과목을 잘 하게 되면 자연스럽게 상위권을 차지할 수 있으며 우등생이 될 수밖에 없는 것이다. 고등학교에 진학한 후에도 역시 공부를 잘 했던 차수영은 고등학교 2학년이 되면서 미국유학을 언제 갈 것이냐 하는 문제로 고심하기 시작했다. 선배들의 이야기를 들으면 두 가지 의견이 팽팽하게 대립되어 있었다. 그는 원자력공학을 미국의 명문 MIT공대에 가서 전공할 생각을 갖고 있었기 때문에 미국유학에 소싯적부터 깊은 관심을 갖게 되었다. 그의 생각으로는 고등학교를 졸업하고 즉시 미국유학을 가서 공부를 하는 것보다는 최소한도 한국에서 대학공부를 마친 후에 대학원 공부부터 미국에 유학을 가는 것이 좋겠다는 생각을 굳히기로 했다. 고등학교만 졸업하고 미국유학을 갔던 선배들 중에는 박사학위까지 마칠 수 있었던 선배들도 있었지만, 일부의 선배들 중에는 대학졸업장도 받지 못한 선배들도 있다는 말을 들었기 때문이다.

　수영은 고등학교도 우등생으로 졸업한 후에 명문 S대학교 공대의 원자력공학과에 우수한 성적으로 입학을 하게 되었다. 워낙에 우수한 성적으로 입학한 그는 4년 장학금을 받게 되었으며, 기업체의 후원금도 받게 되어서 이제는 양아버지인 고아원장의 도움을 받지 않고도 자력으로 공부를 해나갈 수 있게 되었다. 가련한 전쟁고아에서 이렇게 훌륭한 청년으로 성장한 수영을 바라보는 원장의 마음도 무척 흡족했다. 양아버지의 생각으로는 수영이 미국유학까지 가서 크게 성공할 수 있으리라는 확신을 갖게 되어서 그에 대한 기대는 남다른 것이었다. 수영은 원자력공학과의 2년 재학시에 군에 갔다. 당시만 하더라도 유학귀휴라는 제도가 있어서 군에 입대한 차수영에게는 1년간의 군복무를 마치면 군에서 제대가 가능할 수 있는 조기제대제도가 존재하고 있을 때였다. 만일 그가 1년의 군 생활을 마치고 실제로 미국유학을 가게 된다면, 1년간의 군복무만으로 제대할 수 있게 되는 것이다. 그가 세웠던 원래 계획은 대학을 졸업하고 미국유학을 가는 것이었지만, 어차피 가야할 미국유학이라면 계획을 좀 앞당겨서 1년간의 한국대학생활을 마치고 원래 계획보다 몇 년 앞서서 조기에 미국유학을 가기로 계획을 변경했다.

훈련소를 마친 후에 경북영천에 있는 부관학교에서 행정병교육을 받고 육군본부에 배치된 그는 문교부시행 유학생선발시험에 합격을 하여 본격적으로 미국유학수속을 밟기 시작했다. 재학 중에 군에 간 것이었지만 군대생활이라는 것은 역시 그에게 감당하기 어려운 체험이었다. 논산훈련소의 6주간의 기초훈련도 힘들었지만, 시력이 좋지 않았던 그는 훈련 중에 가장 어려운 것이 사격이었다. 그가 쏜 총알이 과녁을 맞히는 대신 땅에 맞아서 먼지만 펄펄 날리고 보니 사격훈련이 있을 때마다 그는 기합을 받아야만 했다. 막사에서 잠을 자지 못하고 밤에 밤을 꼬박 새워 보초를 서는 것도 힘들었다. 행정병이라 그가 처리하는 업무는 별로 어려운 것은 없었지만, 군대라는 조직사회에 적응한다는 것은 그에게는 역시 벅찬 일이었다. 군대에 오기 전에는 자유로운 분위기에서 공부만 하면 되었던 그였지만 갑자기 군대라는 극히 폐쇄적인 사회에서 부자유한 생활을 하다 보니, 하루속히 군에서 제대할 방법을 강구하다가 알아낸 유학귀휴의 방법으로 조기에 제대하기로 했다.

이러한 목적을 위하여 육군본부에 행정병으로 배속된 후에 문교부시행 유학생선발시험에도 합격하고 미국에 유학가서 공부할 대학도 선정했다. 그가 유학가고 싶은 미국의 대학은 MIT공대로서 학교성적이 좋았던 그가 대학 4년간의 전액장학금을 받는 것은 별로 어려운 일이 아니었다. 그가 대학에 들어갔을 때만 하더라도 휴전이 된지 얼마 되지 않았던 시절이라 미국의 대학들이 학교성적이 좋은 한국의 유학생들에게 장학금을 주는 사례가 빈번히 유행하던 시절이라 학교성적이 좋았던 수영이 장학금, 특히 4년간의 전액장학금을 타는 것은 별로 어려운 일이 아니었다. 이렇게 만반의 준비를 하고 있던 수영은 1년간의 군복무를 마치기전에 유학귀휴를 신청하고 만 1년간의 군복무를 마친 후 군에서 유학을 위한 귀휴조치를 받아 미국유학을 위한 수속을 밟아서, 귀휴조치를 받은 후 6개월이 경과되기 전에 실제로 미국유학을 가게 되어 군에서 완전히 벗어나서 자유의 몸이 되었다.

당시만 하더라도 미국본토까지 직행하는 비행기는 없었고 중도에 하와이에 착륙하여 급유를 받고 미국 서부해안에 있는 샌프란시스코나 LA공항에 착륙한 후, 동부해안에 있는 보스턴까지 국내선을 갈아타고 가야 하는 번잡한 방법밖에 없었다. 지금 같으면 인천공항에서 보스턴공항까지 직행하는 비행기를 타면 될 것이다. 미국유학수속을 모두 마치고 출국을 하기 전에 양아버지인 고아원 원장에게 작별인사를 했다.

"아버님, 그간 저를 잘 보살펴주셔서 제가 한국에서 학교교육을 제대로 받고 이제 미국유학의 장도에 오를 수 있게 된 것은 아버님께서 저를 길러주셨기 때문이지요. 진심으로 감사드립니다."

"내가 피난길에서 너를 처음 만났을 때만 하더라도 이러한 날이 오리라는 것을 어떻게 예측이나 했겠느냐? 내가 너를 나의 양아들로 삼은 것이 너에게 도움이 되었겠지만, 네가 워낙에 머리가 총명하고 공부도 잘 했기 때문에 오늘날의 영광을 가져오게 된 것이 아니겠느냐. 너는 미국에 가서도 공부를 잘 해서 크게 성공하리라고 생각한다. 네게 행운이 있기를 빈다."

"미국에서 대학도 나와야 하고 대학원에 가서 박사학위도 따고 연구도 하다보면 많은 세월이 걸릴 터인데, 그동안 아버님을 뵙지 못해서 어떻게 하지요? 건강하시기를 빕니다."

"미국에 가서 그곳이 좋으면 구태여 한국에 돌아오려고 애쓸 필요 없을 것이다. 네가 연구하려는 원자력공학분야는 미국에 계속 머물러 있어야 빛을 볼 수 있는 분야가 아니겠느냐. 네가 보고 싶으면 내가 너를 만나보기 위하여 미국을 방문하면 될 일이 아니겠느냐."

"아버님 제가 미국에 가서 성공하게 되면 아버님을 미국으로 초청하지요. 안녕히 계세요."

고아원 원장인 아버님과 작별하고 미국유학을 떠나게 된 그는 참으로 감개가 무량했다. 초등학교를 다닐 때 6·25 전쟁이 일어나서 부모님과 형제들과 함께 피난길에 나섰다가 부모님은 적의 포격으로 돌아가시고 형제들은 뿔뿔이 헤어져서 지금까지 생사도 모르고 있는 셈이다. 피난민들의 행렬을 따라 정처없이 남쪽을 향하여 피난을 가다가 우연한 기회에 고아원 원장인 아버님을 만나서 처음에는 그 사람의 밑에서 거지처럼 구걸을 해먹었다. 그러다가 고아원 원장이 모아들인 100여 명의 고아들을 거느리고 미군트럭을 타고 부산으로 피난을 가서 자리를 잡으면서 고아원의 분위기는 일신되었다. 악한 사람으로만 보였던 원장이 그의 험악하게 생긴 외모와는 달리 마음이 여린 선한 사람이라는 것을 처음으로 알게 되었다. 원장이야말로 전쟁고아들을 위하여 헌신적으로 일하는 사람이라는 것을 비로소 깨닫게 되었다. 더욱이 원장이 자진해서 수영을 양아들로 삼은 것이라든가, 수영을 비롯하여 몇 사람의 고아들을 학교에 보내준 것은 참으로 고마운 일이었다.

이러한 고아원 원장의 끊임없는 사랑으로 대학재학중에 군복무를 마치고 미국유학길에 나서게 된 것은 모두 아버님의 도움이 있었기 때문이었다는 것을 다시 한 번 감사하게 되었다. 만일 피난길에 수영이 만났던 고아원 원장이 그의 험악한 인상처럼 악당이어서 수영을 학교에도 보내주지를 않고 거지왕초의 똘마니로 키워서 후일에 조직포력배의 소두목 쯤으로 성장했다면, 그의 운명이 과연 어떠한 모습으로 변해 있었을까? 사람의 운명이란 어떤 사람을 만나느냐에 따라 그 양상이 완전히 달라질 수 있는 것이 아닐까? 지금까지 수영의 걸어온 과거를 되돌아볼 때 행운의 연속이었다고 해도 과언이 아닐 것이다. 전쟁고아에서 미국유학생으로 변신을 할 수 있었으니 충분히 그렇게 말할 수 있는 것이 아니겠는가?

그가 미국의 보스턴 공항에 도착한 것은 봄방학 중이었다. 미국의 학제는 9월에 시작되기 때문에 2월에 미국에 도착한 수영은 3월에 2학기가 시작될 때까지 도서관에서 시간을 보내야만 했다. 보스턴지역에도 한인유학생모임이 있어서 그곳에 나가보았는데, 그곳에서 리사 김이라는 하버드의대에 다니는 한국여학생을 만나게 되었다. 한국이름은 김영애로서 한국에서 S대학교 의대예과를 다니다가 미국유학을 와서 보스턴대학에서 생물학과를 졸업하고 하버드의대에 진학하여 공부를 하고 있는 재원으로서 수영보다는 세 살이나 나이가 위인 누나뻘이 되는 여학생이었다. 그런데 묘하게 인연이 되려고 그랬는지 두 사람은 첫눈에 반했다. 그 당시만 하더라도 한국에 있었다면 연상의 여인과 연하의 남자가 눈이 마주친다는 것은 쉽게 이루어질 수 있는 일이 아니었다.

지금은 한국의 젊은이들 간에도 연상의 여인과 연하의 남자가 별 거리낌 없이 서로 만나고 있지만, 그때만 하더라도 흔한 일은 아니었다. 리사 김과 차수영은 나이의 차이는 있었지만 곧 서로 친근한 사이가 되어서 연애를 하기 시작했다. 두 사람은 비록 전공은 다르지만 과학도라는 점에서 서로 공통점을 발견할 수 있었으며 친근감을 느껴서 급속히 가까워졌다. 수영은 미국에

서 미국여자를 만날 수도 있었지만, 미국여자와는 자라온 배경
도 다를 뿐만 아니라 생각하는 태도와 생활방식에 있어서도 많
은 차이를 발견할 수 있기 때문에 미국여자를 만나기 전에 한국
여자를 만날 수 있었다는 것이 참으로 다행한 일이라고 수영은
생각했다. 리사 김의 경우에는 의학공부를 해야 하며, 차수영의
경우에는 박사학위까지 마치자면 상당한 기간이 걸리게 되는데,
그동안 두 사람이 연애만 할 것이 아니라 결혼을 한다면 좀 더
안정된 가정적인 분위기에서 공부를 계속할 수 있는 것이 아니
냐는 데 서로 합의를 보아서 성당에서 결혼식을 올리기로 했다.

리사는 가톨릭신자였기 때문에 그때까지 종교가 없었던 수영
은 결혼 전에 가톨릭교회에 입교하기로 하여 바쁜 학교공부를
하면서도 열심히 교리공부를 하여 결혼 전에 수영이 세례를 받
을 수 있게 되어서 수영은 본명을 바오로로 정했다. 두 사람은
결혼을 하고 보니 연애만 할 때보다는 시간의 낭비를 하지 않아
도 되었고 마음도 안정이 되어서 공부에 더욱 열중할 수 있었다.
리사는 하버드의대에서 의학공부를 하여 의사가 될 때까지는 아
기를 갖는 것을 잠시 미루기로 하여 피임을 했다. 그 결과 다행
히 그녀가 공부를 할 동안에는 아기가 생기지 않아서 무사히 의
사가 될 수 있었다. 그녀는 내분비내과의 전문의가 되기로 방향
을 설정하고 그 분야의 인턴과 레지던트과정을 마치고 전문의시
험까지 합격하기로 계획을 세웠다. 그 때까지 아기가 생기지 않
기를 바랐지만 이전처럼 피임은 하지 않았다.

그런데 그녀의 뜻대로 전문의 시험에 합격할 때까지 아기는

생기지 않았으며, 그녀가 내분비내과의 전문의가 된 후에 예쁜 딸을 하나 낳았다. 수영도 리사가 예쁜 딸을 낳아 아빠가 되었을 때 이미 MIT공대 대학원에서 원자력공학 박사학위를 받았다. 다른 대학의 경우에는 대학원에서 박사학위를 받으려면 최소한 석사학위 2년, 박사학위 3년을 합쳐서 5년의 기간이 걸리는데, MIT공대 대학원의 경우에는 석서학위가 없어도 박사학위과정에 직접 입학을 할 수 있어서 학위논문을 빨리 마칠 수 있는 박사학위과정 학생의 경우 2년 만에 박사학위를 받을 수 있게 되어 있었다. 수영의 경우도 2년 만에 박사학위를 마친 경우이다. 리사와 수영 부부에게는 경사가 겹친 셈이다. 예쁜 딸을 얻고, 수영은 박사학위를 받고, 리사는 전문의가 되었으니 집안의 경사가 아니고 무엇이겠는가?

"여보, 우리가 결혼하기로 결심한 것이 이렇게 좋은 열매를 맺게 되었으니 참으로 기쁜 일이라 아니할 수 없구려."

"당신말대로 참으로 경하할만한 일이지요. 우리 부부가 원했던 일들이 일단은 모두 이루어진 것 같네요? 당신이 물리학분야에 노벨상을 받겠다는 꿈은 아직 실현되지를 않았지만 말이에요."

"노벨상을 받는다는 것이 그렇게 쉬운 일은 아니지요. 나보다 많이 알고 실력 있는 사람들이 수두룩하니 하는 말이요. 한국인으로 아직 아무도 노벨물리학상을 받은 사람이 없으니 나라도 한 번 그런 꿈을 꾸어보아야지요. 그렇지 않소."

"당신은 충분히 그러한 꿈을 실현시킬 수 있는 능력이 있다는 것을 믿고 있어요. 열심히 연구를 더 계속해서 당신의 원대한 꿈을 이룰 수 있도록 하느님께 기도하겠어요."

서로 살기에 바빠서 부부간에 자주 해보지 못했던 대화를 오래간만에 나누었다. 수영은 그동안 미국에 유학와서 공부하는데 여러 가지 어려움을 겪었다. 그는 MIT공대의 대학원에 진학하기 전에 학부에서 4년간의 물리학공부를 했는데, 자연과학분야라 하더라도 한국에서 배웠던 영어가 예상외로 미국대학에서 공부를 따라가기에 상당히 부족했기 때문에 밤을 새워 공부를 해도 따라가기가 어려울 지경이었다. 다행히 MIT학부에서 4년간 전액장학금을 받았기 때문에 다른 미국학생들처럼 학비나 용돈을 벌기 위하여 아르바이트를 하지 않아도 되어서 하루 종일 도서관에서 공부만 했는데도 미국대학의 공부라는 것이 따라잡기가 힘들었다. 더욱이 1학년의 교양과목들은 과학과목보다 읽어야 할 책의 분량이 엄청나게 많았기 때문에 그 책들을 모두 읽고 소화해서 모든 과목에 좋은 성적을 올리는 데에는 역부족이라 실로 고생이 이만저만이 아니었다. 특히 그가 받은 4년 전액장학금의 수혜자로 계속 남아있기 위해서는 좋은 성적을 받아야 했는데, 그것이 생각했던 것처럼 용이한 일이 아니라는 것을 미국대학 공부를 시작하자마자 곧 깨달을 수 있었다. 한국에서의 대학공부는 1년밖에 해보지 않았지만 한국대학의 1학년 교양과목들의 강의가 미국대학의 강의에 비하면 형편없이 허술하게 진행되고 있었다는 것도 깨닫게 되었다.

그런데 2학년에 진급을 하면서 과학과목들과 같이 인문사회계 학과목들처럼 영어를 많이 쓰지 않아도 되는 분야를 공부하게 되면서 성적이 오르게 되었다. MIT학부의 4년간의 대학과정은 물론 MIT공대의 대학원 박사학위과정의 학과목선택에 있어서는 거의 다 A학점을 받게 되어 박사학위까지 별문제 없이 마칠 수 있었던 것이다. 한국으로 돌아온 미국대학 박사학위 소지자들 중에 인문사회계를 전공한 사람들의 경우에는 영어가 능통하여 편지 같은 것을 쓰는 것은 물론 논문이나 심지어 책 같은 것을 영어로 써내는데 별로 지장이 없지만, 자연계를 전공한 사람들의 경우에는 영어로 간단한 편지를 쓰는 데에도 문제가 있다는 말들을 하고 있다. 이것은 영어의 구사능력 때문에 그럴 것이다. 그 뿐만 아니라 미국에서 3~5년 공부하면서 박사학위를 받은 자연계의 미국박사들 중에는 단기간 내에 미국에 거주하면서 공부만 하다가 왔기 때문에 영어의 구사능력이 신통치 않다는 말이 있을 정도이다.

MIT공대에서 박사학위를 마친 차수영박사는 박사후과정(Post Doctoral Course)을 하버드대학교 물리학과의 조지 스컷교수 밑에서 2년간 밟았다. 차박사가 스컷교수와 인연을 맺게 된 것은 차박사에게 뜻밖의 행운을 가져다주었다. 원자물리학분야의 세계적 권위자인 스컷교수와의 공동연구를 한 주제가 학계의 주목을 끌어서 그 후에 차박사는 스컷교수와 공동으로 1980년도 노벨물리학상의 수상자가 되었다. 차박사는 드디어 한국인으로서는 최초의 노벨물리학상을 받은 주인공이 되어 차박사의 소싯적 꿈이 실현되었던 것이다. 만일 차박사가 미국유학을 오지 않고 한국에 머물면서 한국인 교수 밑에서만 연구를 했다면 노벨물리학상의 후보군에도 들지 못했을 것이며 결코 노벨물리학상의 수상자가 되지 못했을 것이다. 우리나라에서 노벨상의 수상자가 나오지 못하는 이유는 아마도 입지적인 조건 때문에 그런 것이 아닐까 한다. 왜냐하면 미국의 세계적인 입지조건은 한국과는 비교도 되지 않을 정도로 높이 평가되고 있기 때문이 아니겠는가?

차박사 자신도 그가 미국유학을 갈 때만 하더라도 노벨상을 받겠다던 그의 목표가 이렇게 쉽게 달성되리라고는 전혀 기대하지를 않았다. 미국유학을 온 후에 우선은 어려운 미국대학의 공부를 따라가는 일에 열중하다 보니 공부 이외의 다른 문제는 생각할 여유도 없었다. 어려서부터 공부하는 데는 자신이 있었기 때문에 비록 미국대학에 입학한 후의 첫 학기의 공부가 그가 해보려는 과학과목들이라기보다는 인문사회계열의 과목들이 다수 포함되었기 때문에 많은 책을 읽지 않고는 도저히 따라갈 수 없는 과목들이었다. 공부라면 무엇보다도 자신이 있었던 차수영의 경우에도 끊임없는 좌절감을 체험해야 했던 시기이기도 했다. 이 세상에 태어나서 처음으로 공부라는 것이 어려운 것이구나 하는 것을 깨닫게 되었던 시기이기도 했다. 그런데 고마운 일은 그러한 어려운 공부를 겪게 되는 과정을 통하여 수영은 인간적으로도 많이 성숙했으며 미국문화와 세계적인 문화유산에 접할 수 있는 기회도 함께 가질 수 있게 되었던 것은 그에게 오히려 고통보다는 행운을 가져다 준 고마운 일이이기도 했다.

노벨물리학상의 공동수상자가 된 차박사는 모교인 MIT공대의 원자력공학과 조교수로 임명이 되어 후학들에게 원자물리학 강의를 담당하게 되었다. MIT공대에 유학을 오는 한국학생들에게는 차박사가 그들의 우상이 되다시피 했으며, 한국에 있는 과학도들에게는 차박사야 말로 거의 신화적인 존재가 되고 있어서 그들을 희망의 세계로 이끌어주고 있었다. 전쟁고아가 노벨상의 수상자가 되었다는 것은 한국에서는 굉장한 뉴스거리가 되기에 충분했다. 그의 성공이야기는 젊은이들에게 앞으로의 인생을 살아가는 데에 있어서 일대 자극제가 되었다. 그를 닮아보려는 청소년들의 숫자가 급속히 늘어나기 시작했다. 그의 성공담을 다룬 여러 책들은 속속 베스트셀러가 되었다.

6·25 전쟁 때 전쟁고아로 피난길에 버려졌던 비참한 신세에 처해 있었던 그가 어떠한 과정을 거쳐서 마침내 한국인 최초로 노벨상을 수상하는 유명인이 되었느냐 하는 이야기는 누구에게나 흥미를 자아내는 것이었으며, 특히 불우한 처지에 있는 청소년들에게 장래에 대한 희망을 부추겨주는 자극제가 충분히 되고도 남을 일이었다. '나도 하면 될 수 있다'는 희망의 불길이 청소년들의 가슴속에 일기 시작했다. 나도 한번 차박사처럼 되어보겠다는 희망들을 갖고 열심히 노력해보기로 결심들을 하는 것 같았다. 차박사의 쾌거는 우울한 일만 계속되던 우리 사회에 신선하고 참신한 자극제의 역할을 할 수 있었다. 많은 청소년들이 비록 그들의 장래가 현재로서는 암울한 것이기는 하지만 결코 포기하지는 않겠다는 다짐을 하게 유도했다.

차박사의 아내 리사는 차박사가 노벨물리학상을 받게 된 것을 진심으로 축하해 주었다.

"당신 정말 대단해요. 드디어 당신이 뜻했던 대로 노벨물리학상의 수상자가 되었으니 말이에요."

"이것이 모두 다 당신의 도움이 있었기에 가능한 일이 아니었겠어요. 당신과 아직도 학생 때 결혼을 해서 안정된 가족적인 분위기에서 공부를 할 수 있어서 예정대로 2년 만에 MIT공대 대학원에서 원자력공학에 박사학위를 받고 하버드대학에 가서 원자물리학의 세계적 권위자인 스컷교수 밑에서 박사후과정을 밟게 된 것이 나의 행운의 시작이었소. 그가 나의 실력을 인정하여 그 후에 나를 공동연구자로 쾌히 받아들였는데, 그와 내가 했던 공동연구가 세계물리학계의 주목을 끌어서 노벨물리학상의 후보로 추천되고 마침내 1980년 노벨물리학상의 공동수상자가 된 것이지요."

"당신이 6·25 전쟁이 일어났을 때 초등학생에 불과했었는데, 전쟁 중에 부모를 잃고 형제들과 헤어져서 천애고아의 신세가 된 것을 마음 착한 고아원장이 구해주고 나중에 양아들로 삼고 학교까지 보내주어서 오늘의 당신이 있게 해준 것은 참으로 고마운 일이지요."

"당신 말이 맞아요. 참으로 고마운 생명의 은인이지요. 나는 소싯적부터 공부를 잘 하는 사람이 후일에 크게 성공할 수 있다는 신념을 갖고 열심히 공부를 해서 학급에서는 언제나 상위권에 속했지요. 내가 공부를 열심히 하고 또한 잘 했기 때문에 미국유학까지 올 수 있었으며, 그 결과는 미국대학에서 박사학위도 받고 마침내 노벨상 수상자까지 된 것이 아니겠소?"

"일부의 사람들은 '공부만 잘 해서 무얼 하나? 공부를 잘 하지 못했던 친구들도 사회에 나와서 돈도 잘 벌고 잘 살고 있지를 않느냐' 라는 말들을 하면서 공부 잘 하던 친구들을 은근히 무시하려는 발언들을 서슴없이 하고 있었는데, 나는 그들의 주장에 동의할 수 없어요. 나도 학교공부를 잘 했기 때문에 미국유학을 왔으며, 그 어렵다는 의학공부를 하버드의대에서 마친 후에 내분비내과의 전문의까지 된 것이 아니겠어요. 내가 그들의 말처럼 공부를 잘 하지 못했다면 어떻게 미국에 유학와서 의사가 될 수 있었겠어요."

"나도 당신의 말에 전적으로 동의를 하오. 이 세상은 아마도 공부를 잘 했던 머리 좋은 사람들이 이끌어가는 세상이 아닌가 하오."

린다와 수영 부부는 보스턴 교외에 거주하면서 린다는 하버드의대 부속병원에 출근하고 있으며, 수영은 MIT공대에서 강의와 연구를 계속하고 있는 중이다. 그들은 뜰이 넓은 제법 큰 집에서 외동딸 수지와 함께 세 식구가 살고 있다. 수지는 현재 고등학생이지만 머지않아 대학에 갈 것이며, 대부분의 미국청소년들과 마찬가지로 집을 떠나서 타처로 공부하러 떠나게 될 것이다. 보스턴 근처에는 명문대학들도 많이 있으니 집을 떠나서 멀리 가지를 않고 부모와 함께 집에 머물지도 모른다. 그러나 아무리 집 가까이 학교가 있다 하더라도 미국대학생들의 경우는 기숙사 생활을 하거나 집을 얻어서 나가는 것이 관례처럼 되어 있으니, 수지의 경우에도 대학을 가게 되면 부모를 떠나게 될 것이 거의 확실한 일이다.

수지가 집을 떠나게 되면 부부만이 썰렁하게 큰 집을 지키게 될 것이다. 다행히 부부 둘이 모두 바쁜 직장생활을 하고 있으니 한가롭게 집에 앉아서 은퇴한 노인들처럼 지나온 자신의 과거나 되씹으면서 한가한 시간을 보낼만한 여유가 없는 것이다. 그들은 지금 한창 일을 해야 할 나이이기에 매일매일의 생활이 눈코뜰 새 없이 바쁠 수밖에 없었으며, 그러한 생활이 그들에게는 오히려 바람직한 생활이었다. 노벨상을 받은 후에도 차박사의 연구는 계속되어서 그의 연구실적이 축적되어 갔으며, 그의 연구 결과를 세계적인 학술잡지에 계속 발표를 해서 그의 논문이 학계에서 자주 인용이 되어서 차박사는 물리학계에서 유명인사가 되었다. 그는 저술활동에도 심혈을 기울였으며, 학술적인 저술은 물론 과학을 일반인에게 널리 보급하는 일에도 헌신하여 과학의 대중화에도 기여한 바가 크다. 지금까지 과학은 어떤 면에서는 과학자들의 전유물처럼 되어 있어서 일반인들은 과학자들이 무슨 말을 하는 것인지 잘 이해를 하지 못하고 있었다.

노벨상수상자들에 관한 것도 일반대중은 그들이 노벨상을 수상했다는 사실만 알고 있을 뿐이지 과연 무슨 연구를 해서 노벨상을 수상한 것이며, 또한 그들의 연구가 인류에게 어떠한 혜택을 주었느냐에 관한 것은 사실상 아무 것도 아는 것이 없는 셈이다. 왜냐하면 그들의 연구가 너무나 전문적인 사항이라 일반인들은 그들의 업적에 대해서 제아무리 신문이나 텔레비전과 같은 대중매체에서 상세하게 설명을 해주어도 일반인에게는 너무나 전문적인 분야라고 생각되기 때문에 '쇠귀에 경 읽기' 같은 결과를 가져오게 될 뿐이다.

우리나라의 더 많은 청소년들을 과학자로 만들어서 과학입국을 성공적으로 달성하기 위해서는 소싯적부터 과학분야에 관심을 가질 수 있도록 유도해야 할 것이다. 우리나라의 일반적인 사회추세가 과학분야보다는 인문사회계열을 공부하려는 사람들의 숫자가 아직도 대세를 이루고 있기 때문에 청소년들에게도 이러한 사회적인 추세가 좀 더 설득력이 있는 것처럼 보인다. 국내에서 아직은 과학자들에게 좋은 직장이 보장되어 있지 않지만, 미국과 같은 선진국가에 진출할 수 있는 기회가 주어진다면 우리나라의 경우처럼 인문사회계열의 학문을 전공하려는 사람들보다는 과학분야를 전공하려는 청소년들에게 더 많은 기회가 주어지게 되리라는 것은 거의 확실시되고 있다.

한국에서 법학을 공부했다는 것이 미국유학을 가보면 쓸데없는 공부를 했다는 말을 내가 유학가기 전에 미국에 다녀왔다는 어떤 의사에게서 들었던 일이 있었는데, 실제로 미국에 가보았더니 그 말이 백번 옳았다는 것을 실감할 수 있었다. 왜냐하면 미국이라는 나라는 대학에서 과학분야를 전공한 사람들의 경우가 그나마 미국대학에서 장학금도 받고 학위도 인문사회계열을 공부하는 학생들보다 훨씬 수월하게 받을 수 있으며, 학위를 받은 후에도 과학분야를 공부한 학생들이 직장도 쉽게 구할 수 있다는 것을 알게 되었다. 법학과 같은 학문분야도 미국과 한국은 법체계가 아주 다르기 때문에 대륙법계의 국가에 속하는 한국에서 한 법학공부는 영미법계의 법체계를 갖고 있는 미국과 같은 국가에서는 전혀 쓸모가 없기 때문에 그런 것이다. 미국에서 변호사라도 하려면 미국의 법학전문대학원에 입학을 해서 미국의 법학공부를 처음부터 다시 시작해야 한다는 것이다.

우리나라에는 인문사회계열과 같이 별로 쓸모가 없는 공부를 한 사람들이 넘쳐나고 있는 것 같다. 그러한 공부를 한 사람들은 대학을 졸업한 후에도 직장을 구하기 어려우며 우리나라에서 대학을 졸업한 무직자들이 넘쳐나는 것도 학문의 그러한 쏠림현상 때문에 결과적으로 생기는 것 같다. 차박사와 같은 선각자들이 우리나라의 이러한 기현상에 제동을 걸기 위하여 과학교육의 중요성을 강조하고 과학교육의 기회를 더 많은 우리의 청소년들에게 부여하기 위한 노력을 하고 있는 것은 참으로 바람직한 일이며 국가의 장래를 위하여 올바른방향설정이라고 할 수 있을 것이다.

차박사의 경우는 어떻게 보면 누구에게나 해당되는 경우는 아니라고 할 수 있을 것이다. 아마도 그러한 일은 이 세상에서는 결코 일어나지 않을 수 있는 일일지도 모른다. 그러나 우리가 그러한 기적적인 경우를 생각해볼 수 있는 자유는 있다고 해야 할 것이다. 차박사의 경우는 전쟁고아로 버려졌던 비참한 상태에서 미국유학까지 가서 박사학위도 받고 노벨상의 수상자까지 된 입지전적인 경우이긴 하지만 이러한 경우는 누구에게나 허용될 수 있는 행운이나 기적은 아닐 것이다. 운명은 그것을 잡을 수 있는 사람만이 그 운명의 결과를 제대로 누릴 수 있다는 말이 있듯이 우리도 세상을 살아가면서 운명의 주인이 되는 길을 마다할 필요는 없지 않을까 하는 생각을 차박사의 경우를 보고 잠시 생각을 해보았다.

2. 기계화시대

　기계가 인간이 하는 모든 일을 대체하게 되는 시대가 온다면 어떠한 문제들이 발생할 것인가? 그러한 시대에 사는 인간들은 무슨 일을 하면서 살아야 할 것인지 자못 궁금해진다. 저렴한 자동차의 생산보급은 자동차의 대중화 시대를 가져와서 이전에는 걸어서 가거나 버스나 기차와 같은 대중교통에 의존할 수밖에 없었던 곳을 자동차를 타고 원하는 시간에 아무 때나 원하는 곳에 갈 수 있는 시대가 되었다. 이전에는 배를 타고 며칠씩 아니 몇 주 동안 걸려야 갈 수 있었던 미주지역이나 유럽대륙에를 이제는 비행기를 타고 몇 시간 동안에 갈 수 있는 시대가 되었다. 기계와 전자공학분야의 신기술개발과 컴퓨터와 통신기술의 급속한 발달이 가져다 준 전자통신 분야의 눈부신 약진으로 인하여 인류는 일찍이 경험하지 못했던 혜택을 누리고 있는 셈이다.

　로봇공학의 발달로 인하여 인간은 중노동의 압박에서 벗어나게 되고 지금까지 인간이 담당했던 섬세한 일까지 로봇이 담당해서 훌륭히 해낼 수 있는 시대가 되었다. 인간의 장기수술이나 뇌수술과 같은 고도의 기술을 요하는 수술도 의사를 대신하여 로봇이 실수 없이 척척 해내는 단계에까지 로봇기술이 발달하게 되었다. 로봇공학을 전공한 차명수박사는 이 분야에 있어서의 기술을 선도하고 있는 대표적인 인물이라 할 수 있다.

그가 개인비서로 부리고 있는 로봇 A는 인간비서보다 훨씬 더 능률적으로 업무처리를 하고 있다. 인간의 경우처럼 휴식이 필요하지 않은 로봇은 급한 업무처리를 해야 할 경우에는 24시간을 쉬지 않고 계속해서 일을 해도 인간처럼 지치는 일 없이 필요한 업무처리를 해낼 수 있다는 점에서 인간은 감히 로봇을 따라갈 수 없는 것이다. 인간과 로봇간의 의사소통도 로봇이 인간의 언어를 알아듣고 구사할 수 있기 때문에 아무런 지장도 없는 것이다. 로봇은 인간이 명령하는 대로 업무수행을 충실히 하고 있는 기계에 불과하기 때문에 인간의 경우처럼 불만이 있다고 해서 파업을 하거나 인간에게 반항하는 일은 절대로 없는 것이다. 로봇의 채용으로 인하여 많은 직장에서는 인간이 지금까지 행하던 업무를 로봇들이 대체하게 됨에 따라 인간들이 대량해고 되는 사태를 가져오게 되었다.

그러지 않아도 직업을 구하는 것이 하늘의 별을 따는 것처럼 어려워진 이때에 로봇에 의한 인간업무의 대체까지 가세하게 되자 실업자들이 설 자리가 차츰 좁아들게 되어 거의 질식할 상태에 이르게 되었다. 차명수박사가 사무직 로봇을 개발할 당시만 하더라도 로봇은 다만 인간이 수행하고 있는 업무를 보조해 주는 역할을 하는 데 불과하다는 안이한 생각을 하게 되었는데, 이처럼 인간의 업무를 대체하여 인간의 대량해고를 가져오게 되자, 이러한 예상하지 못했던 사태가 사회적인 불안요인으로 제기되어 노동시장에 중대한 문제가 되었다. 인간의 노동조건에 관한 문제, 특히 비정규직에 관한 문제도 해결하지 못하고 있는 현재에 있어서 로봇의 인간대체로 인한 새로운 실업자군의 추가는 노동시장에 또 하나의 골칫거리를 가져온 원인이 되었다.

노동계와 정부의 노사관계 담당자가 로봇공학의 대가 차명수 박사를 초청하여 이 문제에 대한 대책회의를 소집했다. 관련자들의 질문의 초점은 차박사에게 로봇의 실체에 관한 설명을 요구하는 것이었다. 노사정위원회의 간사는 차박사에게 다음과 같은 질문을 던졌다.

"차박사가 개발한 사무직 로봇개발이 사람들의 업무부담을 덜어주고 인간이 해야 할 일을 로봇이 대신 처리하는 장점이 있을 것으로 기대했었는데, 이제 와서 보니 로봇이 인간의 업무처리를 보조해 주는 선을 넘어서 인간자체를 대체하기에 이르러서 대량의 실업자군을 양산하는 지경에까지 이르게 되었으니, 이 문제를 대처할 효과적인 대책은 없는 것입니까?"

"제가 발명한 사무직로봇이 전혀 예상하지 못했던 엄청난 사회적인 문제를 가져온 것에 대하여 진심으로 사과를 드립니다. 저도 전혀 예상하지를 못했던 일이니 당장 무엇이라 이 문제에 대한 대책을 말씀드릴 수 없군요."

"이렇게 하면 어떻겠습니까? 인간대신에 업무처리를 하고 있는 로봇들을 해고하고 그 자리에 이전에 그 업무를 담당하던 사람을 대신 복직시키면 어떻겠습니까?"

이러한 생각에 대해서는 기업체의 노사관계 책임자들이 난색을 표명했다.

"만일 각 기업체에서 해고자에 대한 그러한 조치를 취하게 된다면, 로봇에 의하여 해고된 사람들의 복직에는 도움이 될 수 있을지라도 노사관계는 이전보다 훨씬 더 심각해질 가능성이 있을 것입니다. 복직된 사람들이 이제는 해고될 염려가 없다고 착각을 하여 노사관계에 있어서 무리한 요구를 서슴지 않게 되어 노사관계는 한층 더 어려움을 겪게 될 것입니다."

노사정 위원회의 한 위원은 차박사에게 인공두뇌를 가진 로봇의 개발가능성에 관하여 질문을 했다.

"사람과 똑같이 생각할 수 있는 인공두뇌를 가진 로봇의 개발은 가까운 장래에 가능한 일입니까?"

"얼마든지 가능한 일이지요. 그런데 인공두뇌를 가진 로봇이 개발되어 실제로 산업전선에 투입되는 경우에 사무직 로봇의 채용과는 비교가 되지 않을 정도의 심각한 부작용이 생길 수 있는 가능성이 있다는 점을 유의해야 할 것입니다. 왜냐하면 사무직 로봇은 인간의 명령에 따라 충실하게 업무를 차질 없이 수행하는 수준의 로봇이기 때문입니다. 그러나 만일 인공두뇌를 가진 로봇이 개발되어 실용화 되는 경우에는 그러한 로봇이 인간처럼 생각하고 판단하기 때문에, 인공두뇌를 가진 로봇은 사무직 로봇의 경우처럼 인간이 지시하는 업무를 단순히 집행하는데 그치지를 않고, 사람의 경우처럼 지시사항의 타당성 여부를 검토하여 실현가능성이 없는 사항을 지시받은 것이라고 판단되는 경우에는 상사의 지시사항을 무시하고 지시받은 대로 업무수행을 하지 않으려고 반항을 하여 문제를 일으킬 수 있다는 것입니다."

"그렇다면 인공두뇌를 가진 로봇을 채용하는 것이 사람을 채용하는 것과 무엇이 다르다는 말입니까?"

"문제의 핵심이 되는 질문을 해주셨습니다. 과학기술의 발달은 인간과 같은 로봇을 얼마든지 개발할 수 있지만, 그러한 로봇을 인간대신에 산업전선에 채용하여 실무에 종사하게 할 것이냐 여부는 국가 전체를 위한 산업정책의 관점에서 면밀히 검토해서 결정할 문제라고 생각됩니다. 로봇의 개발에 더하여 개발된 로봇의 산업전선에 있어서의 채용여부까지 검토하는 것은 분명히 저의 연구영역을 완전히 벗어난 일이라 할 수 있을 것입니다."

노사정 위원회의 김위원장은 로봇의 부작용에 관한 책임을 차박사에게 추궁하는 것 같은 엉뚱한 행동은 삼가야 한다는 말을 하면서, 차박사에게 로봇개발의 공로를 감사하면서 회의를 마치기로 했다.

"로봇의 산업전선에 있어서의 채용과 관련된 부작용에 대하여 차박사를 몰아세우는 것과 같은 엉뚱한 책임추궁처럼 보이는 사태가 발생한데 대하여 위원장으로서 심심한 사과를 드리며, 차박사께서 앞으로도 로봇공학의 발달에 계속 헌신해주시기 바랍니다. 이것으로 오늘의 모임을 끝마치겠습니다."

단순한 업무만을 담당하는데 그치는 사무직 로봇의 개발에 더

하여 인공두뇌를 가진 로봇의 개발단계에 까지 발달한 로봇공학의 성과를 반길 수만 있는 일은 아닌 것 같다. 인공두뇌를 가진 로봇이 대량생산이 되어 산업전선에 널리 채용되는 사태가 발생하게 된다면, 예상하지 못했던 문제가 발생할 수 있는 소지는 얼마든지 있는 것이다. 산업전선에서 인간들이 일으키는 문제만으로도 골치가 아플 지경인데, 거기에 더 하여 인간처럼 생각하고 행동하는 인공두뇌를 가진 로봇들이 벌이게 되는 새로운 양상의 심각한 문제제기는 인간이 일으키는 문제들보다도 훨씬 더 심각한 문제로 될 수 있을 것이다. 왜냐하면 인간의 경우에는 감성이라는 것이 있어서 최악의 경우에 감성에 호소하게 되는 경우에 문제해결의 실마리를 찾을 수 있는 경우가 있기 때문이다. 그러나 인공두뇌를 가진 로봇의 경우에는 로봇이 제아무리 인간처럼 생각을 할 수 있다고 하는 경우에도 로봇은 어디까지나 단순한 기계이지 인간이 아니기 때문에 감성을 갖고 있지는 않은 것이다. 그러다 보니 로봇을 설득해 보려는 인간의 노력은 마치 쇠귀에 경을 읽는 것처럼 전혀 먹혀들어가지를 않아서 실패하게 될 수밖에 없다는 것이다.

　인간이 로봇을 개발하게 된 근본 목적은 기계의 힘을 빌어서 인간이 좀 더 편하게 살아보려고 했던 것인데, 오히려 로봇 때문에 뜻하지 않았던 부담을 안게 된다면 얼마나 모순되는 일이겠는가? 프랑켄슈타인은 인간이 만든 최초의 로봇이었다. 프랑켄슈타인을 만든 사람의 순진한 생각으로는 인간이 만든 로봇이니 주인의 명령에 절대 복종하는 충실한 하인이 될 것을 기대했었다. 그러나 우리가 잘 알다시피 프랑켄슈타인은 인간의 말을 듣지 않고 제멋대로 행동하는 괴물로 변해버리고 말았던 것이다.

기계는 반복적인 작업의 수행에 있어서 인간이 도저히 따라갈 수 없는 장점을 갖고 있다. 설사 인공두뇌를 갖는 로봇이 개발되어 인간의 업무를 대체하는 시대가 올 수도 있겠지만, 기계를 조정하는 것은 어디까지 인간이어야 하는 것이지, 기계가 인간을 마음대로 조정하는 사태가 오게 된다면 그것이야말로 큰 일이 아닐 수 없을 것이다. 인공두뇌를 가진 로봇공학의 발달이 고도의 기술개발을 가져와 로봇이 인간을 지배하는 시대가 도래한다면 어떠한 사회적인 변화가 발생할 수 있을 것인가? 이러한 사태가 실제로 로봇공학의 대가인 차박사에게 일어났다.

어느 날 아침잠에서 깨어난 차박사에게 지금까지 차박사의 충실한 비서역할만 하던 로봇 A가 마치 차박사의 상전이나 되는 듯이 명령을 하기 시작하는 것이 아니겠는가? 참으로 기가 찰 노릇이다. 지금까지 차박사의 명령을 충실하게 집행만 하던 로봇이 어떻게 차박사를 향해 명령을 하기 시작했다는 말인가? 인간의 경우라면 무엇을 잘못 먹었거나 정신이 이상해져서 그럴 수도 있다고 수긍할 수도 있겠지만, 단순한 기계에 불과한 로봇이 그러한 이상증상을 보이느냔 말이다. 인공두뇌가 장착된 로봇도 아니니 하는 말이다. 차박사가 아무리 그 원인을 규명하려 해도 알 길이 없는 것이다. 인간의 두뇌도 다른 신체의 부위와 마찬가지로 장기간에 걸쳐서 진화해 왔다고 한다. 그러나 로봇의 두뇌가 그러한 단시일 내에 진화할 수는 없는 것이다. 더구나 인공두뇌도 장착되지 않은 로봇의 경우에 그런 일이 가능할 수 있는 것인가?

뇌의 돌연변이가 생길 수는 있겠지만, 그것은 뇌가 있는 상태에서 하는 말이지 인공두뇌도 없는 단순한 기계인 로봇의 경우에 어떻게 그러한 이해할 수 없는 사태가 발생할 수 있느냐 하는 것을 과학적으로 해명하기 전에 차박사는 매일 로봇의 엉뚱한 명령과 지시에 시달려야 했다. 차박사에게 이것은 참으로 고통스러운 일이었다. 잠을 제대로 자지도 못하고 휴식도 제대로 취할 수 없을 정도로 로봇의 단련을 받아야만 했다. 차박사는 인간이 기계를 지배하지 못하고 오히려 기계의 지배를 받게 된다는 것이 얼마나 끔찍하며 견딜 수 없는 일이냐를 처음으로 체험하게 되었다. 로봇개발에 한참 열을 올리며 희망에 찼을 때에는 전혀 상상을 하지 못했던 사태가 마침내 벌어지고 만 것이다. 이것을 기계화의 부작용이라고 간단히 말해버릴 수 있는 문제인가? 그렇게 말하기에는 문제가 너무나 심각한 양상을 띠고 있는 것이다.

이 시점에서 차박사는 과학의 발달이 과연 인간에게 축복만을 가져다 준 것이냐에 관한 것을 심각하게 생각해 보기 시작했다. 차박사 이외에도 이 문제에 관하여 체계적으로 논의할 필요가 있다는 데 동의한 과학자들의 세미나가 열렸다. 이 세미나에는 과학자들뿐만 아니라 철학자와 사회학자들도 참석하여 열띤 토론을 했다.

"로봇공학을 전공하고 있는 차명수입니다. 저는 그동안 단순

작업만 반복하는 사무직 로봇과 인간처럼 생각하고 행동하는 인간두뇌를 갖고 있는 로봇을 개발했습니다. 그런데 그러한 로봇의 개발이 인간에게 혜택을 가져다 준 측면도 있었지만, 인간의 지시와 명령에 어긋나는 사태를 가져오는 경우도 있습니다. 인간을 위하여 로봇이라는 기계를 개발한 것인데, 로봇이 인간의 지시나 명령을 더 이상 듣지 않게 된다면 그러한 기계를 개발할 필요가 무엇인지 회의가 생기게 되었습니다. 이 문제와 관련하여 여러분의 고견을 듣고 싶습니다.”

“과학기술의 발달이 이전에는 인간이 누리지 못했던 혜택을 인간에게 가져다 준 것만은 틀림없는 일입니다. 그런데 차박사께서 방금 지적해 주신 대로 로봇개발의 부작용이 생길 수 있다는 사실을 간과해 온 것이 문제라면 문제일 수 있을 것입니다. 아마도 예상하지 못했던 엄청난 부작용을 우리들에게 가져다주는 문제로 발전할 수도 있을 것입니다.”

사회학자인 K대 이기호교수의 지적이었다. 그는 이에 더하여 다음과 같은 논평을 추가했다.

“과학기술발달의 사회학적 영향에 관한 연구가 제 전공분야입니다. 어떠한 사회변혁, 특히 과학기술의 발달도 그 중에 포함시킬 수 있는데, 이것은 그 어느 것이나 결국에는 인간의 사회생활에 막대한 영향을 미치게 되는 것입니다. 차박사께서 염려하시고 계신 사태는 과학기술의 발달이 필연적으로 가져다주는 사회적인 현상이라고 보면 되는 것입니다. 전혀 엉뚱한 현상은 아닌 것입니다.”

과학자와 사회과학자의 정상적인 의사소통이 제대로 이루어지고 있지 않은 우리 사회에서 이교수의 지적은 실로 차박사에게 충격적인 것이었다. 왜냐하면 차박사는 지금까지 로봇의 개발에 대해서만 전념해 왔지, 그러한 개발이 사회에 미치게 될 영향 같은 것에 대해서는 전혀 신경을 쓰지 않았기 때문이다. 이번 세미나를 통하여 차박사는 생전 처음으로 과학기술의 발달이 미치는 사회학적인 영향에 대하여 심각하게 생각하기 시작했다. 지금까지 차박사는 로봇기술의 연구개발에만 치중해 왔는데, 앞으로의 연구방향은 단순한 기술개발에만 치중할 것이 아니라, 그러한 기술개발이 가져다 줄 수 있는 사회경제적인 영향에 대한 것을 고려하면서 연구개발을 해야 하겠다는 방향설정을 새로 하게 되었다.

만일 그가 이러한 사실을 미리 알았더라면, 단순히 노동력 확충의 수단으로만 생각하고 개발했던 사무직 로봇의 채용이 노동인력의 대량해직을 가져와서 큰 사회적인 문제를 가져오게 되는 사태를 미연에 방지할 수 있었을 것이다. 그가 이러한 사태의 발전을 미리 알 수 있었다면 절대로 인공두뇌를 가진 로봇의 개발 같은 것은 착수하지 않았을 것이다. 왜냐하면 인공두뇌를 가진 로봇의 개발은 사무직 로봇의 개발과는 비교가 되지 않을 정도로 심각한 영향을 인간사회에 미칠 수 있는 가능성이 얼마든지 있는 문제라고 할 수 있기 때문이다. 그러한 로봇은 인간을 사실상 대체하는 존재가 될 수 있는 것이다.

인간사회에 있어서 사실상 인간을 대체하는 로봇이 인간사회를 장악하는 경우를 생각하는 것 자체가 얼마나 끔찍한 일이겠는가? 인간이 직장에서 모시는 상사가 인간이 아니고 모두 인간 두뇌를 가진 로봇이라 한다면 그러한 직장에서 일을 해야만 하는 사람들의 느낌은 과연 어떤 것일까? 직장동료 중에도 그가 매일 대하는 동료가 인간이 아니고 로봇이라면 직장에 다닐 맛이 나겠는가? 인간이 상대하는 대상이 인간이 아니고 모두가 로봇이라면, 로봇하고 연애를 하고 결혼까지 해야 하는 것인가? 생각만 해도 끔찍한 일이다. 그러나 인공두뇌를 가진 로봇의 개발성공은 이러한 바람직하지 않은 사태를 우리가 예상했던 것보다 빠른 시일 내에 우리 사회에 나타나게 할지도 모르는 일이 아니겠는가?

차박사는 이러한 예상되는 사태의 발생을 미연에 방지하기 위하여 좀 늦은 감이 있기는 하지만, 지금까지 해온 인공두뇌를 가진 로봇 개발에 관한 연구를 즉시 중단하고 다른 사람이 그러한 연구를 계속하여 성공할 수 없게 하기 위하여 그의 연구 성과를 전부 영구폐기해 버리기로 결정했다.

그러나 그의 제자들은 어떻게 빼돌렸는지, 그의 연구 성과를 자신들의 앞으로의 연구를 위한 자료로 비치하고 차박사가 중단해버린 연구를 계속해서 드디어 인공두뇌를 가진 로봇의 개발에 성공을 하게 되었다. 차박사의 제자들에 의하여 인공두뇌를 가진 로봇의 개발에 성공하긴 했지만, 차박사의 뜻을 받들어 로봇의 국내보급은 하지 않기로 했다. 그 대신에 로봇의 해외판매를 촉진하여 로봇판매에 상당한 성과를 거두었다.

해외에서 인공두뇌를 가진 로봇의 급속한 구입증가가 과연 무엇을 의미하는 것인지는 알 수 없지만, 아마도 산업스파이로 인간 대신에 로봇을 대체하기 위하여 구입해가는 경우도 있는 것 같았다. 산업체간에 경쟁이 심해져 가는 현재에 있어서 산업기밀문서의 유출은 심각한 문제로 될 가능성이 많다. 산업스파이로서 비밀업무에 종사하는 경우에 인간은 언제나 생명의 위험을 감수해야 할 것이다. 그러나 만일 인간 대신에 로봇을 산업스파이로 투입하는 경우에는 로봇이 인간보다 훨씬 더 효과적으로 기밀정보를 수집할 수 있으며 생명의 위험도 거의 없다는 점에서 로봇을 선호하게 된다는 것이다.

　로봇은 또한 사고의 위험이 큰 고층빌딩의 건설현장에서도 선호하고 있다고 한다. 뉴욕과 같은 대도시의 고층빌딩 건설에 투입되는 인력은 아메리칸 인디언들인데, 이들에게는 사고의 위험 부담이 크기 때문에 생명보험의 가입대상도 되지를 못한다고 한다. 이런 경우에 인간 대신에 로봇을 투입하게 되면, 로봇이 인간보다 훨씬 더 능률적으로 일을 할 수 있으며 사고가 나는 경우에도 로봇은 인간이 아니기 때문에 로봇에게 인간의 경우처럼 보상해 줄 의무가 없다는 점에서 득이 된다고 할 수 있을 것이다.

　대륙을 횡단하는 장거리 트럭운전이나 버스운전과 같은 경우에는 인간 대신에 로봇을 운전사로 대체투입하는 경우에는 인간의 경우처럼 졸음운전과 같은 과로로 인한 사고를 미연에 방지할 수 있다는 것이다. 로봇의 경우에는 기계이기 때문에 24시간을 계속해서 쉬지 않고 운전을 강행하더라도 인간처럼 지치지도 않고, 졸음운전 같은 것도 할 필요가 없으며, 인간의 경우처럼 고액의 임금도 요구하지 않는다는 장점이 있다는 것이다.

로봇을 비행기 조종사로 쓰는 경우에는 최근에 정신이상자가 비행기조정을 했기 때문에 생긴 자살행위로 탑승자 전원이 추락사고로 사망을 하게 된 비극 같은 것은 결코 일어날 수가 없는 것이다. 로봇은 기계이기 때문에 정신이상자가 될 수 없으며 자살비행으로 인한 추락사고 같은 사고는 생길 수가 없는 것이다.

인간 대신에 로봇을 투입하는 경우에 예상되는 이익은 손실보다 훨씬 더 크다고 해야 할 것이다. 특히 위험부담이 큰 업무수행에 있어서 인간 대신에 로봇을 투입하는 것은 여러 가지로 장점이 있다는 것이다. 로봇을 인간 대신에 투입해야 할 영역은 앞으로 광범위하게 확장될 것으로 예상되고 있다. 로봇을 투입하는 경우에 예상되는 이익에 대한 연구는 앞으로도 꾸준히 계속되어야 하며, 그러한 이익이 있는 한, 우리의 노력은 중도에서 중단되어서는 아니 되는 것이다.

인공두뇌를 가진 로봇이 인간업무와 관련하여 인간을 대체해나가는 속도는 의외로 빠르게 진행될 수도 있는 것이다. 이러한 로봇은 인간이 할 수 있는 일은 무엇이나 대신 할 수 있는 것이다. 인간은 기계가 아니지만 기계는 인간이 할 수 있는 일을 무엇이나 할 수 있으며, 경우에 따라서는 인간보다 훨씬 더 능률적일 수 있을 것이다. 올림픽 경기에 인간이 아니라 로봇이 경기에 참가하는 경우를 생각해 보자. 100미터 경기에 있어서 인간은 한계가 있기 때문에 인간의 한계 이상 빨리 뛸 수는 없는 것이다. 그러나 로봇이 인간 대신에 100미터 경기에 참가하는 경우 로봇은 기계이기 때문에 인간의 한계를 넘어서 얼마든지 빨리 뛰어서 기록갱신을 달성할 수 있을 것이다. 수영경기에 있어서도 마찬가지이다. 로봇이 수영경기에 참가한다면, 세계신기록들이 계속해서 갱신될 것이다. 빙상경기에 있어서도 마찬가지일 것이다. 모든 경기에 있어서 인간은 로봇의 상대가 되지 않을 것이다.

로봇이 인간 대신으로 야구경기를 한다면 매번 타구를 할 때마다 홈런을 날리게 되어 경기가 아주 싱겁게 끝나고 말 것이다. 로봇끼리 하는 경기라면 몰라도 인간과 로봇이 야구를 한다면, 로봇이 일방적으로 인간을 이기게 될 것이니 그런 싱거운 경기를 누가 관전하겠는가? 이러한 현상은 어떠한 운동경기에 있어서도 로봇이 인간 대신 경기에 참가하게 되는 경우에 일어날 수 있는 현상이 될 것으로 예상된다. 이렇게 된다면 인간선수들은 로봇 때문에 모두가 선수생활을 접어야 할 것이다. 로봇의 존재는 운동선수들에게 치명적인 위험이 될 것이다.

로봇이 작가가 되는 경우를 생각해보자. 로봇도 작가수업을 한다면, 인간처럼 얼마든지 작가가 될 수 있으며, 인간 못지않게 훌륭한 작품들을 생각해 낼 수 있을 것이다. 노벨문학상 수상자도 로봇 가운데에서 나올 가능성도 충분히 있는 것이다. 로봇은 감성이 없는 단순한 기계이기 때문에 인간처럼 생각을 하는 데는 별문제가 없겠지만, 인간처럼 시를 쓸 수 있는지는 의문이다. 그러나 시를 제외한 다른 장르의 문학에는 충분히 기여할 수 있을 것이다.

로봇은 학문의 세계에서도 인간처럼 두각을 나타낼 수 있을 것이다. 로봇의 인공두뇌는 인간의 두뇌를 추월할 수 있는 충분한 능력을 갖고 있다고 보아야 할 것이다. 그렇게 본다면 인간이 관여하고 있는 모든 학문분야에 있어서 로봇도 인간처럼 연구를 할 수 있으며 인간 못지않은 학문적인 기여를 충분히 할 수 있을 것이다. 로봇은 인문사회과학 분야보다는 과학기술 분야에 있어서 인간보다 더 많은 기여를 할 수 있을 것이다. 로봇이 컴퓨터를 사용하여 학문연구를 하는 경우를 한번 생각해보자. 기계가 기계를 활용하고 있으니 하는 말이다.

로봇이 대학교수가 되어 학생들을 가르치는 경우를 생각해보자. 로봇도 인간과 같은 모습을 하고 있다면 별 문제가 없겠지만, 과학기술이 제아무리 발달하더라도 인간과 같은 로봇을 만들어 내는 것은 현재의 과학기술의 발달단계로는 거의 불가능한 일이라고 할 수 있을 것이다. 그렇다면 기계에 불과한 로봇이 인간인 학생들을 가르치는 기현상을 학생들은 어떻게 받아들일 것인가? 로봇교수들에게 대한 거부감으로 수업거부를 하게 되지는 않을 것인지 우려된다. 로봇교수가 인간교수보다 지식면에 있어서 훨씬 우수한 경우에도 인간학생들의 로봇교수에 대한 거부감은 지속적으로 남아있게 될 것인지 무척 궁금하다.

로봇이 정치인이 되는 경우를 생각해보자. 대통령선거에 있어서 로봇후보자와 인간후보자가 대립하는 경우에 인간유권자들은 누구에게 투표할 것인가? 단순히 로봇이라는 이유로 로봇후보자를 투표하지 않을 것인가? 이것은 마치 유권자들이 여성후보자를 차별하고, 흑인후보자를 차별하는 것과 마찬가지 수준에 있어서의 차별행위로서 부당한 행위라고 말을 해야 할 것인가? 국회의원 선거나 지방의회의원 선거에서도 발생할 수 있는 사태이다. 이러한 문제에 대한 유권자의 태도는 어떤 것이어야 할 것인가? 로봇을 인간과 같이 대우하기로 일단 결정한 이상 로봇에 대한 차별대우는 바람직하지 않은 일일 것이다.

로봇정치인은 인간정치인의 경우처럼 상대방의 다리를 잡는 것과 같은 야비한 일은 하지 않을 것이다. 로봇은 일부의 정치인들처럼 뇌물을 받지 않을 것이다. 정치를 하면서 인간과는 다르게 화합의 정치를 하기 때문에 정쟁을 지양할 수 있을 것이다. 로봇정치인은 국회에서 거수기로 전락될 가능성도 있지만, 현재의 국회처럼 별 것 아닌 것들을 갖고 싸우기만 하지는 않을 것이다.

로봇병사의 경우를 생각해 보자. 로봇은 상급자의 명령에 절대복종하며 인간의 경우처럼 왕따를 시키거나 왕따를 당하여 그것을 보복하겠다고 총기사고를 일으켜서 사람을 죽이거나 상하게 하는 일 같은 것은 하지 않고 병영생활을 충실히 하게 될 것이다. 전쟁이 일어나는 경우에도 로봇병사는 전투에 용감히 참가하여 적을 섬멸시키는 일에 앞장을 서게 될 것이다. 로봇은 기계이기 때문에 혹한에도 잘 참으며 전방경계에 충실히 임할 수 있을 것이다. 인간병사와는 달리 질병으로 인한 병가 같은 것도 신청할 필요가 없을 것이며, 인간병사처럼 휴가를 가려고 하지도 않고, 특별히 외부의 민간인과 만날 필요도 없기 때문에 대부분의 경우 소속부대에 그대로 남아있기를 원한다고 보면 될 것이다.

로봇공무원의 경우를 생각해본다면 인간공무원보다 장점이 더 많다고 해야 할 것이다. 공무원연금과 같은 퇴직 후의 생활보장을 위한 조치를 강구해주지 않아도 인간처럼 불평을 하거나 시위를 하지는 않을 것이다. 왜냐하면 로봇은 기계이기 때문에 인간의 경우처럼 연령에 의한 퇴직을 시킬 필요 없이 계속 근무할 수 있도록 하는 것도 가능할 수 있을 것이다. 로봇공무원에게는 인간공무원에게 적용되는 사항을 전부 그대로 적용하는 대신에 로봇의 특수성에 맞는 별도 근무규정이 필요할 것이다. 인간은 퇴직을 해야 하지만, 특별한 사유가 없는 한 퇴직할 필요가 없는 로봇공무원의 효용가치는 참으로 크다고 할 수 있을 것이다. 로봇의 공무원 채용은 현재의 공무원 제도에 대한 대폭적인 수정을 해야 할 것이다. 극단적인 경우에는 인간공무원 대신에 로봇으로 대부분의 기존 공무원직을 대체하게 될 필요가 있을지도 모르는 일이 아니겠는가? 로봇은 인간처럼 불평을 하지 않기 때문에 로봇에 의한 인간대체의 사태가 생기게 될 가능성은 얼마든지 있는 것이다.

기업체에 있어서도 공무원의 경우와 같은 대체효과를 자연스럽게 받아들이게 될지도 모르는 일이다. 열사의 사막인 중동에서 인간은 낮에는 더위 때문에 일을 제대로 하지 못하고 밤에만 일을 할 수밖에 없는데, 로봇의 경우에는 그러한 일기의 급속한 변동에 관계없이 거의 24시간을 휴식 없이 계속 근무를 해도 견딜 수 있기 때문에 인간보다는 지속적인 노동력의 제공자가 될 수 있을 것이다. 로봇도 기계이기 때문에 여타의 기계처럼 계속 사용하다보면 고장이 날 수 있기 때문에 시간표를 짜서 로봇의 교대근무를 효율적으로 적용한다면 로봇이 고장이 날 수 있는 가능성을 사전에 방지할 수 있을 것이다. 인간의 경우처럼 병이 나서 근무를 못하는 경우에도 급료를 주는 경우와는 다르다고 할 수 있을 것이다.

로봇근로자들은 인간처럼 파업을 하지 않을 것이다. 인간근로자들은 임금이 계속 일정수준으로 인상되기를 원하고 있는데, 기업주들은 기업경영과 관련된 여러 가지 사정을 감안할 때 근로자들이 원하는 만큼의 임금을 매년 인상시켜 줄 수는 없는 것이다. 이러한 근로자와 기업주간의 이익충돌은 해마다 노사분규로 나타나서 기업의 정상적인 경영을 일시적으로 마비시키고 있다. 이와 마찬가지로 대학등록금 인상으로 인한 학내분규도 같은 맥락에서 이해할 수 있을 것이다. 대학당국에서는 재단에서 학교운영비를 충당하는 대신에 모든 대학운영비를 학생들의 등록금에 의존하고 있는 취약구조 때문에, 등록금분규는 임금분규와 마찬가지로 연중행사처럼 되어 버린 지 이미 오래 되었다. 대학운영비에 적자가 해마다 생긴다는 구실로 대학당국에서 모든 학생들에 대한 등록금 인상을 시도하여 학생들의 불만을 사고 있다. 대학당국에서 좀 더 합리적인 경영을 한다면 낭비적인 요소가 있는 비용지출을 상당히 절감할 수 있을 것이다. 등록금 인상도 해마다 모든 재학생을 상대로 인상할 것이 아니라 신입생에 한해서 인상하고 인상된 등록금액수는 신입생이 졸업해서 대학을 떠날 때까지 어떠한 변동도 가하지 않고 일관성 있게 나간다면 대학등록금에 대한 재학생들의 예측가능성 때문에 더 이상의 등록금분규는 방지할 수 있으리라고 본다.

해마다 발생하고 있는 임금과 등록금분규의 발생을 영구적으로 봉쇄하기 위하여 인간근로자와 인간대학생을 로봇근로자와 로봇대학생으로 대체하는 가능성에 관한 연구가 행하여진 일도 있었다. 그러나 만일 이러한 문제가 공식화 되어서 실제로 로봇근로자와 로봇대학생이 인간근로자와 인간대학생을 대체하는 사태라도 발생하게 된다면 보통 큰 일이 아닐 것이다. 이 문제는 비단 인간근로자와 인간대학생에 국한된 문제는 아닐 것이다. 로봇이 인간을 도와주는 한계를 넘어서 로봇과 인간이 공존하는 사회가 된다면 인간은 인간으로서 지금까지 누리고 있었던 기득권의 일부를 로봇에게 양보하지 않으면 아니 되는 사태까지 발생하게 될 것이다. 이것은 실로 큰 문제라고 아니할 수 없을 것이다.

인공두뇌를 가진 로봇은 그 숫자가 많아지고 차츰 인간이 하던 업무를 도와주는 범위를 넘어서 인간을 대체해버리는 지경까지 이르게 된다면 보통 심각한 문제가 아닐 것이다. 우리 사회는 이러한 로봇의 급속한 보급이 사회에 미치는 심각한 효과에 대하여 일찍이 구체적으로 생각해 본 일이 없었기 때문에 실로 황당한 일로 받아들이고 있다. 그런데 문제는 이러한 추세를 이전처럼 그냥 무대책으로 일관할 수는 없을 정도로 문제가 심각해지고 있다는 것이다. 이 문제야말로 인간에게 있어서는 사활을 거는 문제라 할 수 있을 것이다. 일찍이 로봇개발에 선도적인 역할을 했던 차명수박사가 인공두뇌를 가진 로봇개발에 관한 연구를 중도에서 중단하고 모든 관련자료를 전부 영구폐기한 것도 로봇이 인간사회에 미칠 수 있는 부작용 때문이었던 것이다.

그런데 문제는 차박사가 폐기했던 로봇개발 관련자료를 제자들이 어떻게 빼내서 인공두뇌를 가진 로봇을 개발해냈다는 데에 있다. 이러한 로봇이 차박사의 뜻대로 개발되지를 않았다면 별 문제가 없었겠지만, 차박사의 연구성과를 전부 폐기해버리는 것은 너무나 아까운 일이라고 생각한 제자들은 차박사의 진정한 의도를 잘못 판단하여 제자들의 임의대로 인공두뇌를 가진 로봇을 개발해 낸 것이 이런 엄청난 결과를 가져오리라고는 제자들도 미처 예상하지 못했던 것이다. 비극의 시작은 바로 이러한 잘못된 판단착오에서 생겨난 일이다. 제자들은 차박사의 의도에 반하여 로봇이 인간사회에 가져다 줄 놀라운 부작용의 가능성에 대한 측면은 전혀 고려하지 않은 채, 로봇의 개발이 인간에게 도움을 주게 된다는 측면만 강조했던 것이다. 이러한 안이한 생각이 문제를 키운 것 같다.

이미 일은 벌어진 것이니 누구에게 잘못이 있느냐 하는 문제를 따져보아서 무엇하겠는가? 이러한 인간과 로봇간의 심각한 대립문제를 효과적으로 해결하여 인간과 로봇이 최소한의 손해를 감수하고 문제해결에 임해야 한다는 대원칙에 대하여 인간과 로봇간의 잠정적인 합의를 보았다. 그 합의의 골자는 로봇은 정년이 없지만, 로봇에게도 인간과 마찬가지로 인간처럼 정년제를 적용하여 기계인 로봇의 경우에도 퇴직을 시키자는 것이었다. 그런데 이 제안에 대하여 인간들은 대찬성이었지만, 로봇의 경우에는 불만이 대단했다. 로봇의 경우에는 정년을 훨씬 넘겨도 인간처럼 늙어서 병들어 죽지를 않고 여전히 씽씽하게 일을 계속할 수 있는데, 로봇을 인간 취급하여 정년규정을 적용하는 것은 잘못이라는 로봇 측의 반론이다. 바로 이점이 인간과 로봇간의 분쟁이 발생하게 되는 근거가 되는 것이다. 로봇에 대해서는 로봇에 관한 특별법을 적용하면 되고, 인간에 대해서는 로봇에 적용되는 특별법을 적용해서는 아니 된다는 것이다. 인간에게는 종전의 법체계를 그대로 적용하면 된다는 것이다. 그런데 이 문제는 말처럼 그렇게 쉽게 해결될 수 있는 문제가 아니라는 것이 인간과 로봇의 논의과정에서 분명하게 밝혀졌다.

이미 사회는 인간과 로봇이 공존하는 사회를 넘어서 인간과 로봇이 대립하는 사회, 더 나아가서 인간과 로봇이 각자의 영역확보를 위하여 격렬한 투쟁에 돌입한 사회로 변모하고 있을 정도로 심각하게 되었다. 이 문제에 대한 중재방안이 제안되었지만, 인간과 로봇의 욕구를 충족시키지를 못해서 아직까지 양자간에 합의점에 도달하지 못하고 있다. 솔직히 말하자면 인간이나 로봇 중에 어느 한쪽이 우리 사회에서 배제되지 않고서는 해결을 할 수 없는 문제라 할 수 있을 것이다. 이러한 요구사항은 인간이나 로봇 중에 그 어느 쪽도 양보할 수 없는 문제이다. 인간은 자신들이 지금까지 누려왔던 기득권을 로봇에게 양보할 생각이 전혀 없다. 로봇은 자신들이 어떤 면에서는 인간보다 업무능력이 뛰어나고 있는데, 왜 인간들만이 기득권의 혜택을 누리려 하고 자신들에게 양보하려 하지 않는 것에 대한 불만이 대단하다. 참으로 난감한 일이라 아니 할 수 없을 것이다.

만일 인간과 로봇 간에 전쟁이라도 일어난다면 과연 어느 쪽의 승리로 끝날 것인가? 참으로 예측할 수 없는 일이다. 인간이 승리한다면 이전처럼 인간이 지배하는 사회로 되돌아가는 것이다. 그러나 만일 로봇이 승리를 하여 인간을 그들의 지배하에 두게 되는 사태가 발생하게 된다면 이것은 보통일이 아니다. 기계가 인간을 지배하는 시대가 되었으니 하는 말이다. 이것이야말로 로봇을 개발한 사람들이 전혀 예측하지 못했던 사태의 발생이라 할 수 있을 것이다. 차박사만이 이러한 가능성을 염두에 두고 자신의 로봇개발을 위한 연구성과를 전부 폐기해 버렸을 것이다. 그런데 사태의 진전은 이미 엎질러진 물과도 같은 것이다. 주워 담아서 엎질러지기 전의 물로 되돌아 갈 수는 없는 것이다. 인간을 창조한 신이 인간의 악행이 자행되는 것을 보면서 느끼는 심정이 아마도 이러한 것이 아니겠는가?

만일 로봇이 인간을 제압하여 주도권을 잡게 되는 사태가 발생하게 된다면, 로봇은 더 이상 인간에게 주도권을 빼앗기는 일 없이 영구히 인간을 지배하기 위한 방안을 강구하게 될 것이다. 그렇게 된다면 인간은 마치 과거 36년간의 일제의 지배하에 고통을 받았던 것과 마찬가지로 로봇의 지배를 받게 될 것이다. 인간은 로봇의 지배 하에서 벗어나기 위한 독립운동을 집요하게 계속하게 될 것이다. 인간에게는 로봇의 이러한 인간에 대한 지배가 참으로 고통스러운 일로서 하루속히 인간이 로봇의 지배로부터 독립하여 인간의 자유를 되찾아야 하는 과제가 주어지게 될 것이다. 아마도 인간의 독립쟁취는 일제의 36년간의 압제보다도 더 길어질 수도 있을 것이다.

이러한 로봇지배의 사회가 현실로 나타나게 된다면 인간은 정말 하루하루를 살아갈 재미가 없을 것이다. 인간이기 때문에 기계가 지배하는 사회에서는 사실상 할 수 있는 일이 제한적일 수밖에 없을 것이다. 대부분의 주요업무는 모두 기계인 로봇이 독차지하고 있기 때문에 인간이 끼어들 여지가 없다. 지금까지 인간이 해오던 일을 로봇이 대신하고 있으니 로봇이 지배하는 사회에서 인간이 할 수 있는 일은 사실상 아무것도 없다고 해도 과언이 아닐 것이다. 이러한 사회가 존재할 수 있다는 것 자체가 인간에게는 굴욕적인 사실이라 아니 할 수 없을 것이다.

기계공학의 발달이 가져온 각종 기계들이 인간업무에 많은 도움을 주게 된 것만은 틀림없는 사실이라 할 수 있을 것이다. 그러나 이러한 기계화시대가 인간에게 혜택만을 가져다주었느냐 하는 문제에 대해서는 긍정적으로만 대답할 수는 없는 일이다. 자동차의 급속한 발달과 보급은 우리 인간에게 많은 혜택을 가져다 준 것만은 틀림없는 사실이다. 그러나 자동차가 인간에게 교통편의를 위한 수단으로만 제공되었던 것은 아니다. 해마다 증가하는 교통사고의 발생으로 수많은 사람들이 사망하거나 심한 부상을 입어 불구자가 된 사람들도 적지 않다. 이것이야말로 자동차의 보급이 인간에게 가져다 준 가장 큰 부작용이라 할 수 있을 것이다.

계산기의 발달은 인간이 복잡한 계산을 할 수 있도록 도와주었지만, 그러한 계산기 때문에 간단한 계산이나 암산으로 처리할 수 있는 것도 계산기가 있어야 하는 계산문맹자들을 양산해내게 되었던 것이다. 컴퓨터의 발달이 우리에게 많은 혜택을 가져다 준 것만은 틀림없는 사실이다. 이전에는 상상할 수 없었던 용량의 문서작성과 저장을 용이하게 해주고 있다. 인터넷을 통한 검색으로 어떠한 문헌에도 용이하게 접근할 수 있게 되어서 그러한 문헌들을 편집만 해도 훌륭한 자료를 만들어낼 수 있는 시대가 되었다. 이러한 인터넷을 통한 문서작성은 개인의 창의력의 향상과 독창력의 제고에는 아무런 도움도 되지 않는다는 것을 인정해야 할 때가 되었다.

우리는 과학기술의 발달이 우리에게 미치게 되는 양면성에 관한 것을 명확히 이해할 필요가 있을 것이다. 과학기술의 발달은 우리에게 혜택을 주는 면도 있지만, 우리에게 바람직하지 않은 부작용을 줄 수도 있다는 것이다. 우리가 살펴 본 인공두뇌를 가진 로봇의 개발이 인간에게 미친 혜택보다는 부작용이 훨씬 더 크다는 것을 알 수 있었다. 혜택과 부작용을 비교해 볼 때 혜택보다 부작용이 훨씬 더 클 때에도 과학기술의 발달을 일방적으로 환영만하고 있을 수는 없는 일이 아니겠는가?

3. 기후변화

겨울에는 춥지 않고 여름에는 덥지 않은 기후로 바뀌게 된다면 우리의 생활은 어떻게 변하게 될 것인가? 급격한 기후변화가 인간을 비롯한 동물과 식물을 포함하는 생태계에 막대한 영향을 줄 수 있다는 것은 잘 알려진 사실이다. 인간의 생활에는 변화가 없는 기후가 좋을 것 같지만, 변화가 별로 없는 기후는 인간의 의욕을 자극하지를 않아서 그러한 기후에서 생활하는 사람들에게는 발전이 없다는 것이다. 아주 더운 열대지방은 거의 옷을 벗고 살아가야 할 정도로 날씨가 덥기 때문에 그러한 지역은 휴양지로는 적합할지 모르지만 인간이 살기에는 적합한 지역이 아닌 것 같다. 열대지방에 사는 사람들은 더위에 머리를 식히기 위하여 하루 종일 물속에서 살다시피 해야 하기 때문에 머리를 쓸 기회가 별로 없을 것이다. 이와는 대조적으로 혹한의 겨울을 갖고 있는 지역에 사는 사람들은 추위를 막기 위하여 두꺼운 옷을 껴입어야 하며, 혹한에 견디며 살아남기 위해서는 더운 지역에서 사는 사람들보다는 추운지역에 사는 사람들이 머리를 더 써야 하기 때문에 그들의 머리가 더 우수하다는 말이 있을 정도이다. 세계적인 문호와 유명한 작가들도 더운 지방보다는 추운 지방에서 나왔다는 통계도 있다.

봄, 여름, 가을, 겨울의 4계절이 뚜렷한 지역에서 사는 사람들은 4계절의 뚜렷한 변화를 몸으로 체험하면서 살고 있다. 요즘에는 지구적인 기후변화의 영향으로 차츰 4계절의 변화가 모호해지고 있다. 겨울과 여름은 길지만 봄과 가을은 무척 짧아진 느낌이다. 겨울은 예전처럼 무척 춥고 여름은 여전히 무덥다. 무척 추웠던 겨울이 지나고 진달래와 개나리꽃이 피는 봄이 왔는가 하더니 어느 새 무더운 여름이 되고, 무더운 여름 더위에 시달리다 보면 어느 새 여름은 가고 단풍이 물드는 가을이 되고 곧 얼마 있지를 않아서 추운 겨울이 닥치게 된다. 이러한 4계절의 뚜렷한 변화는 그러한 기후에서 사는 김수동에게 아주 익숙한 풍경이다. 이러한 김수동이 하루 종일 땀을 흘려야 하는 열대지방에서 살게 되었다면 어떠한 변화를 경험하게 될 것인가?

수동은 하와이의 와이키키 해변에서 해수욕을 즐길 수 있는 기회를 갖게 되었다. 하와이대학교 대학원에서 2년간 지구과학의 석사학위 공부를 하러 온 것이다. 그의 주요 연구 분야는 기후변화에 관한 것이었다. 여러 대학에 갈 수 있는 가능성이 있었지만, 구태여 하와이 대학교로 정한 이유는 공부도 하고 열대지방에서 즐길 수 있는 기회를 동시에 가질 수 있는 곳으로 하와이만큼 적당한 곳도 찾기 힘들었기 때문이다. 하와이에는 교포들도 많이 살고 있어서 외국에서 생활하는 데서 오는 향수를 덜 느낄 수 있어서 좋았다. 아직 총각이라 홀가분해서 좋았다.

하와이 섬은 미국의 50개 주의 하나이지만 미국본토와는 떨어져 있는 태평양상의 하와이군도로서 하와이의 주도 호놀룰루는 오하우 섬에 있으며 하와이대학교는 이 섬에 소재하고 있다. 하와이의 기후는 열대성기후로서 연중 더운 날씨를 보여주고 있어서 주민들은 반소매와 반바지에 맨발로 샌달을 신고 다닌다. 지형은 제주도와 비슷하지만 날씨가 더워서 피서지로서는 최상이라 할 수 있다. 사람들은 아침부터 서핑을 할 정도로 수온도 따뜻하다. 열대성 기후를 연구하는데 하와이는 적격이라 할 수 있을 것이다. 수동은 하와이에서 공부도 하고 풍광도 즐길 수 있어서 그가 원했던 대로 하와이에 유학을 오게 된 것이 참 잘 된 일이라는 생각이 다시 들었다.

50년 전만 하더라도 동경에서 미국본토까지 직행하는 제트기 항로는 없었다. 당시에 미국유학을 가려면 한국의 김포공항에서 작은 비행기를 타고 동경의 하네다비행장까지 가서 기다렸다가 미국 가는 대형제트기를 갈아타고 가야 하는데, 미국본토까지 가는 대형비행기도 미국본토까지 직행하는 비행기는 없었고, 하와이에 기착하여 급유를 받고 난 후에 다시 미국본토까지 날아가곤 했다. 이러한 의미에서 호놀룰루 비행장은 교통의 요충지였다. 지금은 비행기도 커지고 성능도 좋아져서 미국서해안에 있는 LA나 샌프란시스코까지 직행하는 것은 물론 동부해안에 있는 뉴욕이나 보스턴까지 갈 수 있는 직항코스가 있다 보니, 이

전처럼 호놀룰루에 기착하여 급유를 받을 필요가 더 이상 없어졌다. 이제는 하와이에 가려면 하와이까지 가는 비행기 표를 따로 끊어야 한다.

하와이는 겨울에는 덜 덥고 여름에는 좀 더 덥기는 하지만, 한국의 4계절에 익숙해진 사람이 가서 살기에는 무척 더운 날씨라 할 수 있다. 기숙사, 도서관 및 강의실 등에 냉방시설이 잘 되어 있어서 건물 내에 있을 때는 더위를 별로 느낄 수 없지만, 건물 밖으로 나오게 되면 무더운 날씨에 지칠 수 있다. 우리나라의 복중의 더운 날씨보다 더 덥다고 보면 정확할 것이다. 4계절의 변화가 없는 곳이라 수동은 그러한 날씨에 적응하는데 시간이 좀 걸렸다. 수동의 생각으로는 하와이 같은 더운 지방보다는 노르웨이와 같이 겨울이 길고 눈이 많이 내리는 추운 나라에서 사는 것이 정신건강에도 좋을 것이라는 생각을 해보았다. 더운 지방에서는 격식을 차릴 필요 없이 시원하게 입고 다니면 되니 속편한 일이기는 하다.

수동은 하와이에서 공부를 마치면 북유럽국가로 유학을 가서 그 지역의 추운 겨울을 직접 체험하면서 기후변화에 관한 연구를 계속해 볼 생각이다. 지구기온의 온난화 추세로 바다의 수위가 계속 상승하고 있는데, 이러한 추세는 지구온난화로 인하여 북극의 빙산이 녹아내려서 바다의 수위상승에 박차를 가하고 있다. 이러한 추세가 상승되어 바다의 수위가 1미터 이상 상승하는 경우에는 뉴욕 항을 비롯한 세계의 주요 항구들이 바다 밑으로 가라앉게 될 위기에 처하게 될 수 있다는 것이다.

지구온난화의 진행은 기상현상에도 이상 현상을 가져와서 겨울은 몹시 추워져서 폭설이 이어지며, 여름에는 태풍의 세력이 거세어지고 폭풍우도 강해질 뿐 만 아니라 좀 더 빈번해져서 지구상에 막대한 피해를 가져오게 된다는 것이다. 이러한 의미에서 볼 때 김수동이 공부하고 있는 지구과학은 기후변화의 문제를 중요한 연구과제의 하나로 다루고 있다. 수동은 미국유학을 오기 전에 기상대에서 2년간 인턴으로 일한 일이 있었다. 그때부터 기후변화의 중요성을 인식하고 그와 관련된 공부를 해오다가 이번에 하와이대학교로 유학을 오게 된 것이다. 기상대에서 근무할 때에 그가 습득한 기상예보에 관한 지식은 그의 기후변화 연구에 많은 도움이 될 것이다.

　네덜란드와 같은 국가는 국토면적의 3분의 1이 해수면보다 2미터나 밑에 있어서 그 나라에서는 일찍부터 바닷물의 유입을 막기 위한 댐건설에 열성적이었다. 그러나 그런 국가의 경우 해수위가 1미터 상승하게 되면 현재의 제방으로는 해수의 유입을 막을 수 없게 된다는 것이다. 이것은 네덜란드에만 심각한 문제가 아니라 다른 해안지역도 같은 운명에 처하게 될 수 있다는 것이다.

　처음으로 영어로 강의를 듣는 것이니 교수가 하는 강의내용을 제대로 알아들을 수 있을지 처음에는 무척 염려가 되었다. 교수마다 학기 초에 배부해 주는 과제도서 목록을 접하고 보니 상당수의 도서가 수동이 한국에서 이미 접해본 일이 있는 도서라 친숙한 느낌도 들고 대학원공부를 하는데 자신감도 들게 되었다.

자연과학분야의 공부는 인문·사회과학분야의 공부처럼 방대한 양의 독서를 요하지 않는다. 영어에 능통하면 좋겠지만, 영어를 능통하게 하지를 못해도 인문·사회과학분야와는 달리 진도를 따라 가는데 별 어려움이 없다고 해도 무방할 것이다. 이러한 장점을 살려서 수동은 공부에 전념하기로 했다.

기후변화의 문제는 심각한 현실적인 문제로 나타나고 있음에도 불구하고 이와 관련된 학문적인 연구와 대책의 강구는 아직도 초보적이며 미온적인 상태에 머물러 있다. 지구온난화의 문제는 이산화탄소(CO_2)와 같은 온난화 원인물질인 온실가스의 발생 때문인데, 온실가스의 발생은 석탄이나 석유와 같은 화석연료의 연소 때문이라는 것이 잘 알려져 있다. 이러한 연료의 연소는 현대산업생산에 있어서 불가결한 일이다. 그 연소를 줄여서 온실가스의 발생을 사전에 방지할 수는 있지만, 그러한 저감대책은 산업생산의 위축을 전제로 하는 경우에만 가능한 것이다.

온실가스의 효과적인 저감대책은 한 국가의 노력만으로는 달성될 수 없으며, 세계의 모든 산업국가들의 국제협력에 의해서만 달성될 수 있는 문제인 것이다. 이러한 국제협력을 가능하게 해주는 교토의정서가 체결되었지만, 국가 간의 이익충돌로 의정서가 존재함에도 불구하고 온실가스 발생의 저감대책을 위한 국제협력이 효과를 거두지 못하고 있는 것이 현재의 실정이다. 이러한 기후변화와 관련된 핵심문제를 잘 알고 있는 김수동은 그가 현재 연구하고 있는 자연과학분야의 지식만으로는 기후변화 문제를 다루는데 한계점이 있다는 것을 그의 연구가 진행됨에 따라 좀 더 절실하게 느끼게 되었다.

기후변화의 문제야말로 학제적 연구가 절실하게 요구되는 대표적인 분야라고 할 수 있을 것이다. 환경문제와 같은 다학문적인 연구가 필요한 분야는 관련 학문분야의 공동연구에 의해서만 바람직한 효과를 발생할 수 있을 것이다. 다행히 미국의 대학원에서는 환경문제의 학제적 연구에 관한 방법론이 체계적으로 확립되어 있기 때문에 수동이 기후변화에 관한 학제적 연구에 접근하는 데는 별 문제가 없었다. 다만 그의 능력에는 한계점이 있기 때문에 자연과학이 전공인 수동이 기후변화와 관련된 인문 · 사회과학분야의 지식까지 연구의 범위에 포함시키는 것은 좀 무리가 있는 일이라 할 수 있을 것이다. 자연과학과 인문 · 사회과학의 연구결과가 모두 필요한 기후변화에 관한 학제적 연구는 제아무리 유능한 학자라 하더라도 한 개인의 능력만으로는 만족한 성과를 가져올 수 없는 문제이다. 기후변화와 관련된 모든 학자들의 공동연구에 의해서만 가시적인 효과적 성과를 달성할 수 있는 분야인 것이다.

인문 · 사회과학분야는 수동의 연구 분야가 아니지만, 기후변화문제를 자신의 대학원 연구주제로 정한 이상 비록 전공은 아니지만 인문 · 사회과학분야에서 행하여진 연구결과에 관하여 언제나 예의주시할 필요가 있는 것이다. 이러한 점에서 수동은 2중의 부담을 떠안게 된 셈이다. 미국대학에 유학을 와서 처음으로 영어로 공부를 하게 된 수동은 영어를 따라가기에도 상당한 부담이 되고 있는데, 이러한 부담에 더하여 기후변화와 관련된 자연과학의 연구는 물론 인문·사회과학분야의 연구 성과에 대한 것까지 파악하고 있어야 하는 것이다. 이러다 보니 수동은 한동안 공부 이외의 다른 문제에 대해서는 전혀 생각할 수 없는 생활을 할 수밖에 없었다. 유학생의 생활이라는 것이 이렇게 힘든 것인지 하는 것을 수동은 처음으로 깨닫게 되었다.

1학기 과목인 기후변화 세미나는 학제적 접근을 시도하는 대표적 시도라 할 수 있을 것이다. 다른 과목들은 기후변화와 관련된 한 측면만을 연구의 대상으로 하기 때문에 기후변화의 본질을 이해하는데 한계점이 있는 것이다. 그러나 기후변화 세미나에는 지구과학을 전공하는 학생들뿐만 아니라 철학, 사회학, 국제정치학, 국제법 등 인문·사회과학을 전공하는 학생들까지 참석하여 공동관심사인 기후변화에 관한 의견교환을 할 수 있는 기회가 주어지는 것이다. 이러한 세미나를 통하여 수동은 다른 관련 학문을 전공하는 학생들을 통하여 기후변화를 어떻게 이해하고 있느냐를 알게 되어 많은 것을 새롭게 배울 수 있는 기회를 갖게 되었다.

지도교수인 글랜박사의 세미나 채택의 변을 들어보자.

"본 세미나를 정규과목으로 채택한 근본이유는 이 세미나야말로 기후변화에 관한 최초의 학제적 접근을 시도하고 있는 과목이라는 점 때문입니다. 다른 기후 관련 과목 중에 이 세미나처럼 학제적 접근을 시도하고 있는 학과목은 아마도 없을 것입니다. 기후변화에 관심이 있는 학생들은 전공에 관계없이 누구나 이 세미나 과목을 선택할 수 있습니다."

"저는 국제정치학을 전공하고 있는 스튜워드입니다. 기후변화 문제는 국제정치학에서도 중요하게 다루어지고 있습니다. 온실가스의 저감을 위한 교토의정서가 체결되기는 했지만, 미국이나 중국과 같은 온실가스 배출량이 큰 국가들의 국제협력이 이루어지지 않았기 때문에 국제조약의 실효성이 반감되고 있는 것이 현재의 실정입니다. 어떻게 강대국가들의 적극적인 참여를 유도할 수 있느냐 하는 것이 문제해결의 관건이지요."

한 국제정치학자는 미국과 구소련, 그리고 최근에는 중국이 포함되는 초강대국가들만이 국제정치의 향방을 결정할 수 있는 것이지, 대부분의 군소국가들은 국제정치의 진로를 결정하는 문제에 있어 전혀 발언권이 없다고 이미 50여 년 전에 그의 국제정치학 책에서 주장했었다. 이러한 그의 주장은 온실가스 저감 문제와 관련지어 생각해 볼 때 하나도 틀린 것이 없다. 미국과 중국의 자발적인 협력을 이끌어내지 못하고는 온실가스의 저감을 위한 국제협력의 가능성은 벽에 부딪친 것이나 다름이 없다는 것을 수동은 기후변화세미나를 통하여 깨닫게 되었다.

이러한 국제정치의 냉엄한 사실을 깨닫게 되자 수동은 자신이 현재 진행하고 있는 기후변화에 관한 연구가 자신에게 무슨 의미가 있느냐 하는 것을 처음으로 생각해 보기 시작했다. 이미 답은 나와 있는 문제를 갖고 더 이상 힘들게 씨름을 할 필요가 있겠는가 하는 비관적인 생각까지 들기 시작했다. 강대국가들이 온실가스 저감대책에 대하여 소극적인 한, 온실가스의 성공적인 저감효과를 달성할 수는 없는 것이다. 자연과학은 온실가스의 발생원인과 파급효과에 관한 과학적인 연구는 할 수 있지만, 이 문제를 정치적으로 해결할 수 있는 능력은 없는 것이다. 온실가스의 문제는 과학적인 문제일 뿐만 아니라 정치적인 문제이기도 하다. 정치적인 문제는 국내정치에서도 변수가 많이 작용할 수 있는 분야인데, 국제정치의 분야에 있어서는 예측가능성이 거의 없다고 해도 과언이 아닐 것이다.

기후변화의 해결과 관련된 자연과학적인 분야는 연구 성과를 거두고 있지만, 국제정치에 의한 제동이 걸리고 있는 것이다. 왜냐하면 기후변화의 문제야말로 그야말로 다면성을 갖고 있는 문제이기 때문이다. 수동은 기후변화의 문제점이 어디에 있는지를 분명히 알게 되었다. 기후변화는 단순한 자연현상이 아니라 인위적인 원인에서 생기는 문제인 것이다. 태풍이나 토네이도와 같은 현상은 순전히 자연현상으로 생기는 것이므로 거의 예측가능성이 없는 것이다. 지진과 같은 자연현상도 마찬가지라 할 수 있을 것이다. 그러나 기후변화는 자연현상이라기보다는 인위적인 원인으로 생기는 현상이므로 인간이 이러한 문제의 발생을 사전에 방지할 수 있는 것이다. 다만 인간이 이 문제를 방치하고 해결책을 강구하지 않는다면 문제가 발생할 수 있다는 것을 분명히 알아야 한다는 것이다.

이러다 보니 수동의 관심사도 기후변화에 관한 자연과학적인 연구에서 국제정치학 쪽으로 자연스럽게 이행하게 되었다. 기후변화의 문제는 자연현상이 아니라 국제정치의 문제라고 하는 인식의 전환이 수동을 미래의 자연과학자가 아니라 국제정치학자로 만들게 되는 계기가 된 것이다. 이것은 미국유학을 갈 때에 수동이 전혀 예상하지 못했던 발상의 일대전환이라 할 수 있을 것이다. 비록 군소국가 출신인 수동으로서는 국제정치를 움직일 수 있는 주역은 될 수 없지만, 국제정치의 향방을 예측할 수 있는 유명한 국제정치학자가 될 수는 있는 것이다. 자연과학을 공부하러 왔다가 국제정치학이라는 사회과학으로 전공을 바꾸게 된 수동은 참 잘한 일이라는 것을 국제정치학 공부를 새로 시작하면서 좀 더 확신을 하게 되었다. 국제정치학이 자연과학보다 훨씬 더 재미가 있으며, 연구할 분야가 훨씬 더 많다는 것을 알게 된 수동은 국제정치학 연구에 열을 올리게 되었다. 한국의 분단도 국제정치의 희생자가 되었기 때문이며, 구한말의 한국을 중심으로 전개한 열강의 각축전도 국제정치 때문이라는 것을 새삼스럽게 알게 되었다.

국제문제는 국제정치의 해결을 수반하지 않는 한 미해결의 문제로 남아있을 수밖에 없다는 것이다. 기후변화나 온실가스의 문제를 자연과학의 연구방법론을 적용하여 접근할 수는 있다. 그러나 자연과학적인 연구는 일정한 한계점이 있는 것이다. 물론 국제정치의 연구도 단순한 연구자로서는 한계점이 있지만, 국제정치의 결정권자인 강대국가들의 행동방향을 결정해주는데 국제정치학자들의 연구가 결정적인 영향력을 미칠 수 있는 것이다. 온실가스의 문제가 그러한 국제정치상 강대국가들의 결정을 요하는 중대한 문제 중에 하나이다. 왜냐하면 온실가스문제가 강대국가들의 합의에 의하여 조기에 해결될 수 있다면, 온실가스로 인한 기후변화의 문제는 더 이상 발생할 수 없기 때문이다.

수동은 기후변화의 자연과학적 연구를 하와이대학교에서 석사학위를 받는 것으로 일단 마감하고 국제정치학 공부를 본격적으로 하기 위하여 뉴욕시에 있는 컬럼비아대학교 대학원으로 가기로 결정하고 3월 학기부터 국제정치학 공부를 정치학과에서 시작했다. 미국의 학제는 한국과는 달라서 수동의 경우처럼 석사과정에서 자연과학을 전공했다 하더라도 박사과정에서는 사회과학으로 전공을 얼마든지 바꿀 수 있게 되어 있다. 국제정치학을 전공하려면 가장 기본이 되는 과목인 국제법과 국제조직을 동시에 공부하도록 대학원에서 요구하고 있다. 이러한 요구사항은 국제법이나 국제조직을 전공하는 경우에도 동일하게 요구되는 요구사항인 것이다. 왜냐하면 국제관계학이라고 말해지는 보다 넓은 학문분야는 국제정치, 국제조직 및 국제법에 관한 해박한 지식의 배경 없이는 공부할 수 없는 분야이기 때문이다.

정치학과에서 택하는 과목마다 수백 권의 과제도서를 내주는 것을 대하면서 수동은 처음에는 아연해질 수밖에 없었다. 이러한 일은 한국의 대학에서는 물론 하와이대학교에서도 일찍이 체험하지 못했던 처음 겪는 일이기 때문이다. 컬럼비아대학교 대학원공부가 어렵다는 말은 들었지만, 과연 그렇구나 하는 것을 교수들이 내주는 다량의 과제도서에서 실감할 수 있었다. 하와이대학교의 대학원공부도 쉬운 것은 아니었지만, 컬럼비아대학교의 대학원에서 정치학공부를 따라가자면 반쯤 죽었구나 하는 두려운 생가마저 들었다. 그냥 하와이대학교 대학원에서 기후변화에 관한 박사학위 공부나 계속할 것이지 엉뚱하게 국제정치학 공부를 하겠다고 컬럼비아대학교 대학원으로 경솔하게 찾아온 것이 잘못된 일이 아닌가 하는 후회도 해보았다. 그러나 일단 해보기로 결정한 공부이니 무슨 일이 있더라도 끝까지 공부를 해서 끝내기로 마음을 단단히 먹었다.

수동은 컬럼비아대학교 대학원에서 정치학 공부를 시작하면서 교수마다 왜 그 많은 과제도서들을 학생들에게 내주는 것인지 그 이유를 잘 알지 못했다. 그런데 속도가 좀 느리기는 했지만 미련할 정도로 교수들이 과제로 내 준 책들을 한권씩 차례로 읽어감에 따라 교수들의 의도를 차츰 이해할 수 있게 되었다. 교수들의 의도는 그 많은 책들을 해당학기 중에 전부 읽으라는 것이 아니었다. 누구라도 그 많은 책들을 한 학기동안에 읽는다는 것은 거의 불가능한 일이라는 것을 알면서 그 많은 책들을 교수들이 과제도서로 학생들에게 준 것일까? 교수들의 의도는 학생들에게 한 학기동안에 그 많은 도서를 전부 읽으라는 것이 아니라, 자신들이 가르치고 있는 학문 분야를 전공하려면 최소한도 그 정도의 도서를 참고로 해야 한다는 것을 학생들에게 알려주려는 것이었다.

국제정치를 공부하기 위한 선행과목으로서 국제조직을 공부하는 이유는 무엇인가? 유럽대륙의 전쟁으로 시작된 제1차 세계대전의 종전 후에 전쟁을 방지하고 세계평화를 유지하기 위한 국제조직인 국제연맹을 탄생시켰다. 그러나 국제연맹은 베르사이유조약의 체결에 의하여 독일제국의 항복을 받아냈지만, 독일에 대한 지나친 배상금을 받아낸 결과 독일은 파산하고 말았다. 이러한 불평등조약에 분노하고 있던 독일국민을 히틀러가 이끄는 나치에 의하여 재무장한 여세를 몰아서 오스트리아를 병합함으로써 베르사이유조약은 자동 폐기되고 제2차 세계대전이 일어나게 되었다. 국제연맹은 결국 제2차 세계대전의 발발을 막지 못하고 해체되어버린 셈이다.

제2차 세계대전의 종전 후에 미국, 소련, 중국, 프랑스, 영국 등 연합국가를 중심으로 51개국의 회원국가를 갖는 국제연합(UN)이 항구적인 국제평화와 안전보장을 위한 새롭고 유일한 범세계적인 국제조직으로 탄생했다. UN은 국제연맹보다 회원국가의 수에 있어서 뿐만 아니라 조직의 강화로 국제연맹보다는 좀 더 강력한 평화유지기관으로서의 역할을 하고 있다. 설립 당시에는 51개국이 회원국이었으나 2011년 현재 193개국으로 늘어났으며, 본부는 미국 뉴욕시에 있다. 제1차 세계대전 후에 결성되었던 국제연맹이 붕괴된 모순점을 해결하고 다시 한 번 세계평화질서를 재건하자는 노력의 결과, 1941년에 대서양헌장, 1942년 연합국공동선언을 거쳐 1943년 모스크바선언에서 국제기구설립의 일반원칙이 정해졌다. 이어 1944년 덤바튼오크스회담을 열고 미국, 영국, 소련, 중국 등 4대 강국이 일반 국제기구의 창설에 합의 '국제연합헌장'의 기초 작업에 들어갔다.

1945년 2월 얄타회담을 가진 연합국 수뇌는 그 해 4~6월 동안의 샌프란시스코회의에서 최종적으로 헌장을 채택했으며, 그해 12월 27일 51개국의 회원국 모두가 이를 비준했다. 헌장의 목적은 ① 세계평화와 안전을 유지한다. ② 세계 각국 간의 우호관계를 증진시키고 세계평화를 위한 적절한 조치를 강구함으로써, 국가 간의 분쟁을 평화적으로 해결하는데 국제연합이 중심적인 지위에 선다. ③ 비정치적 분야인 경제·사회·문화·인도 분야에서의 기능적 국제협력을 통한 문제의 해결과 인권과 기본적 자유의 신장을 위한 노력을 기울인다. ④ 이러한 공동목적의 달성을 위하여 각국의 행동을 조절하는 중심기구로서의 구실을 수행한다 는 것 등이다. 국제연합은 6개의 주요기관과 그 산하의 많은 보조기관과 전문기구를 두고 있다.

(1) 총 회 : 국제연합의 최고 의결기관으로서 각국의 주권평등의 원칙하에 표결시에는 1국 1표주의를 채택하고 있다. 안전보장이사회의 일차적인 책임 이외에는, 국제연합의 활동범위에 속하는 어떠한 문제라도 토의, 권고하는 권능을 가진다. 그리고 주요문제는 출석하여 투표하는 국가의 3분의 2 이상의 찬성으로, 일반문제는 과반수로 의결한다. 정기총회는 매년 9월의 셋째 화요일에 개최되어 왔으나 제52차 국제연합총회(1977년) 운영위원회에서는 제53차 총회부터 매년 9월 1일 이후 첫 번째 화요일에 총회를 개최하도록 결정하였다. 특별총회는 안전보장이사회의 요구가 있거나 총회에서 과반수 이상의 회원국들의 요구가 있을 때는 15일 이내에 개최한다. 그러나 세계평화에 대한 1차적 책임기관인 안전보장이사회가 강대국의 빈번한 거부권행사로 그 기능이 자주 마비되는 관계로 6·25 전쟁 중인 1950년 11월의 제5차 총회에서는 총회의 권능을 강화시키기 위하여 '평화를 위

한 단합결의(Uniting for Peace Resolution)'를 의결했다. 안전보장이사회에서의 거부권행사로 평화를 위한 적절한 조치를 취할 수 없을 때, 총회에 평화를 위한 적절한 조치를 권고할 수 있는 권능을 부여한 것이다. 그 후에 이를 위한 추가적인 조치를 취한 예로는 1956년의 수에즈운하 위기와 헝가리사태, 1958년의 레바논문제, 1960년의 콩고사태, 1967년의 제3차 중동전 등이 있다.

(2) 안전보장이사회 : 헌장상 국제평화와 안전의 유지를 위한 일차적 책임을 지고 있는 기관이다. 미국·영국·프랑스·소련·중국의 5대 상임이사국과 임기 2년으로 총회에서 선출되는 10개 비상임이사국 등 15개 이사국으로 구성된다. 상임이사국은 거부권을 행사할 수 있으며, 전상임이사국이 동의해야만 회원국을 구속하는 결정을 내릴 수 있다. 따라서 상임이사국의 거부권행사로 그 기능이 자주 마비되고 있다.

(3) 경제사회이사회 : 국제사회의 경제·사회·문화·교육·식량·통신 등 비정치적 문제를 다루는 기관이다. 총회에서 선출되는 임기 3년의 54개 이사국으로 구성되고 매년 18개국씩 개선되며, 재선도 가능하다. 국제연합의 17개 전문기구들이 이 이사회 협정을 통하여 산하에 들어가 있다.

(4) 신탁통치이사회 : 총회의 산하에서 신탁통치에 관한 문제를 다루는 기관이다. 그러나 국제연합 발족 당시의 신탁통치지역이 거의 독립하였고, 1990년 12월 안보리결의 제683호에 따라 태평양의 4개 섬이 모두 독립하였고 마지막 신탁통치 지역이

었던 팔라우(Palau)도 1994년 10월에 독립하여 오늘날은 신탁통치이사회의 기능은 끝났다. 신탁통치는 향후 지구환경에 대한 인류공동의 신탁통치 개념으로 발전하고 있다.

(5) 국제사법재판소 : 국제연합의 사법기관이며, 국제연맹에 속하였던 상설국제사법재판소와 그 기능이 유사하다. '국제연합헌장'과는 별도의 '국제사법재판소규정'을 갖고 있으며, 네덜란드의 헤이그에 본부가 있다. 재판관은 15명이고 임기는 9년이다. 이 기관에는 회원국이 모두 당사국이 되며, 회원국이 아닐 경우에는 안전보장이사회의 권고나 총회가 정하는 조건에 따라서 당사국이 될 수 있다. 재판소 관할권을 승인하는 회원국들 간의 분쟁에 대해서는 국제법에 따른 판결을 내릴 수 있으며, 총회의 요구에 따라 어떠한 분쟁에 대한 권고적인 의견제시 등을 할 수 있다.

(6) 사무국 : 국제연합의 사무를 관장하는 상설기관이다. 사무총장 1명과 30여 명의 사무차장 등 1만 5000여 명의 직원이 있다. 사무총장은 상임이사국을 포함한 안전보장이사회의 권고로 총회에서 임명된다. 사무총장은 UN을 대표하는 총회 및 이사회의 모든 회의에 참가하며 이들 기관으로부터 위임된 임무를 수행한다. 국제연합의 재정은 회원국의 분담금, 특별기부금, 기타 사업수익으로 충당된다. 각국의 분담금 비율은 총회산하의 분담금위원회에서 각국의 지불능력과 수혜정도를 고려하여 결정한다.

UN 이외에도 전문적인 국제업무를 담당하는 UN 전문기관으로서 식량농업기구(FAO), 국제민간항공기구(ICAO), 국제농업개발기금(IFAD), 국제노동기구(ILO), 국제통화기금(IMF), 국제해사기구(IMO), 국제전기통신연합(ITU), 유엔교육과학문화기구(UNESCO), 유엔개발기구(UNIDO), 세계관광기구(UNWTO), 만국우편연합(UPU), 세계은행(WB), 국제원자력기구(IAEA), 국제아동기구(UNICEF), 국제부흥개발은행(IBRD), 국제투자분쟁해결센터(ICSID), 국제개발협회(IDA), 국제금융공사(IFC), 다자간투자보증기구(MIGA), 세계보건기구(WHO), 세계지적재산권기구(WIPO), 세계기상기구(WMO) 등이 있다. 이러한 유엔전문기구 이외에도 다양한지역기구가 조직되어 있어서 국제조직에 관한 연구를 해야만 국제정치를 이해하는데 도움이 될 것이다.

수동은 국제조직에 관한 공부를 하면서 UN의 활동에 특별한 관심을 갖게 되었다. 국제정치학 공부를 해서 대학교수가 되겠다는 소박한 희망에서 한 걸음 더 나아가서 UN 사무국에 전문직으로 자리를 잡아 국제공무원이 되는 길을 모색해 보기로 했다. 앞으로의 국제정치학 공부의 최종목표도 바로 그러한 사람이 되는데 있어야 할 것이다. 한국을 떠나올 때는 단순히 기후변화문제를 연구하여 지구과학자가 되어보겠다는 소박한 희망을 갖고 있던 자연과학도였지만, 이제는 확신에 찬 야심 많은 정치학도로 바뀌게 되었다. 이러한 목표의 달성을 위하여 그가 우선적으로 해결해야 하는 문제는 컬럼비아대학교에서 국제정치학에 박사학위를 받는 일이다. 이제는 장래의 목표가 확실하게 서 있기 때문에 열심히 공부만 하면 되는 것이다. 밤낮을 가리지 않고 도서관에서 휴일도 없이 교수들이 요구하는 과제도서들을 한 권씩 차례로 읽어낸 결과 수동은 공부에 문리가 트이게 되어 이 제는 차츰 공부에 들인 노력의 성과가 나타나기 시작했다.

수동의 정치학 공부 중에 가장 어려움을 준 과목은 정치사상 사였다. 일찍이 철학에 대한 조예도 없었고 그 분야의 공부도 해 본 일이 없었던 수동은 정치사상사 과목에서 다루고 있는 사상 가들의 이름조차 들어 본 일이 없었다. 정치사상사를 공부하려 면 사상가들의 철학적인 배경부터 공부를 해야 하는 것인데, 철 학적인 배경이 전혀 없는 수동에게는 다른 미국학생들보다 2배 내지 3배의 노력이 드는 일이었다. 수동으로서는 웬만하면 이 과목을 이수하지 않고 싶은데, 정치철학이야말로 모든 정치학도 들에게 필수과목이기 때문에 이 과목에 낙제를 하게 되면 박사 종합시험에 응시할 수도 없어서 죽기 살기로 정치사상사 공부를 아니 할 수 없었다.

국제정치학 공부는 수동의 전공분야이기 때문에 다른 어떤 과 목보다도 흥미가 있었다. '약육강식의 논리'가 국제정치만큼 노 골적으로 나타는 분야도 아마 없을 것이다. 지구상에 200여 개 의 국가가 존재하고 있지만, 힘의 논리에 의하여 미국이나 중국 또는 러시아와 같은 초강대국가들이 아니고는 국제사회의 권력 투쟁에서 살아남을 수 없다는 '강자의 논리'는 충분히 설득력이 있었다. 국제법은 '평화의 법'으로서 국제정치의 논리와는 정반 대의 목표를 지향하고 있다. 국제분쟁의 강제적인 해결방법이 전 쟁이라면, 국제법은 분쟁의 평화적 해결방법의 달성을 목표로 하고 있는 학문이라 할 수 있을 것이다. 전통국제법의 논리에 의하면, 국제법을 전시국제법과 평시국제법으로 양분해 왔다. 전쟁법과 평화의 법을 대립시키는 방법론이었다. 그런데 UN이 국제평화의 임무를 담당하게 된 이후로 국제법의 연구방향은 '평화의 법'으로서의 국제법만 주로 문제 삼게 되었다. 그러다 보니 전쟁의 규칙을 정하고 있는 전쟁법규로서의 국제법의 역할은 차츰 그 빛을 잃어가고 있는 것이 현재의 추세라 할 수 있을 것이다.

국제관계론이라는 학문분야가 있는데, 국제정치, 국제조직, 및 국제법은 국제관계론의 공부에 있어서도 상호 밀접한 관련이 있는 중요한 기본과목으로서 수동의 연구 분야를 종전의 방법론처럼 마치 별도의 학문이나 되는 듯이 따로 따로 다룰 것이 아니라 국제관계론이라는 한 차원 높은 수준에서 3개의 학문 분야를 통합적이며 학제적으로 다루는 것이 바람직한 일일 것이라고 수동은 생각하고 있다. 학문의 연구는 지나치게 세분화하는 것보다는 통합적이며 종합적인 관점에서 접근하는 것이 바람직한 결과를 기대할 수 있을 것이다.

박사학위과정의 학과목의 수강에 있어서 지나치게 욕심을 내서 여러 과목을 한꺼번에 택해서 무리하게 공부를 하는 것보다는 자신의 능력에 맞는 한도 내에서 이수해야 할 학과목을 선택하다보니 다른 학생들보다는 시간이 더 많이 걸리기는 했지만, 성적관리에 남달리 신경을 쓴 결과 박사종합시험을 치는데 지장이 없는 좋은 학과성적을 따낼 수 있었다. 이제는 박사학위취득을 위한 종합시험에만 무사히 통과하면 되는 것이다. 수동이 선택한 종합시험의 5개 과목은 국제정치학, 국제조직, 국제법, 미국헌정사, 미국정치 등이었다. 이 5개 과목을 선택한 이유는 선택한 과목 모두가 A+를 받은 과목들이라 종합시험을 치는데 유리하다는 이유에서였다. 예상했던 대로 종합시험에도 무난히 통과하여, 이제는 마지막 남은 관문인 박사학위 논문을 준비하는 일만 남았다.

지금까지 공부해왔던 지식을 전부 논문을 작성하는데 활용할 수 있다는 생각에서 박사학위논문제목을 '기후변화를 가져오는 온실가스에 대한 국제정치학적 접근'으로 정하기로 결정했다. 왜냐하면 수동이 미국에 유학생으로 온 이유는 기후변화의 문제를 자연과학적으로 밝혀내려는 것이었지만, 그 방법만으로는 불충분하기 때문에 중도에 정치학공부로 방향을 바꾸어 버린 일을 생각할 때, 박사학위 논문에서도 역시 기후변화문제를 다루어야 하겠다는 일종의 의무감 같은 것이 수동의 마음속에 자리 잡고 있었던 것이다. 다만 그 방법론에 있어서 자연과학적인 접근방법 대신에 국제정치학의 논리를 근거로 사회과학적인 접근방법을 택했다는 점이 다를 뿐이다. 기후변화 문제에 대한 사회과학적 접근방법을 선택한 수동의 결정은 올바른 것이었다고 할 수 있을 것이다.

온실가스를 저감시키는 것은 저감기술의 발전에 의존하는 문제일 수도 있지만, 결국에는 그러한 기술의 발달을 받아들이려는 국가들의 의지, 특히 초강대국가들의 의지 여하에 달려 있다고 해도 과언이 아닐 것이다. 이 세상에는 어떤 문제의 해결방법을 몰라서 우리가 망연자실하게 손을 놓고 있는 문제들도 있겠지만, 그 해답을 분명히 알고 있음에도 불구하고 우리의 해결의지가 없기 때문에 그 문제가 계속해서 미해결상태로 남아있게 되는 경우도 있을 것이다. 온실가스문제에 대한 초강대국가들의 방관자적인 모호한 태도야말로 온실가스문제를 해결하지 못하고 계속 키우고 있는 근본원인이 되고 있는 것이다. 초강대국가라면 초강대국가답게 군소국가들을 대신하여 온실가스문제에 대하여 적극적으로 개입하여 해결하려는 태도를 취해야 함에도 불구하고, 마치 다른 초강대국가들이 앞장서주기를 기다리기나 하는 듯이 뒷짐을 지고 뒤로 물러나 있는 것 같은 형국이니 하는 말이다. 그렇다면 왜 초강대국가들이 온실가스문제에 대하여 소극적인 태도를 취하게 된 것일까?

수동의 연구결과에 의하면 온실가스문제와 같은 인류의 존망에 중대한 영향을 미칠 수 있는 문제에 대해서까지 초강대국가들이 권력정치의 환상을 아직도 버리고 못하고 있기 때문이라는 것이다. 온실가스의 문제를 지금처럼 그대로 방치해두었다가는 기후변화의 심화로 인하여 최악의 경우에는 지구상에 있는 인류의 멸망을 자초할 수도 있다는 것이다. 초강대국가들은 인류를 이러한 예상되는 위험에서 구하겠다는 책임의식을 가져야 한다는 것이다. 온실가스의 문제는 권력정치의 대상이 되는 이익충돌의 문제가 아니다.

수동은 온실가스문제에 대한 초강대국가들의 잘못된 인식을 바꾸어놓을 수 있는 몇 가지의 가능한 방법을 구체적으로 제시하고 있다. 그가 제시한 첫 번째 방법은 UN의 인권결의안과 같은 방법에 의하여 독재자들에게 압력을 가하려는 것과 마찬가지 방법으로 온실가스에 대한 초강대국가들의 적극적인 행동방향을 촉구하는 UN의 권고결의안을 활용하는 것이다. 비록 UN의 인권결의안 같은 것이 독재자들에게는 아무런 영향도 미칠 수 없다는 것을 잘 알면서도 UN이 그러한 결의안을 채택하는 이유는 결의안의 효과가 당장 나타나는 것은 아니지만, 그러한 결의안에 의하여 국제여론을 계속 환기하게 되는 경우에 독재자들도 결국에는 국제여론에 굴복하게 되듯이 초강대국가들도 그렇게 될 수 있다는 희망을 갖고 있기 때문이다.

초강대국에 대한 국제여론을 환기시키는 방법과 함께 초강대국가들을 국제사회에서 고립시키는 방법이 있다. 어떻게 보면 이 방법은 국제여론의 환기보다 더 어려운 방법일 수도 있을 것이다. 초강대국가라 하더라도 전 세계에 산재해 있는 모든 군소국가들에게 고루 영향력을 미칠 수 있는 국가는 존재하지 않는다. 초강대국가들에 대한 국제여론의 환기와 고립화 정책의 추진은 처음에는 별로 효과를 발생할 수 없을 것 같이 보이지만 군소국가들이 그러한 방침을 초강대국가들을 상대로 꾸준히 계속 밀고 나가다 보면 제아무리 초강대국가들이라 할지라도 결국에는 군소국가들의 국제여론의 환기와 고립화 정책에 굴복할 수밖에 없다는 것이다.

김수동이 박사학위논문에서 온실가스에 대한 초강대국가들의 태도변화를 적극적으로 유도하는데 성공을 하지는 못했지만, 효과적인 방향제시를 하고 있다는 점이 인정되어 박사학위논문이 통과되었다. 기후변화를 논문의 주제로 연구하여 국제정치학 박사학위를 받은 수동은 예정했던 대로 UN사무국에 마침내 국제관계 전문가로 채용되어 그가 소망했던 국제공무원이 될 수 있었다. 미국은 아직도 '기회의 땅'인 것이다. 미국이라는 국가는 공부 하나만 잘해도 아직까지는 자신이 원하는 직장을 구할 수 있는 국가라고 할 수 있을 것이다.

한국에서였다면 김수동의 경우처럼 제멋대로 자연과학에서 사회과학으로 전공을 바꿀 수는 없는 것이다. 영문학박사가 되려면 학사와 석사학위 모두가 영문학전공이어야 한다고 강변하고 있는 고루한 한국의 보수적인 태도와는 달리, 미국에서는 대학에서 철학을, 석사과정에서 생물학을, 그리고 박사과정은 정치학을 전공해도 대학에서 요구하는 요건만 충족시킨다면 그러한 전공과목의 변경을 모두 정당한 것으로 인정해 주고 있다고 한다.

수동의 경우 한국에 있었다면 자연과학을 전공하다가 느닷없이 정치학으로 전공을 바꾸는 것을 허락해주지 않았을 것이다. 그가 미국에서 공부를 하고 있었기 때문에 대학원에서의 전공변경이 가능했으며, 결과적으로 그가 국제정치학 박사학위를 마치고 UN사무국에 취직을 하여 국제공무원이 될 수 있었던 것이 아니었을까? 이러한 변신은 그가 단순히 기후변화를 연구하는 과학도로서 미국 땅을 처음 밟았을 때만 하더라도 전혀 예상할 수 없었던 일이라 할 수 있을 것이다.

4. 무풍지대

급격한 변화가 없는 세상에서 살고 있는 사람들은 행복할까? 그러한 무풍지대와 같은 상태에서 한 기린아가 나타나서 돈벌이에 있어서 신기하게도 변신에 변신을 거듭하면서 많은 돈을 벌고 있다면 과연 어떠한 느낌이 들 것인가? 그의 모습에서 마치 관운장의 적토마가 적진 속을 무인지경처럼 종횡무진 내달리면서 무거운 은월도를 가볍게 휘두르면서 가을에 나무에서 무수히 떨어지는 낙엽처럼 적병의 목을 수없이 베고 있는 적대자가 한 사람도 없는 믿기지 않는 상황을 상상해 볼 수 있을 것이다. 강성주는 이재의 귀재와 같은 사람이다. 어려서부터 돈을 버는 일이라면 무엇이든지 가리지 않고 뛰어들어서 끝장을 내는 성격의 소유자였다. 그는 중키에 평범한 외모를 하고 있어서 외형상으로만 본다면 그가 돈과는 전혀 인연이 없는 사람처럼 보이지만, 어떻게 그가 그렇게 비상한 돈 버는 재주를 갖고 태어났는지는 상상을 불허하는 일이다.

코흘리개의 어린 나이 때부터 그는 딱지치기로 코흘리개 친구들의 푼돈을 모아들이기 시작했다. 딱지치기를 남달리 잘하던 그가 생각해 낸 돈 버는 방법은 그와 딱지치기를 해서 지는 사람이 돈을 내는 방법을 고안해 냈다. 딱지치기 한판에 1전씩을 내는 방법이다. 순진한 아이들은 성주에게 딱지를 타내기 위하여 줄을 섰다. 그는 아이들에게 제안을 했다. 지게 되면 딱지 한 장이나 1전을 내기로 했는데, 당시의 1전은 딱지 10장의 가치가 있었다. 그러니 그의 방법은 속임수였다. 아이들은 돈보다는 딱지에 욕심이 있었지만, 그는 딱지보다는 돈에 더 욕심이 있었다. 아이들과의 딱지치기를 통해서 그가 잃게 되는 딱지의 숫자보다는 벌어들이는 돈의 액수가 더 많았다. 그는 구슬치기를 하면서도 유사한 방법으로 돈을 벌어들였다.

성주는 또한 아이들과 엿치기를 하면서 돈을 벌어들였다. 어떻게 된 영문인지는 알 수 없지만 성주가 갖고 있는 엿은 성주와 엿치기를 하는 아이들이 갖고 있는 엿보다 큰 구멍을 갖고 있어서 엿치기를 했다 하면 언제나 성주의 일방적인 승리로 끝나버리곤 했다. 참으로 싱거운 엿치기라 아니 할 수 없었다. 집안이 가난하고 형제들이 많았던 성주는 초등학교의 문턱에도 가보지를 못했다. 학교 다니기를 일찍이 포기한 그는 남들은 학교에 다닐 어린 나이 때부터 돈벌이에 나서기로 했다. 그는 돈벌이가 되는 일이라면 무엇이든지 닥치는 대로 했다.

그는 폐지 줍기 일부터 시작했다. 폐지 줍기는 별로 남는 장사가 아니었지만, 밑천이 드는 장사가 아니니 해볼 만한 장사였다.

처음에는 거의 맨손으로 하다시피 시작했던 폐지 줍기로 어느 정도의 돈이 모이게 되자, 그는 손수레를 하나 사서 폐지 줍기의 규모를 조금 늘려갔다. 손수레로 폐지 줍기를 해서 모은 돈으로 트럭을 한 대 외상으로 구입했다. 트럭으로 폐지 줍기를 해서 돈이 벌리게 되자, 성주는 외상으로 샀던 트럭대금을 완불하고 이번에는 트럭을 외상으로 다섯 대로 늘렸다. 성주가 신용이 있을 뿐만 아니라 성주의 장사수완을 인정한 전주는 성주에게 언제나 장사에 필요한 대금을 대주겠다고 제의해왔다. 이렇게 되자 성주는 단순한 폐지 줍기만 할 것이 아니라 정식으로 폐기물처리업체를 설립하기로 하고, 일 꺼리의 상시 확보를 위한 방안으로 산업현장과 연결하여 정기적으로 폐기물을 수거해가는 민간업체로서 정식으로 환경부에 등록까지 마치고 본격적으로 폐기물처리업체로 활동을 개시했다.

업체의 초창기에는 단순히 산업폐기물을 산업체에서 수거해서 처리장으로 운송하는 수준에 그쳤지만, 그의 폐기물운송업이 궤도에 올라서 돈을 벌게 되자, 성주는 그의 업체를 단순한 폐기물운송업체에서 폐기물처리업체로 변경시켜서 매일 대량의 산업폐기물을 수거하여 처리하는 시설을 가동시켰다. 성주의 업체는 폐기물시설의 가동초기에 주로 산업폐기물의 처리만 다룰 생각이었는데, 생활폐기물의 배출량이 막대한 양으로 증가일로에 있어서 기존의 처리시설만으로는 적시처리를 하지 못하는 사태가 생기기 시작했다. 생활폐기물은 재활용이 가능한 폐기물과 폐기처분해야 할 폐기물로 크게 나눌 수 있다. 재활용이 가능한 생활폐기물은 계속해서 분리수거를 하면 될 것이다. 폐기처리를 해야 할 산업폐기물과 자원회수가 가능한 생활폐기물이 있고, 그대로 폐기처분해야 하는 생활폐기물도 있을 것이다.

성주는 생활폐기물의 자원화가 가능하다는 생각을 갖고 있었기 때문에 성주의 폐기물처리업체가 생활폐기물과 산업폐기물의 처리를 동시에 다루기로 결정했다. 폐기물은 성주에게 마치 노다지와 같은 것이었다. 인간이 쓰고 나서 필요 없다고 하여 버리는 폐기물을 마치 노다지처럼 생각하는 성주야말로 비상한 식견의 소유자라고 아니 할 수 없을 것이다. 이재의 귀재들의 눈에는 사방에 돈벌이가 널려 있는 것이 분명히 보인다는 것이다. 일반인들은 제아무리 노력해도 보이지 않는 것을 그들은 볼 수 있는 모양이다. 성주의 눈에는 폐기물이 마치 노다지처럼 보인다고 하니 하는 말이다.

성주는 폐기물처리업체의 과학화와 대형화에 착수했다. 폐기물의 과학적 처리에 의하여 자원회수의 양이 커짐에 따라 폐기물에서 회수된 새로운 돈 벌이의 수단으로 각광을 받게 되었다. 과거에는 매립이나 연소에 의하여 처리해버리던 폐기물에서 자원회수의 가능성이 알려짐에 따라 폐기물의 자원회수가 추가적인 폐기물처리의 방법으로 채택되고 있다. 따라서 폐기물의 처리는 종전과 같은 처리비용보다는 자원회수비용의 비중이 커가는 추세를 나타내게 되었다. 이점에 착안한 성주는 폐기물업체를 운영함에 있어서 중점을 폐기물처리보다는 자원회수에 두다 보니, 자원회수로 인하여 벌어들이는 액수가 만만치 않다는 것을 깨닫게 되어 폐기물의 자원회수를 위한 과학화와 자원회수사업의 대형화에 착수하기로 했다.

성주는 산업폐기물의 처리기술의 발전을 위해서도 시설투자액을 늘려 나가기로 했다. 산업폐기물 처리기술의 급속한 발달은 돈벌이의 수단으로도 활용될 수 있는 분야이다. 성주는 산업폐기물의 특수성을 감안하여, 폐기물의 성질에 따라 처리기술을 달리하는 처리기술의 차별화를 도입하여 상당한 성과를 거두었다. 산업폐기물에서도 생활폐기물과 마찬가지로 자원회수의 가능성이 알려지면서 이제는 폐기물의 단순한 처리보다는 자원회수에 그 중점이 이행하게 되어, 폐기물을 버린다는 폐기의 개념에서 자원이라는 재활용의 개념으로 바뀌면서 폐기물은 쓰레기에서 노다지로 바뀌게 되었던 것이다. 따라서 폐기물처리업은 더럽고 기피해야 할 업종에서 생산적인 업종으로 탈바꿈을 하게 되었던 것이다. 성주는 이러한 업종의 인식변화를 교묘하게 이용하여 막대한 수익을 올릴 수 있었다.

폐기물처리를 위해서는 광활한 토지를 요하는데, 대도시의 강변에 있는 광활한 하천부지를 이용하여 각종폐기물의 대규모처리공장을 건설하여 대도시주변에 폐기물처리단지를 조성했다. 그런데 폐기물의 개념변화에 따라 이러한 단지들은 자연스럽게 자원회수단지로의 일대전환을 시도하게 되었다. 이러한 대규모의 폐기물처리단지는 한 도시에만 국한되는 것이 아니라, 하천부지를 활용할 수 있는 대도시라면 어디에서나 그러한 폐기물처리단지의 조성이나 결과적으로는 자원회수단지의 전국적인 조성을 가져오게 되었던 것이다. 이러한 대규모단지들의 폐기물의 양도 급속히 축소되고 자원회수의 양도 이에 따라 급속히 확대 되어 성주는 막대한 돈을 벌게 되었다.

성주가 폐기물처리사업의 성공으로 벌어들인 돈으로 다음에 착수한 사업은 건설업이었다. 주거양식의 일대변혁을 가져 온 아파트건축은 '황금알을 낳는 거위'와 같은 것이었다. 아파트건 축 붐이 일어났을 당시만 하더라도 아파트만 지었다 하면, 오늘 날처럼 미분양아파트가 생긴다는 일 같은 것은 생길 여지가 없 었다. 그 당시만 해도 아파트에 대한 수요가 몰리던 시절이라 아 파트가 분양될 당시에 이미 모든 아파트가 분양완료 되었기 때 문에, 아파트는 지어지기도 전에 전부 팔려버리고 마는 것이다. 따라서 아파트건설 사업처럼 땅 짚고 헤엄치는 것 같이 쉬운 일 은 없었다고 해도 과언이 아니었다. 이러한 아파트건설 사업에 적시에 뛰어든 성주는 아파트건설로 벌어들인 이익으로 또다시 돈방석에 앉게 되었던 것이다.

성주는 폐기물처리를 위하여 전국에 확보하고 있던 대규모 공 한지 위에 이제는 대규모의 아파트단지를 조성하기 시작했다. 성주의 아파트가 값이 싸지만 튼튼하게 지었다는 입소문이 사 람들에게 퍼지면서 성주의 아파트는 지었다 하면 물량이 아파트 의 건설이 다 끝나기도 전에 전부 팔려 버리기 때문에 성주의 아 파트는 시장에 모습을 드러내기가 무섭게 전부 소비되어 버려서 미분양 아파트란 성주의 경우에는 해당사항이 없었다. 이처럼 아파트가 팔리다보니 돈이 안 벌릴 수가 없었다. 성주는 전국을 돌아다니며 아파트의 건설을 위한 토지를 확보하여 아파트 건설을 계속 추진해 나갔다. 그러다보니 성주가 전국의 돈을 긁어모으는 것은 좋았지만, 소모품에 불과한 값싸고 볼 품 없는 아파트의 대규모 건설은 아파트 수요자들의 주택문제 해결에는 도움이 되었을지 알 수 없지만, 전국의 풍경을 살벌하게 만드는 계기를 제공해 주었던 것이다.

　세계의 어느 도시에 가더라도 우리나라의 경우처럼 도시 전체가 볼 품 없는 아파트의 건설 때문에 도시의 외형이 초라하게 보이는 경우는 찾아볼 수 없는 것이다. 프랑스의 파리나 오스트리아의 비엔나 같은 도시는 건물 하나 하나가 예술품처럼 보이는 것이 도시 전체가 예술적인 분위기를 풍기고 있는 것이 참으로 인상적이다. 고층건물의 메카라고 할 수 있는 뉴욕시의 중심지에는 눈을 씻고 살펴보아도 우리나라에서 쉽게 발견될 수 있는 60층 높이의 고층 아파트는 찾아볼 수 없다. 60년대에 와그너 뉴욕시장이 흑인거주지역인 할램의 주거문제를 해결하겠다는 취지로 30층 높이의 아파트를 수십 채 건설했던 일이 있기는 했다. 그것이 뉴욕시에서의 마지막 아파트단지의 건설이었다. 그 후로는 뉴욕시내에 아파트단지를 건설했다는 말을 들어본 일이 없다. 우리 부부도 뉴욕시에서 살 적에 할램에 새로 건설한 아파트단지의 30층 높이에 있는 아파트 한 채를 분양받은 일이 있었다. 그런데 30층의 높이에서 살면서 만일 정전이라도 되는 경우에는 아래층까지 걸어서 내려와야 하며, 더욱이 젊은 동양부부였던 우리가 흑인들만 살고 있는 아파트의 최상층에서 산다는 것이 무섭기도 해서 운 좋게분양을 받았던 아파트를 포기해 버렸던 일이 있었다.

　뉴욕시내에 있었던 기존의 아파트들은 지은 지 수십 년씩 되는 오래 된 아파트들로서 비릿한 버터냄새 같은 것이 났다. 어떤 아파트는 새우젓냄새나 커리냄새가 났는데 그런 아파트들은 틀림없이 필리핀인들이나 인도인들이 살았던 아파트였을 것이다. 한국인들이 살았던 아파트에서는 틀림없이 김치냄새가 난다고 한국인들이 이사를 간 후에 불평들을 했을 것이다. 이러한 인종들 특유의 냄새들은 상당한 시간이 지난 후에야 새로 아파트에 이사 온 입주자들이 풍기는 냄새로 중화되어 없어지고 그들 특유의 냄새가 나기 시작하는 것이다. 뉴욕에서 살 동안에는 새로 건설하는 아파트가 더 이상 없기 때문에, 한국에서 누릴 수 있는 것과 같은 새 아파트에서 살게 되는 특권 같은 것은 더 이상 누릴 수 없게 되었던 것이다.

　외국에서는 우리나라의 경우처럼 대규모 아파트단지의 조성을 선호하지 않는 것 같은데, 어떻게 성주가 대규모 아파트단지의 건설을 계속해서 수주 받아 오는 것인지 신기하기 짝이 없는 일이다. 이러한 능력은 성주에게만 있는 특이한 능력인 것 같다. 아파트의 건설이 우리나라에서는 차츰 사양산업이 되어 가고 있는 현재, 국내의 아파트 건설에서 외국의 아파트건설로 눈을 돌렸을 뿐만 아니라, 외국의 대규모 아파트단지 건설 사업을 수주해 오는 것을 보면 강성주회장이야말로 신기에 가까운 사람임에 틀림이 없는 것 같다. 거의 맨손으로 어린 나이 때부터 소규모의 폐지 줍기부터 시작했던 그가 이제는 타인의 추종을 허용하지 않는 거인사업가로 성장하게 된 것을 대하고 보니 참으로 격세지감이 있는 것 같았다. '그의 앞에서 사업을 논하지 말라'라는 말까지 생겨난 것을 보면 결코 헛말은 아닌 것 같다.

아파트의 건설이 불가능하다고 여겨지는 중국의 험준한 산악지대에, 중동의 열사의 사막위에, 아프리카의 초원위에, 그리고 태평양 군도들의 해양 휴양지 등에 성주의 아파트 건축은 끝도 없이 이어지고 있었다. 한국이라는 국가를 말할 때에는 잘 알지 못하던 외국인들도 한국의 강회장이라고 말하면 아, 그 사람하고 알 정도로 성주는 세계적으로 유명인이 되어 있었다. 일찍이 성주처럼 유명했던 한국 기업인이 존재했던 일이 있었던가?

국내의 아파트 건설 붐이 사양산업이 되리라는 것을 사전에 예측한 성주는 약삭빠르게 남보다 앞서서 해외 아파트 건설 붐을 가져옴으로써 국내에서 예상되는 손실을 해외에서 민첩하게 보충해 가는 방식으로 아파트의 계속 건설로 막대한 돈을 벌었던 것이다. 그가 아파트 건설로 벌어들인 돈으로 착수한 다음 번 사업으로는 해외자원개발에 착수한 것이었다. 시베리아와 중동의 석유개발을 비롯하여, 해양석유탐사를 비롯한 해외자원개발을 적극적으로 전개해 나가기 시작했다. 성주가 특히 관심을 보인 해외자원개발로는 심해저에서 발견되고 있는 망강괴의 개발이었다. 망강괴라는 것은 감자크기의 광물질로서 망강을 비롯하여, 금, 은, 구리와 같은 광물질이 다량 함유되어 있는 망강괴는 이를 성공적으로 개발하여 자원화에 성공을 거둘 수 있게 되는 경우에는 노다지를 대량 발굴해 내는 것과 동일한 효과, 아니 그것과는 비교가 되지 않을 정도의 수익을 얻을 수 있는 가능성이 충분히 있는 사업이 될 수 있다는 것이다.

　현재의 기술로는 심해저에 산재해 있는 망강괴를 효과적으로 채광하는 데는 기술적인 한계가 있다는 것은 널리 알려져 있는 사실이었다. 그런데 그러한 기술적인 한계를 극복하고 성주는 다량의 망광괴를 성공적으로 채광해 냄으로써 망강괴를 자원화 할 수 있는 길을 열게 되었다. 성주의 사업비결은 언제나 다른 사람들보다 한걸음 앞서서 무슨 사업이나 착수하는데 성공할 수 있었다는데 있는 것이다. 일반적으로 불가능하다고 생각되는 일을 성공적인 사업으로 만드는데 성주는 뛰어난 사업적인 능력을 갖고 있는 것 같았다. 강성주회장의 경우처럼 그가 손을 대는 일마다 성공을 거두어 세계에서 몇 손가락 안에 드는 거부가 된 경우도 많지는 않을 것이다. 이제는 어마어마하게 큰돈을 벌어들인 그가 어디에다 유용하게 쓸 것이냐 하는 문제만이 남아있을 뿐이다. 흔히 거론되는 자선사업이나 후생사업에 그 많은 돈을 사용하지 않고 무엇인가 미래지향적인 이상적인 사회의 건설에 자신이 지금까지 벌어들인 돈을 쓰고 싶었다. 이러한 목적을 위하여 그는 미래재단을 설립했다.

　그는 태평양상에 있는 무인도를 하나 사서 '환상의 섬'이라는 명칭을 붙이기로 했다. 이 섬에서는 누구나 자신이 원하는 방법으로 살 수 있는 자유가 허용되는 것이다. 작가라면 그곳에서 계속해서 집필을 하는데 지장이 없을 정도의 아담한 집을 짓고 살 수 있게 허용해주고 있다. 그러한 집을 마련할 여유가 없는 작가의 경우에는 재단에서 작가에게 무이자로 융자를 해주고 융자를 한 돈에 대한 상환기간이나 이자 같은 것은 부담시키지 않는다. 이 섬에서 사는데 필요한 생활비나 비용은 모두 무이자로 제공해준다. 작가가 쓴 소설을 소설집으로 출판하고 싶을 때는 재단에서 출자한 출판사에서 무료로 출판해 주고 출판사에서 소설집의 판매도 도와주고 있다. 만일 소설집의 판매수익이 생기는 경우에 작가가 그 수익금으로 재단에서 빌린 돈을 일부 상환하기를 원하는 경우에 작가가 그렇게 할 수 있도록 도와줄 수는 있지만, 작가의 부채상환은 의무적인 것도 아니며 재단에서 작가가 그렇게 하도록 강요하지도 않는다. 작가는 자신의 결정에 의하여 자신이 원하는 대로 행동을 하면 되는 것이다. 작가에게는 '환상의 섬'이 참으로 지상천국과 같은 곳이다.

작가라고 해서 누구나 돈을 벌 수 있는 것은 아니다. 소설을 써서 많은 돈을 벌 수 있다면야 얼마나 좋겠느냐 마는 그렇게 돈을 잘 벌 수 있는 작가가 과연 몇 명이나 될 것인가? 대부분의 작가들은 돈벌이를 위하여 소설을 쓰는 것이 아니라 소설을 쓰는 것이 좋아서, 소설을 쓰는 창작활동을 위하여 소설을 쓰고 있는 것이다. 작가는 자신이 쓴 소설을 독자들이 읽어주기를 원하지만, 그렇지 않은 경우에도 작가는 소설을 쓴다. 작가가 언제나 재미있는 소설만을 쓸 수는 없을 것이다. 어쩌다 보면 재미없는 소설도 쓸 수밖에 없는 경우가 있다.

작가 중에 소설을 써서 밥을 먹을 수 있는 사람은 거의 없을 것이다. 작가는 소설을 써서 밥을 먹을 수 없기 때문에 다른 직장을 구해야 한다. 다행히 학교선생자리를 얻을 수 있다면 참으로 다행한 일이지만, 그러한 행운이 누구에게나 주어지는 것은 아니다. 그러한 행운을 누릴 수 없는 작가는 먹고살기 위하여 무슨 일이든지 해야 한다. 작품 활동과는 전혀 관련이 없는 일일지라도…. 그러다 보니 소설을 쓴다는 것도 어려워지고, 써놓은 소설들이 많지 않기 때문에 소설집을 낸다는 것은 거의 불가능한 일이 되어버리고 만다.

이러다보니 강성주회장의 재단에서 작가들을 도와주기로 한 것은 참으로 기발한 착상이라고 아니할 수 없다. 장진호와 같은 신인작가에게는 그러한 재단의 존재가 참으로 감지덕지할만한 일이었다. 그는 소설을 쓰는 특별한 재능을 타고 난 사람인 것 같았다. 대학영문과에 다니던 대학 2학년 때에 일간신문의 신춘문예에 그의 단편소설이 당선되어 작가가 되었다. 그런데 등단한 후에 군대도 가야했고 제대 후에는 직장도 구해야 했기 때문에 소설을 마음 놓고 쓸 수 있는 기회가 없었다. 직장을 구하러 다니던 중에 인터넷을 통하여 '환상의 섬'에 대한 정보를 알게 되어 직장을 구하는 일을 중단하고 이곳에 오기로 하고 신청서를 냈다. 처음에는 인터넷에서 소개하고 있는 '환상의 섬'에 관한 것이 과연 사실일 수 있을까 하는 생각도 들었으나, 일단 믿어보기로 하고 이곳에 와보기로 했다. 막상 와서 보니 참으로 잘했다는 생각이 들었다. 이곳에서는 아무 걱정 없이 소설 쓰는 일에만 열중하면 되는 것이다. 참으로 이런 세상도 있는 것인가 하는 감탄의 소리가 저절로 나왔다.

그는 이곳에 머물면서 열심히 소설을 써서 몇 년 안에 소설집을 세 권씩이나 출판했다. 누구나 한 권의 소설을 쓸 수 있다는 말이 있다. 왜냐하면 누구나 자신의 이야기를 소설로 써볼 수 있기 때문이다. 그리하여 진호도 자신이 살아온 이야기들을 소설로 써서 첫 번째 소설집을 출판했다. 그의 소설집에 대한 독자들의 반응이 좋게 나타나자, 그는 계속해서 두 번째 소설집에 이어 세 번째 소설집까지 일사천리로 출판을 해버렸다. 그는 두 번째와 세 번째의 소설집을 서둘러서 내게 된 이유는 우리나라에는 너무나 많은 비리와 부조리가 있는데, 그러한 것들을 총망라해서 젊은이의 눈으로 본 우리나라의 여러 가지 현상들을 소설이라는 기법을 통하여 우리 사회에 냉철하게 고발할 필요성을 느꼈기 때문이다. 그가 쓴 이러한 남들의 이야기가 독자들의 호응을 얻게 되면서 진호는 유명작가가 되었다. 그가 '환상의 섬'으로 와서 살게 된 덕을 단단히 본 셈이다.

그런데 문제는 그가 글재주가 좀 있어서 사람들의 가려운 데를 긁어주는 것과 같은 사회비평적인 글을 거침없이 써서 일단은 성공을 거두었지만, 워낙에 공부를 한 바탕이 부족한지라 그런 식으로 계속 글을 쓰다보면 밑천이 드러나게 되어 더 이상의 글을 쓸 수 없게 되리라는 것을 그 자신이 누구보다도 잘 알고 있었다. 이러한 자신의 한계점을 깨닫게 된 그가 과감하게 일단은 '환상의 섬'에서의 안락한 작가 생활을 정리하고 독일의 유명대학에 철학과 심리학 공부를 하러 떠나기로 했다. 이러한 자신의 계획을 재단에 보고하자 재단에서는 그가 독일에서 공부하는 전 기간의 학비와 생활비를 전액 후원해 주고 공부가 끝나면 다시 이곳으로 오든지, 아니면 다른 곳에 가서 살 수 있도록 특별히 배려해 주기까지 하는 친절을 보여주었다.

성주의 재단은 르네상스시대의 피렌체의 메디치가가 유능한 예술인들을 무한대로 후원해주었던 것처럼, 이 재단도 유능한 예술인들을 발굴하여 적극 후원해 주려는 데에 재단설립의 직접 목적이 있었다. 메디치가 그러한 방법으로 후원해준 예술가들 중에는 라파엘로, 미켈란젤로, 다빈치와 같은 예술의 거장들이 있는 것은 너무나 잘 알려진 사실이다. 성주의 재단도 유능한 예술인들을 무한대로 후원해 주었기 때문에 '환상의 섬'에 그들이 몰려들었으며, '환상의 섬'에 세계적으로 유명해진 예술품들을 섬의 이곳저곳에 만들어 놓음으로써 그곳으로 세계 각국에서 관광객들이 몰려와서 법석대기 시작했다.

연중 따뜻한 날씨를 갖고 있는 이 섬에서 조용히 남들의 방해를 받지 않고 작품을 구상하고 소설을 쓰려고 와있는 작가들에게는 그러한 관광객들의 내방이 하나도 반가울 것이 없었다. 그들이 살면서 작품 활동을 하고 있는 집근처에까지 몰려 와서 마치 진기한 동물이나 보는 듯이 묘한 표정을 짓는 것도 신경에 거슬리는 일이다. 자유를 찾아서 이곳에 온 작가들은 그들에 의하여 자유가 구속된 것이나 마찬가지의 신세가 되었던 것이다. 재단에서는 이러한 점을 우려하여 관광객들이 예술인들의 거주지 근처로 접근하는 것을 금지하기 시작했다. 그 결과 관광객들이 그들에게 미치는 피해는 줄일 수 있었다.

'환상의 섬'에서 르네상스시대의 피렌체가 배출했던 것과 같은 예술의 거장들을 배출할 수 있을지는 알 수 없지만, 예술인들의 후원자임을 자처하는 성주야말로 우리나라 최초의 예술인들의 적극후원자였던 것이다. 성주가 사업의 성공으로 벌어들인 막대한 돈을 또 다른 돈벌이를 찾아서 써버렸다면, '환상의 섬'과 같은 지상천국은 결코 탄생하지를 않았을 것이다. 성주는 '환상의 섬'에서 적극적인 작품 활동을 전개하고 있는 예술인들뿐만 아니라 한국이나 세계의 다른 지역에서 머물면서 활발한 작품 활동을 하고 있는 예술인들도 적극 찾아내서 아낌없는 후원을 해주기로 했다. 이러한 후원을 해주기로 한 성주야말로 숭고한 정신의 소유자인 것이다.

예술인들 중에 돈벌이로 성공을 한 사람들이 더러 있기는 하지만, 오늘날에 있어서도 예술인들의 생활은 가난한 것이라는 것이 정설이다. 예술인들은 그들의 작품 활동만으로는 먹고 살기에도 힘이 드는 경우가 대부분이다. 하나의 예술작품을 만드는데 상당한 시간이 걸리는 것이 통상적인 일이라면, 작품 활동을 하는 동안에는 무엇을 먹고 산다는 말인가? 작품 활동 중에는 수입이 없다보니 그들은 가난하게 살 수밖에 없는 것이다. 이러한 가난한 예술인들을 돕기 위한 국가적인 지원이 필요한 이유이다. 그러나 국가적인 지원을 받을만한 성공적인 예술인들은 그러한 지원이 없어도 충분히 자신의 문제를 해결할 수 있는 유명인들이기 때문에 국가적인 지원이 필요 없는 것이다.

성주의 후원은 국가적인 지원을 받을 수 없는 무명예술인들을 위하여 특히 필요한 것이다. 능력 있는 예술인이라고 일단 인정을 받게 되기만 하면 재단의 무한대의 후원을 받을 수 있어서 걱정 없이 그의 작품 활동을 활발히 전개할 수 있는 것이다. 예술인들이 부자로 살 수 있다는 것은 무엇인가 잘못되어 있다는 말이다. 역사에 이름을 남긴 유명한 예술인들의 대부분도 그들의 생존 당시에는 사회의 인정을 받지 못하고 가난하게 일생을 마친 사람들이 허다하다. 성주는 예술인들의 이러한 측면을 특히 고려하여 그들의 예술 활동이 생활고로 위축을 받는 일이 없도록 특히 배려해주고 있었다.

성주는 예술분야에 탁월한 재능을 타고 났지만 가정형편상 예술분야의 공부를 할 수 없는 처지에 있는 청소년들을 발굴해서 그들을 교육시키는 사업에 착수했다. 그러한 방법의 하나로 예술학교를 새로 세우는 것도 생각할 수 있었지만 기존의 유명예술학교를 인수하여 경영하는 방법을 택하기로 결정을 내렸다. 예술학교의 소재지를 '환상의 섬'으로 이전시킬 필요성을 특별히 갖고 있지는 않았지만, 어떠한 형태로든지 풍광이 좋고 기후도 온난하여 살기에도 좋은 '환상의 섬'에 예술학교를 새로 세울 계획은 갖고 있었다.

예술분야, 특히 미술이나 음악 등의 분야에는 남성들보다 여성들의 진출이 두드러지게 나타나고 있기 때문에 이러한 예술의 여성화를 미연에 방지하기 위한 효과적인 대책을 강구하기로 했다. 남성 예술지망생들에게 특별후원을 해주는 방법 등으로 유능한 남성들을 예술분야로 끌어들이는데 신경을 쓰기 시작했다. 우리나라에서 여성들의 진출이 뚜렷하게 나타나는 것은 비단 예술분야에만 국한 되는 것은 아닐 것이다. 여성들은 한 때 남성들에 의하여 사회진출이 극도로 억제되었던 일이 있었다. 여성들은 남성들보다 능력이 떨어지기 때문이라는 것이 그 주된 원인이었지만, 그러한 선입관은 남성들이 만들어낸 억지주장이었던 것이 최근에 와서 하나씩 밝혀지고 있는 것이다. 여성들의 능력이 남성들보다 뒤떨어지고 있는 것이 아니라 남성들이 여성들을 그렇게 만들어놓고 있었던 것이다. 여성들의 최고의 미덕으로 규정한 현모양처(賢母良妻)라는 개념은 여성을 어머니와 부인으로서의 역할만으로 한정시켜서 여성의 사회진출을 극도로 제한한 것이었다.

학교교육에 있어서도 남녀공학이 보편화된 것은 극히 최근의 일이었다. 그전에는 남녀의 학급이 별도로 있어서 남녀 간의 공부나 다른 경쟁을 자연 제한하고 있었다. 그러나 최근에 와서는 초등학교에서 대학에 이르기까지 남녀공학이 보편화되어서 남녀가 자연스럽게 경쟁을 하게 되었다. 대학교육에 있어서도 여성은 가정학과나 교육학과와 같은 여성스러운 학과를 선택하고 남성은 경영학이나 공학과 같은 분야를 선택하는 것이 관행으로 되어 있었다. 그러나 사관학교와 같은 금녀의 학교로 생각되던 곳에도 여성들의 입학이 허용되면서 수석입학과 수석졸업의 자리를 여성들이 차지하게 되었다. 사법고시나 행정고시뿐만 아니라 공무원시험에도 여성들에게 응시의 기회를 주자 여성들의 수

석합격자들이 줄을 서게 되었다. 은행만 하더라도 여성은 하급행원으로 채용하는 것이 관례였지만, 최근에는 여성지점장들도 많이 있다. 기업체의 CEO도 여성들이 차지하기 시작하고 있다는 이야기이다.

그런데 예술분야에 한해서 여성들의 대거 진출을 백안시할 이유는 없지만, 다른 분야와 비교할 때 예술분야에 있어서 여성화의 급속한 진행에 대해서는 한번 심각하게 그 대책을 생각해 볼 필요가 있을 것이다. 왜냐하면, 역사적으로 알려진 유명한 예술인들은 예외 없이 남성이었기 때문이다. 이러한 생각을 지나친 남성위주의 생각이라고 비난하면서 손을 놓고 있어야만 할 것인가? 무슨 방법을 써서라도 이러한 문제를 개선해보도록 노력을 해야 하지 않겠는가?

강성주회장이 자신이 지금까지 벌어들인 전 재산을 투자하여 예술인들을 도와줌으로써 우리나라의 예술의 중흥에 여생을 보내기로 결심하게 된 동기에 대하여 그에게서 직접 들어볼 수 있는 기회가 있었다.

"제가 그동안 여러 가지 사업에 손을 대서 벌어들인 돈으로 무엇인가 보람 있는 일을 하고 싶다는 생각을 오래 전부터 해왔습니다. 그런데 왜 하필이면 예술분야에 그 많은 돈을 쓰려고 하느냐는 질문을 자주 받고 있습니다. 그러한 결정을 하게 된 이유는 '인생은 짧고 예술은 길다'는 유명한 말이 있어서라기보다는 저의 소박한 생각으로 예술인이야말로 우리의 삶을 아름답고 풍요롭게 만들어줄 수 있다고 생각했기 때문입니다."

"그러시다면 특별히 영향을 받으신 사람이라도 있었습니까?"

"물론 있었지요. 이태리 피렌체의 메디치가의 사람들이지요. 그들의 적극적인 후원이 없었다면, 라파엘, 미켈란젤로, 다빈치와 같은 르네상스 예술의 거장들이 나왔겠습니까? 그러한 예술의 거장들이 없었다면, 르네상스의 예술과 같은 것이 꽃을 필 수 있었겠습니까?"

"참으로 장하고 대단하십니다. 강회장님께서는 돈만 잘 버시는 이재의 귀재인 줄만 알았는데, 이제 보니 위대한 예술의 수호자라는 것을 알게 되어서 정말 놀라움을 금할 수 없습니다. 대부분의 재벌들은 자신들이 벌어들인 돈을 남을 위하여 쓴다는 생각을 하지 않는 것 같은데, 강회장님은 그들과는 전혀 다른 생각을 하고 계시니 하는 말입니다. 예술인을 후원하시다 보면 어마어마한 돈이 들어가리라는 것이 예상됩니다. 이제는 예술인후원사업 이외에는 다른 사업을 더 이상 계속하고 계시지 않는 것으로 알고 있는데, 만일 부족한 재원이 생긴다면 그때는 어떻게 하시려는 것인지 무슨 특별한 계획이라도 있으십니까?"

"참으로 중요한 문제를 지적해 주셨습니다. 제가 지금 적극적으로 추진하고 있는 예술인후원사업은 개인의 힘으로는 한계가 있는 사업이라 할 수 있을 것입니다. 제가 설립한 미래재단을 공익재단으로 바꿔서 국가의 지원을 받아볼 생각도 해보았지만, 그것은 재단설립의 기본목적에 어긋나는 것입니다. 제가 고안해 낸 재단운영의 영구적인 방법은 '1인1조'의 원칙입니다."

"'1인1조'의 원칙이란 무엇입니까?"

"'1인1조'의 원칙이라 함은 우리 재단에서 모든 비용을 무료로 지원을 받아서 성공한 1명의 예술인이 자신의 비용으로 1인의 예비예술인을 후원해 주는 방식입니다. 이 방법이 어떻게 보면 별로 실효성이 없어 보이는 방법처럼 보이지만, 성공한 예술인이 다른 예비예술인 1인을 진심으로 도와주겠다는 결심만 하게 된다면 가장 효과적이며 성공가능성이 큰 방법입니다."

　"그렇다면 재단의 후원을 받아서 성공한 예술인들 중에 다른 예비예술인들을 도와주고 있는 사람들은 얼마나 됩니까?"

　"거의 모든 예술인들이 1인의 예비예술인을 도와주고 있다고 보아도 틀림이 없을 것입니다. 재단이 제공해주는 예술인에 대한 무상지원이 효과적인 방법이었다는 증거가 되는 셈입니다."

　"특히 어떤 예술분야에서 호응도가 크다고 생각됩니까?"

　"가장 호응도가 큰 경우는 작가들이지요. 작가들의 경우는 이미 '1인1조'의 원칙에 의하여 작품집을 출판한 여러 명의 작가들을 배출했습니다. 그 다음은 화가들의 경우입니다. 그 원칙에 의하여 이미 전시회를 여러 번 연 화가들을 배출했습니다. 그 다음으로는 조각가, 작곡가, 시인들의 순입니다. 여하튼 그러한 원칙을 적용한 결과 괄목할만한 성과를 거둔 셈입니다. 이러한 원칙이 정착되면, 재단의 자립도도 높아질 것입니다."

　이러한 강회장과의 대화를 통하여 강회장의 미래재단과 같은 예술인후원재단 설립의 목적과 재단의 유지 방안에 대한 방침을 잘 알 수 있었다. 기업인 중에 부분적으로 예술품을 구입하거나 예술인을 후원해 주는 경우를 가끔 볼 수 있었지만, 강회장의 경우처럼 전 재산을 들여서 예술인을 후원하는 경우는 아마도 강 회장의 경우가 우리나라에서는 최초의 사례라 할 수 있을 것이다. 그러한 예술인 후원사업에 여생을 보내기로 한 강회장은 예술인들에게 큰 도움을 주게 되었던 것은 물론, 그러한 후원사업을 할 수 있을 정도로 재산을 모을 수 있었던 것은 자신의 돈 버는 능력도 탁월했지만, 돈벌이에 있어서 억세게 운도 좋았다는 것을 상기할 때 감회가 새로웠다.

사람으로 태어나서 일생을 살면서 무엇인가 보람 있는 일을 할 수 있다면 얼마나 좋은 일이겠는가? 어떤 사람의 경우에는 마치 무풍지대에 사는 것처럼 아주 수월하게 세상을 살면서 돈벌이도 쉽게 해서 무난한 일생을 살아가는 사람이 있는가 하면, 다른 사람의 경우에는 세상을 어렵게 살아가는 경우도 있다. 세상을 살면서 자신이 원하는 일을 모두 자신의 뜻대로 달성한 사람이 얼마나 되겠는가? 이런 점에서 볼 때, 강회장의 경우는 모든 일을 자신이 원했던 대로 성공적으로 달성한 대표적인 경우라고 할 수 있을 것이다.

어린 나이에 처음에는 보잘 것 없어 보이는 폐지 줍기로부터 시작했던 그의 돈벌이가 순풍에 돛을 단 배처럼 세상을 헤쳐 나가면서 돈을 벌기 시작하면서 한 업종에서 다른 업종으로 신들린 것처럼 변경해 가면서, 그 때마다 돈을 마치 삼태기로 긁어 모으곤 했던 것이다. 이러한 방법으로 그는 거대한 부를 거머쥐게 되었던 것이다. 이러한 행운은 누구에게나 오는 것은 아니다. 강회장이 돈만 벌 줄 알았지 돈을 쓸 줄 몰랐다면 그의 삶이 사람들의 주목을 끌지는 못했을 것이다. '돈은 개같이 벌고 정승처럼 쓴다'는 말이 있듯이 돈은 어떻게 버느냐 하는 것보다는 어떻게 쓰느냐 하는 것이 더 큰 문제가 될 수 있다는 것을 말해 주는 말이라 할 수 있을 것이다.

강회장이 돈벌이에 보낸 삶은 참으로 기발한 점도 발견할 수 있지만 사람들의 관심의 대상이 되기에는 좀 무리가 있다는 생각이 든다. 그 이유는 그가 돈벌이에 열중하는 모습만 보면 어쩜 저렇게 인간성이 없어 보이는 사람이 이 세상에 또 있을까 하는 정도의 냉혈한으로 보일 수 있기 때문이다. 그는 마치 감정도 없는 돈 버는 기계처럼 보일 뿐이다. 그러한 사람이 돈을 벌었다 하여 갑자기 예술인의 후원자로 변신할 수 있었다는 것이 도저히 믿어지지 않는다. 사람이 갑자기 변하면 죽는다는 말이 있기는 하지만, 강회장의 경우가 마치 그러한 의심이 날 정도의 변신을 한 것이라고 생각되는 이유는 아무리 생각해도 예술에 대한 것은 아무 것도 아는 것이 없는 사람처럼 보이기 때문이다. 더욱이 그가 예술인의 후원자가 되었다니 가당키나 한 노릇인가?

일반적으로 사람이 변신을 하는 경우에는 변신을 한 사람을 유심히 관찰할 기회가 있었다면, 그렇게 될 수 있을지도 모르겠다는 어떤 사전적인 조짐을 보여주는 것이다. 그런데 강회장의 경우에는 누구도 그가 예술인의 후원자가 되리라는 것을 전혀 예측하지 못했던 것이다. 그러한 일은 사업가인 강회장에게 전혀 기대하지 못했던 의외의 일이었다. 사업가는 돈이 많기 때문에 돈을 벌기 위해서 예술인을 후원하는 것이 아니고 정말 순수한 의미에서 예술인을 금전적으로 후원하는 것이라면 마다 할 일이 아니라 얼마든지 환영해야 할 일일 것이다. 그러나 만일의 경우에 그들의 작품을 비싼 값으로 팔아서 돈벌이를 하려는 의도가 마음 한 구석에 조금이라도 자리 잡고 있었다면 예술인을 후원하는 일 같은 것은 아예 처음부터 시작하지 말았어야 할 것이다.

강회장을 직접 만나본 일은 없었지만, 강회장의 걸어온 길을 보면 왜 그런지 '피도 눈물도 없는 냉혈한'이 아닐까 하는 생각이 드는 것은 무엇 때문에 그런 것일까? 돈을 너무나 쉽게 벌어들이기 때문에 그런 것일까? 남들은 성공도 하고 실패도 하는데, 강회장은 실패 한 번 없이 그야말로 일사천리로 성공가도만을 달려왔기 때문에 질투심이 나서 그런 것인가? 여하튼 강회장은 기린아임에는 틀림없는 사실이다. 누구든지 강회장과 같은 인생을 살 수 있는 것은 아니다.

강회장은 예술인을 후원하는 사업 이외에 서울에 미술관을 하나 짓기로 했다. 예술인을 후원하는 일도 중요하지만, 그들의 작품 활동에 의하여 창조해 낸 예술품을 전시할 공간의 필요성을 절감하게 되었다. 예술인들을 후원만 하다 보면 자신이 후원해 준 예술인들이 과연 그들의 작품 활동에 의하여 어떠한 작품들을 실제로 창작해 내었는지를 알 길이 없는 것이다. 예술인들은 자신이 창작한 작품을 보관할 창고도 사실상 없는 셈이다. 이러한 불편을 해소하고 작가들의 작품을 수시로 전시할 수 있는 미술관이 필요하게 되었다. 서울과 같은 대도시에는 기존의 미술관들이 여러 곳 존재하고 있지만, 강회장이 후원해서 길러낸 예술인들의 작품을 수시로 전시하는 데는 어려움이 있는 것이다. 이러한 문제점이 있다는 것을 알게 된 강회장은 그들을 위한 미술관을 하나 짓기로 했다. '환상의 섬'에 그러한 미술관을 건설할 수도 있지만, 장소가 서울에서 너무 멀리 떨어져 있다 보면 미술관의 필요성이 반감될 염려도 있는 것이 문제점으로 제기되었다.

예술인들의 작품을 전시하는 미술관은 가급적이면 서울이나 서울 근교에 있어야지, '환상의 섬'처럼 태평양 한 가운데에 있는 외딴 섬에 떨어져 있다 보면, 누가 쉽게 그 섬에 그림을 구경하러 갈 수가 있다는 말인가? 강회장은 서울이나 서울 근교에 그러한 미술관을 건립하기로 결정을 했다. 미술관의 건축양식은 미국의 뉴욕시내에 있는 구겐하임 미술관처럼 건설하기로 했다. 엘리베이터를 타고 맨 위층까지 올라간 다음 비스듬하게 만들어진 회랑을 따라 내려오면서 그림이나 조각품을 감상할 수 있도록 지어진 그 미술관은 작품을 감상하기에는 참으로 이상적인 방법이라 할 수 있을 것이다.

강회장은 미술관이 완성된 후에 자신의 삶을 한번 다시 돌아볼 시간을 가졌다. 그가 사업에 성공하여 막대한 돈을 벌어들인 것도 그에게 의미가 있었던 일이기는 했다. 그러나 그것보다는 꿈에도 생각하지 않았던 예술인의 후원자가 되고, 그들을 위하여 그들의 작품을 전시할 미술관까지 건설할 수 있었다는 것은 그들에게 기쁨을 안겨준 일일 뿐만 아니라 자신에게도 참으로 보람 있는 일이었다는 생각이 들면서, 그만했으면 자신의 인생을 잘 살았다는 흐뭇한 생각이 들기까지 했다.

5. 불로장생

　사람이 오래 살더라도 병에 걸리지도 않고 또한 죽지도 않는 다면 과연 어떠한 문제가 발생할 것인가? 청양의 김영감으로 잘 알려진 김병화는 금년에 나이가 320세가 되었다. 함께 살던 아내도 이미 죽은 지 오래 되었으며, 자식이나 손자들까지 모두 김영감보다 앞서 저 세상으로 가버리고 유독 김영감만이 100세도 아니고 320세가 된 지금까지 건강하게 살고 있다니 참으로 신기한 일이라 아니할 수 없을 것이다. 어쩌다가 다른 사람들은 100세도 살지 못하고 저 세상으로 가버렸는데, 김영감만이 3세기를 넘어서 지금까지 살아있어서 320세가 되었다. 어떻게 그 나이가 되는 지금까지 한 번도 죽을병에 걸리지를 않고 젊은 사람 못지 않게 건강하게 살아남아 있다는 말인가?

　창세기의 신화시대에는 수백 년을 살았다는 기록이 있다. 인류의 조상인 아브라함은 900살을 넘어 살았으며, 대홍수의 주인공인 노아도 600살을 넘어 살았다고 전해지고 있다. 신이 자신의 형상을 따라 창조한 최초의 인간인 아담과 하와는 죽지 않는 존재로 창조되었던 것인데, 뱀의 꼬임에 빠져서 신이 절대로 먹지 말라고 그들에게 신신당부했던 선악과 열매를 따먹은 원죄 때문에 죽을 수밖에 없게 되었다. 그들의 자손인 우리들도 이제는 100살을 살지 못하고 죽을 수밖에 없는 것이다. 그런데 어쩌다가 청양의 김영감만이 300살을 넘어 살면서 죽지 않고 지금까지 멀쩡하게 살아있는가?

김영감은 충남 청양의 산골농가에서 부유한 농부의 아들로 300여 년 전에 태어났으며 일생을 살아오는 동안 지금까지 한 번도 청양의 산골 집을 떠나본 적이 없었다. 그는 육식보다는 채식을 주로 해왔기 때문에 평생 고혈압이나 당뇨와 같은 성인병에 걸리지 않고 건강한 삶을 유지할 수 있었던 것이 아닐까? 깨끗한 공기를 호흡하고 맑은 물을 마시며 별다른 욕심 없이 하루하루를 즐거운 마음으로 살다보니 어느 사이엔가 300여 년이라는 긴 세월이 흘러가 버린 것이다. 일본의 우라시마다로라는 우화 중에 젊은 그가 잠시 집을 떠났다가 집에 돌아와 보니 자신은 머리가 하얀 노인으로 변해 있었고 자신이 잘 알고 지내던 사람들은 이미 이 세상 사람이 아니었다는 이야기는 세월의 무상함을 잘 말해주고 있는 것이다.

김영감이 살고 있는 청양 산골의 시골 마을은 300여 년 전이나 지금이나 하나도 변한 것이 없었기 때문에 세월이 그렇게 많이 지나갔는지를 전혀 느낄 수 없었다고 해도 과언이 아닐 것이다. 왜냐하면 청양 산골 이외의 다른 지역에서는 현대화의 물결에 따라서 옛것은 거의 사라져 없어지고 현대식 초고층 아파트들이 자리를 잡게 되어 만일 김영감이 청양 주변지역을 방문할 기회가 있었다면 어디가 어딘지 전혀 분간할 수 없을 지경이었을 것이다. 그러나 다행인지 외부출입이 전혀 없었던 김영감은 그러한 변화에 접할 기회가 지금까지 한 번도 없었던 것이다.

김영감과 같이 아침에 눈을 뜨면 아침을 먹고, 낮에 일하고, 밤이 되면 잠을 자고, 또 다음 날도 똑 같은 방식을 되풀이하면서 단순한 삶을 살아온 김영감에게는 300여 년의 긴 세월도 마치 어제의 일인 듯 조금도 지루함을 느끼지 못한 채 지금까지 살고 있었다. 주변의 다른 사람들의 경우에는 나이가 들어감에 따라 늙어서 병들어 100살도 살지 못하고 죽어가는 것이 늘 있는 일이었다. 김영감의 아내도 그렇게 죽어갔고, 자식과 손자들도 모두 다 그렇게 김영감보다 먼저 세상을 등졌던 것이다. 그런데 김영감의 경우에는 왜 남들처럼 늙지도 않고, 병들지도 않고, 죽지도 않으면서 지금까지 멀쩡하게 살아남아 있느냔 말이다. 김영감에게 있어서 그렇게 오래 동안 늙지도 않고, 병들지도 않고, 죽지도 않은 채 지금까지 살아 올 수 있었다는 것을 축복이라 말할 수 있을 것인가? 아니면 전생에 무슨 죄를 그렇게 많이 지었기에 남에게 말 못할 그러한 끔찍한 저주를 받고 있다는 말인가?

정상적인 삶을 살고 있는 사람들은 누구나 한 사람의 예외도 없이 이 세상에 태어나서 살다가 늙기도 하고 나이가 많이 들게 되면 병들어 죽게 되는 것이다. 현재로서는 평균연령이 여성의 경우는 80세이며, 남성의 경우는 75세라지만, 그 이상을 더 살아서 100세에 이르는 사람들은 아직도 그렇게 많지 않은 것이 현재의 실정이다. 이러한 점에서 볼 때 김영감이 300세를 넘어서 건강하게 살아남을 수 있었다는 것은 기적이라 하기보다는 저주를 받아서 그렇게 된 것이라 하는 편이 좀 더 설득력이 있다 하겠다. 옛날에 진나라의 시황제는 죽지 않는 불로초를 찾아서 각지에 사람들을 보냈다지만, 그렇게 죽기를 싫어했던 진시황제도 환갑을 넘기지 못하고 죽었다니 오래 살고 싶어 하는 것은 인지상정이라 할 수 있지만 너무나 허망한 일이 아니겠는가?

그렇다 하더라도 김영감의 경우처럼 100세도 아니고 300세 이상을 죽지도 않고 아직까지 살아남을 수 있다는 것은 축복을 받았다기보다는 저주를 받았다고 해야 하지 않을까? 행복한 인간이기 위해서는 평균인의 인생을 사는 것이지 김영감과 같이 특이한 인생을 사는 것은 아닐 것이다. 최근의 어떠한 의학적인 기록도 김영감보다 오래 살았다는 기록은 발견할 수 없는 것이다. 그의 장수기록은 과학적으로도 증명할 수 없는 것이다. 김영감의 신체구조에 관한 정밀검사를 해본 결과 아무런 특이사항도 발견할 수 없었는데, 어떻게 해서 김영감은 다른 사람들과는 달리 그렇게 긴 세월을 살면서 한 번도 병에 걸리지 않고 현재와 같은 건강한 몸을 유지할 수 있었다는 것이 과연 가능한 일이었겠는가?

김영감이 300여 년 전에 이 세상에 태어나서 현재까지 계속 살고 있는 청양 산골의 집은 비록 첩첩산중이긴 했지만 대가족이 살 수 있는 상당한 규모의 집이었다. 가족과 상당수의 식솔들이 함께 살고 있던 전성기에는 수십 명이 기거하는데 문제없는 규모라 할 수 있었다. 그 집 근처에는 상당한 규모의 농토와 텃밭이 있어서 쌀도 충분히 나오고 텃밭에 곡식과 채소를 심어서 가족과 식솔이 먹고도 남을 지경이었다. 김영감의 집안은 그 일대에서 보기드믄 부농으로서 장손으로 태어났던 김영감은 그 곳에서 살면서 혼인도 하고 아들 딸 낳고 잘 살다가 김영감만 지금까지 살아남았고 가족구성원과 식솔들은 전부 고인이 되어버렸던 것이다. 이제 김영감은 그 큰 집과 농토와 텃밭을 혼자 지키며 아직까지 다른 사람의 도움 없이 건강하게 살고 있다.

김영감은 어려서 서당에 다니지도 않았으며 평생에 별 다른 사회활동도 해본 일이 없었기 때문에 혼자 남게 된 현재에도 그 큰 집을 지키고 농사일을 하느라 늘 바쁜 하루를 보내다 보니 외로울 틈도 없었다. 사람들이 정상적으로 사는 모습을 살펴보면 어려서부터 학교에 다니다가 나이가 들게 되면 직장도 구하고 혼인도 하여 자녀들도 낳고 살다가 현직에서 은퇴하여 길지 않은 자신의 생을 정리하고 병들어 죽게 되는 것이다. 이러한 일반적인 과정을 거치지 않고 은퇴 후에도 편안히 쉬지를 않고 죽는 순간까지 열심히 무엇인가 자신에게 의미가 있는 일을 계속하는 사람들도 가끔 발견할 수 있는 것이다.

그런데 김영감의 경우에는 평생을 농사만 지어왔기 때문에 농사 이외에는 할 줄 아는 일이 아무 것도 없었다. 직장을 가져 본 일도 없었으니 은퇴생활이라는 것도 그에게는 없었으며 병이 나서 앓다가 죽지도 않으니 달리 할 일도 없어서 그냥 하던 대로 농사일을 계속할 수밖에 없는 것이다. 이렇게 살고 있는 김영감의 모습은 아직도 4~50대의 장년으로 보일 뿐 300세가 넘은 노인이라고는 도저히 상상할 수 없는 외모를 갖고 있다. 농사일을 하면서 별 욕심 없이 살고 있는 김영감은 정신적으로는 물론 육체적으로도 아주 건강한 모습을 유지하고 있었다. 이러한 김영감이야말로 지구상에서 그와 유사한 사례를 찾아볼 수 없는 희귀한 존재라 할 수 있을 것이다.

김영감의 경우에는 일반적으로 알려진 상식과 기대감이 전혀 통하지 않는 특이한 경우라 할 수 있을 것이다. 일반인의 경우에는 태어나서 부모님의 보호 하에 자라나다가 5~6세가 되면 유아원이나 유치원에 가고, 7~8세가 되면 초등학교에 들어가서 20세 중반에 대학이나 대학원을 마치게 된다. 남자들의 경우에는 병역의무가 있기 때문에 이 연령대가 좀 늦어질 수는 있지만, 특별한 경우가 없는 한 대체로 이러한 연령대에 학업을 마치게 될 것이다. 학업을 마친 후에는 직장을 구하고 좋은 직장을 구한 후에는 혼인을 하여 자녀를 낳고 기르다가 5~60대에 은퇴를 하여 죽을 때까지 은퇴생활을 하게 되는 것이다. 오늘날에는 살기가 어려워져서 많은 젊은이들이 정상적인 과정을 거쳐서 자신의 삶을 꾸려가지 못하는 경우가 발생할 수 있을 것이다. 대학졸업자의 50퍼센트 이상이 졸업 후에 직장을 구하지 못한다는 것이 그러한 심각한 현실을 반영해주는 말이라고 할 수 있을 것이다.

우리 세대의 불행한 젊은이들과는 달리 김영감의 경우에는 취직을 하기 위하여 애쓸 필요도 없고 은퇴 후의 생활을 걱정할 필요도 없는 것이다. 자신이 물려받은 큰 집과 그에 딸린 농토와 텃밭을 관리하느라 눈코 뜰 새 없는 바쁜 하루를 보내고 있는 김 영감에게 취직이라든가 은퇴라는 이야기는 전혀 의미가 없는 일이라 할 수 있을 것이다. 할 일이 있으니 남들처럼 구태여 먹고살기 위하여 새로운 직장을 구할 필요도 없을 것이며, 자기 이외에는 집안일을 돌볼 수 있는 사람이 없으니 남들처럼 은퇴란 있을 수 없는 일이다. 재벌총수라 하더라도 일정한 나이가 지나면 자손들에게 기업을 물려주고 자신은 은퇴할 생각을 한다는 데, 일반인의 경우에 은퇴를 해야 한다는 것은 너무나 당연한 일이 아니겠는가?

제아무리 할 일이 있다 하더라도 300여 년이라는 긴 세월동안 한결같이 똑같은 일을 되풀이 하면서도 지치지 않고 살아올 수 있다는 것이 과연 누구에게나 가능한 일이겠는가? 보통 사람들의 경우에는 지칠 법도 한데 어떻게 그렇게 살 수 있었을까? 그러다 보니 남들이 감히 생각도 해볼 수 없는 그 많은 세월을 홀로 살아올 수 있었던 것이 아니었을까? 코끼리나 거북과 같은 동물들의 경우에는 수백년을 살 수 있다고 하지만, 인간의 경우에는 창세기의 기록처럼 예외적인 경우가 있기는 하다. 그러나 김영감의 경우에는 창세기의 기록처럼 신화도 아니고 실존인물이라는 점에서 주목해야 하는 것이다. 김영감과 같은 돌연변이의 사례가 흔히 발견될 수 있는 것이라면 별문제가 없겠지만, 김영감의 경우가 그러한 사례의 유일한 경우이기 때문에 문제가 되는 것이다.

인생을 어떻게 살아야 하느냐에 대한 논의는 성현들에 의하여 옛날부터 논의되어 왔지만 이에 대한 정답은 아직도 없는 것 같다. 사람들에게 왜 이렇게 살지를 않고 그렇게 살 수밖에 없었느냐고 따져보았자 신통한 대답을 들을 수는 없을 것이다. 왜냐하면 인생을 어떻게 살아야 하느냐에 대한 정답은 아직 발견되지 않았기 때문이다. 김영감에게 왜 남들처럼 제 때에 죽지도 않고 그렇게 오랜 세월동안 살아있느냐고 질문을 해보았자 김영감의 만족한 대답을 기대할 수는 없는 노릇이다.

사람들은 생전에 세상을 살아가면서 누구나 일정한 목표를 정하고 그 목표를 달성하기 위하여 노력을 하게 된다. 그러한 노력을 한 결과 운 좋게 성공할 수 있는 사람도 있지만, 성공하지를 못하여 좌절하는 사람도 있을 것이다. 자신이 세운 목표달성에 한 번 실패했다고 하여 목표설정을 포기하는 사람도 있겠지만, 그 목표의 달성을 위하여 두 번, 세 번 다시 도전해서 마침내 자신의 목표를 달성하는 사람도 있을 것이다. 이 세상을 살아가면서 어떠한 고통도 당하지 않는다면 얼마나 좋겠느냐마는 과연 고통을 조금도 당하지 않고 일생을 살 수 있는 사람들이 얼마나 되며 그러한 사람이 실제로 존재할 수는 있다는 말인가?

사람들이 살아가면서 어떠한 목표를 달성하기 위하여 노력하는 것은 그러한 목표가 달성된 후에 느낄 수 있는 성취감 때문일 것이다. 그런데 김영감처럼 인생을 살아가는데 그냥 목숨이 붙어있기 때문에 살아가고 있다고 해서야 사는 것이 무슨 의미가 있겠는가? 그런데 엄밀하게 말하면 그러한 문제를 김영감에게 묻는 것 자체가 우문이라 할 수 있을 것이다. 왜냐하면 김영감처럼 죽지를 않고 생리적으로 오래 살 수 있는 경우에는 사람에 대한 일반상식이 통하지를 않는 것이다. 일반인과 전혀 다른 삶을 살고 있는 김영감을 상대로 왜 일반인들처럼 살아가는데 고통도 받고 병들어 죽지도 않고 멀쩡하게 살아있느냐고 따져본들 그에 대한 명확한 해답은 없는 것이다.

　김영감과 같은 장수하는 사람의 존재가 국내에서는 별로 관심의 대상이 되지를 못했다. 그러한 사람이 있다는 정도로 대부분의 사람들은 풍문으로만 김영감의 존재를 알고 있었을 뿐 아무도 김영감을 희귀한 연구의 대상으로 하려는 사람은 없었다. 그런데 어떻게 김영감의 존재가 외국의 학자들에게 알려졌는지는 알 수 없지만 외국의 관련학자들이 대거 청양으로 몰려와서 김영감을 만나보려 할 뿐만 아니라, 그를 가능하면 자기 나라로 데려가서 김영감에 대한 좀 더 깊은 연구를 하려고 관계기관과 적극적인 교섭을 하기 시작했다. 이렇게 되자 국내의 관련학계애서는 갑자기 비상이 걸리기 시작했다. 우리나라 국민인 김영감에 관한 연구를 우리나라에서 하지를 못하고 어떠한 이유에서이건 외국의 연구진에게 실험대상이 될 수 있는 김영감을 빼앗겨서야 되겠느냐 하는 우려에서 한국의 관련연구진은 바짝 긴장하기 시작했다.

　여하튼 김영감의 문제는 전 세계 관련학계의 관심대상으로 변해버렸다. 지금까지 조용했던 김영감이 사는 청양산골은 세계적인 포커스를 받는 유명장소로 변했으며 외국의 연구진뿐만 아니라 국내는 물론 외국의 관광객들까지 김영감을 만나보기 위하여 청양산골로 몰려들기 시작했다. 김영감은 사실상 그들에 대하여 전혀 관심이 없었으며, 그들이 자신에게 관심을 갖는 것은 더욱 더 관심이 없었다. 김영감이 바라는 것은 자신의 일에 사람들이 관심을 기울이지 말고 그냥 이전처럼 내버려두어서 열심히 일을 하면서 하루하루를 살아갈 수 있게 해주는 것이다. 그러나 일단 세계적으로 유명인이 되어버린 현재에 있어서는 처신하는 것조차 자유롭지 못한 신세가 되어버렸다.

김영감이 원해서라기보다는 유명인이 되어버린 김영감의 신변을 국가에서 보호해 주기 위하여 전문적인 경비원들이 김영감의 집에 상주하여 만일의 사태에 대비하기로 했다. 기존의 집구조만으로는 경비원들을 수용할 수 없어서 새로운 경비초소를 비롯하여 경비원들의 숙소와 사무실까지 짓다보니 조용했던 김영감의 산골집이 시장바닥처럼 소란해지기 시작했다. 더욱이 세계 각지에서 김영감을 보려고 몰려드는 인파 때문에 김영감의 집은 하루도 조용할 날이 없었다. 우리나라의 관련학계도 김영감에 대한 연구의 주도권을 외국학자들에게 빼앗기지 않기 위하여 세계각지에 있는 관련학자들을 초청하여 김영감을 대상으로 하는 국제학술대회를 충남 대전시에서 개최하기로 했다. 대규모의 국제학술회의를 개최하여 성공을 거둔 경험을 바탕으로 그 국제학술회의에서 주도권을 잡는데 성공했다.

김영감을 연구하는 국제학술회의에서 첫 번째 연구주제로 선정된 것은 과연 김영감의 나이가 300세가 넘었다는 것이 사실인가 여부에 관한 것이었다. 김영감이 본인의 주장대로 300여 년 전에 태어났다면 아마도 병자호란이 한창이던 시절이라 전란 때문에 김영감에 대한 출생을 입증할만한 자료가 전부 소실되었을 지도 모르는 일이다. 그 당시라면 오늘날처럼 주민등록이나 가족부와 같은 기록부가 존재하지 않았기 때문에 김영감의 출생년도를 확인할 수 있는 증빙자료가 존재하지 않을 수도 있을 것이다. 만일 그렇다면 김영감의 출생년도를 무엇을 갖고 증명을 할 수 있다는 말인가? 관련학자들의 논쟁은 바로 이점에 초점을 맞추기로 했다. 학자들 간에는 300세가 넘는 것이 맞는다고 주장하는 학자들이 있는가 하면, 반대로 300세가 넘은 것이 아니라 100세가 조금 넘은 것에 불과하다는 엉뚱한 주장을 하는 학자들도 있었다. 그러한 주장의 근거로는 현재의 인간수명의 추세로 볼 때 300세를 넘어 살 수 있다고 주장하는 것은 지어낸 억지주장이며, 사실은 100세를 조금 넘은 나이가 300세를 넘어 살았다고 와전되었다고 주장하고 있었는데, 의외에도 이러한 주장이 좀 더 설득력이 있는 것으로 받아들여지고 있었다.

영국의 유명한 인간학자인 조지 맥크레인 박사는 다음과 같은 말로 그의 입장을 증명하려 했다. 그의 주장은 역시 인간수명에 대한 일반적인 추세에 근거하고 있는 것이었다.

"현재의 인간수명의 일반적인 추세에 의하면, 최근에 100세를 넘어 생존하는 사람의 숫자가 급속히 증가하고 있기는 하지만 김영감의 경우처럼 300세를 넘어서도 아직 건강하고 젊은 사람

못지않은 체력을 유지하고 살고 있는 사람은 김영감의 주장 이외에는 다른 실례를 찾아볼 수 없기 때문이지요."

"그런 사람의 경우가 김영감 이외에는 더 이상 발견되지 않는다고 하여 김영감이 실제로 300세를 넘어 살아남아 있다는 사실까지 부정하려는 것은 너무나 지나친 독단적인 주장이 아닙니까?" 프랑스의 유명한 인류학자인 루이 스탕달 교수의 반론이었다.

"김영감의 실제 나이에 대하여 증거가 없다는 이유로 실제 나이가 300세가 넘었는데 100세밖에 넘지 않았다고 주장하는 것은 지나친 단세포적인 주장이 아니겠습니까? 사람의 실제적인 나이를 인간수명의 일반적인 추세에만 의거하여 엉뚱한 주장을 펴는 것은 문제가 있는 것이 아니겠습니까? 김영감의 경우는 특이한 사례이기 때문에 세계 관련학계의 관심대상이 되는 것이 아니겠습니까?" 한국의 인간학자 김원기 교수의 추가적인 반론이었다.

"내가 김영감의 실제 연령에 대하여 말한 것은 그러한 관점에서 연구해 보는 것이 어떻겠느냐고 문제제기를 한 것인데, 그렇게 발끈하시는 것을 보니 오히려 내가 무안해지는구료." 맥크레인이 자기가 한 말에 대하여 학자들 간에 강력한 반발이 일자 슬그머니 자신의 엉뚱한 주장을 거두어들였다.

그러다 보니 논쟁의 초점은 300세를 살았느냐 아니면 100세를 살았느냐 하는 것이 아니라, 김영감의 나이를 본인의 주장대로 300세를 넘어 살았다는 것을 일단은 그대로 인정하고 그의 나이를 실제로 어떻게 증명하느냐 하는 것이었다. 나이를 증명할 수 있는 증빙서류가 없다면 나이를 알아볼 수 있는 자외선 투시방법과 같은 과학적인 방법을 동원할 수밖에 없을 것이다. 그런데 문제는 일반인들의 경우처럼 인체가 나이가 들어감에 따라 노화의 길을 밟지 않고 300세를 넘어 살았는데도 젊음을 그대로 유지하고 있다는 사실 때문에 어떠한 과학적인 방법을 동원하더라도 제대로 김영감의 나이를 밝혀내는 것이 가능할 수 있느냐 하는 것이 문제였다.

최근의 법의학의 발달에 따라 살해되어 죽은 사람들의 나이, 살해동기, 사망시기, 사망원인 등이 과학적으로 밝혀질 수 있게 되었다. 이러한 과학적인 기법을 사용하여 김영감과 같이 살아 있는 사람의 연령에 대한 것도 밝혀낼 수 있을 것이다. 그러한 기법을 김영감의 경우에 적용해본 결과 김영감의 나이가 실제에 있어서 300세가 넘었다는 것이 과학적으로 입증되어 그 문제는 일단락되었다.

다음으로 김영감에 대하여 문제로 제기된 것은 어떻게 300여 년이라는 긴 세월을 살아오면서 일반인들과는 달리 신체적인 노화현상이 전혀 일어나지 않은 채 젊음을 그대로 유지할 수 있느냐 하는 것이었다. 정밀하게 만든 기계라 하더라도 오래 동안 사용하다 보면 낡고 망가지게 되는 것인데, 인간의 신체가 300여 년이나 사용했는데도 전혀 망가지지를 않고 젊음을 그대로 유지하고 있다니 참으로 놀라운 일이라 아니할 수 없을 것이다. 이것은 죽어서도 썩지 않는 시체가 있듯이 김영감의 경우에는 상식이 통하지 않는 하나의 기적 같은 사실이라 할 수 있을 것이다.

　김영감에 대한 연구는 김영감과 같은 유사한 사례가 있어야 비교연구라도 할 수 있는 것인데. 그러한 사례가 없고 보니 연구에 있어서 더 이상의 진전이 없게 되었다. 동물이나 식물의 경우에도 유사한 사례가 없고 보니 김영감과 유사한 사례에 대한 연구는 결국 벽에 부딪칠 수밖에 없게 되었다. 또한 김영감에게 기적과 같은 사실은 어떻게 300여 년을 살아오면서 감기 한번 걸리지 않고 각종 질병에 시달리지도 않은 채 건강하게 살아올 수 있었느냔 말이다. 그러다 보니 김영감은 죽지도 않고 지금까지 살아남을 수 있었던 것이 아닐까?

　만일 김영감이 죽게 된다면 자연사가 아니라 사고에 의한 죽음밖에 없는 것이다. 그러나 김영감은 청양 이외의 지역에 외출할 일이 없기 때문에 자동차를 타고 다닐 일도 없으니 자동차 사고를 당하여 죽을 수 있는 기회도 사실상 없는 것이다. 김영감은 논이나 텃밭에 갈 때 걸어 다니며, 산에 나무하러 갈 때에도 걸어 다니고 있으니 산에 가서 낙석에 깔리거나 짐승에게 해를 당하기 전에는 김영감에게 죽을 기회는 아직까지 없다고 해도 과언이 아닐 것이다. 국내의 관련 단체나 외국의 학자들이 청양에서 그를 끌어내서 비행기나 기차, 또는 기선에 태워서 데려가고 싶어 하지만 지금까지 김영감 자신이 그러한 제안을 거절하고 있기 때문에 그러한 교통기관에 의한 사고의 위험성은 거의 없다고 하겠다. 따라서 사고로 인하여 김영감이 죽을 가능성도 없다고 하겠다.

김영감은 평생 처음으로 공인이 된다는 것이 어떤 것인지를 체험하게 되었다. 수많은 사람들이 김영감을 만나보려고 청양으로 몰려와도 자신이 그들을 만나주지 않으면 그만이겠지만, 그래도 김영감에게는 그들의 존재가 귀찮게 여겨질 뿐이다. 300세를 훨씬 넘어 살 때까지 김영감에 대하여 아무런 관심도 보여주지 않았던 사람들이 무엇 때문에 갑자기 이렇게 야단법석을 떠느냔 말이다. 그들이 자기에게 관심을 보인다 하여 생활이 이전보다 나아진 것이 아무 것도 없고 시끄러워진 것밖에는 없지 않은가?

세상에는 사람들 앞에 나서기를 좋아하는 사람들도 얼마든지 있지 않은가? 없는 것도 있는 것처럼, 사실이 아닌 것도 마치 사실인 것처럼 내세우려는 인간들이 많이 살고 있는 이 세상에서 김영감의 처신은 오히려 이상하게 보일지 모른다. 그러나 모든 사람들이 일부의 사람들처럼 자기과시에 도취되어 있는 것은 아닐 것이다. 남들 앞에 나서기를 꺼리는 사람들은 자기 자신을 과대포장하는 사람들보다 오히려 자신을 실제보다는 과소평가하려는 경향이 강한 사람들이라 할 수 있을 것이다. 그런데 김영감에 대한 사람들의 관심과 호기심의 표출은 줄어들기보다는 날이 갈수록 좀 더 확산되고 있는 것 같다.

김영감에 대한 것은 주요한 뉴스거리가 되어 있으며, 김영감에 대하여 국내는 물론 외국에서도 이목이 집중되고 있다. 이러한 시점에서 김영감이 과연 어떻게 처신하는 것이 바람직한 것이냐 하는 것은 오로지 김영감 스스로 정할 수 있는 문제라고 할 수 있을 것이다. 비록 김영감이 이제는 공인이 되었다 할지라도 본인이 원하지 않는 일은 하지 않아도 되는 권리가 김영감에게 는 있는 것이다. 이러한 김영감의 당연한 권리를 감히 아무도 김 영감의 의사에 반하여 침해할 수는 없는 것이다. 본인이 원하지 않으면 사람들이 김영감에게 무리하게 요구하는 것을 냉정하게 거절할 수 있는 권리가 김영감에게는 있는 것이다.

　살다보면 사람들의 주목을 받거나 구설수에 올라서 유명해지 기보다는 오히려 심신으로 고통을 받게 되는 경우가 있는데, 그 것이야말로 정말로 바람직한 일이 아닐 것이다. 더욱이 김영감 의 경우처럼 인간 실험의 대상이 되어 실험동물처럼 다루어지는 것은 인격권에 대한 중대한 침해라 할 수 있을 것이다. 본인의 의사는 물어보지도 않고 세계각지에서 몰려든 관련학자들이라 는 사람들이 나이가 어떻다느니, 신체조건이 어떻다느니 제멋대 로 떠들고 있는 것 자체가 문제가 될 수 있다는 것이다. 외국학 자들이 김영감에 대한 실험을 좀 더 철저히 해보기 위하여 김영 감의 의사와는 관계없이 제멋대로 자기 나라로 데려가려고 수단 과 방법을 가리지 않고 시도하는 것도 김영감에 대한 최악의 인 권침해라 할 수 있을 것이다.

　김영감의 나이가 300살이니 100살이니 하고 학자들 간에 논 쟁을 벌인 일이야말로 최대의 희극이었다고 할 수 있을 것이다. 300살을 넘어 살고 있는 김영감의 나이가 100살밖에 되지 않는 다고 주장하는 것이나 그렇지 않다고 근거도 없이 반박하는 쪽 이나 웃기기는 마찬가지라 할 수 있을 것이다. 현재 100살을 넘어서 건강하게 살고 있는 사람들이 별로 존재하지 않고 있다는 사실을 근거로 김영감의 나이가 결코 300살을 넘어설 수 없다고 주장하는 것은 분명 과학적인 증명방법이라고는 할 수 없을 것이다. 과학자들의 경우에 모르면 모르겠다고 솔직하게 자신의 무지함을 인정하는 것이 학자의 올바른 태도가 아니겠는가? 김영감의 나이를 측정할 수 있는 확실한 과학적인 증거도 없이 제멋대로 김영감의 나이가 몇 살일 것이라고 주장하는 것은 참으로 어처구니없는 일이라 아니할 수 없을 것이다. 더욱이 그러한 어처구니없는 주장이 세계적인 학자라고 자부하고 있는 사람이 한 짓이라는 것을 생각할 때 참으로 한심한 일이었다고 하겠다.

학자들의 주장에는 때때로 엉뚱한 점을 발견할 수가 있을 것이다. 300살이 넘는 김영감의 나이를 엉뚱하게도 100살밖에 되지 않는다는 주장을 감히 내놓고도 얼굴을 들고 다닐 수 있는 배짱을 갖고 있는 사람을 어떻게 양심이 있는 학자라고 말할 수 있겠는가? 더욱이 그 사람이 세계적인 학자라는 데야 말문이 막힐 수밖에 없는 노릇이다. 양심이 있는 학자라면 아는 것은 안다고 말할 수 있는 것처럼 만일 모르는 것이 있다면 모른다고 솔직하게 말을 할 수 있는 용기가 있어야 할 것이다. 학자라고 해서 모든 것을 다 알 수는 없는 것이다. 생소한 분야는 물론 자신의 전공분야에 있어서도 아는 것보다 모르는 것이 더 많은 경우가 있을 수 있는 것은 너무나 당연한 일이다. 그러므로 솔직하게 모르는 것은 모른다고 인정하는 것이 엉뚱한 주장을 하여 뜻하지 않았던 이론적인 혼란과 모순을 자초하는 것보다 훨씬 더 바람직한 일이 아니겠는가?

　김영감의 신체적인 변화 여부에 대한 논쟁도 역시 장님들이 코끼리를 더듬는 것과 무엇이 다르다는 말인가? 코끼리의 코를 만져 본 장님은 코끼리는 구렁이처럼 생겼다고 말했으며, 코끼리의 허리를 만진 장님은 코끼리가 벽처럼 생겼다고 말했으며, 코끼리의 다리를 만져본 장님은 코끼리가 마치 기둥과 같이 생겼다고 주장했다. 그런데 그들의 주장은 각각 코끼리의 일부를 파악한 것에 불과한 것이었다. 코끼리는 구렁이처럼 생긴 것도 아니고, 벽처럼 생긴 것도 아니고. 기둥처럼 생긴 것도 아닌 이 세 가지를 모두 합쳐 놓은 모습이라 할 수 있을 것이다. 왜 300년 이상을 살아온 김영감이 늙지도 않고, 병들지도 않고, 또한 죽지도 않는 것인지를 알고 있는 학자는 한 사람도 없는 것이다. 그들은 사실상 이 문제에 대하여 아는 것이 아무 것도 없기 때문에 김영감의 신체조건에 대해서는 아무 것도 말할 자격이 없는 것이다. 그러함에도 불구하고 그들은 모른다는 말을 하기가 싫어서 만일 이러쿵저러쿵 김영감의 신체조건에 관하여 불필요한 말장난을 한다면 그것이야말로 백해무익한 일로서 학자라면 경계해야 할 일일 것이다. 다행히 이 문제에 대해서는 단 한사람도 자신의 엉뚱한 의견을 제시하지 않았기 때문에 더 이상 문제가 되지를 않았다. 김영감의 특이한 신체조건에 대해서는 기적과 같은 기정사실로 인정하고 더 이상의 실험이나 연구를 추진하지 않기로 합의를 보았다.

　김영감에 대하여 무엇인가 새로운 사실을 발견할 수 있으리라는 기대를 갖고 한국에서 열린 국제학술회의는 김영감의 실제 나이가 300세가 훨씬 넘었다는 사실을 발견한 것을 제외하고는 더 이상 시원하게 발견된 것이 아무 것도 없었다. 이렇게 요란하게 열렸던 국제학술회의가 어이없게도 흐지부지 되어버리자 김영감에 대한 사람들의 관심도 차츰 줄어들기 시작하더니 김영감에 관한 것도 사람들에게 완전히 잊혀지기 시작했다. 세계 각지에서 온 관광객들이 김영감을 만나보기 위하여 청양에 몰려와서 법석을 떨었던 일이 언제였냐는 듯이 관광객들도 더 이상 김영감을 보기 위하여 청양을 찾아오는 일이 없게 되었다.

김영감은 오래간만에 옛날의 조용한 청양의 산골생활로 돌아갈 수가 있었다. 돌이켜보면 지난 2년간의 시끌버끌한 생활에 지쳐있던 김영감에게는 마치 죽었다가 다시 살아난 것과 같은 기쁨을 맛볼 수 있었다. 별것도 아닌 일로 사람들은 흥분을 하고 난리를 치고 있는데, 나중에 별것이 아니라는 것이 밝혀지게 되면 사람들은 아무런 성과도 얻지 못한 채 싱겁게 물러나 버리곤 한다. 300살이 넘은 김영감이 지금까지 병들어 죽지를 않고 젊은 사람 못지않게 건강한 삶을 유지하고 있다는 것은 확실히 사람들의 이목을 끌만한 뉴스거리가 될 수 있으며 관련학자들의 호기심의 대상이 충분히 될 수 있는 것이다. 이러한 기대감을 갖고 관련 학자들이 김영감을 연구의 대상으로 하는 국제학술대회까지 열었지만, 별다른 성과 없이 막을 내리고 말았던 것이다.

처음부터 자신에게 향한 사람들의 관심을 기피하고 있던 김영감은 그에게 향한 사람들의 관심이 짜증나고 두렵기까지 했지만 가급적 사람들을 만나는 일을 삼가 왔다. 다행히 자신에 관한 연구가 더 이상 필요 없게 되었다는 것을 깨닫게 된 관련학자들이 김영감에 관한 연구에서 손을 완전히 털었다는 소문을 전해들은 세계 각지에서 온 관광객들에게는 큰 실망으로 작용했겠지만, 김영감에게는 정신적인 억압과 압박감에서 해방된 듯한 기쁨을 만끽할 수 있었다. 청양을 찾는 관광객들의 숫자가 차츰 줄어들다가 완전히 그들의 발이 뚝 그치게 되자 김영감은 다시 살아났다는 환희를 맛볼 수 있었다.

김영감은 이전의 산골 생활로 돌아가서 농사짓고 나무하면서 하루하루를 다시 바쁘게 지내기 시작했다. 이제는 더 이상 관련학자들에 의하여 이리저리 끌려 다닐 필요도 없게 되었다. 그동안 사람들에게 시달리느라 머리도 아프고 소화도 잘 되지 않던 일이 기적처럼 씻은 듯이 나아버렸다. 생전 감기 한번 앓지 않았던 김영감이 말이다. 소도 비벼대야 할 언덕이 있어야 하듯이 사람은 누구나 자기가 있어야 할 장소가 있는 법이다. 김영감에게는 청양 산골의 집이 제일 마음 편하고 안심이 되는 곳이다. 이곳에 살면서 자신이 원하는 대로 자유롭게 살 수 있어야지 최근 2년간의 생활처럼 마음 놓고 하고 싶은 일도 마음대로 하지 못한 채 심리적인 압박감을 겪으면서 살아야 한다면, 말이 살아있다는 것일 뿐 살아도 산 것 같지가 않았다는 것이 솔직한 그간의 심정이었다고 말할 수 있을 것이다.

불로장생을 하겠다는 인간의 영원한 꿈은 결코 바람직한 일은 아닌 것 같다. 김영감의 삶에서 볼 수 있듯이 불로장생이라는 것이 결코 인간이 달성해야 할 바람직한 목표는 아닌 것 같다. 늙지도 않고 오래 살 수 있다는 불로장생을 김영감은 달성했다고 생각할지 모르지만 김영감의 경우에는 축복이라기보다는 저주를 받았다고 할 수 있을 것이다. 왜냐하면 100살을 산 것이 아니라 100살의 3배가 넘는 300살 이상을 살았으니 현존하는 인간으로서 오래 살기는 틀림없이 오래 살았지만, 오래 산 것이 행복한 삶을 보장해 주었다고 말할 수 있을 것인가?

감영감의 경우처럼 병들지 않고, 늙지도 않고, 죽지도 않는 삶을 사는 것이 과연 행복한 삶이라 말할 수 있겠는가? 인간은 누구나 생전에 조금씩 앓다가 늙어 죽는 것인데, 인간이 100살을 살기에도 힘이 든 이 세상에서 100살의 그 3배인 300여 년을 더 살고도 아직까지 젊은 사람 못지않게 건강하게 살고 있다는 것이 가당키나 한 일인가? 김영감의 삶은 이 세상에서 사는 사람들에게는 확실히 비정상인 삶이라고 할 수 있을 것이다. 100살을 산 사람이라고 해서 어떻게 젊은이의 신체조건을 그대로 유지할 수 있다는 말인가? 더욱이 그 3배에 해당하는 300살 이상을 살았는데 젊은이의 신체조건을 유지할 수 있다는 것이 과연 가능한 일일까? 한 유명가수가 70세가 훨씬 넘었을 터인데, 2~30대의 젊은 얼굴을 하고 청중 앞에 서는 것을 보고 실로 아연해졌던 일이 있었다. 얼마나 얼굴에 성형수술을 많이 했으면 그러한 젊은 얼굴모습을 유지할 수 있을까 하는 생각을 할 때, 그 가수에 대한 일종의 배신감 같은 묘한 감정이 느껴졌던 일이 있었다.

이 가수의 경우 나이가 들어 늙었으면 그에 걸맞는 얼굴모습을 보여주는 것이 정상적인 일인데, 얼굴만 젊게 만든다고 하여 그가 과연 옛날의 모습대로 젊은 가수라는 말인가? 참으로 한심스러운 인간도 다 보겠다. 이와 마찬가지로 300살이 넘은 김영감이 여전히 4~50대의 한창 모습을 보여주면서 더 이상 늙지를 않는다면 모 가수처럼 성령수술을 한 것도 아닐 터인데, 이러한 이상한 현상을 어떻게 설명해야 할 것인가? 하나의 기적이라 할 것인가? 아니면 신이 만들어 낸 하나의 실패작이라 할 것인가?

　요즘은 우리 사회에서도 총기사고가 자주 나서 사람들이 총기에 의하여 살해되었다는 뉴스를 듣게 되는데. 최근에는 75세 난 사촌동생이 금전상 문제로 86세의 사촌형과 84세의 형수를 쏘아 죽이고 자신도 자살했다는 뉴스보도가 있었다. 범인인 자신도 늙었지만, 이제 머지않아 죽을 목숨인 고령의 형과 형수를 쏴 죽였다니 참으로 어처구니없는 일이라 아니할 수 없을 것이다.

　김영감처럼 병들어서는 결코 죽지 않도록 태어난 사람도 결국에는 죽는 날이 있게 마련이었다. 병사하지 않는다면 사고사를 생각해 볼 수 있는데 사고사를 유발할만한 여건이 전혀 조성되어 있지 않다는 것은 이미 살펴보았던 것과 같다. 자살하는 경우도 생각해 볼 수 있지만 김영감에게는 자살을 해야만 할 동기가 없다는 것을 지적할 수 있을 것이다. 김영감처럼 세상을 비관하는 일 없이 하루하루를 충실하게 열심히 살아가고 있는 사람에게는 자신의 목숨을 스스로 포기하는 자살 같은 것은 하지 않을 것이다. 그러한 김영감이 산에 나무하러 갔다가 10미터 높이의 절벽에서 발을 헛디뎌서 추락사하여 마침내 323세라는 최고령으로 그의 긴 생애를 마감했던 것이다. 죽기 전 2년여에 걸쳐서 사람들에게 시달렸던 후유증 때문에 산에 가서도 정신이 집중이 되지를 않아서 실수로 발을 헛디뎌서 절벽에서 추락사를 한 것은 아니었을까?

어쨌거나 323년이라는 장구한 세월을 한결같이 청양산골에서 살아온 기이한 운명을 타고 태어난 김영감은 이 세상을 하직하고야 말았다. 자신이 원하는 대로 살 수 있는 사람은 아무도 없다고 하는 말이 사실이든 아니든 간에 김영감은 희한한 인생을 산 셈이다. 누가 감히 그렇게 긴 세월을 살아남기를 원하겠는가? 어쩌다 보니 김영감의 경우에는 자신도 결코 원하지 않았던 323세라는 최장수의 삶을 살았던 것이다. 그렇게 긴 세월동안을 살아야 한다는 것을 미리 알았다면 어떠한 기분이었을까? 다행히 김영감이 자신의 미래에 대하여 알지를 못했기 때문에 그 많은 세월을 살 수 있었던 것이지, 만일 그렇게밖에 될 수 없다는 자신의 운명을 미리 알았더라도 아무 일 없다는 듯이 마음 편히 살아갈 수 있었을까?

김영감과 같은 최장수의 운명으로 태어나는 것은 누구에게나 주어지는 경우는 결코 아닐 것이다. 김영감의 경우 자신의 운명을 미리 예측하지 못했기 때문에 323년이라는 생애를 불평 없이 살아낼 수 있었던 것이지, 만일 그러한 운명을 역술가인 누군가가 미리 귀띔을 해줬다면 이야기가 달라졌을지도 모를 일이다. 아내와 혼인을 하고 아들 딸 낳고 한창 행복하게 살고 있을 때

300살 이상을 살게 된다는 말을 들었다면 자살이라도 시도하여 미수에 그쳤을 지도 모르는 일이 아니겠는가?

김영감이 일찍이 아내와 아들 딸, 그리고 손자들까지 먼저 떠나보내고 100살까지 살 때에는 남보다 장수하는구나 하는 생각을 가졌겠지만, 100살을 넘어서 200살이 되고, 또한 200살을 넘어서 300살이 넘어서서야 비로소 자신이 기이한 삶을 살고 있다는 것을 깨닫게 되고 자신의 기구한 운명을 저주했을지도 모르는 일이 아니겠는가? 아무에게도 자신의 속마음을 내색을 하지 않았지만 어찌 김영감이라고 하여 자신의 운명을 한탄하지 않을 수야 있었겠는가?

생각하기에도 끔찍한 일일 것 같다. 늙지도 않고 오래 살 수 있다는 불로장생은 사람들의 희망사항은 될 수 있지만, 결코 바람직한 일은 아닐 것 같다. 나라면 100살까지 살면서 내가 하고 싶은 일을 하면서 건강하게 살다가 조금만 앓고 죽을 수 있다면 더 이상 바랄 것이 없을 것 같은데, 이것은 나 하나만의 바람이겠는가?

6. 새치기 인생

약삭빠르게 새치기를 해서 남보다 앞서서 성공을 거둔 사람이 있다면 칭찬을 해주어야 할 것인가, 아니면 비난을 해야 할 것인가? 새치기란 분명히 세상을 살아가는 정도는 아닐 것이다. 이철우는 새치기로 일관한 인생을 산 대표적인 예라 할 것이다. 쌍둥이로 태어났던 그는 태어날 때부터 새치기를 했던 것이다. 동생으로 태어나게 되어 있던 그가 형을 앞질러 나왔기 때문에 동생이 아니라 형이 되어버렸던 것이다. 새치기를 하여 형을 앞질러 형으로 태어났던 그는 자라나면서 계속 새치기를 하여 남보다 앞서가게 되어 새치기의 명수로 자라나게 되었다. 그는 새치기를 할 수 있는 기회가 있으면 언제나 서슴없이 새치기를 해왔던 것이다. 그러다 보니 남들의 눈에는 그가 아주 잘 나가는 사람처럼 돋보여서 그를 부러워 하는 사람들도 생겨났으며, 개중에는 그를 따라 하려는 사람마저 생겨나기 시작했다.

철우는 동생인 철수보다 머리는 좀 뒤지는 것 같았지만 세상을 약삭빠르게 살아가는데 있어서는 어려서부터 누구보다도 뛰어났다. 동생이 먼저 생각해 낸 일도 마치 자신이 생각해낸 것처럼 동생의 생각을 자기가 가로채서 부모님께 언제나 칭찬을 듣고 부모님의 사랑을 독차지했다. 마음이 착했던 철수는 형인 철우가 그런 얌체 짓을 하더라도 너그럽게 용서해주는 아량까지 보였다. 무슨 일에 있어서나 가만히 있으면 사람들은 우리가 무슨 생각을 하고 있는지 알 수가 없다. 철수는 철우처럼 촐랑대거나 아는 체를 하지 않고 철우가 하는 일을 가만히 쳐다만 볼 뿐 가타부타 말이 없다보니 부모님들 생각에는 철수가 정말 몰라서 그러는가 보다 하고 철수에 대해 별로 관심을 갖지 않고 있다.

어릴 때는 누구나 장난감울 갖고 놀고 싶어 하는 것이 당연지사인데, 철수는 철우보다는 장난감에 대한 욕심이 덜 있었던 것 같다. 남달리 욕심이 많았던 철우는 부모님께 떼를 써서 장남감을 많이 샀다. 철수는 철우와는 달리 어린 아이였지만 부모님을 졸라서 장난감을 사려하지 않았다. 철수는 부모님이 장난감을 사줄 때까지 장난감을 사달라고 조르지를 않았다. 그러다보니 부모님은 철수가 장난감에 대한 욕심이 없는 것으로 착각하게 되어 철우에게는 장난감을 자주 사주었지만, 철수에게는 장난감을 별로 사주지를 않았다. 장난감을 사달라고 조르는 철우에게 더 많은 장난감을 사주게 되는 것은 당연한 일이 아니겠는가?

사람들의 성격은 어릴 때부터 형성되는 것이며 장래에 어떤 인간이 될 것인가 하는 대충적인 희망도 어렸을 때부터 형성되는 것이라 할 수 있을 것이다. 성격이 활달하고 약삭빠른 철우는 자라서 정치인이나 사업가가 되기를 희망했다. 성격이 온순하고 공부를 잘 하던 철수는 대학교수나 작가가 되기를 희망했다. 직업의 선택이라는 것이 사람의 성격과 관련이 있다는 것은 잘 알려진 사실이다. 철우는 동작도 민첩했지만 친구를 사귐에 있어서도 자신에게 무엇인가 도움을 줄 수 있는 친구를 선별해서 사귀는 습관을 갖고 있었다. 이러한 성향은 어른이 된 후에도 그대로 철우의 성격의 일부를 형성하게 되어 좋게 말하면 이러한 성격 때문에 남보다 빨리 성공을 하게 된 면도 있었다. 그러나 이러한 약삭빠른 성격 때문에 사람들이 철우를 못 믿을 사람 취급하여 손해를 보게 되는 경우도 있었다.

이와는 반대로 철수는 학교공부도 형보다 잘 했고 생각도 깊은 사람이라는 평이 나서 철수와 사귀려는 친구들이 꾸준히 늘어나고 있었다. 중요한 문제가 발생할 때 철우처럼 경거망동을 하지 않고 신중하게 행동을 해서 친구들의 신망을 얻고 있었다. 이러한 어렸을 때부터 나타나기 시작한 철수의 인격자적인 성격은 사람들의 신임을 얻게 되어 그에게 중책을 맡기려는데 있어서 주저할 필요가 없을 정도였다. 이처럼 철수는 어려서부터 믿음직한 아이로 자라났던 것이다.

초등학교에 입학한 후 졸업할 때까지 철우와 철수는 한 번도 한반이 되었던 적이 없었다. 철우와 철수가 쌍둥이라는 사실을 알고 있는 친구들은 쌍둥이라면서 어떻게 철우와 철수가 성격이 판이하게 다른지 의아하게 생각하고 있다. 대부분의 쌍둥이는 한쪽이 병이 나서 앓게 되면 다른 쪽도 덩달아 앓게 되며, 한쪽이 죽게 되면 다른 쪽도 따라죽게 된다는 말까지 있을 정도로 쌍둥이라면 성격도 같아야 하는데, 왜 철우와 철수는 보통 형제들과 마찬가지로 성격이 정반대란 말인가? 같은 형제들 간에도 얼굴도 비슷하게 생기고, 성격도 비슷한 경우가 많아서 형제간에 유사점이 많은 것을 당연한 일로 받아들여지고 있는 것이 흔한 일이라 할 수 있을 것이다.

철우와 철수는 한 번도 한반에 배정된 일이 없었기 때문에 같은 학교에 다니면서 둘이 함께 다닌 일이 없다. 철우는 자기가 사귀고 싶은 친구들과는 함께 몰려다니고 있지만, 사귈 필요가 없다고 생각되는 친구하고는 사귀려 하지 않거나 거리를 두고 있다. 어려서부터 그는 친구를 가려가며 사귀는 편이었다. 철우와 철수가 형제임에도 불구하고 형제끼리 한 번도 함께 다니는 것을 보지 못한 그들을 아는 친구들은 과연 그들이 형제이긴 한 것인지 하는 의아한 생각마저 들 지경이었다. 어렸을 때부터 그들 형제는 서로 친하지도 않았으며, 다른 형제들처럼 상대방을 위하거나 감싸주는 일 같은 것은 해본 적이 없었다. 오히려 어렸을 때 형인 철우는 동생인 철수를 때려주겠다고 운동장으로 불러냈던 일까지 있었다. 참으로 묘한 형제들이었다.

자라나면서 둘의 관계는 점점 더 소원해지기 시작했다. 철우가 친구를 가려가면서 사귀는데 비하여 철수는 친구 사귀는 일에 전혀 관심이 없었다. 철수는 친구를 사귀는 것보다는 책을 읽으며 혼자서 조용히 시간을 보내는 경우가 많았다. 철우에게 있어서는 친구들이 그와 함께 많은 시간을 보냈으며, 철수는 그의 주변에 친구가 없으면 큰 일이라도 생기는 것처럼 친구 없는 세상을 한 번도 생각해 본 일이 없었다. 그런데 철수의 경우에는 친구가 있거나 없거나 별로 신경을 쓰지 않고 주로 혼자서 책을 읽는 일을 즐기는 것 같았다. 그러다 보니 철수는 초등학교 때부터 세계문학전집을 읽기 시작했으며, 자신도 어른이 되면 유명한 작가가 되고 싶다는 꿈을 키우기 시작했다.

철우는 단순히 친구를 사귀는 것이 아니라 친구들의 가정환경이나 장래성 같은 데 특별한 관심을 갖고 사귀는 것을 보면 친구들에게 의존하려는 경향이 강했으며, 필요한 경우에는 그들의 도움까지 받겠다는 생각을 하고 있는 것 같았다. 이러한 면에서 철우는 다른 아이들보다 성숙한 면이 엿보였으며 장차 정치인이나 사업가가 되려는 야심을 어릴 때부터 키워가는 무서운 아이처럼 보였다. 초등학생인 그의 나이 또래로서는 실로 놀라운 사실이라 해야 할 것이다. 이처럼 철우와 철수는 세상을 살아가는 방법에 있어서도 확연히 구분되고 있었다. 어떻게 보면 철수의 경우에는 책을 좋아하는 그 나이 또래의 아이들이 보여 주는 아주 정상적인 모습이라 할 수 있을 것이다. 그러나 철우의 경우에는 어린아이라기보다는 노련한 정치인이나 산전수전 다 겪은 사업가들이 갖고 있는 사고방식과 유사한 것으로서 어린 아이의 생각으로는 도를 넘는 생각이 아닌가 하는 점에서 심히 우려된다.

철우가 자라서 정치인이나 사업가로 제대로 잘 풀려나갈 수만 있다면 별문제가 없겠지만, 세상일은 모르는 일이라 그의 생각이 뜻대로 이루어지지 않는 경우에는 세상일을 쉽게 보려는 그가 약삭빠르게 새치기라도 쳐서 남들보다 앞서가려고 법을 어겨가면서 무리하게 시도하려다가 잘못된 길로 빠지게 될지 누가 알겠는가? 철우는 철수보다 머리는 좋지 못한 것 같은데, 비합법적인 방법이라도 생각해 내서 자신의 목적을 달성하려는 데는 철수보다 훨씬 능숙하며 타의 추종을 허용하지 않는다고 할 수 있을 것이다. 이처럼 철우와 철수의 사고방식과 생활태도가 판이하게 다르다보니 어렸을 때부터 둘이 한방을 쓰더라도 서로 간에 별달리 할 말이 없었다. 이러한 사실을 알게 된 부모님이 걱정이 되어 두 형제에게 물었다.

"너희 형제들은 어떻게 한방을 쓰면서 서로 간에 대화 한마디 없이 지낼 수 있다는 말이냐? 남들하고는 그렇지가 않을 터인데."

"철수는 내가 말을 붙이려고 해도 책을 봐야 한다면서 내가 자기에게 말을 붙이지 못하게 하지요. 말을 하다보면 독서에 지장이 있다는 핑계를 대면서 내가 철수에게 말을 붙일 수 없게 하니 철수하고 대화가 되지를 않는 것이지요."

"철우형의 말이 사실이기는 하지만, 형이 말을 시작했다 하면 내게는 하나도 재미가 없는 이야기뿐이니 독서하기에도 부족한 시간을 재미없는 형의 이야기를 들어주는데 시간을 허비할 수는 없지 않아요. 대화라는 것이 공통관심사에 관한 것이어야지 형의 일방적인 이야기를 들어주어야 하는 것은 아니잖습니까?"

부모님이 듣고 보니 철수의 말이 전혀 틀린 것이 아니었다. 그러나 형제간에 별다른 대화없이 한방에서 지내는 것이 걱정이 되어서 한마디 덧붙였다.

"철우가 동생과 대화를 하겠다면서 철수에게는 하나도 재미없는 이야기를 일방적으로 말할 것이 아니라 두 사람의 공동관심사가 될 수 있는 주제를 찾아내서 형제간에 진지한 대화를 해보는 것이 어떻겠느냐?"

부모님은 철우와 철수에게 그렇게 말한다고 해서 사태가 호전될 수 있다는 것을 기대할 수 없다는 것을 잘 알고 있었기에 노파심에서 한마디 한 것이지 그들 간에 진지한 대화가 이루어질 수 없다는 것을 부모님이 더 잘 알고 있었다. 철수가 철우와의 대화를 기피하는 이유는 철수가 지금까지 수많은 책을 읽었기 때문에 철우가 자신의 입장을 정당화하기 위하여 말을 많이 하지만 요령부득이며 설득력이 없기 때문이다. 철우는 머리도 별로 좋지 않은데 철수처럼 책도 많이 읽지 않다보니 철수의 눈에는 철우가 하는 일이 유치하게 느껴질 수밖에 없는 것은 당연한 일이라고 해야 할 것이다.

철수의 생각으로는 어떻게 보면 함량미달이라고 할 수 있는 철우가 자신의 역량에 대한 냉정한 평가를 하지 못한 채 이미 정치인이라고 나서고 있는 사람들처럼 철우도 그러한 정치인이 될 가능성이 다분히 있다고 생각되기 때문에, 국가의 정치발전에 있어서 아무런 도움도 되지 않는 형을 말리고 싶어지는 것이 솔직한 심정이라 할 수 있을 것이다. 사업가의 경우에는 정치인과는 다르니 철우가 돈 버는 재주가 남다르다면 한번 권장해보고 싶은 분야이다. 현재로서는 정치인을 지망하는 철우의 생각은 바람직한 일이 아니므로 철우가 그 길을 고집한다면 가능한 한 그러한 생각을 철우가 접도록 권고하고 싶다. 사업가가 되려는 철우의 생각은 가급적 권장하고 싶다.

좀 모자란 인간들은 자신의 능력을 지나치게 과신하는 것 같다. 철수의 생각으로는 철우가 도저히 정치인이 될 만한 자질이 없는 것 같은데, 본인은 그렇게 생각하지를 않는 것 같다. 정치인이 되기 위한 준비단계로서 초등학생 때부터 학급의장이나 학생회장에 출마하거나 학급이나 학생회의 대의원이 되기를 원했다. 운이 좋았는지 철우를 지지하는 학생들이 충분히 있어서 그랬는지 그는 용케도 학급의장이나 학생회장 또는 학급이나 학생회 대의원이 되곤 했다. 이러한 과정을 통해서 자신이 충분히 정치인으로 출세할 수 있다는 꿈을 키우기 시작했다. 더욱이 그의 주변에 몰려드는 친구라는 자들이 그에게 솔직한 비평을 해주는 대신에 옆에서 부추기기 때문에, 철우는 자신이 상당히 잘 난 인간인 줄 착각을 하게 만들고 있다.

정치인이 되려는 야심에 불타고 있는 철우는 자연 대학의 정치학과를 선택하게 되었다. 대학에 입학하면서 좌파의 주장에 동조하면서 운동권 학생이 되었다. 좌파의 이론을 연구하다보니 자연스럽게 당시의 대세였던 친북좌파의 정치세력에 동조하게 되었다. 특별한 소신이 있어서 그런 것이 아니라 자신이 그들과 어울리지 않으면 참신한 정치인이 될 수 없을 것 같은 착각에서 그런 노선을 자진해서 걷기로 한 것이었다. 철수만큼 책을 많이 읽지 않았던 철우로서는 정치철학에 대한 심오한 이론적인 지식이 없었기 때문에, 좌파이론에 무조건 말려들어가기 시작했다. 철수였다면 좌파이론의 실체를 책을 통해서 너무나 잘 알고 있었기 때문에 철우처럼 무비판적으로 급속히 좌파이론에 빠져들지는 않았을 것이다.

정치철학이 없는 인간이 정치인이 된다면 독선적으로 될 가능성이 다분히 있는 것이다. 좌파이론에 심취되어 있는 일부의 사람들은 좌파의 주장이 과연 무엇을 달성하려고 하는 것인지 제대로 알지 못하면서 맹목적으로 행동하는 것 같다. 기독교의 교파 중에 '여호와의 증인'이라는 종파가 있다. 그들은 성경 중에서 모순되는 부분만 골라내서 다른 종파와 논쟁을 시도하는데, 대부분의 경우 성경에 완전히 통달해 있는 사람이 아닌 경우에는 결국 그들에게 지게 된다. 그들이 성경을 잘 알아서라기보다는 아무리 완벽해 보이는 성경이라 하더라도 모순되는 부분이 있기 마련인데, 그런 부분만 추려내다 보면 성경이 모순덩어리처럼 보이게 된다는 것이다. 성경은 단편적인 사실만으로 이해할 것이 아니라 전체적인 맥락에서 이해되어야 한다고 주장되고 있는 이유가 바로 이러한 점에 있는 것이다.

이와 마찬가지로 좌파이론도 그럴 듯하게 보이는 부분만 추려내서 사람들을 설득하다보면 상당수의 사람들이 그들의 논리에 넘어갈 수밖에 없다는 것이다. 그렇다면 좌파이론이 정치철학으로서 우월한 지위에 있다고 할 수 있을 것인가? 이에 대해서는 부정적인 입장이 좀 더 설득력을 얻고 있기 때문이다. 왜냐하면 좌파이론을 현실정치에 적용해서 성공한 국가는 아직까지 존재하지 않기 때문이다. 그들의 주장대로 무산계급이 잘 사는 국가가 실현된 일이 있었던가? 이에 대한 대답은 부정적이다. 철우는 이러한 역사적인 사실을 무시한 채 감언이설로 그를 유혹하는 좌파정치세력에 말려들게 된 것이라고 보아야 할 것이다.

좌파세력에 동조하는 철우의 정치인으로서의 진로가 결코 순탄하지만 않을 것이라는 것은 충분히 예상되었던 사실이다. 좌파정치이론에 동조하다보니 자연스럽게 운동권에 속할 수밖에 없었으며 결국에는 과격한 정치세력으로 발전할 수밖에 없게 되는 것이다. 이러한 정치노선은 철우가 정치인이 되려는 결심을 했을 때 전혀 예상하지 못했던 방향이었다. 그가 꿈꾸어왔던 정치노선은 대학을 졸업한 후에 우파정치인의 수행비서와 같은 직책을 맡아서 우파정당에 가입하여 그에게서 정치를 배우는 것이다. 그런 연후에 시의원이나 도의원에 출마하고 시장이나 국회의원에 출마하여 자신의 정치적 입지를 굳혀나가는 것이다. 또 다른 방법은 행정고시나 공무원시험에 합격하여 공무원으로서 실무경력을 쌓은 후에 시의원이나 국회의원과 같은 선출직에 당선됨으로써 정치인의 길을 걷게 되는 것이다.

여당과 야당의 입지는 수시로 바뀌는 것이기는 하지만, 야권보다는 여권의 정치인으로 출발하는 것이 바람직할 것이다. 철우가 정치인으로 출발하기 전에 판단을 잘못한 것은 야권정치인으로 출발을 해야만 더 많은 지지자들을 규합할 수 있으며 또한 그들에게 설득력이 있을 것이라고 생각한 나머지 현재는 좌파

쪽으로 기울어지고 있지만, 언제인가는 우파 쪽으로 방향전환을 해야 할 것 같은 막연한 생각이 들었다. 세상을 살아가는데 약삭빠른 철우는 자신이 지금과 같은 좌파에 속해있다는 것이 왜 그런지 손해를 보는 것 같은 생각이 들기 시작했다. 요즘에 와서 철우는 기왕에 정치인이 될 바에는 같은 우파정당이기는 하지만 야권보다는 여권에 가담할 걸 하는 후회스러운 느낌마저 들기 시작했다. 철우는 생전 처음으로 정치인으로서 노선갈등을 심각하게 겪기 시작했다.

이것이야말로 철우에게는 최초로 겪게 되는 시련이라 할 수 있을 것이다. 정치인이 되려는 결심을 하고 좌파의 정치세력에 자진해서 합류한 그는 자신의 선택에 대하여 전혀 의심을 하지 않고 지금까지 일사천리로 달려왔다. 그런데 정치적인 대세로 볼 때에는 좌파세력에 끝까지 동조하다가는 탈출구가 없는 정치세력으로 잊혀져 버릴 우려가 있다는 것을 알게 되었다. 어떻게 하든지 자신이 현재 처하고 있는 이러한 불리한 정치적인 입장에서 벗어나야 하겠다는 압박감 때문에 조바심을 하게 되었다. 이러한 심경변화는 그에게 있어서 이전에는 전혀 예상도 할 수 없는 일이었다. 철우에게는 정치인으로서 전환기를 맞이하게 된 것이나 마찬가지였다.

철우가 이러한 개인적인 시련을 체험하고 있을 동안에 철수는 대학에서 사회학을 전공하게 되었다. 그는 외국대학에 가서 정치사회학 전공으로 사회학 박사학위를 받아와서 대학교수가 되었다. 대학교수로서 학생들을 가르치는 한편 정치를 풍자한 단편소설로 신춘문예에 등단하여 작가가 되었다. 철우는 정치인의 길을 걸으면서 현실정치에서 사회정의를 실천하려는 일에 전념하게 되었다. 이와는 대조적으로 대학교수이며 작가인 철수는 학생들에게 사회정의를 가르치는 한편 정치소설을 써서 정치인들을 비판하는 일에 앞장을 서게 되었다. 이러다 보니 형제간에 묘한 대립관계가 성립되어 그러지 않아도 사이가 좋지 않았던 형제간에 소원했던 관계가 좀 더 벌어지게 되었다. 정치판 전체의 현주소를 살펴볼 필요 없이 철우와 철수의 대립관계만 보아도 현실정치가 어떤 것인지를 충분히 알 수 있을 것 같았다.

한번만 사는 인생을 열심히 제대로 살아도 눈 깜짝할 사이에 순간적으로 지나가버리고 마는 것인데, 철우처럼 정치를 한다고 일생을 설쳐대다가 결국에는 한 정당에 자리를 잡고 뿌리를 내리는 일에 성공한 정치인이 되지를 못하고 철새처럼 이리저리 왔다 갔다 하는 외로운 신세가 되어버리고 말았다. 철우가 정치인으로 성공할 생각이 있었다면 처음부터 상황판단을 신중히 하여 자신이 앞으로 몸담아야 할 정당이 어느 정당인지를 제대로 알고 정치인으로 출발을 했어야 할 것이다. 정치인으로 빨리 출발을 해야 하겠다는 겉멋이 들어서 운동권으로 변신하여 좌파정당에 입당한 것부터가 잘못되었던 것이다. 좌파정치이론에 대한 이론적인 지식이 별로 없었음에도 불구하고 정책연구실장의 자리를 차지하여 분에 넘치는 업무를 담당하기 시작했다. 그러다 보니 연구실장으로서 새로운 이론을 내놓을만한 능력이 없었던 철우는 요령 좋게 좌파정당에서 요직에 앉기는 했지만, 자기 자신은 물론 다른 동료 정당인들까지 연구실장으로서의 그의 능력에 회의를 갖게 되었다.

철우가 연구실장으로서의 능력을 인정받아야 다른 요직으로 옮겨가서 자신의 정당 내 입지를 확고히 할 수 있는 것인데, 능력부족으로 그렇게 할 수 없으니 속이 탈 지경이었다. 이러다보니 철우는 윗사람의 눈치를 보게 되고 윗사람에게 아부할 기회가 있으면 서슴없이 아부를 하게 되었다. 남이 만들어 낸 업적을 마치 자신의 것처럼 가로채서 출세만 할 수 있다면 새치기를 해서라도 남보다 앞서가려고 기회를 엿보거나 하고 있으니 그의 정치적인 역량이 제대로 평가를 받기는 애초부터 그른 일이었다. 이러한 자신의 정치인으로서의 능력의 한계를 일찍부터 알 수 있었다면, 정치에서 가급적 빨리 손을 터는 것이 현명한 일이었을 것이다. 그러나 불행하게도 철우는 죽는 순간까지 자신이 정치적으로 무능한 사람이라는 것을 인정하려 들지를 않았다. 다만 정치인으로 운을 타고 나지를 못해서 크게 성공하지를 못했다고 자위하고 있었다.

정치적인 지도자가 될 수 있느냐 하는 것은 타고난 개인의 능력여하에 달려있는 것이다. 지도자는 타고나는 것이지 노력을 한다고 해서 결코 될 수 없다는 것을 철우가 깨닫게 된 것은 정치에 입문한 지 상당한 시간이 지난 후에야 비로소 깨닫게 된 사실이었다. 이때는 이미 철우가 철새처럼 이 정당 저 정당으로 전전하다가 어느 정당에서도 더 이상 철우를 받아들여주지를 않아서 외롭게 홀로 남게 되었을 때였다. 소속정당이 없으면 무소속으로라도 정치를 해보겠다는 결심을 해보았지만, 어떻게 정치라는 것을 소속정당도 없이 혼자의 힘으로 해야만 하는 것인지 아직도 정치에 대한 미련을 깨끗이 버리지 못한 철우는 고민하기 시작했다. 정당에 소속되었을 때는 요령 좋게도 새치기를 해서 정치인으로서 출세도 잘 했지만, 차츰 동료 정치인들이 이철우가 출세하는 것은 요령이 좋아서 그런 것인지, 아니면 새치기를 잘 해서 그런 것인지는 알 수 없지만 실력은 영 아니라는 사실을 동료 정치인들이 알게 되면서 그를 차츰 기피하기 시작했다. 윗사람들도 그를 더 이상 인정하려 하지 않게 되고 그를 지지해 주는 동료 정치인들도 사라지다보니, 철우에게는 정치를 한다는 것이 참으로 버겁게 느껴지기 시작했다.

철우가 정치에 입문한 지 벌써 20년이라는 세월이 지나가버렸다. 그동안 국회의원도 한번 해보았고 도지사도 한번 해보았으니 아주 만족할만한 정치인생을 보낸 것은 아니었지만 그만했으면 정치에 입문했던 것이 아주 무의미한 일은 아니었다고 자위하기로 했다. 정치인으로 좀 더 출세를 할 수 있었다면 좋았을 것 하는 아쉬움도 있었지만 정치인에서 은퇴하기로 결심했다. 인간에게는 누구에게나 한계가 있다는 것을 철우가 처음으로 깨닫게 되었던 것이다. 세상일이라는 것이 요령이나 새치기만으로 자신이 원하는 방향으로 성사가 될 수 있는 것은 아니라는 새로운 깨달음이었다. 아직도 젊은 나이에 은퇴를 하는 것이니 은퇴 후에 무엇인가 할 일을 찾아야 할 것 같은데 현재로서는 그가 할 수 있는 일이 아무 것도 없는 것 같았다. 사람의 수명이 늘어나서 100세까지 살 수 있는 시대가 되었다고 하는데, 철우에게 남아있는 그 많은 세월을 무엇을 하면서 소일할 것인가?

정치인은 아마추어이지 전문인이 아니다. 아마추어들이 정치를 하다 보니 철우가 체험했듯이 정치판이 엉망이 되어버린 것이다. 이러한 아마추어들의 정치판에서 20여 년을 보내버린 철우에게는 은퇴 후에 마땅히 할 만한 일이 없었다. 그동안 모아놓은 돈도 별로 없으니 사업을 시작해보기도 어려운 일이다. 이렇게 끝나버릴 줄 알았다면 처음부터 정치인이 되어보려고 애를 쓰는 대신에 착실하게 장사라도 해보기로 결심을 했었더라면 지금보다는 낫지 않았을까 하는 생각을 해보았다. 그러나 정치 대신에 장사를 하기로 결심했다고 해서 반드시 성공한 사업가가 되었으리라는 보장은 없는 것이다. 철우는 '인생은 다시 살 수 없다'는 말을 떠올리면서 성공한 정치인이 되려고 지금까지 요령이나 부리고 새치기를 했던 일이 부끄럽게 생각되기 시작했다. 자신은 마치 '새치기인생'을 살아온 듯한 느낌이 들었다. 이 시점에서 생애 처음으로 동생인 철수 생각을 하기 시작했다. 지금까지 소원했던 형제사이였지만 이제라도 형제간에 자주 만나서 형제간의 우의를 다지고 싶다는 생각이 들어서 철우가 철수에게 먼저 연락을 해서 만나기로 했다.

"철수야, 참으로 오래간만에 만나는 것 같다. 그동안 잘 지냈니? 바쁘다보니 서로 자주 만나지도 못했구나. 나는 이제 정치에서 손을 털었는데 너는 어떻게 지내고 있니? 잘 지내고 있겠지?"

"그래, 철우 형! 나는 여전히 사회학교수로서 학생들을 가르치고 있으며, 형이 알다시피 정치소설을 써서 정치인들을 신랄하게 비판하고 있는 중이지."

"네가 쓴 소설들을 나도 읽어보았지. 네가 소설 속에서 한 말이 하나도 틀린 말이 없더라. 내가 정치에 입문하기 전에 네 소설들을 읽었다면 나 나름대로의 정치인들을 위한 반론을 폈겠지만 막상 정치판에서 현실정치를 뼈저리게 체험하고 난 후에 네 소설들을 읽어보니 가슴에 와 닿는 것들이 많이 있더라."

"철우형은 정치인으로 인생을 마감한다는 것을 후회해본 적은 없었어?"

"왜, 안 그렇겠니? 나도 실패한 정치인의 한 사람이라는 것을 인정하고 있는데."

"정치에서 손을 털었다니 앞으로 무슨 일을 하면서 소일할 생각이야?"

"그게 참으로 문제이더라. 정치를 하고 났더니 은퇴를 했어도 막상 할 일이 없다는 것이 사실이야. 차츰 무엇을 할지 찾아봐야지."

"우리 앞으로 자주 만나서 식사라도 같이 하자. 그럼 다시 만날 때까지 안녕히."

"그래, 너도 잘 지내라."

참으로 오래간만에 형제간에 정겨운 따뜻한 대화를 주고받았다. 아마도 형제간에 이러한 대화는 이번이 처음 있는 일일 것이다. 역시 형제라는 것은 좋은 것임을 실감할 수 있는 순간이었다.

철우의 경우와는 달리 철수는 어려서부터 열심히 공부를 하고 책을 많이 읽었던 것이 밑거름이 되어 그가 대학교수가 되고 작가로 성공을 하는데 많은 도움이 되었던 것이다. 그는 철우처럼 세상을 살아가는데 요령을 부리거나 염치없이 새치기를 하는 대신에 자신의 노력에 의하여 모든 것을 성취했기 때문에 철수가 차지하고 있는 교수직이나 작가로서 쌓아올린 명성을 아무도 빼앗아갈 수 없는 것이다. 이것이야말로 철수가 갖고 있는 실력이기 때문이다. 철수가 주로 쓰고 있는 정치소설은 어떤 면에서 보면 소설이라기보다는 정치비평의 성격이 농후한 내용을 보여주고 있다. 그런 면에서 현실정치에 실망한 독자들의 인기를 독차지 하고 있는 셈이다.

정치사회학 전공으로 박사학위를 받은 철수는 정치이론에 있어서 누구보다도 해박하며 탁월한 지식을 갖고 있었다. 아마도 정치의 이론과 현실에 관하여 정치인이었던 철우보다도 더 많은 것을 알고 있으며 또한 정확하게 알고 있었다. 정치현실에 관한 것을 논문으로 써내는 대신에 그의 소설 속에서 비판하거나 풍자하고 있었다. 정치현실에 관한 해박한 지식을 갖고 쓰고 있는 그의 정치소설은 정치에 관한 많은 시사를 해주고 있었다. 철수는 사회학 교수로서 이름이 났다기보다는 정치소설가로서 훨씬 더 잘 알려져 있었다. 그 이유는 아마도 정치현실에 식상하고 있는 많은 사람들에게 그의 소설이 위안을 주고 있기 때문일 것이다. 그의 소설은 정치현실을 솔직하며 냉정하게 파헤치고 있다는 점에서 독자들의 절대적인 호응을 받고 있는 것 같다.

　정치인들의 경우에는 언행이 일치하지를 않아서 비난을 받게 되는 경우가 더러 있다. 정치적인 발언은 그럴 듯하게 하고 있지만 그들이 말한 약속은 하나도 지켜지지 않고 있으니 하는 말이다. 철수는 정치인이 아니기 때문에 국민에게 정치적인 약속을 하거나 그것을 지키려고 노력을 할 필요도 없는 것이다. 그러한 의무가 없는 철수는 그의 소설 속에서 정치인들을 도마 위에 올려놓고 마음대로 요리할 수 있지만, 사회학 교수로서의 품위를 잃지 않고 점잖은 방법으로 그의 생각을 소설로 옮겨놓기 때문에 그의 소설은 한 번도 시비의 대상이 된 일이 없었다.

　철수는 교수로서도 열심히 살고 있다. 사회학 분야의 논문도 다수 발표했으며 사회학 저서도 이미 여러 권 출판했다. 사회학은 여러 가지 사회문제에 깊이 관여하고 있는 학문분야라고 할 수 있다. 정치도 국가와 사회발전에 깊은 영향을 주고 있는 분야이기 때문에 사회학 교수인 철수가 정치문제에 깊이 관여하게 되는 것은 너무나 당연한 일이라고 할 수 있을 것이다. 더욱이 정치사회학이 그의 전공분야이기 때문에 현실정치를 비판하고 바람직한 대안을 제시하는 것도 그의 중요한 연구 분야가 된다고 할 수 있을 것이다. 그는 현실정치에 관한 것을 논문으로 써내기도 하지만 소설로도 써냄으로써 학문적인 연구에서 얻은 결론을 많은 사람들에게 알리는 정치의 대중화에 노력하고 있는 중이다.

　'인간은 정치적인 동물이다'라는 말이 있듯이 인간은 정치를 떠나서는 살 수 없는 동물이라 할 수 있을 것이다. 인간이 정치에 관심을 갖는 것 자체를 잘못되었다고 말할 수는 없을 것이다. 정치에 국민들이 식상을 하는 것은 정치 자체라기보다는 현실정치의 운영을 담당하고 있는 정치인들 때문이라 할 수 있을 것이다. 정치인들이 정도를 걷고 있다면 누가 감히 정치인들을 비판할 수 있으며 그들의 행동에 실망하고 식상할 필요가 있겠는가? 그러나 실제에 있어서는 정치인들의 부적절한 처신 때문에 문제가 되는 것이다. 거액의 뇌물을 받고도 뻔뻔하게 정치인으로 처신을 하고 있는 사람을 어떻게 대우해야 할 것인가? 정치적인 압력을 가해서 이권에 개입하는 정치인의 경우에는 또 어떠한가?

  정치인들은 왜 하찮게 보이는 일에 관하여 목숨을 걸다시피하고 싸우고 있는 것인지 일반인의 상식으로는 잘 이해가 되지 않는 경우가 가끔 있다. 이러한 모습을 보면서 철수는 왜 정치인들은 국가와 사회를 위하여 일을 한다면서 한 번도 서로 협력하는 모습을 보여주지 못하고 늘 멱살까지 잡고 싸우는 모습만 보여주고 있느냐에 관한 체계적인 연구를 해 본적이 있었다. 그의 연구결과에 의하면 정치인이 되려는 사람들의 기질이 문제라는 것이다. 그들은 일반인들과는 달리 투쟁적인 성향을 다분히 갖고 있기 때문이라는 것이다. 정치판에서 살아남기 위해서는 싸워서 이기는 방법밖에 없다는 것이다. 조금이라도 싸움에서 밀리는 모습을 보이게 된다면 가차 없이 상대방에서 밀고 들어와서 자신을 정치적으로 굴복시키려 하기 때문이라는 것이다.

이러한 철수의 투쟁적인 정치인의 모습은 화합과 협력의 정치인이 나오기 어렵다는 것을 보여주는 근거가 될 수도 있는 것이다. 투쟁적인 성향을 갖고 있는 사람들만이 정치인이 될 수 있는 자격이 있다면, 투쟁적인 성향이 없었던 일반인도 일단 정치판에 끼어들게 된다면 정치판의 일반적인 분위기에 말려들어서 그의 성향도 결국에는 투쟁적으로 변할 수밖에 없게 된다는 것이다. 이러한 정치인들의 성향에 관한 철수의 흥미로운 연구는 정치인들이 왜 투쟁적으로 될 수밖에 없느냐에 관한 최초의 연구이며 정치판을 이해하는데 많은 도움을 주게 되었다. '정치인은 투쟁적인 성향을 갖고 있다'는 그의 가설이 잘못 설정된 것이라면 앞으로 화합과 협력의 정치인이 나올 수 있는 가능성은 얼마든지 있는 것이다.

정치인들이 투쟁적인 성향을 가질 수밖에 없게 된 것은 우리가 처하고 있는 지정학적인 특성에도 연유하는 것이라 할 수 있을 것이다. 역사적으로 지역적인 특성이 농후하게 나타나다 보니 지역적으로 배타적인 성향이 농후하게 나타나게 되었던 것이 후일에 정치적인 배타성으로 표출되었다는 것이다. 철수가 주도하고 있는 지역의 특성에 대한 정치사회학적인 연구는 이러한 역사적인 사실을 체계적으로 증명해주고 있다. 정치인이 되려는 사람들은 이러한 지역적인 특성을 대변하는 성향을 갖게 되고 국가와 사회를 위하여 일을 해야 한다는 정치인에게 주어진 원대한 목표를 망각해 버리게 된다는 것이다. 정치인의 이러한 성향은 투쟁적인 성향 못지않게 바람직하지 않은 성향으로서 마땅히 지양되어야 할 사항이라 할 수 있다. 정치인들의 투쟁적인 성향과 지역적인 성향이 정치발전을 저해하고 있는 두 가지의 중대한 요소가 되고 있다는 것을 철수는 그의 연구를 통하여 논리적으로 입증해주고 있다.

'정치에 전혀 관심이 없는 사람들의 경우에도 정치를 떠나서는 하루도 뜻대로 살 수 없다'는 것이 철수의 연구에 의하여 입증되고 있다. 그의 연구가 사실이라면 우리는 싫어도 현실정치에 관심을 가져야 할 것이다. 정치인들이 어떠한 행동을 하고 또한 어떠한 결정을 하느냐 하는 것이 우리의 일상생활에 절대적인 영향을 미치게 되는 일이라면 우리는 정치에 대하여 방관자처럼 무관심할 수는 없다는 것이다. 구한말의 역사를 보더라도 정치인들이 정치를 할 생각은 하지 않고 자신이 속한 집단의 이익만을 위하여 서로 싸우기만 하다가 나라를 일본에게 빼앗겨서 백성들을 도탄에 빠트려서 36년간을 일제의 압제에서 신음하게 만들지 않았던가?

해방 후의 혼란기에 있어서도 좌우의 대립을 비롯하여 정파 간의 싸움은 70년이 되는 오늘날까지 그 양상이 약간 변했는지는 알 수 없지만 여전히 국민에게 많은 영향을 주고 있다. 정치인에 대한 국민의 견제는 4년 만에 한 번씩 치르게 되는 대통령 선거와 국회의원 선거의 경우를 제외하고는 별다른 뾰족한 방법이 없는 것이다. 지방의 단체장이나 의원의 선거가 있기는 하지만 그들에게 대한 국민의 정치적인 견제는 제한적일 수밖에 없는 것이다. 선거 때를 제외하고는 정치인들이 무슨 일을 꾸미고 제멋대로 행동을 하더라도 그들을 견제할 방법은 없는 것이다. 이러다 보니 정치인들이 염치없게도 자신들은 일반국민들과는 다른 별종들이라는 생각을 하게 되고 또한 그렇게 행동하게 되는 것이다.

인간은 사회적인 동물이기 때문에 혼자서는 결코 살 수 없는 존재인 것이다. '끼리끼리 모인다'는 말이 있듯이 인간은 자연발생적으로 자기가 선호하는 사람들과 집단을 형성하게 되는 것이다. 가정이라는 소집단에서부터 지역사회라는 거대집단에 이르기까지 인간이 집단을 형성하려는 욕구는 끊임이 없는 것이다. 국가라든가 민족이라는 것도 그러한 끊임없는 인간욕구의 표출이기도 한 것이다. 이러한 자연발생적인 집단을 다스리기 위해서는 법도 필요하겠지만 궁극적으로 그 목적을 달성할 수 있는 것은 우리 시대의 정치력이라 할 수 있을 것이다. 정치인들이 정치력을 발휘하지를 못하여 그 집단이 침체상태에 빠지게 된다면 참으로 큰 문제라 아니할 수 없을 것이다.

세상만사란 결국에는 사람이 결정하는 것이라 할 수 있을 것이다. 사람의 심성이 그렇게 하는 것이라 하겠다. 철우와 철수는 쌍둥이 형제로 태어났지만, 그들은 다른 쌍둥이 형제들과는 달리 심성이 아주 상이하게 태어났다. 묘하게도 심성이 판이하게 다른 두 형제가 후일에 모두 정치에 관심을 갖게 되었다. 철우는 정치인으로 현실정치에 참여하여 냉혹한 정치체험을 온몸으로 느낄 수 있었다. 정치에 대한 그의 결론은 정치라는 것이 남자라면 한번쯤 해볼 만한 일이기는 하지만 준비 없이 함부로 뛰어들

분야는 아니라는 것이다. 그는 정치를 하면서 요령을 부리고 새치기를 잘하는 명수였지만, 정치인으로서 잘 나가는 것처럼 보였던 그에게 돌아온 결과는 외로운 철새정치인으로서 홀로 남게 되었다는 냉혹한 현실이었다.

철수는 철우처럼 현실정치에 정치인으로 직접 참여한 것은 아니었지만, 정치사회학자의 입장에서 연구논문을 쓰고 정치 관련 저술활동을 통하여 형인 철우보다는 어떤 면에서는 현실정치에 좀 더 깊이 관여하고 있었다. 그는 또한 정치소설의 창작활동을 통하여 많은 사람들에게 영향을 주고 있었다. '펜은 칼보다 강하다'는 말이 있듯이 철수의 저술활동과 창작활동을 통하여 현실정치에 미치게 되는 영향력은 철우가 정치인으로서 현실정치에 참여하여 미치게 된 영향력보다 훨씬 더 큰 것이라 할 수 있을 것이다. 철수는 철우처럼 요령을 부리거나 심지어 새치기까지 하면서 출세하려고 혈안이 되어 있는 경우와는 달리 오로지 자신의 실력연마에 의해서 대학교수도 되고 작가도 되었던 것이다. 그러다 보니 철우는 짧은 정치인생을 타의에 의하여 끝낼 수밖에 없었지만, 철수는 교수직을 은퇴할 때까지 그리고 창작활동은 죽을 때까지 계속할 수 있다는 것이 철우와는 판이한 인생을 살고 있는 셈이다.

철우와 철수는 어머니의 한배에서 거의 동시에 쌍둥이 형제로 태어났는데 어떻게 두 사람이 그토록 판이한 인생을 살 수 있었던 것일까? 태어날 때부터 철우는 원래 동생으로 태어나야 했는데, 형을 밀어내고 철우가 형으로 태어나고 철수가 동생으로 태어나게 되었다는 말이 있는데, 그 진위 여부를 떠나서 철우는 어려서부터 자신의 능력으로는 과분한 일을 해내겠다고 욕심을 부리게 되었다는 것이 문제였으며 결국은 그것 때문에 실패한 인생을 살았다고 할 수 있을 것이다. 철수는 철우와는 달리 머리도 좋고 능력도 있었기 때문에 자신의 인생을 열심히 살아서 성공을 하게 된 경우라고 할 수 있을 것이다.

살다보면 새치기를 해서 출세를 잘 하는 사람처럼 보이는 경우가 있다. 그러한 사람들을 대할 때 기분이 좋을 사람은 아무도 없을 것이다. 사회가 평안하려면 질서가 제대로 유지되어야 할 것이다. 사람들이 한 줄로 서서 모두 자기의 차례가 오기를 기다리고 있는데 한사람이 맨 앞으로 새치기를 해서 끼어들게 된다면 줄을 서서 기다리고 있던 다른 사람들의 기분은 과연 어떠한 것일까? 차를 타고 가다가 그렇게 맨 앞으로 끼어드는 새치기 얌체 운전자들을 발견하게 되는 경우도 있을 것이다.

철우와 철수는 자신이 살아온 인생을 후회할 필요는 없을 것이다. 철우의 인생이나 철수의 인생은 모두 그 자체로서 그들에게 의의가 있는 것이다. 인생을 철우처럼 약삭빠르게 새치기까지 하면서 살아가거나 철수처럼 최선을 다하여 자신의 능력에 의하여 착실하게 성공가도를 걷고 있는 인생이나 모두가 각자에게는 소중한 인생이라 아니할 수 없을 것이다. 우리는 두 가지의 상이한 인생 중에 어떤 인생이 자신에게 좀 더 맞는 인생인지 한번 생각해 볼 필요가 있지 않을까 싶다.

7. 여성 상위시대

남성들이 없거나 남성들이 제구실을 못하는 여성 상위의 나라가 있다면 과연 그 모습은 어떠한 것일까? 그 나라의 대통령도 여자이고, 장관은 물론이요, 심지어 국회의원들까지 전부 여성만이 할 수 있다면 어떨까? 그러한 국가에 남성들이 있기는 하지만 남성들은 여성들에게 아이를 배게 하거나 가사노동을 비롯한 어려운 노역에만 종사하는 노예에 불과할 뿐 여성들처럼 나라의 고위직이나 심지어 가정사의 결정권마저 빼앗기고 있다면 어떻게 되는 것일까? 그러한 나라가 있다면 여성들은 한없이 즐거운 일이겠지만, 그러한 나라에서 살고 있는 남성들은 참으로 죽을 지경일 것이다. 김정수는 그러한 나라에서 운이 나쁘게도 남성으로 태어났다. 그는 어렸을 때부터 부모가 누구인지도 모른 채 현재 자신이 노예로 살고 있는 집에서 지금까지 살아왔다. 그 집에는 자기 말고도 남성 노예들이 상당수 있지만, 남성 노예들은 정수처럼 한결같이 자기들을 낳아준 부모가 누구인지 모른 채 어려서부터 그 집의 노예로 살고 있는 것이다.

　언제부터 남성들이 여성들의 지배하에 들어가서 노예생활을 하게 되었는지 아는 사람은 아무도 없으며, 남성중에 그 누구도 그러한 문제를 따지려는 사람도 없는 것 같다. 남성들에게 왜 불평이 없겠느냐마는 남성들은 지금까지 여성들이 시키는 대로 불평 한 마디없이 자기가 해야 할 일을 충실히 수행하고 있는 것 같다. 이러한 나라의 여성 대 남성 인구수를 비교해 보면 여성 인구수가 남성에 비하여 월등하게 많은 것 같다. 새로 태어나는 남성 인구수를 강제적인 방법으로 조절하는 것인지 여성 인구수에 비하여 남성 인구수는 별로 늘고 있는 것 같지 않다. 남성들은 태어났을 때부터 지금까지 여성 상위시대에 살고 있었기 때문에 남성들이 여성들을 지배하는 사회가 있었다는 것을 알 수도 없었으며, 그러한 사회가 있었다는 역사적인 사실조차 상상할 수 없었다. 그들의 관심사는 어떻게 이러한 여성 상위의 사회에서 별 탈 없이 무사히 살아남을 수 있을 것인가 하는 것이었다. 정수의 경우만 하더라도 그가 남성이라는 사실을 지금까지 한 번도 의식하고 살아본 적은 전혀 없었던 것 같다. 그의 상전이 모두 여성들이었지만 그들이 자신과 같은 남성들과 어떻게 다른지 하는 사실을 따져보려고 한 적은 한 번도 없었다는 것이 조금도 놀라운 일이 아니었다. 왜냐하면 여성은 언제나 지배자의 위치에 있었으며, 남성은 피지배자의 위치에 있었으니 어떻게 남성이 감히 여성의 지배자로서의 위치를 의심해 볼 수 있었겠는가?

변화가 없는 사회는 안정적인 사회이기는 하지만 발전이 없는 사회이기도 하다. 여성 상위의 사회는 여성들에게는 한없이 좋은 사회이며, 그들에게는 바람직한 사회이다. 하지만 남성들에게는 여성 상위의 사회 또는 여성 지배의 사회는 바람직하지 않은 사회일 수 있다. 그러나 남성들의 여성 상위 또는 여성 지배의 사회에 대한 반발은 자연발생적으로 일어나는 것이 아니다. '지도자는 타고 난다'는 말이 있듯이 제아무리 노예상태로 태어난 남성이라 하더라도 지도자가 될 수 있는 남성은 자연발생적으로 나타나는 것이라고 할 수 있을 것이다.

여성들은 여성 상위 또는 여성 지배의 사회를 유지하기 위하여 반항기가 있는 남성의 성장가능성을 처음부터 철저히 방지하기 위하여 세심한 주의를 기울이고 있었다. 그러다 보니 유능해 보이는 남성들의 설 자리는 여성 상위의 사회에서는 찾아볼 수가 없게 되었다. 유능한 남성일수록 자신의 생명을 보존하기 위하여 바보에 가까운 처신으로 자신의 목숨을 유지할 수밖에 없었던 것이다. 정수도 이러한 부류에 속하는 남성 중에 하나였다. 정수는 비록 노예로 태어났으며 현재 노예생활을 하고 있지만, 그의 몸속에는 지도자로서의 피가 흐르고 있었다. 비록 자기를 낳아준 부모가 누구인지도 모른 채 지금까지 노예로서 살아오고 있기는 하지만, 어딘가 다른 노예들과는 다르다는 것을 스스로 느끼면서 살아왔지만 남에게는 그러한 내색을 한 번도 해본 일이 없었다. 그러한 행동이 얼마나 자신에게 불리한 일이냐 하는 것을 정수가 너무나 잘 알고 있었기 때문이다. 다른 남성 노예들보다 두각을 나타내려는 남성 노예가 있다면 여성 지배자들이 그들을 과감히 솎아내서 쥐도 새도 모르게 처형해버리는 것을 너무나 많이 보아온 정수이기 때문에, 어떠한 일이 있더라도 그러한 모함에 빠지지 말고 살아남아야 한다는 것이 정수의 철저한 생활목표가 되다시피 했다. 비록 노예의 신분에 있기는 했지만 태어날 때부터 준수한 외모를 갖고 있던 정수는 다른 동료노예들과는 달리 옷만 제대로 입혀놓으면 달라질 수 있는 군왕 부럽지 않은 모습을 하고 있었다. 그러다 보니 그에게 눈독을 들이는 여성들이 적지 않았다. 젊은 여성들은 물론이거니와 심지어 나이 많은 여성들까지 그에게 관심을 표하기 시작했다.

비록 노예와 상전이라는 엄격한 사회적인 신분의 차이가 있기는 했지만, 사회적인 신분을 떠나서 여성과 남성이라는 관계에서 자연발생적으로 서로 이끌리게 되는 데야 신분의 차이가 무슨 문제가 되겠는가. 정수의 경우에는 특히 나이 많은 노마님들이 정수를 몸종으로 거느리고 싶어 하는 욕심에서 서로 경쟁적으로 정수를 차지하려는 싸움이 붙게 되었다. 정수는 그들에게 전혀 관심이 없었지만, 그들 중에 혼인 적령기에 있는 딸을 둔 대가 집 마님들의 경우 마치 데릴사위를 맞아들일 듯이 서로 경쟁적으로 정수를 데려가려는 기 싸움이 가열되었다. 엄밀한 의미에서 보면 대가 집 마님들의 정수를 둘러싼 이러한 기 싸움은 여성 상위사회의 기본질서를 정면으로 위배하는 처사로서 이러한 관행이 사회 전반적으로 퍼지게 되는 사태가 발생하게 된다면, 극단적인 경우에 여성 상위시대의 붕괴를 가져올 수도 있는 우려할만한 사태를 가져올 수도 있는 것이다. 그러나 대가 집 마님들은 그들의 행동이 사회 전체적으로 미칠 수 있는 만약의 사태에 대해서는 전혀 관심이 없고 어떻게 하면 정수를 자신의 편으로 끌어들일 수 있느냐 하는 데만 관심이 있을 뿐이다.

결국 정수를 데릴사위로 데려갈 수 있었던 상대는 재력도 있고 권력도 있는 대가 집 마님일 수밖에 없었다. 정수가 대가 집에 데릴사위로 들어간 나이는 20세였으며 상대방 규수의 나이는 16세였으니 혼인을 할 수 있는 나이로서는 둘이 다 적령기라 할 수 있었다. 노예의 신분에 있었던 정수를 남편으로 맞이함에 있어서 이규수의 망설임이 왜 없었겠느냐마는 어려서부터 남달리 총명했으며 사리에 분명했던 이규수는 자신처럼 노예와 혼인할 수밖에 없는 것을 운명이라 체념하고 정수를 자신의 남편으로 받아들이려는 결심을 하게 되었다. 따지고 보면 당시에 남자라면 모두 노예의 신분을 갖고 있었으니, 혼인을 한다면 자유인인 남성은 하나도 없고 모두가 노예이니 기왕이면 머리가 좋고 능력 있는 노예인 남성과 결혼하는 것이 바람직하다는 판단을 하게 되었던 것이다.

정수는 비록 노예로 태어나기는 했지만 바탕이 다른 일반 남성 노예들과는 다른 모습을 보여주고 있었다. 그의 귀족풍인 준수한 외모에서 오는 첫인상이 다분히 영향을 미친 점도 있었겠지만, 사람은 제아무리 다방면에 걸친 지식을 쌓고 권좌에 올라서 막강한 권력을 휘두르고 있다 할지라도 덕이 없고 지식이 별로 없는 자는 제아무리 지식을 연마하고 자신을 유별나게 과시하려는 경우에도 나중에 무슨 일이든지 불미한 일이 터지게 마련인 것이다. 그러한 인간들이 사회의 지도급 인사가 되어 행세하는 사회는 발전도 없고, 국가와 사회를 자신들의 입맛에 맞도록 요리하려들기 때문에 이러한 위정자들의 지배하에 있는 백성들은 한없이 불행해질 수밖에 없는 것이다.

정수는 그의 두뇌와 능력이 아직 실험단계를 거친 것은 아니었지만, 그에게 칼자루를 쥐어준다면 충분히 좋은 목적을 위하여 칼을 제대로 사용할 수 있으리라는 것을 그의 준수한 외모만 보고도 느껴지는 것은 왜 그런 것일까? 지식이나 경험이라는 것은 인간의 바탕이 제대로 잡혀있는 경우에만 효과를 발휘할 수 있는 것이지, 인간이 덜 된 경우에는 그야말로 '쇠귀에 경 읽기'와 같은 결과를 가져올 수밖에 없다고 해야 할 것이다. 그러한 점에서 볼 때 정수를 처음 대하고 느낀 첫인상만으로 정수를 남편으로 받아들이기로 한 이러한 이규수의 판단은 올바른 것이었다고 할 수 있을 것이다. 정수는 비록 노예 신분이었기 때문에 정상적인 교육을 받을 기회는 없었지만, 머리를 쓰고 능력을 발휘할 기회가 그에게 부여될 수만 있었다면 누구 못지않게 충분히 머리를 쓰고 능력을 발휘할 수 있었을 것이다. 결국은 정수의 준수한 외모를 보고 그의 숨겨진 머리와 능력을 판단하는 방법밖에 없었던 것이다. 이러한 판단은 다분히 모험적인 것이기는 했지만, 그가 후에 사회개혁의 지도자로 변신을 하여 보여준 그의 모습에서 이러한 사실이 충분히 입증될 수 있었던 것은 참으로 다행한 일이었다. 제아무리 머리가 좋고 능력이 있는 사람이라 할지라도 기회가 없으면 자신을 남에게 내보일 수 없는 것은 당연한 일이 아니겠는가? 여성 상위시대의 남성 노예는 일단 노예 신분으로 태어났다면 죽는 순간까지 노예의 신분을 벗어날 수 없는 것이 원칙이지만, 정수의 경우에는 워낙에 재력이 있고 권력이 있는 대가 집의 데릴사위가 된 것이니 기존의 노예제도가 정수의 신분상승을 방해할 수는 없었던 것이다.

어느 사회나 시대를 막론하고 예외적인 편법이라는 것이 있는 것인지 정수의 경우도 이러한 편법의 혜택을 받은 수혜자였다고 할 수 있을 것이다. 정수의 준수한 용모를 볼 때 그가 비록 노예의 신분으로 태어나기는 했지만, 다른 동료 남성 노예들과는 달리 데릴사위라는 편법을 통해서 노예상태에서 벗어날 수 있었을 뿐만 아니라 신분상승까지 기할 수 있었다는 것은 운명적으로 그렇게 될 수밖에 없었던 것이 아니었을까? 어떠한 제도이든지 그 제도의 지배를 받는 사람들에게는 문제가 될 수 있지만, 그 제도의 지배를 받지 않는 사람들에게는 그 제도의 존재라는 것이 전혀 무의미해질 수밖에 없는 것이라 하겠다. 노예제도와 같이 일부의 사람을 억압하려는 제도도 제도의 실제 운영에 있어서 모순점이 발견될 수 있으며, 그러한 모순점이 발견된다면 그 제도의 실효성이 문제점으로 제기될 수밖에 없을 것이다. 만일 정수처럼 노예 신분에서 벗어날 수 있는 사람들의 숫자가 늘어나게 된다면 노예제도를 유지하려는 그 사회의 명분이 도전을 받게 되는 것은 당연한 일이 아니겠는가.

정수는 데릴사위가 되기 이전에는 노예의 신분이었지만, 운

좋게 대가 집의 데릴사위가 되어 노예의 신분에서 벗어날 수 있었다는 것은 그 자신을 위해서는 행운의 시작이지만 그와 비슷한 처지에 놓여 있는 다른 노예들에게는 신분상승의 기회를 제공해주는 희망의 계기가 될 수도 있는 것이다. 어쩌면 많은 남성 노예들이 노예 신분에서 벗어나서 현재의 여성 상위 또는 여성 지배의 사회를 뒤엎어서 여성 상위시대의 종말을 가져올 수 있다는 성급한 기대를 가져보는 사람들의 숫자도 자연 늘어나게 마련이 아니겠는가? 노예의 신분에서 벗어나서 보통사람으로서의 신분상승은 물론 지배계급의 반열에까지 진입하는 것이 가능했던 정수의 경우에는 지도자로 태어난 그의 자연적인 성향이 남성 노예제도의 폐지와 여성 상위시대의 타파로 남성 상위의 사회를 되찾으려는 것이 아니라, 남성과 여성이 평등하게 각자의 역할을 분담할 수 있는 사회를 건설하려는 데 주도적인 역할을 자연스럽게 하게 되었던 것이다. 정수의 아내는 영리한 사람으로서 일찍이 여성 상위시대라는 것이 많은 문제점이 있다는 것을 알고 있었다. 남편인 정수가 남성 노예의 신분에서 벗어난 지 얼마 되지 않았지만, 워낙에 사고방식이 합리적일 뿐만 아니라 여성상위시대의 타파를 평생의 목표로 삼고 있다는 것을 알게 되어 남편을 도와주기로 결심했다.

"서방님께서 우리 사회의 모순점을 개혁하려는 확고한 신념을 갖고 계신 것을 잘 알고 있는 제가 무엇을 도와드릴까요?"

"부인의 말씀을 듣고 보니 새삼 용기가 나는 것 같구려. 내가 하는 일은 위험을 수반하는 일로서 경우에 따라서는 목숨도 내놓아야 할 때도 있는데, 그런 어려운 일을 기꺼이 하시겠다는 것입니까?"

"바늘 가는 데 실이 가는 것이지요. 서방님이 하시려는 위험한 일에 어떻게 손만 놓고 있겠습니까?"

"내가 계획하고 있는 여성 상위시대의 타파는 우리 집안에서부터 시작되어야 하는 일이지요. 이 시대의 가장 영향력이 있는 우리 집안부터 우리의 계획이 성공할 수 있다면, 우리의 계획은 순풍에 돛을 단 배처럼 순조롭게 진행될 수 있을 것이오. 만일 우리의 계획이 실패하게 된다면, 우리의 목숨도 내놓아야 할 일이 생길 수도 있는 위험천만한 일이오. 그래도 부인께서는 우리의 계획에 동참하실 생각이오?"

"그 점에 관해서는 이미 서방님께 말씀드린 바가 있으니 더 이상 제게 다짐하실 필요는 없을 것입니다. 언제, 어떻게 제 도움이 필요하신지만 말씀해 주십시오, 서방님."

정수의 아내인 이부인은 남자 못지않은 당찬 여장부였다. 대가 집의 맏딸로서 그 큰 집안 살림을 꾸려나가는 능력은 타고나지 않았다면 감히 엄두도 낼 수 없는 일이었다. 가족을 비롯하여 100여 명에 가까운 식솔들을 거느리고 있는 이부인은 매사에 있어서 경우 없이 구는 일 없이 일처리를 하고 있었다. 아랫사람이라고 해서 하대하거나 무시하는 일 없이 각자에게 적합한 역할을 맡겨서 능력에 맞도록 일을 할 수 있도록 배려해주고 있으니, 이부인에게 대하여 불평을 하는 사람은 지금까지 한 사람도 발견할 수 없었다. 정수는 이러한 현명한 부인이 자신의 사회개혁

계획을 자진해서 도와주겠다고 다짐을 해주었으니 마치 천군만마를 얻은 것과 같은 느낌이 들었다. 부인의 협력이 없었더라도 여성 상위시대의 타파를 목적으로 하는 계획을 구체적으로 실천에 옮기기 전에 이러한 큰일을 함께 도모할 동지들을 규합하려는 단계에서 어떻게 비밀리에 동지들을 발굴해 내느냐 하는 것이 관건이 되고 있었다. 동지들의 발굴에는 남성뿐만 아니라 여성도 다수 포함해야 한다는 것이다. 왜냐하면 사회 자체가 남성과 여성으로 구성되어 있으니 정수가 목표로 하고 있는 미래의 사회가 남성과 여성이 평등하게 각각 제 역할을 분담하여 함께 평화롭게 살 수 있는 사회의 실현에 있다고 해야 할 것이다. 현재의 여성 상위의 사회나 아니면 반대로 남성 상위의 사회로 변화하는 것은 바람직한 일이 아니며 여성과 남성이 함께 살면서 각자 제 역할을 충실히 하면서 살아갈 수 있는 사회가 되는 것이 바람직한 일이 아니겠는가?

정수는 노예 신분에 있을 때부터 일찍이 천주교에 입교를 했기 때문에 토착종교로 시작된 천주교의 조직과 포교방법에 대하여 너무나 잘 알고 있었다. 천주교 신자에 대한 박해가 이전처럼 극심하지 않고 상당히 완화된 상태에 있는 천주교 신자들을 중심으로 초기 천주교의 점조직 방법을 정수가 지향하고 있는 여성 상위시대 타파를 위한 사회개혁의 조직과 운영방법을 구상하고 발견하는데 활용한다면, 이상적이며 실효성 있는 방법이 될 수 있다는 것을 확신하게 되었다. 정수가 지향하는 사회가 남녀 차별이 없는 사회의 실현이라는 것을 생각할 때, 남녀평등을 지향하고 있는 천주교의 교리가 정수가 달성하려는 사회개혁 목표와 일치하고 있는 것이다. 천주교는 당시의 극심한 남녀차별이 당연한 것으로 받아들여지는 사회, 특히 여성 상위 또는 여성 지배의 사회에서 남녀평등을 주장하면서 이를 실천하려는 입장에 있었는데, 이 사실 한가지만으로도 박해의 대상이 충분히 될 수 있는 것이었다. 그러면 정수는 왜 이렇게 위험천만한 천주교의 비밀결사의 점조직 방법을 채택하기로 한 것인가? 그 이유는 천주교와 같은 종교조직은 신앙으로 결속된 단체이며 초기의 천주교 박해시대에 철저한 비밀조직으로 결속된 조직으로 사회에 자리를 확고하게 잡게 된 것을 생각할 때 정수가 지향하고 있는 비밀결사의 조직원을 천주교 신자로 한다면 조직의 비밀유지를 하는데 많은 도움이 된다는 것을 확신하게 되었다.

당쟁과 연루된 천주교 신자들에 대한 박해시대에 끈질기게 초기 천주교의 비밀결사조직을 어떻게 발견해 냈는지는 알 수 없지만, 배교자들의 배신행위 때문에 비밀조직의 실체가 그대로 밝혀져서 연루된 사람들이 줄줄이 새남터나 절두산과 같은 처형장에서 형장의 이슬로 사라졌다. 지방에 소재하고 있는 처형장에서도 수많은 천주교 신자들이 처형을 당했던 것이다. 이러한 당국의 집요한 박해에도 불구하고 살아남은 천주교 신자들을 중심으로 정수의 비밀결사조직을 재구성하려는 정수의 구상은 비록 비밀조직이 실체가 발각될 수 있는 위험부담의 여지가 아직도 남아있기는 하지만, 천주교와 신자들에 대한 박해가 많이 완화된 이 시점에서 천주교조직에 의존하려는 정수의 목표설정은 올바른 방법이었다고 할 수 있을 것이다. 어떠한 비밀조직이나 제아무리 철저한 감시망을 갖고 있는 조직이라 할지라도 그 조직의 비밀이 언제든지 폭로될 수 있는 가능성은 얼마든지 있는 것이다. 더욱이 정수의 조직처럼 사회의 대세에 역행하여 일대 개혁을 도모하려는 경우에는 비밀조직의 목표달성의 가능성이 확실해져야지, 그렇지 않고 그러한 가능성이 희박해지는 경우에는 조직에서 자의적으로 벗어나려는 배신자들의 자연적인 증가를 효과적으로 막을 수는 없는 것이다. 따라서 이렇게 이탈하는 조직원들의 숫자를 현저히 감축시키기 위해서는 조직의 목표달성이 확실성이 있으며 머지않아 그 성과가 나타나게 될 것이라는 확신을 조직원들이 갖게 되어야 할 것이다.

천주교 신자들을 정수의 사회개혁 조직의 비밀결사 조직원으로 맞아들이기로 한 정수의 결정은 참으로 현명한 것이었다고 할 수 있을 것이다. 천주교 신자들은 신앙으로 결속되어 있으며, 정수의 사회개혁 목표에 기꺼이 동참하기로 동의했을 뿐만 아니라 필요한 경우에는 목숨도 내놓을 각오가 되어 있는 신자들이다. 이러한 신자들이 조직의 중심에 확고하게 자리를 잡게 된다면 조직의 목표달성은 결코 요원한 것이 아니라는 확신을 조직원들이 갖게 되었다. 이러한 조직원들의 확신이야말로 정수의 사회개혁 추진의 원동력이 되었던 것이다. 정수와 이부인은 정수의 사회개혁 목표의 달성을 위한 1단계로서 가족 구성원 전원을 천주교 신자로 받아들이는 데 성공할 수 있었다. 정수 부부는 이러한 성공을 계기로 다른 가족 구성원들도 비밀리에 천주교 신자로 받아들이는 데 성공할 수 있었으며, 그들이 접촉한 대부분의 가족구성원들이 정수 부부의 사회개혁 목표에 호의적인 반응을 보여주었다. 개중에는 정수 부부의 사회개혁 목표에 호의적인 반응을 보여주는 대신에 거부감을 노골적으로 보여준 경우도 더러 있었다. 어떠한 사회개혁 목표에 대해서도 언제나 찬반론이 있는 것은 너무나 당연한 일이 아니겠는가?

여하튼 정수 부부의 헌신적인 노력은 물론 다른 조직구성원들의 집요한 활동결과로 정수의 사회개혁 조직은 전국적인 조직으로 확산되기 시작하여 영향력 있는 조직으로 성장할 수 있게 되어 단일 조직으로는 정수의 사회개혁 조직을 능가할 수 있는 조직은 아직은 이 사회에 존재한 일도 없었으며, 앞으로도 그러한 조직이 존재하게 될 가능성도 극히 희박하다고 할 수 있을 것이다. 이러한 점에서 볼 때 정수의 조직을 그 정도로 영향력이 있는 조직으로 키워낸 정수의 조직능력을 충분히 인정해야 할 것이다. 정수는 이러한 영향력 있는 조직의 힘을 업고 지금까지의 비밀결사적인 조직을 사회적인 정당성을 갖는 조직으로 탈바꿈함에 있어서 긍정적으로 작용하는 계기를 마련할 수 있게 되었다. 여성 상위시대의 타파를 목표로 하고 있는 사회개혁 조직의 목표를 효과적으로 달성하기 위해서는 이러한 목표에 찬성하는 여성들의 다수참여를 확보하는 것이 무엇보다도 중요한 일이라는 것을 깨닫게 되었다. 여성 상위시대의 사회는 부자연한 사회라는 것을 여성들이 차츰 절실하게 깨닫게 되기 시작했다. 정상적인 사회라면 여성과 남성이 함께 어울려서 각자 제 역할을 제

대로 할 수 있는 사회이어야만 제대로 된 사회라 할 수 있을 것이다

그런데 여성 상위시대의 사회에서는 남성의 역할이 완전히 배제된 채 남성들은 다만 여성들을 위한 노예로서의 역할만 하는데 불과한 존재로 전락했기 때문에, 남성의 발언권은 완전히 폐쇄되었을 뿐만 아니라 여성 상위시대의 사회에서는 남성의 존재 가치 자체가 전혀 고려의 대상이 되지 않았다고 보아야 할 것이다. 이러한 특성을 갖고 있는 여성 상위시대의 사회는 분명히 부자연스러운 사회라는 것을 인정해야 할 것이다. 이러한 사회에 살고 있는 남성들이 자신들의 목소리를 전혀 내지 않고 있다는 것이 오히려 이상할 지경이다. 이러한 점에서 볼 때 정수의 사회 개혁 조직의 출현은 여성 상위시대의 사회에 대한 최대의 위협이 되는 것이라 할 수 있을 것이다. 그런데 문제는 이러한 조직의 출현에 대하여 위협을 느끼는 여성들도 있지만, 오히려 이러한 혁신적인 조직의 출현을 쌍수를 들어 환영하는 여성들이 상당수 존재한다는 것이 문제가 될 수 있다는 것이다. 왜냐하면 이러한 여성들의 존재는 여성 상위시대의 유지보다는 그러한 사회에 대한 어떠한 변화를 기대하고 있는 것이라 볼 수 있을 것이다. 이러한 여성들의 존재야말로 정수에게 상당한 자극제가 되고 있다는 것을 부인할 수 없을 것이다.

어쩌다가 현재와 같은 부자연스러운 여성 상위시대의 사회가 형성되었는지는 알 수 없지만 그 역사는 상당히 오래 된 것 같다. 정수의 경우만 하더라도 그가 태어나기 전부터 이러한 사회

가 뿌리를 내리고 있었기 때문에 그의 기억으로는 여성 상위시대의 사회 이외에 다른 어떤 사회가 더 있다는 것을 상상할 수도 없는 처지에 있었다. 그가 그러한 사회의 존재를 일찍이 상상할 수 있었다면 새로운 사회의 건설을 위한 목표설정을 좀 더 일찍이 시작할 수 있었겠지만, 그러한 기회가 한 번도 그에게 주어진 적이 없었기 때문에 정수의 경우 선각자적인 입장에서 사회개혁을 위한 작업에 소싯적부터 적극 참여할 수는 없었던 것이다. 그러한 입장에 놓여있었던 정수이기는 했지만, 너무 늦기 전에 사회개혁을 위한 조직결성에 적극 참여할 수 있게 되어 어느 정도의 성과를 거두게 되었다는 것은 정수를 위해서는 물론 정수가 지향하는 새로운 사회의 건설을 위해서도 천만다행한 일이었다. 역사발전단계에 있어서 부계사회에 선행하여 모계사회가 지배하는 사회가 존재했다고 주장하는 학자들이 있기는 하지만, 정수가 지향하는 이상사회의 건설은 모계사회에서 부계사회로 지향하는 것이 아니라 남성과 여성이 평등한 입장에서 각자의 역할분담을 합리적으로 행사할 수 있는 사회건설을 지향하려는 데 있는 것이다. 정수가 지향하는 이러한 이상사회의 건설은 현재 노예 신분을 유지하고 있는 남성들에게는 물론 대부분의 여성들에게도 강력한 호소력을 발휘할 수 있게 되어 머지않아 정수의 사회개혁 방안이 결실을 맺을 수 있다는 공감대를 형성할 수 있게 되었다.

　노예 신분에서 대가 집의 데릴사위가 되어서 신분상승을 달성한 정수는 아내 이부인과 협력하여 그 당시의 사회현실에서는 아무도 감히 생각해 낼 수 없는 여성 상위시대의 타파를 시도하여 상당한 성과를 거둘 수 있었다는 것은 정수가 억세게 운이 좋은 사람이었기 때문에 가능한 일이 아니었을까? 이 세상에는 사람의 힘으로 해결할 수 있는 문제도 있지만, 사람의 힘으로는 도저히 해결할 수 없는 문제들도 있는 것이다. 소위 운명이라는 것이 아마도 그런 것이 아닐까? 운명이란 참으로 묘한 것으로 누구나 지나고 보면 그렇게 될 수밖에 없었다는 것을 인정할 수 있지만, 사전에는 아무도 그것을 예측할 수 없는 것이 운명이라 할 수 있을 것이다. 제아무리 유명한 역술가라 하더라도 한 사람의 운명의 대충적인 방향을 예측할 수는 있지만, 구체적으로 어떠한 길을 걸을 수 있느냐에 대한 세세한 내용까지 상세하게 예측할 수는 없다는 것이다.

누가 감히 노예의 신분으로 태어난 정수가 노예의 신분에서 벗어나서 사회개혁의 선봉에 서게 되는 운명을 예측할 수 있었겠는가? 정수는 자신이 제어할 수 없는 어떠한 힘에 떠밀려서 자신이 예측할 수 없었던 운명의 길을 걷게 되었던 것이다. 정수가 그러한 자신의 운명에서 벗어나려고 제아무리 발버둥을 쳤다 할지라도 그러한 운명이 정수를 피해가지는 않았을 것이다. 나이 들어서 지나온 날을 되돌아보는 사람들에게는 모든 일이 결국에는 그렇게밖에 될 수 없었다는 것을 깨달으면서, 그러한 운명을 타고 났다고 체념하는 모습을 흔히 찾아볼 수 있을 것이다. 그 당시에는 어떻게 하든지 그렇게 될 수밖에 없는 운명에서 벗어나기를 원했지만, 결국은 성공하지 못한 것은 모두 다 운명 때문에 그렇게 된 것이 아니었을까? 정수의 타고난 운명이 무엇이었든 간에 정수가 여성 상위시대의 타파를 위한 사회개혁의 선봉에 서게 된 것만은 틀림없는 사실이라 할 수 있을 것이다. 여성 상위시대의 타파가 전혀 예측하지 못했던 사람인 정수에 의하여 착수될 수 있으리라는 것을 누가 감히 예측할 수 있었겠는가? 이러한 운명을 타고난 정수는 자신에게 주어진 운명에서 벗어나려고 안간힘을 쓰기보다는 자신의 운명에 순응하여 사회개혁의 임무를 성공적으로 달성하는 데 최선을 다하기로 결심했다.

정수의 노력에 의하여 여성 상위시대를 타파하고 남성과 여성이 평등하게 각자의 역할을 담당할 수 있는 바람직한 사회건설을 위한 사회개혁에 적극적으로 동참하려는 사람들의 공감대가 그러한 단시일 내에 광범하게 퍼지게 된 것은 참으로 기적적인 사실이라 아니할 수 없을 것이다. 여성 상위시대의 사회구조의 부자연함에 대하여 지금까지 아무도 불평을 하지 않았기 때문에 그 사회가 정상적인 사회인지 비정상적인 사회인지 아무도 알 수 없었던 것도 사실이다. 그러다 보니 여성 상위시대의 사회구조는 사회구성원의 누구에게나 당연한 일로 받아들여져서 이의를 제기하는 것이 오히려 이상하게 여겨질 정도였다. 그러다가 정수에 의하여 현재의 사회구조에 대한 문제가 처음으로 제기된 후에 여성 상위시대의 사회구조에 문제가 있다는 것을 사회구성원들이 비로소 인식하기 시작했다. 처음에는 정수를 중심으로 초창기 천주교회의 비밀결사로 시작된 사회개혁을 위한 동지들의 결속이 이루어졌지만, 정수의 사회개혁에 동감하는 신자들의 숫자가 무시할 수 없는 규모로 확대되자 정수는 과감하게 정수의 사회개혁 조직을 사회에 공개하여 사회구성원의 공감대의 확산을 도모한 결과 대다수 사회구성원의 공감대를 형성하는데 성공할 수 있게 되었던 것이다.

정수가 여성 상위시대의 타파에 성공하여 사회개혁을 달성할수 있었던 것은 여성 상위시대의 사회라는 것이 처음부터 존재해서는 아니 되는 부자연스러운 사회였다는 데서 연유하는 것이아니었을까? 어떠한 사회개혁이라도 부자연스러움에서 시작되는 것이라 할 수 있을 것이다. 그러한 부자연스러움이 있는 사회라 할지라도 누군가 앞장서서 변화를 추구하려 하지 않는 한, 대부분의 사회구성원은 그럭저럭 불편함을 감수하면서 살아가려고 하는 것이 인지상정이라 할 수 있을 것이다. 사회개혁가는 타고나는 것이라 할 수 있을 것이다. 누구나 사회개혁가가 되는 것은 아닐 것이다. 마찬가지로 지도자도 아무나 되는 것은 아닐 것이다. 노력을 한다고 해서 지도자가 될 수 있는 것은 아닐 것이다. 지도자는 타고나야 한다고 말해지는 것도 그러한 이유 때문일 것이다.

정수는 타고난 지도자라 할 수 있을 것이다. 지도자는 운을 타고 나야 하는 것이다. 운을 타고 나지 못한 지도자는 결코 성공할 수가 없을 것이다. 운을 타고 난 지도자야말로 사회의 흐름을 바꾸어 놓을 수 있는 능력이 있는 사람이라 할 수 있을 것이다. 지도자는 보통사람들이 감히 해낼 수 없는 일을 성공적으로 해낼 수 있는 사람들이라고 할 수 있을 것이다. 역사는 그러한 지도자들에 의하여 이어지는 것이 아니겠는가? 이러한 의미에서 볼 때, 여성 상위시대의 타파를 위한 사회개혁의 중책을 정수가 맡게 된 것은 너무나 당연한 일이었다고 할 수 있을 것이다.

여성 상위시대를 타파하기 위해서 정수가 첫 번째 착수한 개혁은 부부관계의 회복이었다. 여성 상위시대에 있어서는 부부라는 개념이 존재하지 않았으며, 남성은 다만 종족번식의 수단으로만 인정되었지 남편이라는 지위를 인정받지 못했다. 여성 상위시대에서는 모계사회와 마찬가지로 여성에 의하여 모든 일이 처리될 뿐 남성의 발언권은 끼어들 여지가 없었던 것이다. 현대 사회에 있어서는 소수의 남성과 여성이 독신생활을 선호하기는 하지만, 대부분의 남성과 여성은 혼인을 하여 정당한 부부관계를 유지하기를 원하며, 모든 법질서와 사회제도가 이러한 부부관계를 중심으로 출산과 가정이 자연스럽게 이루어지고 있는 것이다. 이러한 사회적인 기본질서에서 벗어나는 제도는 사회구성원들에게 부자연스럽게 느껴질 수밖에 없을 것이다. 여성 상위시대의 사회에서는 이러한 통상적인 부부관계를 기초로 한 가정이 이루어질 수 없기 때문에 그러한 사회는 가족관계의 유지에도 문제가 많은 사회로서 개혁의 대상이 될 수밖에 없다고 보아야 할 것이다. 정수가 이런 점에 착안하여 과감하게 부부관계의 도입을 사회개혁의 첫 번째 목표로 정한 것은 너무나 당연한 일이었다고 할 수 있을 것이다.

정수가 착수한 두 번째 사회개혁의 목표는 남성 지위의 회복이었다. 여성 상위시대의 사회에서 남성은 노예의 신분을 갖고 있을 뿐 남성으로서의 권리주장을 할 수 있는 위치에 있지를 않았다. 남성의 지위가 여성과 동등한 위치로 회복되지 않는 한, 사회개혁의 목표가 달성되었다고 말할 수는 없을 것이다. 남성도 여성과 마찬가지로 사회적인 중요한 문제의 결정에 있어서 적극적으로 참여할 수 있는 기회가 부여되어야 할 것이다. 지금처럼 남성이 노예의 신분에서 벗어나지를 못하고 남성들이 여성들이 시키는 일에만 종사해서는 사회개혁은 결코 이루어질 수 없는 것이다. 역사적으로 남성 상위의 사회도 존재한 적이 있으며, 현대에도 남성 상위가 지배적인 사회가 세계 각지에서 존재하고 있기는 하지만, 그러한 사회는 여성 상위시대의 사회처럼 부자연스러운 사회임에 틀림없을 것이다. 남성 상위나 여성 상위의 사회는 모두 부자연스러운 사회로서 아직도 그러한 사회들이 지구상에 존재하고 있다면 당연히 사회개혁의 대상이 될 수밖에 없을 것이다. 이러한 점에서 볼 때 정수가 목표로 하고 있는 두 번째 사회개혁인 남성 지위의 회복은 이상적인 사회를 건설하기 위한 선결문제가 되는 것이다.

정수의 세 번째 사회개혁의 목표는 남성과 여성이 평등한 권리를 누리면서 남성과 여성의 역할을 합리적으로 분담할 수 있는 사회의 건설을 실현하려는 데 있는 것이다. 역사적으로 이러한 이상적인 사회가 실현된 일은 일찍이 없었다고 해도 과언이 아닐 것이다. 어떤 사회에 있어서나 시대의 변화에 따라 여성 상위 또는 남성 상위의 사회가 정도의 차이가 있기는 하지만 존재하고 있었다는 것을 인정해야 할 것이다. 남성 상위의 경향이 농후한 사회에 살고 있는 남성들의 경우에는 그 사회에 있어서의 자신들의 역할에 도취되어서 여성들의 지위개선을 위한 어떠한 노력도 하려 하지 않는 것이 통상적이 사례가 되고 있는 것이 하나도 이상할 것이 없는 것이다. 마찬가지로 여성 상위가 지배적인 사회에 있어서는 남성 상위가 지배적인 사회와는 정반대의 경향을 보여주는 것이 일반적인 추세라 할 수 있을 것이다. 이러한 의미에서 볼 때 이상적인 사회를 위한 정수의 혁명적인 시도는 그 목표의 달성여부를 떠나서 올바른 방향설정인 것만은 틀림없는 사실일 것이다. 비록 현실과 이상간의 현저한 괴리가 있기는 하지만 하는 말이다.

역사상 이상적인 사회를 지향하는 시도가 여러 번 행하여진 일이 있기는 하지만, 그러한 이상향이 현실로 이루어진 일은 한 번도 없었다고 해야 할 것이다. 정수가 지향하고 있는 이상적인 사회가 설사 바람직한 사회라고 할지라도 그러한 사회의 성공적인 달성은 결코 이루어질 수 없을 것이다. 이러한 사회건설을 위한 정수의 노력도 결국에는 실패할 수밖에 없는 것이라고 감히 말할 수 있을 것이다. 왜냐하면 이상향이라는 것이 역사상 한 번도 달성된 일이 없었기 때문이다.

개혁된 사회에서 정수가 할 수 있는 일은 과연 무엇이 있을 것인가? 지도자의 한 사람으로서 현실정치에 참여할 수 있을 것이다. 그의 능력여하에 따라서는 국회의원도 될 수 있고, 대통령도 될 수 있을 것이다. 그런데 일단 정치판에 발을 들여놓게 된다면 반대당간에 정쟁으로 얼룩진 정치판에서 어떻게 살아남을 수 있느냐 하는 것이 그가 해결해야 할 문제로 제기될 수 있을 것이다. 정수가 살고 있는 사회는 여성 상위시대의 사회구조에서 탈피하여 획기적인 변화를 시도하고 있는 변천 중에 있는 사회이기는 하지만, 아직도 여성들이 요직에 그대로 남아있는 상태에서 모든 정치적인 문제에 있어서 여성들의 동의를 얻어낸다는 것은 결코 용이한 일이 아니라는 것을 정수는 잘 알고 있다. 정치를 하려면 이러한 실권을 잡고 있는 여성들을 어떻게 자기편으로 끌어들일 수 있느냐 하는 것인데, 이러한 역할에 있어서 정수는 탁월한 정치력을 발휘할 수 있었다. 그들의 뒷받침으로 정수는 국회의원도 되었으며, 궁극에는 정치인들의 최종목표라고 할 수 있는 대통령의 자리에까지 오를 수 있었다.

노예 신분으로 태어났던 정수가 마침내 일국의 대통령의 지위에까지 올라설 수 있었다는 것은 실로 파격적인 일이라 할 수 있을 것이다. 여성 상위시대가 장기간 지배했던 사회에서 유능한 남성 지도자의 양성기회가 없었기 때문에 정수는 오히려 정치인으로 출세할 수 있는 절호의 기회를 포착할 수 있었다고 해도 과언이 아닐 것이다. 이런 점에서 볼 때에도 정수는 역시 운이 좋은 사람임에는 틀림이 없는 것 같다. 왜냐하면 정수의 정치생활은 여성과의 경쟁이라기보다는 소수의 남성 정치인간의 경쟁이라는 점에서 정치판에 있어서 정수가 두각을 나타내어 정치에 입문한 지 얼마 되지를 않아 대통령의 자리에까지 오를 수 있게 되었던 것이다. 대통령이 된 정수는 국가발전을 위하여 여러 가지의 획기적인 정책을 채택하여 실천에 옮겼다. 외국과의 자유무역협정의 체결로 무역확대의 반경을 넓혀갔으며, 여러 가지 복지정책의 실시로 저소득층의 생활개선을 도모했다. 정당간의 정쟁을 지양하여 국가발전을 위한 정책수행에 함께 동참하는 정치풍토를 조성하는데 대통령의 정치력을 충분히 발휘하는데 성공을 거두었다. 정수가 대통령으로 취임한 후에 정치적으로는 물론 경제적으로도 국가가 안정을 기할 수 있어서 국민들은 처음으로 태평성대를 구가할 수 있게 되었다. 이것이야말로 대통령으로서의 정수의 최대 업적이라 할 수 있을 것이다. 국가발전을 위한 많은 업적을 남기고 대통령직에서 은퇴를 한 정수는 사회원로로서 국민들의 존경을 받으면서 은퇴생활을 하게 되었다. 평생을 통하여 일찍이 예측하지 못했던 인생을 살아온 정수로서는 모든 일이 운명적으로 이루어졌다는 것을 은퇴 후에 절실하게 실감할 수 있었다. 그가 지금까지 걸어온 길은 그가 피한다고 해서 피할 수 있는 것도 아니었음을 절실하게 깨닫게 되었다.

정수는 은퇴 후에 자신의 일생을 되돌아보는 자서전을 써보기로 했다. 아직도 젊은 나이에 은퇴했기 때문에 할 일이 많이 남아있을 것 같은 생각이 들어서 아쉬움이 없는 것은 아니었지만, 더 이상의 사회참여는 이 정도로 끝내기로 하고 자서전의 집필에 전념하기로 했다. 지금까지 살아온 자신의 일생을 돌아볼 때 참으로 만감이 교차하는 것 같았다. 노예의 신분으로 태어난 비천한 자신이 대가 집의 데릴사위가 되어 팔자를 고치고 현명한 부인을 만나서 함께 사회개혁에 적극 참여하여 마침내 사회개혁의 지도자로 변신을 했으며, 종국에는 정치에 입문하여 대통령의 직에까지 오르게 된 것을 생각할 때 참으로 신기한 생각마저 들게 되는 것을 떨쳐버릴 수가 없었다. 자기와 같은 운명은 누구에게나 주어지는 것이 아니라는 사실을 다시한번 음미해보고 싶어지는 것이 자서전의 집필에 앞서 그가 해본 막연한 생각이기도 했다.

자신의 과거를 구체적으로 생각해보기 전까지는 자신의 일생이 하나의 정리되지 않은 파노라마 같은 것이라고 여길 수밖에 없었다. 그러나 자서전을 쓰기 위하여 구체적인 사실들을 하나씩 상세하게 기록해 나감에 따라서 자신의 일생이 좀 더 자신에게 절실하게 다가오고 있다는 사실을 실감할 수 있었다. 이러한 의미에서 사람들은 자신의 일생을 기록으로 남겨두려고 하는 것 같다는 생각이 들었다. 나의 인생기록은 남들에게 보이기 위하여 쓰기 보다는 내 자신을 위하여 쓰는 것이라 할 수 있을 것이다. 그러하기 때문에 나에 대한 기록은 혹시 남들이 볼지도 모른다는 착각에서 자신을 지나치게 과장하거나 미화해서 쓰려고 해서는 자서전 집필의 원래 목표와는 어긋나는 것이라 할 수 있을 것이다.

정수가 자신의 자서전을 집필하려고 준비하다 보니 할 말도 많고 쓰고 싶은 일도 너무나 많은 것 같았다. 노예 생활을 할 적에 사람에게 당했던 여러 가지 슬픈 추억들을 일일이 열거하자면 끝이 없을 것 같았으며, 그러한 사실들을 쓰다 보니 슬픔에 목이 메어 한없이 울었던 일도 한 두 번이 아니었다. 여성상위시대에 자신은 왜 여자로 태어나지를 않고 남자로 태어났으며, 또한 하필이면 그것도 모자라서 노예로 태어났다는 말인가? 나의 부모는 누구이며, 나는 태어나면서부터 노예로 버려진 것인가? 아니면 한 동안 나를 키우던 부모가 생활고 때문에 어린 나를 노예로 팔아먹은 것이나 아닌가? 자신의 출생의 비밀을 알 수 없는 정수로서는 이러한 의문이 들게 되는 것이 너무나 당연한 일이라 할 수 있을 것이다. 남자와 여자가 같은 사람인데 어떻게 여자는 상전으로 태어났고 자신과 같은 남자는 노예로 태어났다는 말인가? 너무나 불공평한 일이 아니겠는가? 정수는 어렸을 때부터 자신의 신분에 대한 불만이 자신도 모르는 사이에 쌓여서 결국에는 불공평한 사회에 대한 불만으로 발전하는 것을 깨달을 수 있었다. 아마도 그에게 쌓이게 된 이러한 불만들이 훗날 그가 여성 상위시대를 타파하고 사회개혁의 지도자로 변신하는 직접적인 계기가 된 것이 아니었을까?

정수의 자서전의 상당부분은 그가 사회개혁을 위한 조직구성을 어떻게 하여 마침내 성공을 거둘 수 있었느냐에 대한 것을 상세하게 기록하고 있었다. 그는 머리도 좋았지만 일을 추진하는 능력도 타고 났으며, 운도 억세게 좋아서 자신의 목표를 달성했다고 할 수 있을 것이다. 정수의 정치생활에 대한 것은 대통령직에까지 오를 수 있었던 정수이고 보니 쓸 것도 많고 하고 싶은 말도 많았을 것이다. 자신의 일생을 돌아볼 수 있는 자서전을 집필할 수 있었던 정수는 참으로 행복한 삶을 살았다고 볼 수 있을 것이다. 그의 삶은 분명히 회고해 볼만한 가치가 있는 삶이었으며, 누구나 그와 같은 삶을 살 수 있었던 것은 아니었을 것이다.

8. 운명론자

    운명론자들만 살고 있는 세상에서 살고 있다면 과연 살맛이 있겠는가? 자신들이 마땅히 해야할 일은 제대로 하지 않은 채 모든 일을 운명이나 팔자소관으로 돌린다면 그러한 사람들과 살아가는 기분은 어떨까? 우리는 태어나서 죽을 때까지 일정한 방향을 향하여 살아왔다는 것을 세월이 지나간 후에 깨닫게 된다. 누구나 잘 살고 싶고 성공하고 싶지만, 누구나 성공적인 삶을 살 수 있는 것은 아니다. 인생에 실패한 사람들은 그렇게 된 것이 모두가 팔자소관이며 운명적인 것이었다고 자위하려 하는 것 같다.

    인간은 자신의 의지만으로 사는 것은 아닌 것 같다. 노력하기만 하면 만사가 뜻대로 이루어질 수 있다면 무슨 문제가 있겠느냐마는 세상만사가 노력을 한다 하여 자신의 뜻대로 이루어지는 것은 아닌 것 같다. 사람들은 큰일을 치루기 전에 사전에 그 결과를 알고 싶어 한다. 혼인을 앞두고 예비부부가 잘 살게 될 것인지, 대학입시에 합격할 수 있을 것인지, 직장을 구할 수 있을 것인지, 아니면 공무원시험에는 합격을 할 수 있을 것인지 하는 문제들이 잘 될 수 있을 것인지를 사전에 알고 싶어 하는 것 같다. 이러한 사람들의 일반적인 기대감 때문에 역술인들이 성업 중에 있는 것 같다.

미래에 어떤 일이 일어날지를 모르기 때문에 사람들은 궁금증을 풀기 위하여 역술인에게 물어보곤 하는데, 그들의 예언이 그대로 들어맞는 것은 아니다. 그래도 사람들은 그들의 속임수에도 개의하지 않고 계속해서 역술인들에게 자신의 미래를 의탁해 보고 싶어 한다. 왜냐하면 사람은 어떤 면에서는 아주 나약하기 때문이리라. 그런데 사람에 따라서는 역술인에게 자신의 미래를 물어보지 않고 소신껏 인생을 살아가는 사람들도 있다. 그러한 사람들은 대부분의 경우에 자신의 의지에 의하여 성공을 하게 되는 것이다. 성공한 사람들의 대부분은 이러한 자신의 의지를 환경의 변화에 개의치 않고 끝까지 관철시킨 사람들이라고 할 수 있을 것이다.

김지섭은 특이한 재능을 타고난 사람이다. 사람들의 앞길을 가르쳐 주는 초능력을 타고난 사람이다. 특별히 역술을 연구한 일도 없었는데, 어렸을 때부터 그가 보아준 사람들의 미래가 그의 말대로 된 것을 보면 참으로 신통한 일이다. 무당이 되는 것도 신이 내려야 한다는 말이 있듯이 사람의 미래를 예언하는 일도 특별한 신통력이 없으면 불가능한 일일 것이다. 이러한 점에서 볼 때 김지섭은 타고난 역술인이라 할 수 있을 것이다. 일반인은 볼 수 없는 것을 지섭은 훤히 내다볼 수 있는 모양이다. 우리가 지섭처럼 앞으로 일어날 일을 훤히 내다볼 수 있다면 세상을 살아갈 재미가 없을 것 같다. 인생의 묘미란 앞으로 무슨 일이 일어날지를 모르기 때문에, 나름대로의 기대감을 갖고 열심히 살아가려고 노력하게 되는 것이지 어떻게 되리라는 것을 미리 알고 있다면 맥도 빠지고 싱거워서 살맛이 없을 것이다. 그래도 사람들은 앞으로 어떻게 될 것인지가 궁금해서 자신의 앞길에 관하여 역술인에게 물어보게 되는 것이 아니겠는가?

아무리 용한 역술인이라 하더라도 미래에 대한 대충적인 방향은 예언할 수 있지만 구체적으로 어떠한 일이 일어날지에 대한 것을 예언할 수는 없다는 것이다. 사람마다 유형이 있어서 누구나 어떤 유형에 분류해 넣을 수가 있는데, 일정한 유형에 속하는 사람들은 대체로 어떠한 일생을 살게 된다는 것을 통계적으로 정리하여 사람의 미래를 예언하고 있다는 것이다. 그러다 보니 제아무리 용하다는 역술인의 경우에도 사람의 미래를 예언함에 있어서 맞는 경우도 있지만, 맞지 않는 경우도 생길 수 있다는 것이다. 자신의 미래에 대한 예언을 해주기를 부탁한 사람의 경우에는 비록 역술인이 엉뚱한 말을 예언이라고 해준 경우에도, 그것이 헛소리가 아니고 사실이라고 믿고 싶어지는 것은 하나도 이상할 것이 없다. 역술인들의 경우에 그들의 예언이 맞는 확률이 크면 클수록 그 역술인에 대한 사람들의 신임이 커질 수밖에 없을 것이다.

김지섭은 이러한 예언이 적중하는 확률이 100퍼센트에 가까운 역술인 중에 하나이다. 그정도의 역술인이라면 돈방석에 앉게 되는 것은 너무나 당연한 일이라 해야 할 것이다. 그런데 진정한 역술인이란 돈에는 욕심이 없는 법이다. '사람이 돈을 따라다니는 것이 아니라 돈이 사람을 따라다녀야 한다'는 말이 있듯이 돈도 팔자에 속하는 것 중에 하나라, 돈이 태어나지 않은 팔자를 가진 사람은 제아무리 돈을 벌려고 애를 써도 돈을 벌 수 없게 된다는 것이다. 지섭이 미래에 일어날 일을 예언해준 사람 중에 김중서에게는 '돈을 좇지 말라'는 경고성 예언을 해주었다. 지섭의 이러한 예언을 무시하고 중서는 일생동안 돈을 좇아다녔지만 큰돈을 벌지 못하고 그 동안 근근히 모아두었던 얼마 되지 않는 돈마저 전부 도박으로 탕진해버리고 자살 직전까지 갔지만, 운명의 장난인지 마음을 고쳐먹고 성실하게 살아보려고 직장도 잡고 성실하게 일을 한 결과 인정도 받고 같은 직장에 다니는 여인과 결혼을 하여 행복하게 살아간다는 이야기이다.

중서는 지섭으로부터 그런 이야기를 들은 것이 20세의 젊은 나이 때였다. 한창 장래에 대한 희망에 들떠서 직장을 구하러 다닐 때에 그러한 실망스러운 말을 소위 유명하다는 역술인에게서 들었으니 맥이 빠질 수밖에 없었다. 그는 역술인의 자신에 대한 경고성 예언을 무시하고 돈벌이에 적극 나서기로 했다. 직장은 그렇게 쉽게 구해질 것 같지 않았으며 또한 직장을 구할 수 있다 하더라도 직장에서 주는 월급 갖고는 부자가 되기 글렀다는 생각에서 소규모일지라도 장사를 시작하기로 결심했다. 자본금이 부족했던 그는 우선 손수레를 하나 사서 채소장사부터 시작하기로 했다. 채소는 금방 상하기 때문에 가급적 빨리 팔아치워야 하는데, 말솜씨가 좋은 그는 곧 시장에 있는 채소파는 아주머니들과 친해져서 금방 채소를 다 팔아버리고 다시 채소를 실어오는 등 하루에도 세 탕 또는 네 탕씩 채소를 팔아치워서 보통사람들은 한 탕도 제대로 못 파는 것을 그렇게 쉽게 팔아버릴 수 있는 것을 보니 장사에 재주가 있는 사람 같았다.

장사 길에 들어선 중서는 채소장사에 머물지 않고 철따라 판매품목을 채소에서 과일로, 신발에서 의류로 바꾸어 가면서 돈벌이에 열중한 결과 장사를 시작한 지 얼마 되지를 않아서 상당한 액수의 종자돈을 마련할 수 있게 되었다. 돈을 좀 벌었으면 비교적 안정적인 업종에 종사할 일이지 좀 더 큰돈을 벌어보겠다는 욕심으로 증권에 투자를 하고야 말았다. 증권투자는 전문적인 지식을 요하는 분야로서 증권투자에 경험이 없는 사람들이 투자를 해서 성공할 수 있는 분야가 결코 아닌 것이다. 중서는 증권투자에 몰입하기 전에 나름대로 증권으로 돈을 벌 수 있는 분야를 연구해 보았다. 전자나 통신 분야에 투자를 하면 돈을 벌수 있다는 결론을 내리고 투자액 전부를 전자와 통신 분야에 투자했다. 다행히 그의 예상이 적중하여 투자금에 대한 이익금까지 챙길 수 있었다. 그는 일단 증권에서 손을 털고 도박에 손을 대어 떼돈을 벌기로 했다.

빚까지 내서 판돈을 마련한 중서는 대담하게도 미국의 라스베가스로 원정도박을 떠나기로 했다. 세계적인 도박도시인 라스베가스라는 곳은 단 한 번의 도박으로 일확천금을 할 수도 있을 뿐만 아니라, 갖고 있던 돈을 도박으로 몽땅 날릴 수도 있는 곳이다. 도박을 하는 사람들의 심리는 도박으로 돈을 벌 수 있다는 생각만 하지, 도박으로 돈을 잃을 수도 있다는 것은 결코 생각하지 않으려는 심리상태를 갖고 있다고 할 수 있다. 중서도 라스베가스에서 사활을 건 도박을 시작하면서도 자신이 도박을 하더라도 돈을 결코 잃지는 않을 자신이 있었다. 그의 생각대로 처음 몇 번의 도박에서는 늘 이기기만 해서 상당한 돈을 벌어들일 수가 있었다. 그런데 그 후에 계속하게 된 도박에서는 이기기도 하고 지기도 하기를 되풀이 하게 되었다. 도박을 하는 사람은 흥분을 하거나 열을 내서는 절대로 안 된다는 것이 하나의 불문률처럼 되어 있었다. 중서도 이러한 불문률에서 벗어나지 않기 위해서 무척 노력하는 모습이 역력했다. 그러나 제아무리 노력을 하더라도 자제력을 잃게 되어 돈을 따게 되면 희색이 얼굴 만면에 나타나지만, 돈을 잃게 되면 어깨가 축 늘어지게 될 정도로 실망을 하곤 했다.

도박을 해서 돈을 벌려고 혈안이 되어 있던 중서는 도박으로 판돈을 거의 날리게 되자 궁여지책으로 도박장의 보조일을 구하게 되어 낮에는 보조일로 돈을 벌고, 밤에는 도박장에 가서 도박으로 낮에 번 돈을 전부 탕진해버리는 불규칙한 생활을 하기 시작했다. 그러다가 과로로 병까지 얻게 되어 한동안 일을 못하고 쉬면서 실업수당을 타면서 근근이 연명하고 있었다. 일도 못하고 도박도 못하게 되자 그는 지난날을 되돌아 볼 시간을 가질 수 있었다. 처음 채소장사를 비롯하여 행상을 시작했을 때만 하더라도 건전한 정신을 갖고 정직하게 돈을 벌어서 착실하게 번 돈을 저축해서 제법 돈을 모았다. 그러다가 좀 더 큰돈을 벌겠다고 그 동안 저축했던 돈을 전부 증권에 투자했을 때부터 그의 돈 버는 방식이 잘못되기 시작했다. 증권투자는 투기성이 농후한 분야이긴 했지만, 투자종목을 현명하게 선택했기 때문에 투자한 액수는 물론 상당한 이익금까지 챙겨서 증권투자에서 손을 털 수 있었다.

그런데 문제는 중서가 도박을 해서라도 큰돈을 벌겠다고 증권투자로 번 돈에다 빚까지 내서 미국의 라스베가스로 원정도박을 가게 된 후부터, 그가 돈벌이에 있어서 한창 잘못된 길로 들어서게 되었던 것이다. 도박으로 일확천금을 할 수 있다면 얼마나 좋겠느냐마는 누구나 도박으로 그렇게 큰돈을 벌 수 있는 것은 아니다. 이것은 복권에 1등 당첨되어 목돈을 챙기겠다고 매번 복권을 한 번에 10여 장씩 사는 경우와 마찬가지로 불확실성이 많은 일이라 할 수 있을 것이다. 사람이 땀 흘려 노력해서 착실하게 돈을 버는 대신에 증권투자나 도박을 해서 단시일 내에 큰돈을 벌겠다고 시도하는 사람들처럼 무모한 사람들은 없을 것이다. 그들의 변명은 그래도 증권투자나 도박을 해서 큰돈을 버는 사람도 있지 않느냐는 것이다. 그러나 증권투자나 도박으로 돈을 번 사람들은 결코 아마추어들이 아니다. 그들 나름대로 증권투자의 원리나 도박의 원칙과 확률에 통달한 사람들만이 증권투자나 도박으로 돈을 벌 수 있는 것이다. 증권투자나 도박은 아무나 돈을 벌겠다고 무모하게 뛰어들 분야가 아니다.

증권투자에서는 얼마 지나지를 않아서 깨끗이 손을 털었지만, 도박판에 무모하게 뛰어든 중서는 증권투자에서처럼 큰돈을 벌고 일찍이 손을 털고 나오지를 못하고 큰돈을 벌지도 못한 채 도박판에서 미적지근 지내다가 병까지 얻고 앓아눕게 되었던 것이다. 그러나 그는 도박으로 큰돈을 벌어보겠다는 욕심을 결코 포기할 수가 없었다. 일찍이 용하다는 역술인 김지섭이 중서에게 '돈을 좇지 말라'는 경고성 예언을 해주었음에도 불구하고 고집스럽게 도박에 목숨을 걸다시피 했다. 도박처럼 사람이 돈을 좇아 헤매는 분야도 없으니 하는 말이다. 밖에서 보면 도박에 열중하는 사람들이 정신 나간 사람들처럼 이상하게 보이겠지만, 도박을 해서라도 큰돈을 벌겠다고 열중하는 사람들에게는 그러한 한가한 생각을 할 정신적인 여유조차 없는 것이다.

'칼을 쓰는 사람은 결국에는 칼로 망할 수 있다'는 말이 있듯이 도박을 하는 사람은 쉽게 돈을 벌려다가 결국에는 도박으로 망할 수 있게 된다는 것이다. 이러한 말의 진위여부를 떠나서 중서는 도박으로 돈을 벌려다가 결국에는 도박에 실패한 사람이 되었다. 아마도 도박에 일단 빠진 사람은 누구나 도박으로 큰돈을 벌 수 있다는 미련 때문에 점점 더 도박판 속으로 깊이 빠지게 되어 끝까지 갈 수밖에 없게 되는 것 같다. 중서는 역술인의 '돈을 좇지 말라'는 경고성 예언에도 불구하고 돈을 찾아 헤매다가 막판에는 도박판에까지 뛰어들게 되었던 것이다. 병을 고치기 위한 기간 동안에 일단 숨을 고른 다음에, 다시 도박장에서 보조일을 구하여 한 동안 도박에서 일체 손을 떼고 몸을 추수리고 돈을 모으는 일에 전념하는 듯이 보였다. 그러나 '개 버릇 남에게 줄 수 없다'는 말이 있듯이 도박장 보조일로 어느 정도의 돈이 저축되자 그 돈을 갖고 도박에 다시 손을 대기 시작했다. 이전처럼 낮에는 보조일을 하고 밤에는 도박을 해서 돈을 벌겠다고 중서로서는 최선을 다하면서, 미래에 대한 낙관적인 희망을 갖고 하루하루를 열심히 살고 있었다.

판돈이 충분치 않던 중서로서는 도박으로 큰돈을 벌 가능성은 거의 없었다. 빠찡고와 같은 도박으로 푼돈을 저축해서 판돈을 늘려가는 방법밖에 없었다. 이러한 방법으로는 중서가 계획하고 있는 큰돈을 버는데 너무나 시간이 많이 걸렸다. 그는 빨리 돈을 벌고 싶어서 안달이 날 지경이었다. 그런데 중서처럼 일단 도박에 맛 들여서 큰돈을 벌어보겠다고 하는 사람들은 사행성이 없는 정상적인 직업을 갖고 착실하게 돈을 버는 일에는 전혀 관심이 없는 것이다. 쉽게 돈 벌 수 있는 방법이 있는데, 무엇 때문에 어렵게 돈을 벌려고 하느냐는 것이 그들의 도박에 대한 예찬론이다.

중서가 보조일과 소액의 도박으로 착실히 돈을 모으기 시작한 지도 어느덧 10년이라는 세월이 지나갔다. 20대 후반에 큰돈을 벌겠다고 미국의 라스베가스로 건너 온 지도 벌써 10년이 지나 버렸던 것이다. 그의 나이도 이제 40세를 바라보고 있는데, 그가 기대했던 것처럼 비록 도박으로 큰돈을 벌지는 못했지만 보조일로 버는 돈과 도박으로 벌어들인 돈을 착실히 저축한 결과 생활을 하는 데는 충분한 여유돈을 가질 수 있게 되어 생활에 전혀 불편이 없게 되었다. 그의 직위도 보조일에서 부지배인으로 승격되어 빠찡코를 관리하는 일을 맡게 되었다. 이제는 이전처럼 번 돈을 전부 도박하는데 투자할 수는 없게 되었다. 부지배인으로서의 품위를 유지할 필요도 있게 되었다.

나이 40세가 다 된 그에게 이제는 직업인으로서 자리도 잡았으니 결혼도 하고 가정을 꾸며야 하지 않겠느냐며, 도박장의 대금부에서 회계 일을 보고 있는 한국계 여인인 클라라 김을 지배인이 소개를 해주어서 두 사람은 결혼을 하기로 했다. 클라라는 30세의 독신녀로서 결혼할 생각이 별로 없었는데, 중서를 소개받은 후에는 지금까지 해오던 독신생활을 청산하고 중서와 결혼하기로 결정했다. 결혼을 하지 못하는 남녀의 경우를 보면, 그들의 공통점이라는 것이 결혼에 특별한 관심이 없다는 것, 그들에게 짝을 맺어주려고 해준 사람이 없었다는 것, 정신없이 돈벌이를 하다가 혼기를 놓쳐버리게 되었다는 것 등이 구태여 이유를 들자면 그들의 변명이 될 것이다.

"나는 라스베가스로 돈벌이를 하러 한국에서 온 지 벌써 10년이 지났습니다. 도박으로 큰돈을 벌려고 애를 썼지만 성공하지를 못하고 이렇게 도박장의 월급쟁이가 되어버렸지요."

"저는 한국의 고아로 3세 때 미국의 양부모에게 입양되어서 LA에 와서 살았지요. UCLA를 졸업했는데, 대학에서 회계학을 전공했지요. 라스베가스에서 많은 보수를 주고 회계 일을 볼 사람을 구한다기에 졸업 후에 이곳으로 자리를 구해 왔습니다. 저도 이곳에 온 지 10년이 되며, 이제는 회계 부책임자로 있지요."

"그러고 보니 우리가 이렇게 만나게 된 것은 천생연분인 것 같군요. 우리 서로 외로운 사이이니 결혼해서 함께 힘을 합쳐서 열심히 살아봅시다."

"좋아요. 저도 그간 외롭게 살아왔는데 당신을 뒤늦게 만나서 희망에 찬 앞날을 함께 설계할 수 있게 되었으니 마냥 기쁘기만 하네요."

"여보, 나도 이제는 도박에서 완전히 손을 털고 직업인으로서 착실한 인생을 살아갈 결심을 하였소. 아들 딸 낳고 멋진 인생을 함께 살아봅시다. 여보, 사랑해요."

"저도요."

둘은 사랑의 표시로 함께 힘차게 서로 끌어안았다. 중서도 이제는 혼자가 아니다. 클라라가 가톨릭 신자였기 때문에 중서도 가톨릭교회에서 교리공부를 하고 가톨릭교회에 입교한 후 부활 대축일에 영세를 받고 토마스라는 본명을 신부님으로부터 부여받았다. 결혼식은 라스베가스에 있는 가톨릭교회에서 거행했다. 신부와 신랑이 모두 라스베가스의 도박장에서 10년이나 일을 했으니 그들을 축하하기 위하여 결혼식에 참석한 하객들도 많아서 결혼식장은 성황을 이루었다. 그들은 신혼여행지로 그랜드캐넌을 정했다. 라스베가스에서 차를 몰고 갈 수 있는 가까운 지역에 있기 때문에 다녀오기가 편할 것 같았다. 그랜드캐넌은 중서가 도박에 실패하여 갖고 있던 판돈을 몽땅 털리고 빈털터리가 되었을 때, 그곳에 가서 절벽에서 계곡 밑으로 몸을 던져서 자살하고 싶은 충동까지 느꼈던 장소였다. 이렇게 사랑하는 아내와 결혼을 하고 이곳에 살아서 신혼여행까지 오고 보니 감개가 무량했다.

준수한 얼굴모습을 하고 있는 중서와 중키에 예쁘장한 얼굴을 갖고 있는 클라라는 서로 만나자마자 첫 눈에 서로에게 호감을 갖게 되었다. 한 직장에서 10년씩이나 일을 했으니 한번쯤 서로 만났을 법도 한데 그러한 기억은 서로에게 없는 것 같았다. 결혼 전에 하는 연애보다는 결혼 후에 하는 연애가 좀 더 열렬한 것이 될 수도 있을 것이다. 그들은 생전 처음으로 결혼 후에 열렬한 연애를 체험하게 되었다. 둘은 한시라도 서로 떨어지기 싫어했다. 직장에 갈 때에도 함께 차를 타고 갔으며, 직장에서도 서로 보고 싶어서 틈만 생기면 서로 만나려고 애를 쓰게 되니 두 사람은 직장에서도 유명한 연애부부가 되어버렸다. 직장에서 그들이 함께 있지를 않고 혼자 있는 모습을 보게 되면, 누구나 남편이나 아내에게 하는 첫 번째 질문은 상대방이 되는 남편이나 아내가 어디에 있느냐 하는 질문이었다. 이러한 질문이 당연한 일로 받아들여질 정도로 그들의 부부애는 직장 내에서 유명해지기에 이르렀다.

둘은 휴가 때마다 함께 여행을 하기로 했다. 미국 내에도 여행을 갈 만한 곳이 많이 있었지만, 우선 아이들이 생기기 전에 유럽여행 길에 적극적으로 나서기로 했다. 가톨릭신문사에서 수시로 모집하는 유럽 성지순례단에 참가하는 것이 가장 효과적인 유럽여행 방법일 것 같았다. 둘이 다 한국에서 온 지 제법 많은 세월이 지났기 때문에 한국방문여행도 생각해 보았지만, 중서는 한국을 떠나 온 지 이미 10여년이 지났지만 그동안에 부모님은 돌아가시고 특별히 만나보아야 할 형제나 가까이 지내던 친구들도 별로 없기 때문에 여행지를 한국으로 정할 필요는 없었다. 클라라의 경우에는 고아로 미국 양부모에게 입양된 경우이니 한국을 찾아가야 할 만한 특별한 명분이 없었기 때문에 한국은 그들의 예정 여행지에서 빼버리기로 했다.

둘이 첫 번째 참가한 유럽 성지순례여행은 요한 바오로 2세 교황이 아직도 살아계실 때에 성탄자정미사를 교황과 함께 바치고 14박 15일간 프랑스의 파리와 루르드 성모발현성지, 로마와 아씨시, 카이로와 시나이반도, 이스라엘을 여행하고 다시 파리로 돌아오게 되는 유럽 순례여행길에 부부가 함께 다녀오는 것이었다. 부부가 함께 나서게 되는 첫 번째 유럽여행길은 참으로 흥분되고 희망에 벅찬 여행길이었다. 부부가 결혼한 후에 처음으로 함께 하는 2주간의 긴 여행이며 가톨릭 신자들과 함께 지도신부님의 인솔 하에 가는 유럽 성지순례여행이라 신앙적으로도 많은 기대가 되는 여행길이었다. LA공항에 집결한 50명의 순례단이 12월 22일에 프랑스의 파리를 향해 출발했다. 대규모의 순례단이라 수시로 인원점검을 철저히 해야 하는데, 그 이유는 부주의로 순례단에서 이탈하게 되는 인원을 미연에 방지하기 위해서이다.

순례단은 23일 오전부터 파리 시내 구경을 시작했다. 루브르박물관을 시작으로 크리스마스 투리가 장식되어 있는 샹제리제 거리를 거쳐서 위쪽으로 개선문까지 올라갔다가 다시 아래쪽으로 콩코드 광장까지 내려왔다. 이 광장은 '화해의 광장'으로서 프랑스 혁명 당시에 수많은 사람들이 키로틴에 목이 잘려서 형장의 이슬로 사라졌던 끔찍한 피의 광장이기도 했다. 파리에서도 볼 곳이 많았지만, 다 보지를 못하고 점심식사 후인 23일 오후에 로마로 향했다. 비행기를 타고 파리에서 로마로 가려면 눈이 덮인 겨울 알프스산맥을 넘어가야 하는데, 비행기에서 내려다보는 겨울 알프스산맥은 실로 장관이었다. 로마에 도착한 순례단은 겨울철이라 곧 어두워져서 저녁식사만 식당에 가서 한 후 호텔에 돌아와서 쉬었다.

다음 날인 24일은 성탄전야라 성 베드로 대성당에 가서 자정미사를 바치기 전에 아침식사 후에 바티칸 박물관을 방문하여 구식문으로 에스컬레이터를 타고 올라갔더니 사진 찍기 좋은 작은 광장이 있었으며, 그 뒤로 베드로 대성당의 돔이 바라보이는 것이 신비스러울 정도였다. 돔을 배경으로 기념사진들을 찍고 난 후에 바티칸 박물관 구경을 갔다. 박물관의 천장에는 정교한 조각으로 화려하게 장식되어 있으며, 벽에는 명화들의 사본이 걸려 있어서 복도를 걸어가면서 구경하기에 좋았다. 바티칸박물관은 세계에서도 소장품이 많기로 유명한 박물관이다. 바티칸박물관에서 특별히 구경해야할 곳은 교황을 선출하는 씨스티나 소성당이다. 바티간 박물관을 구경하면서 가다 보면 결국은 씨스티나 소성당으로 가게 되는데, 그곳을 통과해야만 박물관 밖으로 나갈 수 있게 되어 있다. 씨스티나 소성당의 천정에는 그 유명한 미켈란젤로의 천지창조화가 그려져 있으며 벽에 그린 그의 최후의 심판화도 유명하다.

씨스티나 소성당을 거쳐서 밖으로 나오게 되면 자연적으로 성 베드로 대성당 안으로 들어가게 된다. 성 베드로 대성당의 앞 광장에 있는 회랑은 천국의 열쇠처럼 생겼으며 그 회랑위에는 성인들의 동상이 놓여 있었다. 광장의 중앙에는 이집트에서 가져온 람세스 2세의 오벨리스크가 서 있었다. 성 베드로 대성당에는 문이 5개 있는데, 제일 우측 문은 매 희년, 즉 50년에 한 번씩 열리기 때문에 순례단이 그곳에 갔을 때는 닫혀 있었다. 성당 내에는 전등이 켜져 있지를 않아서 어두컴컴해서 잘 보이지를 않았다. 1년 중에 부활대축일과 성탄전야를 제외하고는 성당 내에 전등을 켜지 않고 주로 자연채광에 의존하기 때문에 그렇다는 것이다. 성탄자정미사 때 다시 와서 보니 그 말이 무슨 뜻인지 알 수 있을 것 같았다. 성당 내에 있는 모든 전등이 다 켜져 있어서 아주 환할 뿐만 아니라 그 때가 한겨울이었는데 전등 바로 아래 자리는 땀이 날 정도로 더웠다.

현관에서 교황의 제대인 천계까지의 거리가 260미터라고 하니 실로 놀라운 거리이다. 성 베드로 대성당에는 사람들이 서서 6만 명이 한꺼번에 미사를 드릴 수 있다고 했다. 성당 내는 성탄자정미사 준비관계로 칸막이가 되어 있어서 이동하기에 불편했다. 성당 내에 있는 십자가에서 돌아가신 예수님을 무릎에 앉고 계신 미켈란젤로의 걸작품인 피에타상과 왼쪽 발이 닳아 있는 바오로상이 특히 유명했다. 발 한쪽이 많이 닳아 있는 것은 사람들이 거기에 입맞춤을 많이 해서 그렇게 되었다는 것이다. 현관

앞의 바닥에는 제단까지의 거리가 100미터가 넘는 성당들이 기록되어 있는데, 로마시내에만 그러한 성당이 4개가 있다. 성 베드로 대성당 이외에 설지전 대성당, 콘스탄틴 대성당, 성 바오로 대성당이 바로 그 성당들이다.

설지전 대성당의 제단에는 베들레헴에서 가져왔다는 말구유가 있다고 했다. 콘스탄틴 대성당은 성 베드로 대성당으로 교황의 거처가 옮겨가기 전까지 교황의 거처가 있던 성당이다. 콘스탄틴 대성당 옆에는 예루살렘에서 가져왔다는 28계단(성 계단)성당이 있었다. 순례자들은 한 계단 씩 무릎을 꿇고 주모경을 외우면서 끝까지 올라가야 하는데, 무릎이 깨지도록 아팠다. 이 계단을 오르락내리락 하면서 예수님께서 핍박을 받으셨다는데, 종교개혁을 주도한 마틴 루터신부가 이 계단을 무릎 꿇고 오르다가 몸이 뚱뚱했던 그가 힘이 들어서 중도에 그만두고 내려오면서 로마교회는 이러한 형식주의가 문제라고 외치면서 종교개혁을 주도했다는 말이 전해지고 있다고 한다.

교황과 함께 바치는 성탄 자정미사는 텔레비전에서 본 일은 있지만, 교황을 근접해서 보면서 성탄자정미사를 바치게 된 것은 중서 부부에게는 일생에 남을 추억이 될 것이다. 다음날은 크리스마스로 아씨시의 성 프란치스코 성당으로 향했는데 묘하게도 크리스마스인데도 불구하고 길가에 다니는 사람이 한 사람도 없는 것 같았다. 그런데 아씨시에 도착하여 천사들의 성모마리아 성당 내에 들어가 보니 길에서는 한 사람도 볼 수 없었던 사람들이 그 성당 안에는 빼곡 차 있었다. 그 성당 내에는 작은 성당이 있었는데, 그 성당은 성 프란치스코가 처음으로 수도회를 시작한 성당이라고 한다. 성 프란치스코 성당에 들어서면 각국 어로 된 '평화'라는 단어가 벽에 걸려 있는 것이 인상적이었다. 성당지하에는 성 프란치스코가 평시에 입고 지냈다는 누더기가 다 된 옷이 걸려 있었다. 성 프란치스코 성당에서 머지않은 곳에 성녀 클라라 성당이 있었는데, 그 성당 지하에는 클라라 성녀의 시신이라 전해지는 시신을 유리를 통해 볼 수 있었다.

26일에는 성 바오로 사도가 참수형을 당했다는 세 분수성당 에 가보았으며, 로마시외에 있는 성 바오로 대성당 관람을 마지 막으로 이집트의 카이로로 향했다. 성 바오로 대성당의 천정벽 위에는 역대교황들의 초상화가 성 베드로로부터 현 교황인 요한 바오로 2세까지 걸려있는 것이 이색적이었다. 카이로에서는 2박 을 하면서 키제에 있는 3개의 피라미드를 구경가서 쿠프왕의 피 라미드 속에 들어가 보기도 했다. 피라미드 앞에 있는 스핑크스 도 보았다. 예수님께서 박해를 피해 이집트로 피난 왔다고 전해 지는 성당에도 가보았고 천정이 노아의 방주처럼 생긴 성당에도 가보았다. 카이로를 떠나서 스웨즈 운하를 건너서 시나이반도로 들어갔다. 사막을 달려서 라파라는 곳에서 이스라엘로 입국했는 데 그곳이 가자지구였다. 그곳까지 마중 나온 가이드를 따라 예 루살렘까지 버스를 타고 갔다. 예루살렘은 해발 800미터 높이에 있는 고지에 있었다.

예루살렘에서는 올리브산 위에 있는 주님의 기도경당, 예수님 께서 그곳에서 승천했다고 전해지는 예수님의 발자국이 새겨져 있는 예수님 승천경당, 예수님께서 멸망하게 될 예루살렘의 운명을 슬퍼하시며 눈물을 흘렸다는 자리에 지어진 예수님의 눈물경당, 예수님께서 자신에게 닥칠 운명을 고민하며 기도를 드렸다는 바위 위에 지은 겟세마네 성당, 예수님의 묘가 있다는 성묘성당 내에 있는 예수님께서 묻히셨다는 동굴과 그 위에 있는 골고다의 언덕으로 올라가서 예수님의 십자가 자리를 보았다. 성묘성당에서는 부활절 미사를 드렸는데 이곳에서는 1년 내내 부활절미사만 드리고 있다고 한다. 마찬가지로 베들레헴의 예수탄생 성당에서는 연중 예수탄생미사만 바치고 있으며 나사렛에서는 수태고지미사만 드리고 있다고 한다. 시온산에 가서 다윗의 가묘도 보았고 성모마리아 영면기념성당과 예수님께서 제자들과 최후의 만찬을 드셨다는 2층 집에도 가보았다.

예루살렘에 있을 때 베들레헴에 있는 예수님 탄생성당에 가서 예수님 탄생 별자리를 보았다. 팔레스타인 지역인 베들레헴에는 외부와 격리하기 위한 높은 장벽이 쳐져 있었으며 팔레스타인 군인과 이스라엘 군인이 서로 삼엄하게 지키고 있는 것이 이색적이었다. 예루살렘을 떠난 순례단은 예수님께서 40일간 단식을 하시며 기도를 드렸다는 광야를 지나서 모세가 유대인들을 노예상태에서 벗어나게 하기 위하여 이집트에서 이끌고 나와서 40년간 사막에서 지내다가 그는 사망하고 후계자인 여호수아가 쳐들어 와서 점령을 했다는 여리고에 들렸다가 갈릴리호수가 있는 가나안 땅으로 갔다.

점심은 갈릴리 호숫가에서 베드로 고기로 알려진 튀김생선으로 먹고 예수님의 도시 가버나움으로 갔다. 호수를 건너가면서 저 멀리 한쪽이 가파른 절벽으로 되어있는 산이 보였는데, 이곳에서 사람들이 예수님을 절벽에서 밀어 떨어뜨리려 했다는 말이 성경에 전해오고 있다. 가버나움에서는 베드로의 장모 집터위에 지었다는 성당에서 미사를 바쳤다. 갈릴리 호숫가에서는 진복팔단 성당과 오병이어 성당에도 가보았다. 이곳은 예수님께서 빵 다섯 개와 물고기 두 마리로 5000명의 사람을 먹였다는 것을 기념하기 위하여 지은 성당이다. 예수님께서 물이 포도주로 변하게 한 기적을 행했다는 가나의 성당에 들렸다가 나사렛으로 가서 성모마리아의 수태고지의 동굴이 지하에 있는 성당에서 미사를 드리고 그 옆에 있는 성가정성당에도 들어가 보았다. 중도에 카르멜 산에 들렸으며 지중해에 면한 가이사이아로 갔다.

이곳에는 로마시대의 원형극장이 있었다. 무대의 반대쪽에 있는 계단에 앉아 있었는데, 일행 중에 일부가 무대에서 합창을 하는 노래 소리가 계단에 앉아 있는 사람들에게 현대식 무대에 앉아 있는 것처럼 잘 들려서 신기하게 생각되었다. 가이사이아에는 빌라도총독의 기념비가 있었는데, 그는 원래 가이사이아에 체류하고 있다가 과월절에 예루살렘에 가서 뜻하지 않게 예수님에게 십자가형을 내리게 된 장본인이 되었다. 가이사이아에서 텔아비브로 이동한 순례단은 새벽 6시에 비행기를 타고 파리로 향했다. 도중에 눈 덮인 겨울 알프스 산의 장관을 다시 비행기 위에서 볼 수 있었다. 파리에 도착한 일행은 짐은 호텔에 맡겨두고 두꺼운 외투와 간편한 짐만 챙겨서 야간 침대차를 타고 피레

네 산맥에 있는 성모발현 성지인 루르드로 향했다.

　새벽에 루르드에 도착한 순례단은 겨울이라 방문객이 별로 없는 루르드 성지에서 침수도 하고 미사도 드렸다. 다음날 새벽에는 TGV를 타고 850킬로미터 떨어져 있던 파리까지 6시간 30분만에 주파해서 파리로 되돌아왔다. 파리에 돌아온 일행은 베르사이유 궁전에도 가보았고, 파리외방선교회에서 미사도 드리고 저녁식사 후에는 밤에 세느 강에서 유람선까지 탔다. 2주간의 유럽성지순례는 중서 부부가 미국으로 되돌아감으로써 끝났다. 그들 부부는 기회 있을 때마다 유럽여행에 나서서 스칸디나비아 4개국인 핀란드의 헬싱키, 스웨덴의 스톡홀름, 노르웨이의 오슬로와 베르겐 및 덴마크의 코펜하겐을 차례로 방문했는데, 노르웨이의 자연환경을 제외하고는 듣던 바와는 달리 볼 것이 별로 없었다.

　동유럽지역, 좀 더 정확히 말하자면 중부유럽이라 할 수 있는 체코의 프라하는 볼 것이 많은 것 같았다. 특히 몰다우 강 위에 놓여 있는 칼로스 다리는 범람하는 홍수에도 쓸려나가지 않을 정도로 견고하게 지어졌으며, 다리위에 있는 조각상들은 세계 각 국가에서 오는 관광객들을 모아들이는데 한몫을 하고 있었다. 프라하성이라고 불려지는 언덕 위에 있는 비트성녀를 기념하기 위한 고딕식 대성당은 그 규모가 거대했으며 그 옆에는 대통령궁도 있었다. 구도시에 있는 시청건물 옆에 있는 시계탑은 관광객들에게 인기가 좋았다. 프라하의 황금골목에는 키프카의 집필실도 있었다.

폴란드의 바르샤바에서는 교황이 다녀갔다는 성당에서 왼쪽 볼에 칼자국이 두 개 선명하게 나있는 블랙마돈나의 초상화가 걸려 있는 것을 보았는데, 이것은 사본이고 진본은 체스토코바에 있는 야스나코라 수도원에 보관되어 있었다. 유럽에 침공한 아랍장수가 벽에 걸려 있는 블랙마돈나의 초상화가 벽에서 떨어지려 하지를 않아서 칼로 마돈나의 볼을 내려쳤더니 시뻘건 피가 실제로 흘러나왔다는 전설이 있는 초상화라고 했다. 블랙마돈나에 대한 전설은 이곳 말고도 독일의 알퇴팅과 스페인의 몽세랏 등에 널리 퍼져 있었다.

제2차 세계대전 때 유태인들을 학살한 아우슈비츠 유태인 수용소에도 가 보았고 지하 100미터 아래 있는 소금광산에도 가보았는데, 광부들이 소금으로 정교한 조각품들을 만들어 놓은 것이 신기하게 여겨졌다. 크라카우에 있는 주교좌 성당은 성당 속이 화려하기로 유명했다. 이곳뿐만 아니라 유럽의 수도원이나 성당은 화려하게 장식되어 있는 것이 아주 인상적이었다. 헝가리의 부다페스트는 다뉴브 강을 경계로 부다와 페스트라는 두 도시가 분류되어 있는데, 두 도시를 합쳐서 부다페스트라고 칭해진다. 다뉴브 강이 부다페스트에서 얼마 떨어져 있지 않은 곳에 있는 오스트리아의 비엔나에서는 도나우 강으로 이름이 바뀌고 있지만 똑 같은 강의 연장에 불과하다. 비엔나는 건물 하나하나가 모두 예술품 같이 아름다웠다. 파리의 건물도 인상적이었지만 비엔나의 건물처럼 예술적인 면에서는 많이 떨어지는 것 같았다.

중서 부부는 시간이 날 때마다 유럽 국가들을 여행했을 뿐만 아니라 미국 내의 여러 곳에도 시간을 내서 다녀보기로 했다. 미국은 워낙에 큰 나라이기 때문에 동부해안지역과 서부해안지역이 판이하게 다르며, 중부와 남부도 지역적인 특색이 뚜렷하게 나타나고 있다. 미국에 비하여 유럽 국가들은 규모면에서는 작지만 역사적인 전통이 있는 국가들이다. 유럽인들 중에 미국으로 이민 온 사람들도 많지만 미국으로 이민을 거의 가지 않는 국가도 있다. 미국의 서부지역은 물론 한때 중남미제국을 정복한 스페인은 문화적으로도 전통이 있으며 미국의 서부지역이나 텍사스와 같은 지역의 지명이 모두 스페인어로 되어 있는 것과 중남미의 국가들이 스페인어를 쓰고 있는 것을 보면, 이러한 지역에 대한 스페인의 영향력이 얼마나 큰지를 알 수 있을 것이다. 따라서 스페인 인들은 유럽에서 그냥 살고 있는 것이지 미국 같은 나라로 이민을 오지 않는 것이다.

유럽 국가들 중에 특별히 관심을 가져야 할 국가는 그리스이다. 400년간을 터키의 지배를 받았지만 지구상에서 사라지지 않은 국가가 그리스이다. 그리스는 유럽 고대문명 발상지의 하나로서 그리스 국민의 자부심은 대단한 것이다. 그러다 보니 400년에 걸친 터키의 지배를 견디어낼 수 있었던 것이다. 국토의 3퍼센트만이 유럽 대륙에 속하고 97퍼센트는 아시아에 속하는 터키는 그 3퍼센트의 영토를 갖고 유럽인들이 터키를 유럽국가로 인정해주기를 바라고 있지만, 그러한 꿈은 아직까지 실현되지를 못하고 있다. 유럽에서는 아직도 콘스탄티노플로 불려지고 있는 이스탄불은 특이한 이국적인 매력을 풍기는 도시이다. 카이로와 엇비슷한 규모를 갖고 있는 이스탄불은 불루모스크와 소피아성당과 같은 특이한 문화재를 갖고 있는 국가이며 성경의 발상지이기도 하다. 구약성경에 나오는 대부분의 지역이 터키에서 발견되고 있다.

미국의 LA 같은 도시는 광활한 지역에 널리 퍼져 있어서 도시 전체가 전원 같은 느낌을 주고 있어 도시와 지방과의 차이를 발견하기 쉽지 않은 것이 도시의 특색이라 할 수 있다. 같은 서부해안의 도시이지만 샌프란시스코, 씨애틀 및 샌디에고와 같은 도시들은 LA와는 완전히 다른 특성을 보여주는 도시라 할 수 있을 것이다. 규모는 작지만 해안도시 특유의 특성을 보여주고 있는 셈이다. 동부해안에 위치하고 있는 도시 중에 뉴욕시는 세계에서 가장 큰 도시로서 뉴욕시의 중심지인 맨하탄은 인디안으로부터 13달러를 주고 샀던 돌덩어리 땅으로서 세계에서 가장 많은 고층 건물들을 건축해도 무방한 튼튼한 지반을 갖고 있다는 것이 특색이다. 뉴욕시 한복판에 있는 센트럴파크는 광활한 지역을 시민들을 위한 공원으로 남겨두고 있는 공원으로서 세계에서 유사한 경우를 찾아볼 수 없는 유일한 공원이라 할 수 있을 것이다.

보스턴은 미국 역사상 가장 보수적인 도시이면서 개방적인 도시라 할 수 있을 것이다. 명문 하버드대학도 보스턴의 캠브리지에 소재하고 있으며 MIT 공과대학과 같은 과학기술의 메카도 이곳에 소재하고 있다. 영국에서 종교의 자유를 찾아서 미국에 상륙한 프리머스라는 곳도 이 지역에 있다. 미국의 수도인 워싱턴 디씨는 인구 80만의 아담한 도시로서 워싱턴 기념탑, 제퍼슨 기념관, 링컨 기념관 등 대통령을 기념하는 건물들이 포토막 강변을 따라 자리를 잡고 있으며, 의회건물이 있는 중심지나 백악관이 있는 지역은 깨끗하게 정비되어 있지만, 흑인거주지역인 펜실베니아 가와 같은 곳은 뉴욕시의 흑인거주지역인 할렘에서도 발견되지 않는 창문유리가 다 깨져서 합판으로 막아놓은 것이, 세계 최강국 미국 수도의 모습이라니 참으로 놀라운 일이라 아니할 수 없다.

중서 부부는 유럽여행과 미국 내 여행을 통하여 그들의 지식을 넓혀가는 한편 함께 여행하면서 부부사랑을 재확인해 보는 기회를 가질 수 있어서 좋았다. 아이들이 태어나기 전에 여행의 기쁨을 만끽했지만, 아들과 딸이 한명씩 태어나게 되자 아이들 기르느라 당분간 여행을 중단하고 맡은 업무에 충실하기로 했다. 그 결과 중서는 지배인으로 승진하고 클라라는 회계책임자로 승진했다. 이제는 둘이 버는 수입도 상당액으로 늘어나서 저축도 많이 하고 여윳돈도 상당히 생겼다. 집도 라스베가스 근교에 있는 큰집으로 옮겨서 아이들 교육에도 신경을 쓰기로 했다.

중서는 지금까지 살아왔던 자신의 인생을 되돌아보면서 왜 그 유명하다는 역술인이 자신의 미래를 예언해 줄 때 '돈을 좇지 말라'는 말만 경고성 예언으로 중서에게 말해주었을 뿐, 사전에 좀 더 구체적으로 어떻게 하라는 말은 왜 안 해 주었던 것일까? 그 역술가가 몰라서 그랬던 것일까? 아니면 스스로 알아서 운명을 개척하라고 그랬던 것일까? 중서가 지금에 와서 새삼스럽게 느끼게 된 사실은 운명을 개척하는 사람은 바로 자기 자신이라는 것이다. 역술가의 예언을 듣고 나는 이러한 운명을 태어났으니 노력을 안 해도 괜찮다느니, 아니면 제아무리 노력을 해도 타고난 불우한 운명을 벗어날 수 없는 것이니, 구태여 힘들게 안 될 일을 노력해볼 필요 없이 운명에 맡기자면서 처음부터 포기해버리는 것은 인생을 사는 올바른 태도가 아니라는 것을 중서는 뒤늦게 깨닫게 되었던 것이다.

9. 이상향

이상향의 세계가 있다면 그러한 세계에서 살 수 있는 인간들은 어떠한 모습으로 변할 것인가? 맹덕회는 평범한 한국인 남성으로 태어났다. 그는 중산층의 가정에서 태어났기 때문에 학교도 제대로 다녔으며, 남들처럼 대학도 졸업하여 제때 군대도 다녀와서 취업준비를 하게 되었다. 그런데 대학졸업한 지 몇 해가 지났으며, 나이가 30이 가까이 된 지금까지 취업을 못하고 있으니 아직 미혼이다. 대부분의 한국 젊은이들이 현재 겪고 있는 취업의 어려움을 겪고 있는 셈이다. 일부의 젊은이들처럼 창업을 생각보기도 했지만, 창업자금을 마련하는 데도 어려움이 있을 뿐만 아니라 무슨 업종을 창업해서 성공해보겠다는 구체적인 어떠한 계획도 없는 셈이다.

그는 요즘 엉뚱하게도 꿈같은 일이 일어나는 세상에 대한 일종의 망상에 가까운 생각을 하기 시작했다. 남자로서 꼭 직장을 구해야 하며 결혼을 해서 가족을 부양해야 하느냐에 대한 의문이 들기 시작했다. 직장을 구하지 않아도 충분히 먹을 수 있으며, 원하기만 하면 무엇이든지 가질 수 있는 세상이란 없는 것인가? 만일 그러한 세상에서 살 수 있다면 얼마나 좋을까? 애를 써서 직장을 구할 필요도 없으며, 직장이 없어도 일상생활을 하는데 아무런 지장도 없는 세상이 있다면 얼마나 좋을까? 그러한 세상이 있다면 돈을 많이 벌어서 부자가 되거나 남들과의 경쟁에서 살아남아서 크게 성공하려고 노력할 필요도 없지 않겠는가?

덕회가 이러한 엉뚱한 생각을 하는데 열중하다 보니 어느 날 갑자기 그러한 꿈같은 세상에서 살게 되었다. 어떻게 그러한 세상에서 살게 되었는지 잘 알 수는 없지만, 어느 날 잠자리에서 깨어나 보니 자신이 별천지에 와있다는 것을 깨닫게 되었다. 이전에는 아침에 일어나서 자신에게 닥치게 되는 걱정거리가 오늘은 어디에 가서 무슨 일을 하면서 시간을 보내야 할 것인가 하는 것이 문제였다. 직장이 없는 그는 아침이 되었다 하여 마땅히 출근을 해야 할 곳도 없었다. 그런데 그날 아침에 덕회가 체험하게 된 것은 지금까지의 직장도 없는 실업자의 모습이 아니라, 자신을 시중드는 사람들이 한둘이 아니라는 것을 새삼스럽게 깨닫게 되었다는 것이다.

사람들이 시중드는 대로 옷장에서 지금까지 한 번도 입어보지 못했던 화려한 옷을 걸치고 아침 식사를 하기 위하여 널찍한 식탁에 와서 앉아서 지금까지 한 번도 먹어보지 못했던 산해진미가 가득 차려진 아침밥상을 대하고 보니 이것이 꿈인지 생시인지 잘 구분이 가지를 않았다. 천지개벽을 해도 유분수이지 어떻게 직업도 없고 결혼도 못했던 초라했던 모습이 이렇게 왕후장상이나 재벌총수나 된 듯한 생활의 변화를 겪게 되니, 도대체가 어떻게 된 영문인지를 알 수가 없었다. 이러한 수준의 생활을 유지하려면 엄청나게 많은 돈을 갖고 있어야 하는데, 덕회는 아무리 생각을 해보아도 아직까지 그러한 막대한 돈을 벌어본 기억이 없었다. 어떻게 된 것인가?

자신이 꿈같은 세상에 살고 있다는 것은 식사 후에 일어난 일들에서 비로소 처음으로 알게 되었다. 사람들이 자신이 하려는 모든 일을 일일이 도와주고 있었기 때문에, 덕회가 스스로 할 수 있는 일은 아무 것도 없다는 것을 곧 깨닫게 되었다. 식사를 할 때도 이전처럼 덕회가 먹고 싶은 것을 스스로 알아서 먹을 수가 없었다. 사람들이 식탁에 둘러서서 덕회의 눈치를 보아가며 덕회가 먹고 싶어 하는 음식이라고 짐작되는 것을 덕회에게 먹여주는데, 덕회가 먹고 싶지 않은 음식이라면 고개를 젓기만 하면 안 먹겠다는 의사표시로 받아들여져서 음식공급을 중단하게 되는 방식을 취하게 되는 것이다. 덕회는 일찍이 음식을 먹는 것마저 귀찮아질 때가 있어서, 내가 원하는 음식을 누가 대신 먹여주었으면 하는 엉뚱한 생각을 해본 적은 있었다. 그러나 이렇게 사람들이 자기 대신 음식을 먹여주는 것을 경험하게 되자, 내가 할 일을 남이 대신 해주는 것이 반드시 좋은 일인 것만은 아닌 것 같다는 생각이 들었다.

식사를 마치고 나니 회장님을 모실 차가 준비되어 있다는 비서의 전갈이 있었다. 채비를 하고 외제 승용차에 올라타니 조수석에 좀 전에 나타났던 비서가 타고 가는데, 오늘 회장님의 일정에 관한 간단한 브리핑을 해주었다. 회사에 도착하니 직원들이 도열해 있는 앞을 비서와 다른 수행원들과 함께 지나가는데, 모두 그에게 고개 숙여 인사를 하는 것이 아닌가? 지금까지 직장을 구해서 이곳저곳을 찾아다니던 자신의 초라했던 모습은 어디로 가고, 젊은 나이에 재벌회사의 회장이라니 도대체가 어떻게된 노릇인가? 꿈같은 일이기는 했지만, 사원들이 자신에게 대하는 모습을 보니 자신이 이 재벌회사의 젊은 회장인 것만은 틀림없는 사실인 것 같았다.

회장실에 올라가 보았더니 회장실의 규모는 지금까지 덕회가 보아왔던 어떠한 방보다도 크고 화려한 것이, 이러한 별천지도 있구나 하는 새로운 깨달음이 들었다. 임원회의가 있다는 비서의 전갈을 받고 회장으로서 처음 임원회의에 참석했다. 대부분의 임원들이 나이가 지긋한 경력사원들로서 회사의 발전에 기여한 사람들이며, 회장인 덕회는 그들을 처음 대하지만 그들은 덕회를 잘 아는 것 같았다. 그가 회장으로 있는 삼정기업은 재벌회사로서 무역, 금융, 전자 등의 분야에 있어서 선도기업으로서 재계에서 상위권에 속하는 기업에 속한다. 삼정기업은 회장이 모든 것을 결정하지 않더라도 이미 대부분의 분야가 재계에서 확고한 위치를 점하고 있기 때문에, 회장인 덕회가 특별히 관여를 하지 않아도 모든 업무가 전문경영인들에 의하여 제대로 처리되고 있는 셈이다. 이렇게 되고 보니 회장인 덕회로서는 회사에 출근을 해보아도 특별히 할 일이 없었다.

시간이 남아나는 덕회는 소일삼아 골프를 배워보기로 했다. 운동신경이 발달한 덕회는 곧 골프를 치는데 적응할 수 있어서 골프 치는데 재미를 붙이게 되었다. 이전에는 생존경쟁에서 살아남기 위하여 악착 같이 살아보려고 애를 써보았지만, 만사가 여의치를 않아서 아무 것도 성취한 것이 없었다. 그런데 뜻하지 않았던 재벌총수가 되어버린 현재에 있어서는 무엇을 해보겠다고 노력하는데서 오는 성취감보다는, 이미 모든 것을 다 갖고 있는 사람만이 가질 수 있는 여유를 부려보고 싶어지는 것이다. 어떻게 자신이 갑자기 재벌총수가 되었는지는 알 수 없지만, 현재는 그 과정을 묻는 것은 아무런 의미도 없으며, 다만 현재로서 중요한 것은 어떻게 총수로서의 품위를 유지할 수 있느냐 하는 것이었다. 이러한 점에서 볼 때 골프를 치는 것도 품위유지의 한 방법이 될 수 있다고 그는 생각했다. 왜냐하면 거의 모든 재벌총수들이 골프를 치기 때문이다.

프로의 골프레슨을 통해 골프의 기술을 단시일 내에 연마한 덕회가 재벌총수들과 필드에 들어가서 함께 골프를 치게 되면서, 덕회가 일찍이 체험하지 못했던 재벌들의 새로운 세계가 있다는 것을 알게 되었으며 그들을 통하여 새로운 인생을 배울 수 있었다. 돈을 많이 벌어서 재벌이 된 사람들은 한 사람의 예외도 없이 그들에게는 돈에 대한 명확한 철학을 갖고 있는 것 같았다. 공부를 많이 한 재벌총수이건 초등학교도 졸업하지 못한 재벌총수이건 간에, 그들이 재벌총수가 될 수 있었던 데에는 나름대로의 필연적인 이유가 있다는 것을 비로소 깨닫게 되었다. 남들은 결코 이룰 수 없다고 쉽게 포기해버리는 일들을 집요하게 물고 늘어져서 마침내 성공을 거두었다는데 그들의 공통점이 있다는 것이다. 누구나 해낼 수 있는 일을 해내는 사람은 결코 재벌총수가 될 수 없다는 것이다. 아무도 쉽게 해낼 수 없는 일을 성공적으로 해낼 수 있는 사람만이 재벌총수가 될 수 있다는 것이다.

이러한 점에서 볼 때, 실업자이며 창업할 능력도 없었던 덕회가 엉뚱하게도 재벌총수가 되었다는 것은 다른 재벌총수와 비교해 볼 때 실로 파격적인 일이라 아니할 수 없을 것이다. 어떻게 재벌총수가 되려는 노력도 하지 않았는데, 재벌총수가 되었는지 덕회는 그 과정을 전혀 알지를 못한다. 어느 날 잠에서 깨어보니 자신이 재벌총수가 되어 있다는 것을 발견했을 뿐이다. 이러한 일도 있을 수 있다는 말인가? 재벌총수가 된다는 것은 누구나 꿈꾸어보는 일이 아닐 것이며, 아무나 재벌총수가 되는 것은 아닐 것이다. 경영일선에 나서지만 않는다면, 재벌총수가 되어보는 것도 괜찮은 일인 것 같다. 왜냐하면 재벌총수로서의 경영의무는 행하지 않고 총수로서의 권리만을 누릴 수 있기 때문이다.

이러한 특권을 누릴 수 있었던 맹덕회는 재벌총수로서의 생활을 어떻게 유지해나갈 수 있었던 것일까? 경영일선에서는 물러나 있었지만, 재벌총수로서의 품위를 유지하기 위하여 우선 다른 재벌총수들처럼 골프를 치기로 했다. 재벌총수들 중에는 그들의 자랑거리가 될 수 있는 경영학석사(MBA) 학위를 갖고 있는 사람들도 있는데, 덕회도 그들처럼 경영학 석사과정을 밟기로 했다. 다행히 대학에서 경영학을 공부했기 때문에 경영대학원에서 경영학 석사학위를 받는 데는 별 어려움이 없었다. MBA학위를 어려움 없이 받고 보니 좀 더 욕심을 내서 경영학박사(DBA)학위까지 마치기로 열심히 공부를 한 결과 3년 안에 DBA학위까지 마치게 되었다. 경영학 중에 회계학을 전공했던 그는 회계학 조교수로 경영대학원에 자리를 잡았으며, 회계사(CPA)의 자격증까지 취득하여 잘 나가는 회계사 겸 경영대학원 교수로서 확고한 자리를 잡아서, 재벌총수로서 유례가 없던 새로운 삶을 개척해 나가기 시작했다.

자신이 뜻하지 않았던 재벌총수의 자리에 어느 날 갑자기 오르게 된 덕회는 이번에는 자신의 힘으로 경영학 석·박사와 회계사 자격증까지 받아서 재벌총수로서 할 일없이 시간이나 때우는 삶 대신에, 창의적인 삶을 살아가기로 결정한 것은 덕회로서는 일생에 있어 처음으로 자신의 의지에 의하여 자신의 생활목표를 설정할 수 있었다는데 큰 의미가 있다고 할 수 있을 것이다. 덕회는 지금까지 모든 일이 자신의 뜻대로 이루어지지를 않았는데, 지금부터는 자신의 의지대로 살아가기로 했다. 내가 아무 일을 하지 않아도 알아서 먹여주는 식사나 봉급이나 배당을 주는 재벌총수의 자리에 앉아 있는 것이 얼마나 따분한 일이냐 하는 것을 덕회는 지금까지의 체험을 통하여 절실하게 깨닫게 되었다.

이상향의 세계가 있다면 과연 어떠한 세계일까? 원하는 것을 모두 얻을 수 있으며 일하지 않아도 먹을 수 있는 에덴동산과 같은 곳이 이상향이 될 수 있을 것인가? 우리가 살고 있는 세계에서도 이상향에서나 있을 수 있는 일이 벌어지고 있는 경우가 있다. 운전자가 없어도 자동차가 스스로 알아서 속도조절, 방향전환 등을 자유자재로 할 수 있는 자동차가 영화 속에서는 물론 현실에 있어서도 실용화가 멀지 않았다고 한다. 자동차와 사람이 언어를 서로 주고받을 수 있는 자동차도 나올 수 있다는 것이다. 바닥청소는 이미 오래전부터 로봇청소기가 깔끔하게 해주고 있으며, 세탁은 세탁기가 손세탁보다 훨씬 깨끗하게 해주고 있다. 컴퓨터의 발달로 문서의 작성과 저장에 있어서의 획기적인 발달을 가져왔다. 이전에는 문서의 작성은 손으로 쓰거나 기껏해야 타자기를 쓰는 정도였다. 이제는 방대한 자료도 컴퓨터에 저장할 수 있게 되었다. 사진도 최근에는 재래식 필름을 사용하는 대신에 컴퓨터 칩을 써서 무한대로 사진을 찍을 수 있을 뿐만 아니라 컴퓨터 하드디스크의 용량도 500기가 이상으로 커졌으니, 이전에는 수십 권의 앨범에 저장해야 했던 사진도 거의 무한대로 컴퓨터에 저장할 수 있게 되었다. 이러한 추세가 이상향의 세계가 아니면 무엇이라 하겠는가?

이상적인 것은 현실적인 것과 반대가 되는 개념이라 할 수 있을 것이다. 현실적으로 쉽게 이루어질 수 없는 것이 이상적인 것이라 한다면, 양자의 개념은 상호보완 되는 개념이라기보다는 상호대립 되는 개념이라 할 수 있을 것이다. 이렇게 본다면 이상향이란 현실세계에서는 결코 이루어질 수 없는 인류의 영원한 꿈이라 할 수 있을 것이다. 역사적으로 이러한 꿈같은 이상향을 현실세계에서 실현해보려고 노력해왔던 상당수 사람들이 있었다. 그중에서도 '신의 왕국건설'을 최상의 이상향으로 지향했던 토마스 아퀴나스 신부의 이상향이 가장 유명한 것이었지만, 그들이 꿈꾸어왔던 이상향이 현실세계에서 실현되었던 일은 한 번도 없었던 것이다. 그러다보니 이상향이란 인간이 실현하고 싶은 영원한 꿈이지만 현실세계에서는 결코 이루어질 수 없는 영원한 꿈으로 남아있을 수밖에 없는 것이 아니겠는가?

그런데 맹덕회가 꿈꾸어왔던 이상향이란 어느 날 갑자기 재벌기업의 총수가 되어 막강한 재력으로 그가 원하는 무엇이나 이루어낼 수 있는 열린사회는 아닌 것이다. 비록 경영일선에 나설 필요가 없는 명목상의 재벌총수이기는 하지만, 그가 돈으로 해낼 수 없는 것은 아무 것도 존재하지 않는다고 할 수 있으니 그러한 세계가 이상향이 아니고 무엇이겠는가? 부자들에게는 이상향이라는 것이 현실생활에서 실현될 수 있는 세계라 할 수 있을 것이다. '하룻밤 자고 났더니 유명인이 되어 있더라'는 바이론 시인의 유명한 고백처럼 덕회는 '하룻밤 자고났더니 재벌총수가 되어 있더라'는 꿈같은 사실이야말로 힘 안들이고 이상향의 세계에 진입하게 된 것이 아니고 무엇이겠는가? 이상향의 세계에서는 덕회가 현실세계에서 감수해야 했던 실패와 좌절을 되풀이하지 않아도, 모든 것이 그를 위하여 준비되어 있는 세계이다. 이러한 세계는 성공한 사람들만이 누릴 수 있는 별세계이기도 하다. 성공하여 일정한 수준에 도달하지 않은 사람은 도저히 느낄 수 없는 성취감의 발로이기도 한 것이다.

이상향이란 대부분의 성공한 사람들에게만 허용된 부단한 노력에 의하여 쟁취한 세계이지, 덕회의 경우처럼 하룻밤 자고 난후 저절로 얻게 된 세계는 아닐 것이다. 대부분의 1세 또는 2세 재벌들의 경우에는 소규모의 업체에서 시작하여 자신의 노력도 집요했지만 억세게 운도 좋아서 단시일 내에 소규모의 업체를 대기업으로 키워낸 입지전적인 인물들인 것이다. 그들에게는 세상을 살아가는 어려움이 무엇인지를 잘 알고 있기 때문에 대인관계에 있어서도 분수를 지킬 줄 알아서 사회적으로 말썽을 부리지 않는다. 그런데 3세 또는 4세 예비재벌 후계자들의 경우에는 부모를 잘 만난 덕택에 태어났을 때부터 호화로운 생활에 익숙해져서 자신들은 마치 특권계급이나 되는 듯이 착각을 하고 있다. 가끔 기업 자체가 자신들의 전유물처럼 착각하여 불미한 일을 저지르는 경우가 더러 있어서 세인의 눈살을 찌푸리게 하고 있다. 그들이 일반인과 전혀 다른 세계에서 살고 있는 것만은 틀림없는 사실이다. 아마도 그들 나름대로의 이상향에서 살고 있다고 생각하고 있는 것은 아닌지, 의문이 들게 되는 것은 그들의 행동을 보고 미루어 생각할 수 있는 일이다.

이렇게 본다면 이상향이란 우리 사회의 상위 1퍼센트에 해당하는 사람들에게만 허용되는 세계가 아닐까 하는 생각이 든다. 맹덕회의 경우에도 3세 또는 4세 예비재벌 후계자들의 경우처럼 힘 안들이고 재벌의 반열에 올라선 경우라 할 수 있을 것이다. 어떻게 그런 일이 가능할 수 있었던 것일까? 덕회가 꿈을 꾸고 있는 것이라면 그래도 이해가 갈 수 있는 일이다. 꿈은 잠을 자면서 꾸는 것이기 때문에 꿈속에서는 현실에서는 불가능했던 어떠한 일도 이루어질 수 있는 것이다. 꿈속에서는 얼마든지 재벌총수도 되고 대통령도 될 수 있는 것이다. 그런데 느닷없이 덕회가 어느 날 아침잠에서 깨어났더니 재벌총수가 되어 있더라는 것을 꿈이 아니라면 이러한 파격적인 사실을 어떻게 설명할 수 있다는 말인가? 덕회가 재벌총수가 되어야 한다는 필연성은 어디에서도 발견할 수 없는 것이다. 재벌가의 후계자도 아니고 자신의 노력에 의하여 재벌로 자수성가한 경우도 아니니 그가 느닷없이 재벌총수가 된 사실을 어떻게 설명해야 할 것인가? 실제로 일어난 일이 아니고 소설 속이기 때문에 가능할 수 있는 일이라고 말할 수 있을 것인가? 작가가 실제에 있어서는 도저히 불가능한 일을 마치 가능한 일처럼 지어낸 것은 아니겠는가? 그런데 세상을 살다보면 이렇게 도저히 불가능하다고 생각되는 일도 가능한 일로 되는 경우가 있을 수 있는 것이다. 꿈같은 일이기는 하지만 소설 속이 아니라도 현실세계에서도 기적 같은 일이 얼마든지 일어날 수 있는 것이다. 덕회에게 일어났던 일은 분명히 기적 같은 일이며, 소설 같은 이야기이기는 하지만 분명히 그에게 일어났던 일임에는 틀림이 없는 사실이다.

다른 사람의 경우였다면 덕회처럼 우연한 기회에 얻게 된 재벌총수의 자리에 안주하면서 일생을 편안하게 보냈을 것이지만, 덕회의 경우는 달랐다. 우연한 기회에 젊은 나이에 힘 안들이고 재벌총수의 자리에까지 앉게 되었지만, 그는 자신에게 주어진 자리에 안주하면서 편안한 생활을 즐기는 대신에 이미 살펴보았던 바와 같이 대학원에서 경영학공부를 하는 한편 공인회계사(CPA) 자격시험에 응시하기로 했다. 돈이 많다고 해서 경영학 석·박사학위를 돈으로 살 수 있는 것은 아니다. 만일 돈을 주고 이러한 학위를 살 수 있다 하더라도 그렇게 얻어진 학위는 덕회에게 아무런 의미도 없는 것이다. 남이 대신 써준 학위논문이 무슨 의미를 갖는 것인가? 세간에는 석사학위나 심지어 박사학위도 대신 써주는 것을 직업으로 하고 있는 사람들이 있다고 하지만, 남이 대필해준 학위를 갖고 행세하려는 시대는 이미 지나간 것 같다. 공부는 자신이 직접 해서 성취하는데 그 의미가 있는 것이지 논문까지 남이 써준다고 해서야 어렵게 대학원 공부까지 해야 할 의미가 어디에 있겠는가? 젊은 재벌총수임에도 불구하고 대학원에 입학하여 처음부터 경영학 공부를 다시 해보기로 결심한 덕회의 행위는 충분히 칭찬해줄 만한 일이었다. 왜냐하면 사람은 노력을 안했는데도 공짜로 얻어지는 것보다는 자신이 노력하여 얻게 되는 결과에 대하여 좀 더 성취감을 느낄 수 있다고 해야 할 것이기 때문이다. 이러한 의미에서 덕회의 선택은 정도를 가는 처신이라 할 수 있을 것이다.

경영대학원에 입학하여 오래간만에 대학으로 돌아온 덕회는 실로 감회가 무량했다. 군복무를 마쳐야 했기 때문에 대학졸업을 제때 하지 못했던 덕회로서는 대학원만큼은 제 때 마쳐야 하겠다는 계획을 세우기로 했다. 경제적인 어려움이 없는 그의 계획은 얼마든지 실현가능한 일이었다. 대학재학시만 하더라도 대학을 마친다고 하여 취직은 될 수 있을 것인지, 어떨지 하는 걱정도 해야 했다. 군복무를 마치게 되면 어차피 졸업하는데 차질이 생길 수밖에 없는데 졸업하는 시기가 너무 늦어지면, 다른 사람들이 자신이 희망하는 자리를 전부 차지해버려서 막상 그에게 남아있는 일자리는 하나도 없게 되는 것이 아닌가 하는 걱정도 하게 되었다. 덕회가 뒤늦게 대학 졸업장을 받고 난 후에 여러 곳에 구직원서를 내보았지만, 그에게 남겨진 일자리가 하나도 없게 되어서 그런 것인지 가는 곳마다 입사거절이며, 입사시험은 덕회가 시험을 치루고 면접을 볼 수 있는 기회도 별로 없는 것인지, 졸업 후 몇 년이 지났는데도 직업을 구하지 못하여 아무런 전망도 없는 취업준비생의 비참한 생활을 계속할 수밖에 없었다. 덕회가 마땅한 직업을 구하지 못하고 만년 취업준비생의 비참한 생활을 하고 있었을 때에 자신의 인생에 대하여 만감이 교차하고 있음을 체험할 수 있었다.

한창 일할 나이에 마땅한 직업이 없다는 것이 얼마나 비참한 일이냐 하는 것을 절실하게 체험했다. 직장이 있다는 것이 얼마나 고마운 일이냐 하는 것은 직장을 구하지 못하고 한동안 취업준비생의 비참한 생활을 해보았던 맹덕회와 같은 경우가 아니면 체험할 수 없는 일이었을 것이다. 무직자로서의 비참한 인생을 젊은 시절에 체험했던 덕회는 그에게 굴러들어온 재벌총수의 자리를 포기할 수는 없었다. 재벌총수로서 마땅히 할 일은 없었지만, 그렇다고 해서 총수의 봉급이나 배당을 주지 않는 것도 아니니 양심적으로 할 일이 없다 하여 총수직을 사임할 필요는 없는 것이다. 현재 아주 잘 나가고 있는 삼정기업이라는 재벌기업이 당장 도산되어버릴 위험도 없으며, 이 기업은 총수의 간여가 없어도 전문경영인들에 의하여 제대로 굴러가고 있으니, 회사경영에 대해서 염려할 필요는 전혀 없는 것이다. 재벌이 해체되는 경우에는 총수직을 사직해야 하겠지만, 그러한 일은 덕회가 살아있는 동안에는 결코 일어날 수 없는 일이라고 해도 무방할 것이다.

덕회는 회사경영에 직접 관여하는 대신에 그에게 남아있는 모든 에너지를 대학원 공부를 하는데 바치기로 했다. 가끔 재벌총수들과 골프를 치는 일이 있기는 하지만, 공부를 시작한 후로는 골프 치는 일은 가급적 피하고 공부하는 데만 전념하기로 했다. 우리나라의 대학원 교육도 이제는 상당한 수준으로 정비되었기 때문에 공부를 하지 않고는 대학원과정을 제대로 따라갈 수 없게 되었다. 예전에는 대학원과정이라는 것이 학자가 되려는 사람들이 반드시 거쳐야 하는 과정이라기보다는 마땅한 직장을 구하지 못한 대학졸업자들의 임시피난처 같은 곳이었다. 해방직후의 초창기 대학원에는 대학원생을 가르칠만한 충분한 도서도 구비되어 있지 않았으며, 대학원생을 가르칠 수 있는 자격이 있는 교원의 수도 전무하다시피 했다. 대학교수의 자격요건으로 대학원 출신자들을 임명하도록 한 규정은 없지만 최근의 대학교수 채용방식은 대부분의 학문분야에서 박사학위를 갖고 있는 사람들을 선호하는 것 같다. 대학원 학생으로서 박사학위를 받기 전에 대학교수직을 구해갈 수 있는 자격요건으로서는 박사학위과정에 필요한 학과목을 이수하고 박사학위 종합시험에 합격한 박사후보자(phD. candidate)로서 박사학위 논문만 통과하지 못한 예비박사들만이 공식적으로 대학교수직을 구해갈 수 있는 것이다.

　우리나라의 경우 해방직후에 일본인들이 물려준 대학, 엄밀하게 말하면 대학이라고는 서울대학교의 전신인 경성제대를 제외하고는 다른 대학들은 전문학교의 수준에 있었다. 한국인들이 이러한 대학들을 운영해가기 위해서는 우선 학생들을 가르쳐야 하는 교수요원들의 채용이 필요했다. 그런데 그때까지 대학원을 정식으로 졸업한 사람들이 전무하다시피한 처지에서 대학원 졸업자로 교수요원을 채용한다는 것은 거의 불가능하였기 때문에 대학출신자라도 있으면 기꺼이 교수요원으로 채용했다. 대학출신자를 구할 수 없을 경우에는 전문학교 출신자 또는 대학중퇴자까지 교수요원으로 채용하는 것이 감지덕지할 지경이었다. 그러다 보니 그들에게 대학졸업장이나 전문대학졸업장 이외에 대학원의 석사 또는 박사학위까지 교수요원 채용의 조건으로 요구할 수는 없었던 것이다. 이러한 자격미달의 교수요원들에 의하여 대학교육을 받은 제자들이 외국대학에 가서 석사나 박사학위를 받아오거나 국내에서도 그 후에 생겨난 대학원에서 석사학위나 박사학위를 수여해야 할 수준에까지 대학원과정이 발전하게 되자 대학교수요원들의 박사학위 소지여부가 중대한 문제로 대두하게 되었다. 그리하여 박사학위 미소유 교수들을 구제해 주기 위하여 고안해 낸 궁여지책이 1975년을 기점으로 하여, 1975년 이전에 교수요원으로 근무하고 있는 사람들의 경우에는 그가 교수요원으로 있으면서 써놓은 저서나 논문을 학내에 설치된 박사학위 심사위원회에 제출하여 통과되면 박사학위를 수여하기로 결정한 것이었다. 이러한 편법으로 구제되어 뒤늦게 박사학위를 수여받게 된 대학교수요원들의 숫자가 750여 명이나 되었다고 한다.

1975년 이후에는 미국식의 신제박사학위 과정을 거쳐서 정식으로 박사학위를 받아야만 박사로 인정해주고, 박사학위과정과는 전혀 관련이 없는 논문과 저서로 구제되어 뒤늦게 박사학위를 수여받게 된 구제박사제도는 더 이상 인정될 수가 없게 되었다. 1975년 이후에는 구제박사제도가 폐지됨으로써 한국의 대학원에서 박사학위를 받으려는 사람은 석사학위를 받은 후 대학원 박사과정에 입학하여 박사학위과정에서 요구하는 10개의 학과목을 수강하고 5개의 박사학위 종합시험과목에 합격한 후에 박사학위 논문을 작성하여 대학원에 제출하여 통과되면 박사학위를 수여받게 되는 것이다. 이렇게 미국식으로 바뀌게 된 박사학위과정은 결코 만만히 볼 수 없는 과정이 되었다. 이전에는 학자가 되기를 원하는 사람은 물론 박사학위를 신분과시나 다른 용도로 활용하고 싶은 일부의 사람들이 외국의 대학에 가서 학위를 따오기 시작했다. 옛날에는 박사학위를 받았다는 것이 큰 뉴스거리가 되어서 박사학위를 받았다는 사실이 신문에 크게 소개되었던 적도 있었다. 이제는 국내외 대학에서 해마다 수백 아니 수천 명의 박사들이 쏟아져 나오고 있기 때문에 박사학위를 받았다는 것이 전혀 뉴스거리도 되지 못하고 있다. 옛날에 미국에서 있었던 일인데 의학분야가 아닌 분야에서 미국대학 박사학위를 수여받은 한 젊은 한국인 박사가 그 사실을 과시하고 싶어서 자동차 번호판 위에 큰 글씨로 박사(Doctor-미국서는 의사라는 뜻임)라고 써 붙이고 다녔는데, 마침 그가 차를 타고 가고 있던 도로상에서 교통사고가 발생하여 사고를 당한 환자를 위해서 의사를 급히 찾고 있었는데, 자동차 번호판에까지 의사라고 크게 써붙이고 다니는 그 박사가 의사인 줄 알고 의사라고 착각한 교통경관이 그에게 응급환자의 응급처치를 부탁했지만, 의사가 아니었던 그가 할 수 있는 일은 아무 것도 없어서 큰 망신을 당했다고 한다.

맹덕회는 경영대학원에서 회계학을 전공하기로 했다. 회계학은 경영학 중에서도 가장 핵심이 되는 기본과목이기도 하다. 의학을 전공하는 경우 내과나 외과가 기본과목이 되며, 법학을 전공하는 경우에 민법과 상법이 기본과목이 되고 있는 것과 같은 이치라고 할 수 있을 것이다. 회계학을 전공과목으로 결정한 덕회의 선택은 참으로 현명한 선택이었으며, 거의 기계적인 내용으로 구성되어 있는 회계학은 다른 이론적인 논리를 필요로 하는 과목과는 확연히 차이가 나는 과목이라 할 수 있다. 마치 수학이 과학을 연구하려는 학생들에게 기초학문이 되듯이 회계학은 경영학을 전공하려는 학생들에게 기초학문이 되는 분야라 할 수 있을 것이다.

덕회는 대학원공부를 시작하면서 다시 학생이 된 기분을 만끽할 수 있었다. 대학에 다닐 때처럼 학비걱정을 하지 않아도 되기 때문에 이제 그에게 남아있는 일은 열심히 공부만 하면 되는 것이다. 얼마나 팔자가 늘어진 일인가. 자신이 이러한 처지에 놓이게 되리라는 것은 일찍이 전혀 예측하지 못했던 일이다. 살다보니 이렇게 아무 걱정 하지 않고 하고 싶은 공부만 하면 되는 희한한 경우도 다 생기는구나 하는 묘한 생각이 들었다. 누구인가 초인간적인 존재가 자신의 운명을 조정하여 그렇게 되는 것이니 자신은 그러한 보이지 않는 힘에 저항할 것이 아니라 일신상에 별 지장이 없으면 그냥 순응하면 된다는 방침을 정하기로 했다.

대학원 공부라는 것은 대학까지의 공부와는 달리 적령기가 있는 것도 아니라 덕회보다 나이가 많은 사람들이 많이 있었다. 특히 경영학공부와 같은 분야는 경영분야의 실무경험이 있는 사람들이 경영의 이론적인 측면을 공부하기 위하여 대학원에 오는 경우가 많아서 나이가 지긋한 사람들도 많이 눈에 띄었다. 그런데 대부분의 학생들은 회사의 중견간부들이지 덕회처럼 재벌기업의 총수가 대학원공부를 하는 경우는 덕회가 최초의 사례가 되는 것이다.

가업을 물려받은 경우가 아니라면 재벌총수가 된 사람들의 경우는 젊어서부터 기업경영이라는 실전장에서 잔뼈가 굵은 사람들로서 덕회처럼 공부만 하고 앉아 있을 수 없는 눈코 틀 새 없이 바쁜 처지에 놓여있었다고 해도 과언이 아닐 것이다. 덕회처럼 한가로운 시간을 때우기 위하여 팔자 좋게 공부타령이나 하고 있을 처지에 있는 것이 아니다. 왜냐하면 기업경영이라는 것이 순풍에 돛을 단 배처럼 제대로 굴러만 가는 것은 아니기 때문이다.

덕회의 경우는 만일 이상향이라는 것이 이 세상에 존재할 수 있는 것이라면 현재의 자신처럼 아무 걱정도 하지 않고 하고 싶은 공부를 마음껏 할 수 있는 경우가 아닐까 하는 생각을 가끔 해보았다. 그런데 덕회의 생각은 현재의 자신의 처지가 이상향에서 살고 있는 것이라 할지라도 자신이 아무런 노력도 하지 않고 얻어낸 결과를 그대로 받아들이고 싶지는 않았다. 자신은 이러한 현실에 직면하는데 전혀 기여한 바가 없었는데, 저절로 그에게 주어진 행운에 만족하고 아무런 일도 하지 않고 허송세월만 보낼 수는 없는 것이다. 자신이 한번 해보기로 한 대학원 공부를 열심히 해서 자신이 바라고 있는 공부에 있어서 성과를 내서 성취감을 맛보고 싶은 강력한 욕심이 생기기 시작했다. 이렇게 하는 것만이 우연히 자신이 운명적으로 직면하게 된 이상향의 세계에서 제대로 살아가는 방법이 된다는 것을 확신하게 되었다.

경영대학원 당국에서도 덕회가 재벌기업의 회장이라는 것을 알게 되면서 덕회에게 특별한 관심을 기울이기 시작했다. 그들의 생각으로는 모든 것을 다 갖고 있는 재벌기업의 총수가 무엇 때문에 경영대학원에 와서 그 어려운 공부를 해보려고 하는 것인지 의아한 생각이 들 뿐이다. 그들은 구한말 때 외국의 외교관이 땀을 뻘뻘 흘리면서 정구를 치고 있는 모습을 보고 재한제국의 한 고위관료가 하인을 시킬 일이지 무엇 때문에 자신이 힘들게 일을 하느냐고 물었다고 했던 일을 상기하면서, 맹덕회 회장에 대한 궁금증을 떨쳐버릴 수 없었던 것이다. 고위관료의 생각으로는 그 외교관이 운동을 하고 있는 것이 아니라 일을 하고 있는 것이라고 생각했기 때문이다. 맹덕회 회장에 대한 경영대학원 당국자들의 의문도 다분히 이와 유사한 경우였다고 해야 할 것이다. 재벌총수인 맹회장이 회사경영에나 전념하면서 경영에 대하여 궁금한 점이 있으면 담당 직원들에게 알아보면 될 일이지, 무엇 때문에 힘들게 경영대학원에서 학위를 받으려고 공부를 하는 것인지 도저히 이해가 되지를 않았기 때문이다.

덕회는 다른 학생들처럼 아침 일찍이 대학도서관 열람실 문이 열릴 때부터 밤늦게 열람실 문을 닫을 때까지 하루종일 열람실에 틀어박혀서, 대학원 교수들이 과제로 제시한 도서들을 전부 읽고 소화하는데 열심이었다. 그렇게 열심히 공부를 한 결과 경영학 석사학위과정에서 요구하는 모든 과목에 A학점을 받게 되어 장학금을 받고 석사학위과정을 마칠 수 있었다. 돈 많은 재벌총수라 장학금 같은 것을 구태여 받을 필요는 없었지만, 덕회는 자신의 노력의 대가로 얻게 된 장학금을 거절할 이유가 없었던 것이다. 석사학위 지도교수는 덕회에게 석사학위(MBA)를 마친 후에 박사학위과정에 진학하여 교수요원이 되는 공부를 할 것을 조언해 주었다. 덕회는 자신이 현재 삼정기업의 재벌총수이기는 하지만 사실은 명목상의 총수에 불과하기 때문에 특별히 할 일이 없었다. 지도교수의 조언대로 경영학박사학위를 받은 후에 모교인 경영대학원 교수로 남을 수 있게 된다면, 그로서는 더 이상 바랄 것이 없었다.

경영학 석사학위를 마친 후에 경영학박사학위 과정에 진학한 덕회는 석사학위과정을 밟을 때처럼 도서관 열람실에서 다른 학생들과 함께 공부하는 대신에, 지도교수의 연구실에서 회계학과 조교직을 맡아서 지도교수를 도와서 일을 했다. 경영학박사학위과정에서도 경영학석사학위과정 못지않게 열심히 공부를 한 결과 석사학위과정에서처럼 박사학위과정의 전 과목에 A학점을 받게 되어 대학원공부를 하던 모든 학기에 장학금을 받게 되었다. 이렇게 열심히 공부를 하여 경영대학원에서 석·박사의 학위를 모두 마친 덕회는 모교인 경영대학원의 회계학과 조교수로 정식으로 임명되어, 지금까지 갖고 있던 재벌총수라는 직함에 더 하여 경영대학원의 교수로서 새로운 인생을 시작하게 되었던 것이다.

그런데 묘하게도 덕회가 교수라는 직업을 갖게 된 후에 삼정기업이 그간의 부실경영으로 생긴 막대한 부채를 감당하지 못하고 마침내 도산해버려서, 덕회는 재벌총수의 자리에서 물러날 수밖에 없었던 것이다. 그동안 덕회가 재벌총수라는 지위를 잘 활용해서 경영대학원에서 열심히 공부해서, 우수한 성적으로 석·박사의 학위를 받고 모교인 경영대학원의 교수요원으로 남을 수 있게 되지 않았다면 어떻게 되었을까? 재벌총수였기 때문에 그가 속한 재벌이 도산되어 해체되었다 하더라도, 평생을 일하지 않고 먹고살 수 있는 여유자금은 그의 차지가 되었을 것이다. 그러나 명목상의 재벌총수이기는 했지만, 총수인 그에게도 재벌도산의 책임을 물어서 그의 명의로 된 모든 재산을 압수하여 삼정기업의 부채상환에 사용하여 덕회 자신은 일전 한 푼 없는 빈털터리인 알거지가 되어버렸다면, 가난한 취업준비생에 불과했던 그가 어느 날 갑자기 재벌총수가 되어 누렸던 모든 혜택이 마치 꿈속에서나 이루어졌던 것처럼 일장춘몽으로 끝나버렸을 것이다.

공수래공수거(空手來空手去)라고 사람은 누구나 태어날 때 빈손으로 왔다가 죽을 때도 빈손으로 간다는 말이 있듯이, 맹덕회가 꾸었던 재벌총수의 꿈은 그야말로 공수래공수거와 마찬가지였던 경우가 아니고 무엇이겠는가? 덕회가 힘들이지 않고 얻었던 재벌총수의 자리는 어느 날 갑자기 그에게서 홀연히 사라져버린 허황된 꿈과 같은 것이었다. 그의 꿈은 전혀 현실성이 없는 것이었다. 그러한 허황된 꿈이 가져다 준 현실을 이상향이나 되는 것으로 믿고 아무 일도 하지 않고 허송세월만 하였다면, 막상 비현실적인 꿈이 그에게서 사라져버리고 꿈꾸기 이전의 비참했던 현실로 되돌아간 후에 느끼게 되는 덕회의 비참한 느낌은 가히 필설로 표현할 수 없을 정도로 참담한 것이었을 것이다.

덕회는 자신에게 꿈 같이 다가온 재벌총수라는 행운에 안주하면서 하루하루를 향락적인 생활이나 하면서 자신을 개발하는 일에 게을리 하다가 어느 날 갑자기 그 자리에서 강제적으로 쫓겨나는 신세가 되었을 때, 아무리 지난날을 후회해 보았자 별달리 뾰족한 방법이 없다는 것을 미리 예견이나 했던 것처럼 그러한 가상적인 미래에 대비하는 준비를 철저히 해두었기 때문에, 비참한 신세가 될 뻔했던 위험에서 자기 자신을 철저히 방어할 수 있었던 것이다. 덕회는 현실에 적절하게 대처했던 자신이 참으로 대견스럽게 느껴졌다. 이러한 체험을 하게 된 덕회는 '인생은 역시 살만한 가치가 있다'는 말에 충분히 공감할 수 있었다. 이 세상에 노력을 하지 않고 저절로 얻게 되는 것은 아무 것도 없다는 공감대라 할 수 있을 것이다. 그렇게 생각을 해보자 덕회가 그간 노력하여 얻은 현재의 경영대학원 교수직과 그 어렵다는 계리사(CPA) 자격시험에 합격하여 계리사가 된 것은, 자신의 피나는 노력에 의하여 쟁취한 결과물이기에 너무나 값진 것이었다. 이렇게 얻은 결과물들은 아무도 그에게서 빼앗아갈 수 없는 것들이다.

덕회는 자신의 노력으로 성취한 학위들, 자격증, 그리고 교수직을 인생에 있어서 성공한 표징으로 충분히 내세울 수 있다는 자신감을 갖고, 홀가분한 기분으로 자신의 직무에 최선을 다하는 삶을 살기로 했다. 젊은 시절에는 아무리 노력을 해도 자신이 얻고자 하는 것도 쉽게 얻을 수 없었으며 자신이 하고자 하는 일도 뜻대로 되지 않는 비참한 생활을 했었는데, 이제는 단단한 기반이 마련되어 있기 때문에 무엇이든지 자신이 하고자 하는 일에 특별한 걸림돌은 없는 것처럼 느껴지는 것이 현실적인 감각이라 할 수 있을 것이다. 어떻게 보면 젊은 시절에는 모든 것이 무모한 도전이었는지도 모를 일이었다. 왜냐하면 그 당시만 하더라도 덕회가 원하는 직업을 구하려는 경쟁자들이 수없이 많았기 때문에 특별한 자격이 없는 한 직업을 구한다는 자체가 거의 불가능한 상태에 놓여있었던 것이다.

마땅한 직장이 구해지지를 않으니 덕회도 한때는 직장을 구하는 대신에 창업이나 해보았으면 어떨까 하는 생각을 안 해본 것은 아니다. 그러나 창업자금도 없는 처지에서 무슨 업종을 선택해야 성공할지에 대한 개념이 아무 것도 없었다. 당시만 해도 많은 젊은이들이 창업을 서둘렀는데, 창업에 성공한 젊은이들은 별로 없었으며 창업 후 1~2개월만에 문을 닫기도 했다. 음식점을 창업한 젊은이는 손님이 없다보니 친구들을 불러들여서 손님들에게 팔아야 할 음식을 친구들이 공짜로 다 먹어치우고 보니, 그 음식점이 망하지 않고 어떻게 견디어 낼 수 있다는 말인가? 개중에는 1년 이상 견디어 온 창업주도 있었지만 적자의 누적으로 결국에는 문을 닫을 수밖에 없었다고 한다. 그러나 창업으로 성공한 사례도 다수 발견되고 있다고 한다. 그러나 창업의 성공 사례보다는 실패의 사례가 훨씬 더 많다는 것이다.

이러한 젊은 시절의 덕회와 비교할 때 현재를 살고 있는 덕회는 자신에게 주어진 삶을 충실하게 살아가면서 성공적인 인생을 살고 있는 셈이다. 사람들이 이상향을 이야기하고 이상향을 동경하고 있지만 그러한 이상향을 실현하려고 최선을 다하면서 자신의 인생을 열심히 살아가고 있는 사람들은 많지 않은 것 같다. 이상향이란 과연 무엇인가? 이상향이라는 세계가 이 세상에 존재하기는 하는 것인가? 우리가 꿈꾸고 있는 이상향이라는 것이 인간이 도달할 수 있는 환상적인 세계인가? 맹덕회는 이 문제에 대하여 나름대로의 개념을 갖고 있는 셈이다.

그가 체험했던 재벌총수의 생활은 확실히 이상향임에는 틀림이 없는 것 같았다. 왜냐하면 그의 지위를 이용하여 그가 원하는 것이라면 무엇이든지 얻을 수 있는 세계였으니 하는 말이다. 그러나 그가 체험했던 이상향은 어느 날 갑자기 그에게 나타났다가 또 어느 날 갑자기 뒤도 돌아보지 않고 사라져버린 신기루와 같은 존재가 되어버렸으니 하는 말이다. 덕회의 생각으로는 이러한 허황된 이상향을 바라기보다는 자신의 피나는 노력에 의하여 쟁취한 현재의 성공적인 삶이야말로 그가 일찍이 꿈꾸어왔던 나름대로의 이상향이 아니고 무엇이겠는가? 이러한 이상향은 그가 살아있는 한 영원히 그에게서 떠나갈 수 없는 그의 생활 자체의 일부가 되어 있으며 그와 운명을 같이 하게 될 대상이라 할 수 있을 것이다.

10. 인종차별

이 세상에서 인종차별이라는 것이 없어진다면 우리의 생활은 어떻게 변화할 것인가? 그러한 세상이 온다면 얼마나 좋은 일이겠느냐마는 그러한 세상은 쉽게 우리에게 다가오는 것 같지를 않다. '타임머신'이라는 소설을 쓴 영국의 유명한 작가이며 역사학자인 H.G. 웰즈는 그의 유명한 '역사개론'이라는 저서 속에서 동양인과 흑인을 비하하는 인종차별적인 발언을 대충 다음과 같은 내용으로 공공연히 하고 있다. 찰즈 다윈의 진화론에 의하면 원숭이가 인류의 조상이라고 하는데, 그것도 원숭이 나름이라는 것이다. 원숭이 중에 가장 영리한 원숭이는 침팬지인데 백인의 조상은 침팬지였을 것이다. 다음으로 침팬지보다는 좀 둔하기는 하지만 오랑우탄은 동양인의 조상이었을 것이다. 그리고 가장 미련하고 힘만 센 고릴라는 흑인의 조상이었을 것이다 라는 표현을 쓰면서 인종차별의 발언을 서슴없이 하고 있는 것을 그의 저서를 통해서 읽고 난 후에 실로 아연해질 수밖에 없었던 적이 있었다. 어떻게 영국의 최고의 지성이라는 그가 그러한 어처구니없는 망발을 영원히 남을 그의 저서 속에서 감히 뱉어낼 수 있느냐 말이다.

노벨평화상을 받은 만델라 흑인 대통령까지 배출한 남아프리카 공화국에서는 한때 흑인(주로 인도인들)을 차별하는 용어로 아파드헤이드(apardheid)라는 용어까지 있었는데, 이 용어의 의미는 '떼어놓고 증오한다(apart and hate)'는 말이다. 남아공에서는 흑인을 차별하는 인종차별의 용어가 있을 정도로 한때 인종차별의 문제가 심각했었다. 나치독일이 2차 세계대전 중에 600만 명이 넘는 유대인들을 학살한 것도 여러 가지 설들이 있지만 결국에는 유대인에 대한 인종차별에 연유하는 것이었을 것이다. 일본인들이 20년대에 발생한 도쿄대지진을 재일조선인의 방화사건으로 몰아서 수많은 조선인들을 학살한 것도 조선인에 대한 인종차별 때문이었다. 전쟁 중에 한국인 여성들을 성노예로 끌고 가서 한국 여성들에게 야만적인 행동을 하고도 그러한 행위 자체를 부정하려는 일본정부의 뻔뻔한 태도야말로 천인공노할 한국인에 대한 대표적인 인종차별의 실례가 아니고 무엇이겠는가? 난징사건 때 중국인들을 대량학살한 일본정부의 만행도 동일한 맥락에서 이해해야 할 것이다.

미국의 링컨대통령이 흑인들을 노예의 신분에서 해방시킨 지 150여 년이 넘은 지금까지 흑인에 대한 노골적인 인종차별은 면면히 이어지고 있다. 남부지방에는 아직도 곳곳에 프랜테이션이라고 하는 대장원들이 사방에 잔재하고 있는데, 대부분의 장원들은 큰 문만 보일 뿐이다. 흑인들은 노예로서 그러한 거대한 장원에서 살 때가 행복했었다. 장원에서는 비록 노예의 신분이기는 했지만, 먹을 걱정이나 잠잘 곳 걱정을 하지 않아도 좋았다. 그러나 링컨대통령의 노예해방선언으로 농원을 강제로 떠나서 북부에 있는 공장에서 단순노동자의 신세로 전락해버리자 흑인들은 인종차별의 대상으로 변해버리고 말았던 것이다.

흑인들에 대한 백인들의 인종차별의 원인으로 자주 거론되는 것은 남편의 외도인 것이다. 옛날에 흑인남성들의 경우 거대한 장원에서 살면서 젊은 흑인노예여성들을 마음대로 가지고 놀았던 백인남성이 백인여성과 나중에 결혼을 한 후에 문제가 생기게 될 수 있다는 것이다. 자신이 결혼 전에 젊은 흑인여성들과 놀아났듯이 자신의 아내도 결혼 전에 젊은 흑인 노예들과 놀아나지를 않았는지 의심하기 시작한다는 것이다. 그러다 보면 처음에는 머릿속으로만 아내를 의심하기 시작하다가, 마침내는 아내가 자신이 잘 아는 흑인노예들과 실제로 놀아나기나 한 것처럼 착각을 하다가, 그러한 일이 사실로 일어났던 일처럼 착각을 해서 흑인남성들을 구박하고 차별하기 시작하게 된다는 것이다. 그러한 사실이 백인들의 흑인에 대한 차별원인이 되는 것인지는 알 수 없지만 상당히 설득력이 있는 이론의 하나라고 할 수 있을 것이다.

미국 남부의 주들과 북부의 주들이 갈라지고 있는 경계선에 속하는 버지니아나 메리랜드와 같은 주에서 인종차별적인 행위가 노골적으로 나타나는 경우가 더러 있다. 젊은 시절에 남부로 여행을 가다가 버지니아 주의 주도인 리치몬드 근처에서 모텔의 방을 구하다가 실로 황당한 일을 당했던 일이 있었다.

모텔의 카운터에 앉아 있던 젊은 백인여성에게 방이 있느냐는 질문을 했다.

"빈 방이 있습니까?" 나의 질문에 대한 답변을 하기 전에 나를 아래위로 훑어 본 다음에 하는 말이 가관이었다.

"빈방이 없네요. 이 근처 모텔의 빈방들이 모두 차서 다른 모텔에서도 빈방을 구할 수는 없을 거예요." 라는 말을 퉁명스럽게 내뱉는 것이 아니겠는가? 몹시 기분이 상했지만 방 가진 자가 빈방을 줄 수 없다는 데야 더 이상 따질 필요가 없지 않은가. 그냥 나오고 말았다. 그녀의 말이 좀 찜찜하게 느껴지긴 했지만, 그날 밤을 어디에서인가 자야 하기 때문에 바로 근처에 있는 모텔에 가서 빈방이 있느냐고 물었다.

"빈방이 있습니까? 하루 밤 자고가고 싶은데요."

"빈방이요? 빈방은 얼마든지 있습니다. 빈방을 하나 드릴까요?"

"네, 빈방을 하나 주십시오. 하루 밤만 자고 갈 것입니다."

"215호실입니다. 요금은 10달러입니다. 편히 쉬다 가십시오."

"고맙습니다. 여기 10달러입니다. 키를 주시지요."

"215호 키입니다. 오전 12시 이전에 퇴실하시면 됩니다."

"고맙습니다. 그렇게 하지요."

나는 카운터에서 모텔의 방 키를 받아들고 나오면서 무척 기분이 좋았다. 그런데 먼저 방문했던 모텔 카운터에 앉아서 내게 빈방이 없다고 천연덕스럽게 거짓말을 하던 그녀가 괘씸하게 느껴졌다. 자신의 모텔 방을 내게 줄 수 없다면 그만이지, 근처의 모텔에 가도 빈방이 없을 것이라는 거짓말은 왜 하느냔 말이다. 내가 미국에 와서 살아온 지가 10년 가까이 되는데 한 번도 인종차별을 당한 일이 없었는데, 이렇게 엉뚱한 장소에서 엉뚱한 여자에게서 인종차별을 당하다니 참으로 어처구니없는 일이라 아니할 수 없었다. 다음날 아침 가게에서 담배 한 갑을 사려고 가게 주인에게 말을 붙이려 했더니, 내가 담배를 달라는 말을 못 알아들었는지, 아니면 못 알아 듣는 척 하는 것인지 망설이고 있기에 내가 담배 한 갑을 집어 들고 그에게 얼마냐고 물으니 담배를 내주는 것이 아니겠는가? 10년이나 미국에 산 나의 간단한 영어를 알아듣지를 못한다니, 그것이야말로 노골적인 나에 대한 인종차별이 아니고 무엇이겠는가?

내가 미국유학 시절에 공부를 끝내고 취직을 한 곳이 미국의 골수 양키들이 살고 있는 커네티컷 주의 주립대학교가 있는 스토아즈라는 대학촌이었다. 그곳은 쓰레기를 버리는 일과 같은 막일조차 백인들이 하고 있는 곳으로 흑인을 거의 찾아 볼 수가 없었다. 그들의 동양인에 대한 차별이 왜 없겠느냐마는 겉으로 나타내지를 않으니 도저히 알 길이 없었다. 그런데 한 번은 백인 대위출신 하나가 대학을 다닐 적에 내 밑에 와서 도서관 일을 돕고 있었다. 그가 나중에 대학을 졸업하고 도서관에 취직을 했다고 내게 와서 말하면서 하는 말이 참으로 가관이었다. 내 밑에서 보조로 일을 했던 것이 분명한 사실이었음에도 불구하고 동양인인 내 밑에서 일했다는 것이 자존심이라도 상했던 것인지, 자기가 나를 데리고 있었다는 식으로 말을 하는 것이 아니겠는가? 이것이야말로 백인 특유의 노골적인 동양인에 대한 인종차별이 아니고 무엇이겠는가? 그곳의 양키들은 설사 내게 대한 인종차별 의식을 갖고 있었더라도 그 백인 대위출신처럼 노골적으로 자신의 의사를 표현하는 대신에 소위 묵비권(no comment)이라 할 수 있는 방식을 택함으로써, 자신의 불편한 느낌을 상대방에게 구태여 표시하지 않는 것이 하나의 보편화된 예의로 되어 있는 셈이다.

인종차별의 문제는 왜 세계각지에서 여전히 계속 일어나서 문제를 일으키고 있는 것일까? 서로 다른 인종끼리 어울려서 살다 보니 상호간에 인종차별의 문제가 발생하는 것이 아니겠는가? 같은 종족끼리도 반목이 있기 마련인데, 하물며 상이한 종족 간에는 반목이 훨씬 더 커질 가능성이 있는 것이다. 2000년이 넘는 유대인에 대한 차별대우는 단순한 종교적인 차이에서만 연유하는 것이 아닐 것이다. 2000여 년 전에 유대인들이 예수님을 십자가에 못을 박아 죽였다는 사실 때문에 유대인을 증오하다 보니 그들을 차별하게 되었다는 설도 있지만, 유대인에 대한 차별은 그러한 단순한 이유에서만 유래하는 것은 아닐 것이다. 나치독일이 제2차 세계대전 중에 600여 만 명의 유대인을 학살한 것은 그들이 보유하고 있던 막대한 재산을 몰수하기 위함이었다는 설도 있지만, 아마도 그러한 단순한 이유에서 그 많은 유대인들을 학살했던 것은 아닌 것 같다. 여러 가지 복합적인 이유로 그러한 만행을 저질렀을 가능성이 있는 것이다.

2000여 년 전에 유대 땅을 쫓겨나서 세계각지를 전전하던 유대인들은 그들의 선민사상과 유일신을 믿는 종교적인 배타성 때문에 유대인들이 가는 곳마다 환영을 받으면서 받아들여지는 대신에 적극적인 배척과 인종차별의 대상이 되어 왔다. 유대인들을 받아들인 국가에서도 유대인과 어울려서 함께 사는 대신에 유대인을 게토(ghetto)라고 부르는 그들만의 거주지역에서 유대인끼리 몰려 살게 조치를 취했던 것이다. 게토라는 말은 일명 빈민굴이라는 의미도 갖고 있는데, 유대인들은 그만큼 각국에서 그 나라의 중심세력에서 벗어나서 오랜 동안 열악한 환경에서 살았다는 것을 의미하는 것이다.

제2차 세계대전 후에 유대인들이 영국과 미국유대인들의 도움으로 팔레스타인 사람들이 2000여 년을 살고 있던 이스라엘을 점령하고 유대인의 국가를 세울 수 있었던 것은 세계각지에서 차별을 당하던 유대인들이 비로소 자신들의 고향으로 돌아와서, 이스라엘 국가를 수립하고 유대인들의 정신적인 구심점을 만들어낼 수 있었던 것이야말로 유대인들에게는 경사라 할 수 있을 것이다. 그러나 그 지역에 살고 있었던 팔레스타인 사람들에게는 마른 하늘에 날벼락과 같은 일이었다. 그 후로 유대인과 팔레스타인 사람들을 포함하는 아랍인들과의 충돌은 피할 수 없는 것이어서 중동 분쟁의 중심축이 되고 있는 셈이다.

한국인들과 일본인들과의 관계는 수백 년 전으로 거슬러 올라갈 수 있다. 고려 말이나 이조의 초기에는 왜구라 하는 일본해적들이 우리나라의 해안지역에 출몰하여 노략질을 일삼던 소규모의 행위에 불과했던 것이다. 400여 년 전의 임진왜란 때에는 수십만 명에 달하는 일본군이 부산포에 상륙한 후에 파죽지세로 북쪽으로 밀고 올라 와서 서울은 적의 수중에 떨어지고 왕은 의주로 도피했다. 남해를 돌아서 서해로 진출하려던 일본해군은 이순신의 조선수군에 의하여 저지되어 일본군에 의한 한반도의 완전한 장악은 결국 실패로 끝나버리고 말았다.

일본의 집요한 조선침략의 야욕은 구한말에 일본의 야인들이 궁정에 침입하여 민비를 시해하고 시신을 불태워버린 만행을 저질렀던 일본이 한반도를 둘러 싼 열강들의 각축전 끝에 한국을 병합하여 36년간을 통치하면서 한국과 한국민을 일본의 일부로 만들어버리려는 엉뚱한 짓을 자행했지만, 8·15의 해방으로 모든 일이 수포로 돌아가고 말았던 것이다. 그런데 아베 일본총리를 비롯하여 일본인들이 한국 및 한국민에 대하여 행하고 있는 몰상식한 행태는 도를 넘은 것이라 할 수 있을 것이다. 일본의 지도층은 아직도 한국과 한국민을 그들이 마음대로 할 수 있는 지배의 대상으로 생각하고 있는데 문제가 있는 것이 아니겠는가?

한 국가가 다른 국가를 지배하는 일은 예전부터 빈번하게 행하여졌던 관행이었던 것이다. 일본이 36년간의 한국 통치로 한국을 일본의 일부로 만들어 보려는 엉뚱한 생각을 했지만 결국에는 수포로 돌아가 버렸다. 러시아, 스웨덴 및 오스트리아 3개국이 폴란드를 병합하여 지도상에서 폴란드가 없어져버린 일이 있었지만, 폴란드는 제2차 세계대전 후에 제 모습을 지도상에 다시 되찾을 수 있었다. 오스만터키는 그리스를 점령하여 400년간 오스만터키의 지배하에 두었지만, 고대문명의 발생지였던 그리스는 400년의 지배를 받은 후에도 당당하게 되살아나서 국가로서의 존재감을 계속 유지하고 있는 것이다.

동양인인 나의 경우 흑인남성이 백인여성과 함께 친하게 있는 모습을 대하게 되면 질투심은 아니지만, 묘한 느낌이 들게 되는 것은 어쩔 수 없는 일이다. 마찬가지로 흑인이나 백인이 동양인인 내가 백인여자들과 친하게 지내는 것을 대할 때 어떠한 느낌이 들게 될 것인지 궁금해진다. 우리가 흑인을 대할 때의 첫인상은 어디까지나 흑인인 것이지, 그 후에 그가 유명한 학자라든가 또는 작가라는 말을 들어도 별로 감탄을 하지 않게 되는 이유는 무엇일까? 동양인에 대한 흑인이나 백인들의 인상도 마찬가지일 것이다. 동양인에게 차이니즈(중국인)라고 부르는 것이 예전에는 동양인을 비하하는 말이었다. 왜냐하면 동양인은 중국인처럼 세탁소나 식당을 하는 미천한 인간들로 비하했기 때문이다. 그러나 현재의 중국인을 누가 감히 그러한 멸시하는 말로 비하할 수 있단 말인가? 일본인들이 한국인을 조센징(조선인)이라고 부르는 것도 한국인을 비하하기 위한 용어였다.

문학작품에서도 유대인을 비하하는 표현이 있다. 섹스피어의 '베니스의 상인'에 나오는 샤일록이라는 유대인을 돈만 알고 인정이 없는 대표적인 사람으로 묘사하고 있는데, 섹스피어의 샤일록에 관한 묘사는 일종의 사기에 가까운 것이었다고 할 수 있다. 왜냐하면 샤일록에게 애인이 진 부채를 갚는 대신에 애인의 가슴살 한 근을 요구한 그에게, 변호사로 분장한 사포의 답변이 사기성이 농후한 말이었기 때문이다. 그녀는 샤일록에게 애인의 가슴살 한 근을 정확히 떼어내되 피는 한 방울도 흘려서는 안 된다는 요구를 했다. 그것이 가능하지 않다는 것은 누구나 아는 사실이다. 섹스피어가 유대인이 얼마나 싫었으면, 이러한 말도 되지 않는 내용을 그의 작품 속에 묘사하여 유대인을 천하에 몹쓸 나쁜 인간으로 묘사했겠는가? '크리스마스 캐롤'이라는 단편에 나오는 스쿠루지라는 유대인도 역시 돈만 아는 인정 없는 사람으로 묘사되고 있기는 마찬가지이다.

그렇다면 왜 유대인을 문학작품에서까지 돈만 아는 인정 없는 사람으로 묘사하고 있는 것일까? 유대인들 중에는 대금업을 하는 사람들도 상당수 있었다. 대금업을 하는 사람들 중에도 물론 좋은 사람들이 있을 것이다. 하지만 대금업자에 대한 일반적인 선입관은 고리대금업자들로서 피도 눈물도 없는 사람들인 것처럼 비쳐지고 있기 때문에 유대인을 묘사할 때 고리대금업자를 연상하게 된 것이 아니었을까? 특정한 인종에 대한 일반적인 편견이라는 것이 있었다. 중국인 막노동자인 쿠리들은 목욕도 하지 않고 잠도 아무데서나 자기 때문에 몸에는 이가 드글거려서 몸이 가려운 나머지 웃옷을 벗고 맨몸으로 털게 되면 몸에 붙어 있던 이들은 물론 벗은 옷에서도 이가 수없이 쏟아져 내릴 정도였으니, 중국인을 연상할 때 더러운 사람으로 인식하게 되는 것은 너무나 당연한 일이었다. 더 나아가서 중국인을 뙤놈이라 불렀는데, 뙤놈이라는 말은 대국놈이라는 말의 줄인 말로서 중국인을 욕하면서도 한편으로는 중국인을 대국인으로 높여주고 있었던 것이다.

일본인들을 쪽바리라고 부르고 있는데, 쪽바리는 게다를 신고 다니는 사람들이라는 말로 일본인에 대한 일종의 욕이었다. 그런데 이 말 속에는 일본인들이 섬나라 근성을 가진 쪼잔한 인간들이라는 넓은 의미가 함유되어 있는 말이다. 우리가 잘 알다시피 일본의 지도자들은 쪼잔한 근성을 버리지 못하고 일본인들이 저질렀던 한국과 중국을 비롯한 아시아 제국에 자행했던 침략행위에 대한 사죄나 반성 없이 옛날의 화려했던 군국주의에 대한 환상을 버리지 못하고 있는 것이 이러한 일본인들의 쪽바리 근성을 여실히 나타내고 있는 것이 아니고 무엇이겠는가? 위안부의 존재를 날조된 거짓이라고 역사를 부인하려 하며, 독도가 일본의 영토라고 주장하는 것 등이 그 대표적인 쪽바리 근성이라 할 수 있을 것이다.

이에 비하면 독일은 나치 독일이 저지른 유대인에 대한 대학살과 제2차 세계대전을 일으킨 독일의 책임에 대한 사죄와 상당한 액수의 배상을 희생자들에게 해준 것은 대륙성 기질을 가진 너그러운 국민성의 표출이었다고 할 수 있을 것이다. 일본의 쪼잔한 섬나라 근성과는 너무나 대조가 되는 모습이 아니겠는가? 일본은 한국을 통치하면서 제2차 세계대전 말기에는 쇠붙이가 될 만한 물건들은 전부 공출해 갔으며, 한국의 처녀들을 위안부로, 학생들은 군인으로, 젊은이들은 징용으로 끌려갔다.

공근호는 일제말기 전쟁이 막바지에 도달했을 때 징용으로 일본으로 끌려가서 규슈의 한 탄광에서 광부로 노동을 하게 되었다. 일본군에 끌려 갈 수도 있었지만, 운 좋게 군인으로 차출되는 대신에 징용이 되어 광산 노동자로 끌려가게 되었다. 군인으로 끌려갔다면 대전 말기라 틀림없이 남양군도로 가게 되었을 것이며, 그곳에서 전사했을지도 모르는 일이다. 일본에는 노천광이 없기 때문에 광부들은 누구나 지하 깊숙이 뚫려있는 갱도에서 하루 종일 탄가루를 마시면서 석탄을 캐는 노동에 종사해야 했다. 광부 일을 하다보니 규폐증이라는 질병에 걸리게 되었다. 규폐증이라는 것은 탄가루가 폐 속에 축적되어 폐가 석탄처럼 시커멓게 변해버리고 굳어져서 폐의 기능을 더 이상할 수 없게 되는 무서운 질병이다. 이러한 질병의 더 이상의 진행을 방지해서 생명을 연장하기 위해서는 지하 갱에서의 탄광 일을 그만두고 지상에 올라와서 사무를 보는 일로 자리를 바꾸어야 한다는 것이다. 공근호도 의사의 권고로 광부 일을 그만두고 사무직으로 옮겼다. 그러나 공교롭게도 공근호가 새로 배치된 광산의 사무실이 나가사키 시의 근처에 있었기 때문에 원자탄의 투하 시에 방사선에 피폭이 되어 원자병 환자가 되고 말았던 것이다. 그가 광산에서 광부로 계속 일을 할 수 있었다면, 나가사키 시에 원자탄이 투하되었다 하더라도 광산의 갱내에 있었을 것이므로 방사선에 피폭되어 원자병 환자가 되지는 않았을 것이다. 운명의 장난이라 할 수 있지 않겠는가? 근호는 평생 규폐증으로 인한 고통보다는 방사선 피폭량이 커서 피폭 후에 즉시 사망에 이르기까지는 않았지만, 그 대신 원자병으로 인한 고통을 겪게 되었던 것이다.

주병훈은 전문대 2학년 재학 중에 학병으로 차출되어 관동군에 배치되었다. 대전말기에 관동군의 정예들은 모두 남양군도로 이동해버리고 관동군 사령부에는 신병들만 배치되어 있는 상태였다. 주병훈도 관동군 사령부에 배치되었기 때문에, 남양군도에 재배치되어 전투에 직접 참여해야 할 위험에서는 벗어나게 되었던 것이다. 그런데 그 당시만 해도 야만적인 일본군대의 잔재가 아직도 남아있었을 때라 상급자들이 병사들에게 아무 이유도 없이 수시로 가하는 단체기합을 더 이상 참을 수 없어서 일본군대에서 탈출할 계획을 세웠다. 동료병사인 한국의 학병출신과 모의하여 야밤에 철조망을 뚫고 탈출하여 공산군인 팔로군이나 한국의 광복군에 합류하기 위하여 중국대륙으로 진출하기로 사전에 계획을 철저하게 세워두었다. 어둠이 깔린 야밤에 시도한 탈출이 요행히 성공을 하게 되어 둘은 만주를 벗어나서 팔로군이 주둔하고 있는 시안이나 광복군 사령부가 있는 충칭으로 찾아가기로 했다. 팔로군을 찾아가기로 한 것은 공산주의자이기 때문이 아니라, 장재스의 국부군보다는 공산군인 팔로군 쪽이 그들을 좀 더 반갑게 맞아 줄 것 같은 막연한 기대 때문이었다. 만일 충칭에 가서 광복군에 합류할 수만 있다면 더 이상 바랄 것이 없었던 것이다. 둘이 의논을 해본 결과 팔로군을 찾아가는 것은 포기하기로 하고 충칭에 있는 광복군을 찾아가기로 결정을 했다. 광복군을 찾아가는데 많은 고생을 겪었지만, 둘은 마침내 광복군에 합류할 수 있었다. 그 둘은 광복군의 한국 귀환 시에 그들과 함께 귀국하는 영광을 누릴 수 있었던 것이다.

윤두숙은 시골집 근처에서 18세 때에 위안부 모집원들에게 잡혀서 관동군에 끌려가서 종군위안부가 되어 종전이 될 때까지 일본군의 성노예노릇을 하다 20세 때 종전으로 성노예 신분에서 벗어났다. 꽃다운 나이에 일본군의 위안부 노릇을 하느라 심신이 다 망가지고 병까지 얻게 된 그녀는 만주에 그대로 머물지를 않고 일제의 패망 후에 한국으로 귀국하여 서울에서 일자리를 구하기로 했다. 그녀가 얻은 일자리는 봉제공장에서 미싱 일을 하는 것이었다. 미싱을 당차게 잘하던 두숙은 차츰 주인의 눈에 들어서 미싱 일의 책임자까지 되었다. 나중에는 그녀가 봉제공장을 차려서 사장이 되었다. 한 때 봉제품 수출로 많은 돈을 거머쥔 그녀는 평생 결혼도 하지 않고 독신으로 살아가면서 젊은 시절에 자신이 일본군에게 당했던 위안부생활에 대한 정당한 보상과 일본정부의 사과를 끌어내는 일에 여생을 보내기로 했다. 그녀는 자신처럼 종군위안부생활을 했던 여성들을 수소문해 알아내서 위안부의 모임을 결성하고 국내의 사회단체에 자신들의 활동방향을 알리고 정부당국에 자신들을 대신하여 일본정부의 정당한 보상과 사과를 끌어내 줄 것을 호소했다. 그녀들의 노력은 집요했고 강력했다. 윤두숙은 자비로 도쿄에 가서 일본의 만행을 일본인들에게 알려서 일본인들의 호의적인 반응을 끌어내는데 성공을 하고 일본정부에 위안부들에 대한 정당한 보상과 사과를 요청했다.

그러나 일본정부는 그녀들의 요청에 대하여 종군위안부란 존재한 일이 없으며 일본군대가 종군위안부들에게 만행을 저질렀다는 주장은 조작된 허위사실의 유포라고 일축하고 말았다. 이러한 일본정부의 무성의한 역사부정적인 비겁한 행위에 대하여 일본국민들을 깨우쳐주기 위하여 그녀들은 해마다 도쿄를 방문하여 일본정부의 역사외면 태도를 적극적으로 밝혀내서 공개하기 시작했다. 이러한 그녀들의 행동이 전 세계적으로 알려지면서, 그녀들의 주장이 미국의 조야에까지 알려지고 마침내 유엔에서도 이 문제를 정식 의제로 다루게 되었다. 유엔의 압력을 받아 위안부문제가 국제여론의 대상이 되어, 일본이 이 문제 때문에 국제적인 고립상태를 가져오게 될 우려가 농후해지자 일본정부는 울며 겨자 먹기로 그녀들의 요구사항을 경제대국답게 무조건 받아들이기로 결정했다. 아직까지 생존해 있는 위안부들에게 정당한 보상을 해주고 그녀들에게 진심어린 사과를 하여 일본의 잘못된 역사인식을 바로잡는 계기를 마련했다. 일본으로서는 오래간만에 올바른 일을 행한 셈이다. 위안부문제를 해결한 윤두숙은 여성들의 우상이 되었으며, 84세의 생애를 성취감 속에서 만족하면서 살다가 마감할 수 있었던 것이다.

위의 몇 가지 사례에서 볼 수 있는 바와 같이 일본인들의 한국인에 대한 인종차별적인 만행은 실로 가공할만한 일이었다고 할 수 있을 것이다. 전쟁 말기에는 혈기에 찬 한국의 젊은이들을 소위 가미가제 독고다이라는 자살전투비행단의 비행사로 대거 모집하여 순진한 한국인들을 전투기에 태워서 태평양상에 떠있는 B-29 폭격기에 충돌하여 자살하게 함으로써 그 큰 비행기를 격추시키는데 이용했다. 일본군이 내세운 대의명분은 일본천황을 위해서라는 것이었는데, 한국의 꽃다운 젊은이들이 무엇 때문에 우리의 원수인 일본천황을 위하여 아까운 목숨을 희생한다는 말인가? 이것이 모두 다 한국인을 우습게보고 저지른 인종차별의 결과가 아니고 무엇이겠는가? 들리는 말에는 전투기에는 B-29에 다가가서 충돌하는데 필요한 연료만 넣고 가기 때문에 폭격기에 충돌해서 자살을 하지 않으면 돌아올 연료도 없었다는 것이며, 전투기 출발 전에 히로뽕과 같은 마약을 조종사에게 주사해주어서 술 취한 것과 같은 몽롱한 상태에서 폭격기에 충돌해 버린다는 것이었다. 이러한 자살행위는 일본인 지원자들에게도 행하여진 애국행위라고 주장하고 있는데, 그러한 주장이 한국인 지원자들을 대거 모집하여 자살비행에 투입한 사실을 정당화 할 수 있는 것은 아닐 것이다. 일본인들은 자신들의 천황폐하를 위하여 희생하는 일이라고 자위라도 할 수 있지만, 한국의 젊은이들은 누구를 위하여 그런 무모한 자살행위를 감행한다는 말인가?

미국인들은 원주민인 아메리칸 인디언들의 땅을 무단 점거하여 미국의 국토로 편입하기 위하여 마치 미국의 야생소인 버팔로를 마구잡이로 사냥을 해서 멸종을 시켰듯이 원주민들을 학살했다. 한 때는 미국의 군인들이 원주민들을 노골적으로 학살하는 장면을 보여주고 있는 할리우드의 서부영화들이 미국인들을 열광시켰다. 얼마나 잔인한 일이었던가? 원주민들은 미국인들의 학살로 그 숫자가 상당히 줄어들었으며, 현재는 인디언 보존 구역 내에서만 소수의 원주민들이 관광용품들을 관광객들에 팔아서 명맥을 겨우 유지하고 있을 뿐이다. 원주민들은 미국인들의 사회 속에 융화되지를 못하고 있는 셈이다. 원주민들은 미국인들이 북미대륙에 이민을 와서 원주민들을 밀어내고 미국인들의 국가를 건설하는데 일종의 방해물이 되어 계획적으로 원주민을 제거한 것이며, 미국인들이 범한 인종차별의 극치라 할 수 있을 것이다.

제2차 세계대전 말기에 일본의 히로시마와 나가사키에 원자탄을 투하하여 수십만 명의 일본인들을 대량 학살한 행위는 분명히 전쟁범죄행위였다. 현재에는 그 의미가 없어진 육전법규에는 전투에 사용되는 무기의 종류와 한계를 규정하고 있는데, 이것은 전시국제법규의 하나이다. 그 법규의 규정에 의하면, 전쟁의 목적으로 인명을 살상하는 경우에도 불필요한 고통을 주는 무기의 사용을 금지하고 있다. 총탄의 경우 단순한 소총의 탄환이 아니라 덤덤탄과 같은 산탄은 인체에 맞으면 인체 내에 퍼져서 불필요한 고통을 주게 되는데, 그러한 탄환의 사용은 육전법규에서 제외되고 있었다. 이러한 육전법규의 존재는 아무리 적의 항복을 받아내기 위하여 필요한 일이라고 하더라도 원자탄과 같이 인명의 대량살상을 가져오는 무기의 사용은 당연히 사용할 수 없다는 것이다. 그러함에도 불구하고 미국정부는 육전법규의 규정을 무시하고 원자탄을 일본의 영토에 두 번씩이나 투하하여 수십만 명을 순간적으로 살상했던 것이다. 원자탄을 히로시마와 나가사키에 투하한 비행기를 몰고 현지까지 갔다가 돌아온 비행사들과 승무원들 중에는 후유증으로 정신이상자가 되어 평생을 정신병원에서 보낸 사람들도 다수 나왔다고 한다. 원자탄의 투하로 즉사한 사람들이나 원자탄의 폭발로 인한 부상으로 사망한 사람들의 숫자도 헤아릴 수 없이 많이 있었다. 그런데 당장에는 어떤 증상도 나타나지 않았던 상당수의 일본인들이 원자탄의 폭발이 있은 후 수년 후 또는 수십 년 후에 원자탄의 폭발로 생긴 방사선에 피폭되어 생기게 되는 소위 원자병에 걸려서 사망을 했거나 평생을 고생한 사람들이 생기게 되었다. 그러나 승전국가였던 미국이 이러한 원자탄의 희생자들에 대하여 과연 책임감을 느껴서 피해에 상당하는 배상을 해준 일이 있었던가? 단지 전쟁수행에 불가피했던 일이라고 그냥 무시해버리지는 않았던 것인가? 미국인의 이러한 행위는 일본인을 무시하려는 인종차별에서 연유한 것은 아니었을까?

6 · 25전쟁이 일어났을 때 유엔군 사령관이 되어 한국을 북한의 파죽지세와 같은 공격에서 구해준 맥아더장군을 한국민들은 전쟁의 영웅으로 추앙하고 있다. 그러나 그에게서 동양인에 대한 인종차별적인 행위를 자주 발견하게 되는 것은 참으로 유감스러운 일이었다. 북한군이 전쟁발발 후 파죽지세로 낙동강안에까지 밀고 내려왔던 일이 있었다. 대구와 부산을 연결하는 마지막 저지선인 교두보가 무너져서 떨어지는 경우에는 북한군이 한반도를 전부 장악하게 되는 사태가 발생하게 되어, 한국정부는 한반도에 발을 붙일 데가 더 이상 없게 되어, 제주도로 이전해 가기

전에는 바다에 빠질 수밖에 없는 절대절명의 비참한 상황에 놓여 있었다. 이러한 위기에서 한국정부와 한국인을 구하는 최상의 방법으로는 낙동강을 건너서 교두보에 대한 총공격을 감행하는 북한군을 소위 바둑판 폭격이라는 방법으로 적군을 전원 섬멸하는 것이었다. 바둑판 폭격이라 함은 바둑판과 같은 좁은 표면에 폭탄을 집중투하함으로써 그 폭격범위 내에 들어온 사람은 물론 개미새끼 한 마리 살 수 없게 씨를 말려버리는 폭격을 의미한다. 이러한 작전이 목적했던 성과를 거두고 유엔군의 인천상륙작전의 성공으로 북한군은 38선 이북으로 퇴각을 하고 말았다. 전쟁은 이기기만 하면 된다는 말이 있기는 하지만, 한국전쟁에서 그 많은 북한군을 순간적으로 전부 살상한 행위는 인도적으로는 도저히 용납될 수 없는 일이었다. 동양인인 북한군을 섬멸해 버리겠다는 인종차별의 의식이 없었다면, 어떻게 전쟁 중이라 할지라도 그러한 엄청난 살인행위를 감행할 수 있었겠는가?

맥아더장군은 전세가 유리해져서 유엔군이 38선을 넘어서 북진을 개시하게 되자 한반도의 통일을 위하여 미행정부에 만주폭격을 건의했다. 미행정부의 입장은 전세가 아무리 유엔군 측에 유리하게 작용하는 것처럼 판단되는 경우에도 38선을 넘어서 북진하는 것을 금지하고 있었다. 이러한 미행정부의 입장을 무시하고 38선을 넘어서 북진을 감행한 유엔군은 한국전쟁에 중국공산군을 끌어들이게 되었던 것이다. 중공군은 일본군과의 전쟁이 본격화 되자 시안으로 이동을 해갔다. 한편으로는 일본군과 싸우면서 다른 한편으로는 장재스의 국부군과 전후의 패권을 다투는 싸움을 계속하고 있었다. 일본군은 전쟁에 패망하고 중국본토와 만주는 중공군이 장악하게 되었다. 국부군의 상당수는 중공군에 투항하고 부패한 장재스 정권은 중국민의 민심을 얻지 못하고 타이완으로 쫓겨 가고 말았다.

　맥아더장군이 만주폭격을 건의했을 때는 이미 마오쩌둥이 이끄는 중국공산군에 의하여 중국대륙과 만주가 전부 장악되고 베이징에 중화인민공화국이 수립된 후였다. 맥아더장군은 만주를 폭격하고 국부군을 만주에 투입하여 만주를 장악하겠다는 작전을 갖고 있었던 것 같은데, 이러한 작전이 얼마나 비현실적인 것이었냐 하는 것은 다음과 같은 사실로 쉽게 입증될 수 있었다. 일본군이 물러 간 만주를 장악하기 위한 중공군과 국부군의 힘겨루기에 있어서 양자가 택한 전략은 전혀 판이한 것이었다. 국부군은 대도시를 장악한데 반하여, 중공군은 철도와 농촌지역을 장악했다. 양자 간에 만주에 대한 주도권 전쟁이 터지자 대도시를 장악한 국부군은 철도와 농촌지역을 장악한 중공군이 국부군보다 민심을 더 얻게 되어 도시에서 쫓겨나고 만주에서도 쫓겨나서 더 이상 갈 곳이 없어진 그들은 대거 중공군에 투항하고 말았던 것이다.

　맥아더장군의 만주폭격이 현실화 되는 것을 우려한 마오쩌둥은 유엔군의 북진을 저지하고 우방인 북한군을 구원하기 위하여 100만 명에 이르는 중공군을 동원하여 마침내 한국전에 참전을 하게 되었다. 마오쩌둥의 의도는 100만 군을 인해전술에 투입한다면 제아무리 강력한 화력을 가진 미군이라 할지라도 굴복시킬 수 있다는 것이 첫 번째 이유였다고 한다. 두 번째 이유로는 한국전에 참전한 대부분의 중공군은 국부군에서 중공군에 투항했던 병력으로서 이들을 한국전에 참전시켜서 미군의 총알받이로 만든다면, 후환이 있을지도 모르는 그들을 손쉽게 제거할 수 있을 것이라는 계산도 들어 있었다는 이야기이다. 세 번째 이유는 만일에 중공군이 미국과의 전투에서 승리를 할 수 있게 된다면, 미국을 '종이호랑이'에 불과하다고 생각하고 있던 중국이 미국이라는 나라가 사실상 종이호랑이라는 것을 증명할 수 있게 되는 것이며, 중국의 국제적인 지위가 미국과 동등해질 수가 있다는 것이었다.

중국의 위상은 한국전쟁 당시에 즉각적으로 달성한 것은 아니었지만, 오늘날의 중국이 미국을 바짝 추월하고 있는 국가로 성장했다는 것을 부인할 수 있는 사람은 아무도 없을 것이다. 중공군의 참전 이전에 맥아더장군은 한만 국경선에 소위 코발트벨트를 설치하여 중국과 한국을 인위적으로 완전히 분리시키자는 엉뚱한 제안을 한 일이 있었다. 맥아더라는 미국사람이 정신 나간 인종차별주의자가 아니라면, 그러한 무모한 제안은 하지 않았을 것이다. 코발트는 위험한 방사능물질이다. 이러한 위험물질을 한 장소에 고정시킬 수 있는 기술이 그 당시에는 물론 현재까지 개발되었다는 말을 아직 들어보지 못했다. 그렇다면 코발트라는 위험물질이 국경선을 통과하려고 시도하는 사람들, 특히 한국인이나 중국인을 예외 없이 방사선에 피폭시켜서 원자병 환자가 되게 할 것이며, 또한 국경선에 고정되지 못한 코발트가 공기 중에 부유하여 한국이나 중국의 하늘을 날아다니며 계속해서 한국인이나 중국인을 원자병 환자로 만들어버리고 말 것이 아닌가?

한국인들이 LA등지의 흑인지역에서 장사를 잘 해서 돈을 많이 벌어들인 것까지는 좋았지만, 한국인들이 수시로 일어나는 흑인폭동의 표적이 되어 피해를 받고 있다는 말이 있다. 왜 그런 것일까? 한국인들은 장사수완이 좋아서 흑인지역에서 많은 돈을 벌지만, 인색해서 흑인들 때문에 번 돈의 일부라도 흑인들에게 써서 덕을 베풀 생각은 하지를 않는다는 것이다. 그 뿐만 아니라 한국인들은 마치 자신들이 백인이나 되는 것으로 착각이나 하고 있는 것인지는 알 수 없지만, 백인들의 주택지역에 고급주택을 사고 아이들은 백인학교에 보내고 있다는 것이다. 한국인들은 마치 유대인들이 오래전에 그랬던 것처럼 돈만 아는 수전노와 같은 냄새를 풍기고 있다는 것이다. 그러다보니 유대인이 배척을 당했던 똑같은 방법으로 한국인들도 흑인들에게 배척을 당한다는 것이다. 유대인들은 이제는 한국인들처럼 흑인들에게 관대하지 못하게 구는 대신에 그들에게 많이 베풀고 있기 때문에 유대인에 대한 배척행위는 더 이상 발견할 수 없다는 것이다.

백인들은 자신들만이 인류의 빈곤문제를 책임지고 있는 듯한 건방진 소리를 하고 있다. '백인의 부담(The White Man's Burden)'이라는 말을 하고 있는 것이 바로 그것이라 할 수 있는데, 그 말의 배경에는 인종차별의 의식이 깊게 깔려 있는 것 같다. 영국의 시인 키플링은 1899년에 '백인의 부담'이라는 제목을 가진 유명한 시에서 미국이 필리핀을 식민지로 삼게 된 것을 축하하며, 열등한 인종을 개화시켜야 하는 의무를 백인들이 지고 있다는 의미로 이 구절을 쓴 것으로 알려져 있다. 미국의 이스털리 교수는 빈곤한 후진국을 돕기 위한 서방의 노력이 후진국을 더욱 병들게 하고 있다는 의미에서, 그의 경제학 저서에 '백인의 부담'이라는 제목을 붙였다.

후진국의 가난한 사란들은 진정으로 필요로 하는 것을 선진국에 표현할 방법도 없고, 또한 선진국의 원조가 실패해도 이에 대한 책임을 물을 장치도 없기 때문에 선진국들이 제공하는 원조가 빈곤타파에 별다른 도움이 되지 않는 것이다. 국제기구와 선진국의 개발전문가라는 사람들은 자신들이 대단한 선지자나 되는 듯한 착각에 빠져서 항상 '거대한 계획'을 세워 후진국의 문제를 해결하려 하는데, 그것이 바로 문제인 것이다.

아프리카와 중남미의 빈곤문제를 야기한데는 유럽의 식민정책에 책임이 많으며, 선진국들이 식민통치 못지않게 식민통치를 끝내는 과정에서 무책임했기 때문에 오늘날의 문제를 만들었다는 것이다. 인도와 파키스탄, 그리고 방글라데시와 수단의 남북대결, 앙골라 등지에서의 내란 등이 모두 그 같은 잘못된 정책 때문이라는 것이다. 스페인과 미국의 오랜 식민지였던 필리핀은 빈곤의 늪에 빠져 있으며, 아프리카 국가들은 오랜 식민지 통치를 거쳤고, 또 독립한 후에도 서방국가들의 경제원조에 의존해온 탓에 자생력을 상실하고 있는 것이 현재의 실정이라고 한다.

개인 간에 있어서도 우수한 사람들은 남보다 부족하거나 나약한 사람들을 보호해 주고 싶은 충동이 생기는 것이 흔히 있을 수 있는 일이다. 하물며 상이한 종족 간에는 이러한 충동이 좀 더 강하며 노골적으로 나타날 수 있을 것이다. '백인의 부담'이라는 표현은 이러한 현상을 극명하게 나타낸 말이라고 할 수 있을 것이다. 백인들은 수세기에 걸쳐서 세계를 지배하고 있으면서 마치 자신들이 희생이나 하고 있는 듯한 표현을 하고 있으니 참으로 웃기는 일이라 아니할 수 없을 것이다.

일본인들은 36년간 한국을 통치하면서 한국의 귀중한 문화재들을 약탈해 갔으며 물자를 수탈해 가는 것도 모자라서 일제말기에는 한국인의 성과 이름까지 빼앗아서 한국인을 일본인으로 만들려는 무모한 노력을 계속해 왔던 것이다. 그러한 헛고생을 했던 일본인들이 마치 일본이 한국과 한국인에게 큰 은혜나 베푼 것처럼 말하는 것은 일본인이 엄연한 동양인임에도 불구하고 백인 흉내를 내면서 같은 동양인을 인종차별하면서 백인행세를 하고 있으니 참으로 한심한 일이라 하겠다.

백인들이 마치 인류 전체를 위하여 일을 하는 것처럼 말을 하거나, 일본인들이 한국에서 많은 것들을 수탈해 간 것이 아니라 한국을 위하여 헌신했다는 말 같은 것은 더 이상 자랑스럽게 말해주지 않았으면 좋겠다. 우리들을 인종차별하지 말고, 우리를 위해서 무슨 일을 한다는 식으로 말하지도 말고 그냥 가만히 놔두었으면 더 이상 바랄 것이 없을 것 같다. 누구든지 자기가 생긴 대로 사는 것이 아니겠는가? 잘 살고 못사는 것은 우리가 알아서 할 일이다. 개인이나 국가나 그래야 하는 것이 아니겠는가?

11. 타임머신

　타임머신을 타고 시대를 초월하면서 살 수 있다면 어떨까? 이조시대로 되돌아 갈 수 있다면 흥미진진한 여러 가지 체험을 할수 있게 될 것이다. 특히 역사적으로 유명한 인물로 다시 태어날수 있다면 얼마나 재미있을 것인가? 황진희로 태어나서 뭇 남성들을 손아귀에 넣고 떡 주무르듯 할 수 있다면 얼마나 통쾌할 것인가? 임꺽정과 같은 의적으로 태어나서 부정한 방법으로 재산을 모은 양반들의 재산을 빼앗아서 가난한 사람들에게 나누어주는 데서 오는 쾌감은 또 어떠한 느낌일까? 이순신장군으로 태어나서 임진왜란 때 바닷길로 해서 서해로 진출하려던 왜의 수군을 명량해협을 비롯하여 여러 곳에서 무찔러서 거의 와해상태로만들어버린 쾌거를 달성했을 때의 감격은 어떤 것이었을까? 임진왜란 때의 명재상이었던 유성룡으로 태어나서 임진왜란이라는 국가적으로 어려운 시기를 맞이하여 좀 생각이 모자란 선조대왕을 보필하여 어렵사리 국난을 극복해 낸 그가 난리가 끝나자 선조에게 사표를 제출하고 고향으로 돌아가서 후학양성에 전념하기로 결심했을 때의 감회는 또 어떠한 것이었을까?

　어떤 시대에나 역사적으로 특기할 만한 인물들은 얼마든지 찾아볼 수 있을 것이다. 그러나 김상묵의 경우에는 내세울 것이 없는 평범한 남자로 태어났다. 그는 스무 살이 될 때까지 남의 집 머슴살이를 하고 있었다. 왜군이 명나라를 칠 터이니 조선이 길을 빌려달라는 구실하에 일으킨 임진왜란이 일어나자 상묵은 조선군의 병으로 차출되어 이순신장군이 좌수사로 있는 전라도 좌수영으로 보내졌다. 그는 우연한 기회에 이순신장군의 기함에 수군으로 승선하여 이순신장군이 관음포 해전에서 전사할 때까지 이순신장군이 직접 지휘하는 기함에 타서 왜군과의 크고 작은 해전을 전부 체험할 수 있는 행운을 누릴 수 있었다. 이순신장군을 측근에서 모시는 참모의 한 사람은 아니었지만, 평범한 수군으로서 장군의 측근에서 이순신장군의 여러 모습을 기록으로 남겨서 왜란이 끝난 후에 이순신장군에 관한 그의 회고록이 책으로 출판되어 장안의 지가를 올려서 김상묵은 갑자기 유명인이 되었던 것이다.

　이순신장군에 관한 역사적인 연구업적은 상당수가 있으며, 장군이 직접 작성했다는 '난중일기'는 중요한 사료가 되고 있다. 그런데 우리에게 잘 알려져 있지 않은 김상묵의 '장군회고록'이야말로 이순신장군을 최측근에서 관찰한 실제적인 기록이라 할 수 있을 것이다. 그는 특별히 역사적 기록방법에 관한 조예가 깊은 것은 아니었지만, 장군에 관한 것은 하나도 빠짐없이 기록했기 때문에 이순신장군에 관한 정사에서는 빠졌거나 소홀히 다룬 사항들도 김상묵의 '장군회고록'에는 상세하게 기록되어 있다고 해도 과언이 아닐 것이다. 우리가 타임머신을 타고 임진왜란이 일어났던 시절로 되돌아가서 김상묵이 기록해 놓은 '장군회고록'을 근거로 이순신장군의 임진왜란 때의 모습을 재구성해 보면 다음과 같다.

내가 이순신장군을 면전에서 가까이 살펴볼 수 있게 된 것은 수군으로서 장군의 기함에 승선했을 때부터이다. 장군의 첫인상은 흔히 다른 장군들의 모습에서 볼 수 있는 다소 험악한 모습이 아니라 인자한 아버지와 같은 친근한 모습이었다. 나는 처음부터 장군이 좋았으며, 장군이 틀림없이 국가를 위하여 엄청나게 큰일을 해내실 분과 같은 신뢰감이 들었다. 남의 집 머슴살이를 했던 나로서는 비록 수군으로서 차출되기는 했지만, 장군과 나 사이에는 상당한 계급의 차이가 있었다. 감히 내가 그에 관한 기록을 작성한다는 것 자체가 어떻게 보면 불경스러운 일이며, 범법행위가 될 수도 있겠지만 나 나름대로 장군의 일거수일투족에 관한 기록을 비밀리에 작성해두기로 결심했다. 낮에는 군무에 종사해야 하며 또한 공개적으로 기록할 수도 없는 처지라 밤에만 비밀리에 기록하는 방법을 취할 수밖에 없었다. 그러한 방법으로 장군이 전사할 때까지의 기록을 완성하여 후일에 책으로 출판하는데 성공할 수 있었던 것이다.

김상묵은 징집되어 수군으로 차출되었던 만큼 군인으로 출세할 생각은 처음부터 없었다. 다만 왜란이 끝날 때까지 무사히 목숨을 보전할 수 있다면 그것으로 만족해야할 처지에 있었다. 다만 그의 유일한 취미는 무엇이든지 그가 경험하는 일상생활에서 일어나는 모든 일을 상세하게 기록으로 남기는 일이었다. 이순신장군에 대한 상세한 기록도 그의 기록을 작성하는 일상적인 습관에서 비롯된 것이다. 이순신장군에 대한 기록도 특별한 의도를 갖고 상세하게 작성한 것이라고 보는 것보다는 매일같이 무엇인가 특이한 사항이 있으면 기록하다 보니 이순신장군에 관한 기록이 별도로 완성될 수 있었던 것이라 할 수 있을 것이다.

김상묵은 일상의 기록을 그때마다 작성해서 문서로 보관하다 보니 엄청난 양으로 불어나게 되었다. 수병으로서 늘 배를 타고 다녀야 하는 그가 그 방대한 기록을 어디에 보관할 것이냐 하는 것이 큰 문제로 대두할 수밖에 없었다. 임시로 선저에 있는 창고에 보관했다가 하선할 때 밤중에 아무도 눈치 채지 못하도록 그 기록들을 육지로 옮기는 방법을 택했는데, 그 방법은 결코 안전한 방법은 아니었다. 현재에 그가 살고 있었다면 노트북의 하드디스크나 외장 하드디스크가 받아들일 수 있는 방대한 저장용량 속에 저장하면 되는 것이니 당시의 김상묵처럼 기록의 저장문제에 대하여 신경을 쓸 필요는 없었을 것이다. 그러나 김상묵이 살았던 시절에는 현재의 컴퓨터 하드디스크나 외장 하드디스크에 저장해야할 만한 방대한 양의 문서도 없었으며 그러한 방대한 양의 문서를 개인이 작성한다는 것도 거의 불가능한 일이었을 것이다.

당시의 문서는 가는 붓으로 한지를 묶어서 만든 책 같은 것에 작은 글씨로 작성해야 하는 것이니 문서 작성이라는 것이 여간 번잡한 일이 아니었을 것이다. 아마도 김상묵의 대부분의 기록도 머릿속에 간직해 두었다가 나중에 기억을 더듬어 기록으로 남기게 된 문서이거나, 아니면 암호 같은 자신만 알아볼 수 있는 간략한 기록으로 정리해 두었다가 나중에 기록을 문서로 되살려 낸 것이었을 가능성이 클 것이다. 그러다 보니 그의 기록에 대한 신빙성에 있어서 의문이 생길 수도 있지만, 아무도 이순신장군에 관한 상세한 기록을 김상묵처럼 시도했던 사람이 없었다는 점에서 그의 기록은 충분히 검토해볼만한 가치가 있는 것이라고 하겠다.

그의 기록에 나오는 이순신 장군이 왜국의 수군과 벌인 24번의 해전에 관한 상세한 기록은 물론, 그 중에 이순신장군이 승리를 거둔 23번의 해전에 관한 상세한 기록은 직접 해전에 참전했던 김상묵이 겪었던 생생한 기록으로서 아주 값진 기록이었다고 해야 할 것이다. 그의 기록이 얼마나 정확성이 있느냐 하는 문제만 따질 것이 아니라 각 해전에 관한 상세한 기록을 화살과 총알이 빗발치는 속에서 적과 사생결단의 전투를 벌이면서 작성하려고 죽음을 무릅쓰고 시도했던 상묵의 용기야말로 실로 가상한 일이라고 칭찬해 주어야 할 것이다. 그의 기록이 없었다면 각 해전의 상세한 내용을 알아낼 수 없었을지도 모를 일이다. 오늘날과 같이 종군기자들이 목숨을 걸고 찍어낸 동영상 같은 것이 전혀 존재하지 않았던 그 시절에 한 개인의 기억력에만 의존하여 작성된 해전에 관한 상세한 기록이야말로 중요한 해전사의 기록물이라고 할 수 있을 것이다.

육로에서는 왜군이 1592년(선조 25년) 임진년 4월 13일 부산포에 첫발을 디딘 이래 이틀 만에 동래성을 함락시키고, 세 길로 나누어서 서울로 북상했다. 중로는 동래→대구→상주→충주→여주로, 동로는 동래→언양→경주→충주→용인으로, 서로는 김해→성주→추풍령→영동→청주를 거쳐 서울로 진격했다. 불과 20일 만에 서울도 함락되고, 6월에는 평양과 함경도까지 진출했다. 한마디로 파죽지세, 조선의 운명은 풍전등화였다. 조선의 수명은 이제 다한 듯한 지경에 이르게 된 것 같았다. 이러한 지경에 조선이 처하게 된 것은 끊임없는 전란으로 가히 전국시대라 할 만큼 지쳐버린 왜국을 무력으로 통일한 도요도미 히데요시가 각처에 아직도 확고한 기반을 두고 있는 장군들의 관심을 조선을 침공하는데 돌려서 통일 후의 그들의 세력을 약화시키려는 계략을 실천하기 위한 준비를 철저히 하고 있는 사실을 조선의 조정에서 과소평가한 데 있었다고 할 수 있을 것이다.

왜국이 한국정벌을 위한 전쟁준비를 하고 있다는 소문에 대한 사실 여부를 확인하기 위하여 왜국에 통신사로 파견된 정사와 부사의 왜국의 새로운 집권자가 된 도요도미 히데요시에 대한 상이한 인상보고야말로 정쟁 때문에 그렇게 된 것이라고 말해지고 있기는 하지만, 그것이야말로 나라를 위하여 망조가 걸린 일이라 아니할 수 없을 것이다. 통신사들이 상이한 결과보고를 하는 대신에 상황을 정확히 판단하여 왜국의 전쟁준비에 적절히 대처했더라면 임진왜란과 같은 비극은 결코 일어나지 않았을 것이다.

왜국의 침공에 미리 대비하지 못한 조선이 410여 년 전에 이미 왜국의 수중에 넘어갈 수밖에 없는 위기에 직면하게 되었던 것이다. 그러나 왜군은 더 이상 진격할 수 없었다. 가장 중요한 식량과 군수물자 등 더 이상의 보급이 원활하게 이루어지지 않았기 때문이다. 조선의 육군이 지리멸렬하면서 연전연패를 거듭하면서 패색이 짙어진 반면, 수군은 연전연승하면서 왜의 주요 보급로를 차단, 왜군의 진군에 중대한 타격을 주었다. 수군의 중심에 이순신장군이 있었다. 이순신장군이 왜국의 수군을 크게 무찌른 한산대첩, 명량대첩, 노량대첩 등 3대 대첩 중에 한산대첩이야말로 임진왜란의 대세를 조선으로 바꾼 최대 전환기적 사건이었다. 이 대첩이야말로 왜국의 수군에게 사형선고를 내린 사건이나 마찬가지였던 것이다.

김상묵의 기록에 의하면, 한산도의 해전은 처음에는 중과부족으로 승리할 가망성이 전혀 보이지 않았던 해전이었다. 왜냐하면 왜국의 수군병력이 조선의 수군에 비하여 엄청나게 강해보였기 때문에 김상묵의 생각으로는 왜국의 수군과 대치하여 싸우라고 하니 싸우기는 하겠지만 과연 조선의 수군이 이 해전에서 승전할 수 있을까 하는 것이 이 해전에 참전한 대부분의 수군들의 공통적인 느낌인 것처럼 보였다. 그런데 조선의 수군 중에 그 누구도 그러한 의구심을 내색하는 사람은 한 사람도 없었으며, 죽기 살기로 적과 대치하여 싸우기로 했다. 어차피 피할 수 없는 전쟁에 수군으로 참전한 것이니 기왕이면 지는 것보다는 이기는 쪽이 바람직하다는 것은 상묵만의 생각은 아니었을 것이다.

해전이 한창 진행 중에 있을 때 조선의 수군은 서서히 학익진을 치기 위하여 이동하는 것을 느낄 수 있었다. 그러다가 조선수군의 학익진이 완성되자 왜의 수군이 지금까지 우세했던 기세가 한풀 꺾이는 것 같더니 점차 패색이 짙게 나타나면서 조선의 수군에게 밀리기 시작하는 것을 누구나 알 수 있을 지경으로 사태가 완전히 반전되고 있었다. 학익진이 차츰 좁혀가자 적의 선박들은 조선의 수군의 집중공격을 피해서 도주하기에 혈안이 되었으며 그들의 일부는 불타는 배를 버리고 바닷물에 뛰어드는 숫자도 상당수에 이르게 되었다. 상묵의 기록에 의하면 가히 아비규환에 가까운 모습이었다고 한다. 왜의 수군에 비하여 조선의 수군이 중과부족으로 절대적인 열세에 있었던 것처럼 처음에는 느껴졌는데, 어떻게 하여 우세하게 보였던 적의 병력이 열세에 있는 듯이 보였던 조선의 수군을 무찌르지 못하고 패색이 짙어서 도주하고 있느냐 말이다. 상묵의 기록에 의하면 이것이야말로 이순신장군의 절묘한 전술이 적시에 효과를 발휘했기 때문에 거둔 전과라 할 수 있다는 것이다.

한산도 전투 또는 한산대첩은 1593년(선조 26년) 8월 14일 한산도 앞바다에서 조선수군이 왜의 수군을 크게 무찌른 해전이다. 육지에서는 연전연승을 했지만 해전에서는 연전연패를 했던 수군은 도요토미 히데요시의 명령으로 대선단을 조성하여 조선수군을 섬멸하여 제해권을 잡으려고 한산도 앞바다까지 진출했다. 육지에서의 승리에 들뜬 왜장들은 조선수군을 과소평가하여 우습게보기까지 했다. 73척의 대선단을 앞세워 열세에 있던 조선의 선단을 몰아부쳤다. 이순신 장군은 왜군들이 도망갈 수 없도록 먼 바다로 유인한 후, 그 유명한 학익진을 펼치며 적을 포위하고 포와 화살을 퍼부었다. 왜군의 선박 59척이 침몰하고 9,000여 명이 사살되는 등 14척 400여 명만이 겨우 도주하는 대참패를 당했다. 역시 이순신장군의 대승리였다. 이 전투가 해전사에 길이 남을 바로 그 '한산대첩'이었다. 조선 수군에게는 승리의 바다였고, 왜군에게는 통한의 바다이자, 피의 바다이며 공동묘지였던 것이다. 이순신장군이야말로 왜국의 수군을 대적하여 23번을 싸워서 23번을 전부 승리로 이끈 명장이라 하지 않을 수 없을 것이다. 이러한 엄청난 사태에 직면하여 왜국은 결코 좌시하지를 않았다. 경상우수사인 원균과 비밀리에 접촉하여 이순신장군을 제거할 모의를 시작했던 것이다. 처음에는 불가능한 일처럼 보였던 이순신장군을 제거하려는 모략이 점차 힘을 받게 되어 조정에서도 이순신장군을 시기하여 제거하려는 세력들이 들고 일어나서 이순신은 마침내 조선의 고질적인 병폐인 당파싸움의 희생자가 되어 명령불복종이라는 구실로 삭탈관직을 당하여 죄인이 되어 서울로 압송되게 되었다. 서울에 압송된 그의 자리는 원균이 대신 차지하게 되었다. 다행히 이순신장군은 형을 사는 대신에 그간의 공로를 참작하여 형의 집행은 정지되고 백의종군을 할 수 있게 되었다.

이순신장군이 없는 조선의 수군은 왜의 수군에게는 마치 황무지와 같았다. 왜의 수군이 밀려오자 원균이 지휘하는 조선의 수군은 이를 대적하지 못하고 똥끝이 빠지게 패주하고 말았다. 그때까지 조선 수군으로 복무하고 있던 김상묵의 기록에 의하면, 한산해전 때처럼 막강한 병력으로 몰려온 왜국의 수군에 대적하는 조선의 수군은 처음부터 힘이 빠지는 듯한 한심한 느낌이 들었다. 왜냐하면 이순신장군이 없는 조선의 수군이라는 것은 상묵이 일찍이 한 번도 상상해 본 일이 없었기 때문이다. 분명히 이순신장군이 모함을 당하여 파직되어 백의종군을 하고 있다는 말을 풍문으로 들었는데, 그가 빠진 조선의 수군이 과연 막강해 보이는 왜국의 수군을 상대로 하여 조선의 수군이 한산대첩 때처럼 왜국의 수군을 통쾌하게 무찌르고 승리를 할 수 있을 것인지 전혀 자신을 할 수 없었다. 이순신장군에 대한 조선의 수군들의 신임은 절대적인 것이었다. 거의 신앙적인 것이라고 할 수 있는 확신에 찬 것이었다. 이순신장군이 갖고 있던 3도 수군통제사의 자리를 차지한 원균이라는 자는 무능한 장수라는 소문이 있던데, 과연 이순신장군의 경우처럼 막강해 보이는 왜국의 수군을 무찌르고 조선의 수군이 승리를 거둘 수 있게 해줄 능력이 있는 것인가?

적과의 생사를 건 해전을 하기 전에 병사들의 사기가 무엇보다도 중요한 영향을 미치는 요소라 할 수 있을 것이다. 상묵의 기록에 의하면 이순신장군이 통제사로 있을 때에는 필승의 신념이 병사들에게 퍼져 있어서 해전에 있어서 패전하리라는 생각을 한 번도 해본 일이 없었다. 이순신장군이야말로 어떠한 악조건에 처하더라도 조선의 수군을 승리로 이끌 수 있는 가히 신적인 존재라고 할 수 있다는 신앙과 같은 확신을 갖고 있었다. 따라서 이순신장군이 통제사로 있을 때에는 병사들의 사기가 충천하여 어떠한 왜군과의 해전에 있어서도 패전이란 생각할 수 없는 일이었다. 그러나 이순신장군이 억울하게 모함을 당하여 해임되어 백의종군을 하고 있다는 소문이 수군 병사들 간에 파다하게 퍼지고, 이순신장군 대신에 3도 수군통제사로 왔다는 원균이라는 사람이 무능하여 과연 왜적을 물리칠 수 있을 것인지 하는데 대한 병사들의 의구심이 왜군과의 해전을 치루기도 전에 병사들 간에 퍼지다보니 앞으로 닥치게 될 왜군과의 해전은 해보나마나 한 것으로 여겨지기 시작했다.

김상묵의 기록에 의하면 이순신장군이 통제사의 자리에서 해임된 이후로 병사들의 사기는 그야말로 땅에 떨어진 것이나 마찬가지였다고 한다. 이순신장군을 해임시킨 조선정부의 조치는 왜군에게 조선의 바다를 그대로 내준 것이나 마찬가지 결과를 가져오는 일이었다고까지 생각하는 병사들의 숫자가 나날이 늘어나고 있는 것이 문제라는 것이다. 하늘이 조선을 버린 것이나 다름없다고 비관적으로 생각하는 사람들도 하나 둘씩 늘어나기 시작했다. 이러한 시기에 대규모의 왜군 선단이 바다를 메울 듯이 덮고 밀려오고 있으니 이미 패배의식에 사로잡혀 있던 병사들은 왜군을 상대로 싸우겠다는 의욕조차 상실한지 벌써 오래되었다. 거기에다 무능하다고 소문이 나 있는 원균이 통제사의 자리에 앉아 있으니 왜군과의 해전은 해보나마나 한 싸움이라는 결론을 싸우기도 전에 내리고 있을 지경이었다.

이러한 병사들의 의식구조는 앞으로 닥치게 될 왜군과의 해전의 승패를 좌우할만한 중대한 의미를 갖는 요소로 작용하게 될 것이다. 병사 간에 퍼지고 있는 패배의식이 문제인 것이다. 지상에서 왜란초기에 조선 육군의 저항을 용이하게 물리치고 거의 파죽지세의 위력을 발휘하면서 서울로 치고 올라온 후에 다시 평양과 의주, 그리고 함경도에까지 조선군의 저항을 거의 받지 않고 장악할 수 있게 된 것은 조선군의 땅에 떨어진 사기 때문이었다고 해도 과언이 아닐 것이다. 활과 시위와 같은 구식 무기로 왜군의 진격을 방어하는 조선군에게 조총이라는 신무기는 실로 경악할만한 위협이었을 것이다. 수많은 조선군 병사들이 조총의 위협 앞에 맥없이 쓰러져가는 것을 보고 겁이 잔뜩 난 병사들이 왜군과 싸우기도 전에 어떻게 하면 목숨을 내건 전투에 참여하지를 않고 아까운 목숨을 보전할 수 있을까 하는 문제만 생각하게 되니 왜군과의 전투에서 도저히 이길 수가 없었다. 그러다 보니 어떤 성이 왜군에게 제대로 싸워보지도 않고 내주고 장졸들이 도주를 했다는 입소문이 널리 퍼지면서 조선군은 왜군과 변변히 싸워보지도 못하고 하나 둘씩 무력하게 무너져버리기 시작했던 것이다.

　이러한 패배의식이 통제사 원균 휘하의 수군들에게 널리 퍼지면서 조선 수군의 사기가 육군의 경우처럼 형편없이 땅에 떨어져버렸던 것이다. 왜란 때의 해전사에서 원균이라는 존재는 결코 언급할 가치조차 없는 존재였던 것이다. 이순신장군의 휘하에서 몇 년에 걸쳐서 정비해 놓은 거북선을 비롯한 주력선단을 왜군과의 단 한 번의 해전에서 전부 없애버리다 시피하여 서해로 돌아가는 해상으로의 교통로를 왜군의 수중에 넘겨주고 말았던 것이다. 이순신장군의 강력한 방어전술에 의하여 왜란초기부터 장악하고 있던 제해권을 왜군에게 어이없이 내어주고 말았으니 참으로 통탄할 일이었다. 능력이 없는 원균과 같은 자가 자신에게 너무나 벅찬 통제사라는 자리에 앉고 보니 많은 수군병사들이 비관적으로 예견했던 패전의 아픔이 현실적인 사실로 드러나게 되었던 것이다.

16세기에 7년간의 임진왜란을 겪게 되는 조선은 통치자의 자질이라곤 눈꼽만치도 없는 임금 선조의 총애를 받던 원균이 3도수군통제사로 임명을 받고 임지에 부임했지만, 능력부족인 그가 왜군과 싸운 1597년(선조 30년) 5월 27일의 칠천량 해전에서 군선 256척과 4,000여 명에 달하는 수군을 죽음으로 몰아넣음으로써 대패해서, 이순신장군이 그동안 어렵게 정비해서 육성해 놓은 해군력을 거의 전멸시켜버린 원균이란 과연 어떠한 문제아였을까? 원균은 몸집이 비대해서 한 끼의 식사량도 엄청난 것이었다고 한다. 1594년(선조 27년)인 임진왜란 3년이 되는 3월 6일 당항포해전 격전의 공을 원균이 가로챘다. 서인 대신에게 뇌물을 보내 이순신장군을 모함했다. 선조는 원균의 참소에 동조했다. 재목이 못되는 인재는 평상시에는 그럭저럭 때울 수 있지만, 전쟁이나 국가위급 시에는 그 자질이 여실히 드러나게 된다는 것이다. 돈으로 고관들을 매수한 원균은 3군 수군통제사의 자리를 차지했으나 능력이 부족한 그가 밖에서 볼 때에는 쉽게 이길 것 같은 해전도 막상 왜의 수군과 직접 전투를 하게 되니 도저히 그들에게 상대가 되지 않는 아마추어라 원균으로서는 실로 감당하기 어려운 일이었다.

원균은 3군 통제사가 되자 유능한 장수들을 갈아치우고 맹종하는 부하들만으로 그 자리를 채웠다. 왜군과의 해전에 대비하는 준비는 전혀 하지 않은 채 매일 주색잡기로 허송세월을 하다 보니 이순신장군과는 정반대의 처세로 결국에는 전투에도 지고 자신의 목숨도 잃게 되는 파멸의 길을 걷게 되었던 것이다. 통제사의 직분을 맡은 지 4개월을 채 넘기지 않아서 조선 수군함대를 전멸시키고 자신도 도망가다가 왜병에게 목 베여 죽고 말았다. 이순신장군의 옆에 가만히 있었으면, 그냥 왜란진압 일등공신으로 남았을 터인데, 헛된 공명심에 임진왜란사를 보는 후세들로 하여금 이순신장군의 위대함에 비해 정반대의 악역을 맡아 만고역적 원균이 되어버렸던 것이다. 권력의 핵심에서 곁불만 쬐던 사람은 옆에서 구경할 때는 아주 쉽게 보여서 자기도 잘 할 것 같아 보였지만, 자질이 없는 그가 결국 비참한 종말을 맞이할 수밖에 없었던 것이다.

거북선은 돌격선이다. 해전 초기 적선단의 복판에 침투하여, 왜선과 충돌하여 격침시키고 각종 대포의 발사로 기선을 제압하고 아군의 사기를 북돋아 주어서 해전을 승리로 이끌었던 것이다. 이순신장군은 전라좌수사 부임 즉시 왜의 침입을 예상하여 조선수군의 주력함인 판옥선을 건조했으며, 거북선을 만들어 왜국의 침략에 대비했다.

1592년(선조 25년) 임진년 4월 14일 규슈 나고야 대본영에서 왜의 군대는 1~16조로 편성된 병력 28만 6천명이 총대장 우키다 히데이로의 지휘하에 왜란 7년의 전쟁이 시작되었다. 1592년 나고야에서 출정하여, 중간기착지인 쓰시마에 집결한 왜군은 4월 13일 오전 6시에 쓰시마를 출발하여 오후 6시 부산포 앞바다에 도착했다.

　동래 경상좌수 방흥은 왜군의 엄청난 군세에 놀라서 조정에 파발을 띄우고 도망치고 말았으나 군인으로서의 자존심을 잃어 그 이듬해에 병들어 죽었다고 한다. 삼천포 수영 경상우수사 원균은 왜군의 대병력이 침입해 온다는 소문에 놀라서 전선 100척을 포함하여 대포와 무기를 스스로 파괴하고 수군 일만 명을 무너지게 한 후 판옥선 3, 4척을 몰아서 도망쳐버렸다.

　경상 좌수사였던 동인 김성일은 통신사로 왜국에 갔다온 후 조정에 보고하기를 왜구가 적선 400척에 한 배에 수십 명씩 탄 병력이 불과 1만밖에 안된다고 허위보고를 한 통신부사 때의 버릇을 버리지 못하고 거짓보고를 조정에 올리고 수하병사들에게 재주껏 알아서 도망치라고 이른 후 3, 4일 후 병사들 몰래 도성을 빠져나와서 도망을 치고 말았다.

　이순신은 왜군이 부산포에 상륙했다는 첩보를 입수하고 휘하 장수들을 좌수영에 소집했다. 탈영을 하려다 잡힌 황옥천을 효수한 뒤 참모회의를 열었다. 녹도만호 정운은 "적군을 치는데 전라도 경상도가 어디 있느냐"고 일갈하면서 전라좌수영의 수군 참전을 주장했다.

왜군과의 첫 해전이 명량해전이었다. 원균의 패전으로 조선수군은 거의 파멸되다시피 하여 남은 배가 판촉선 한척과 중선 11척, 어선 한척이 조선수군의 전함대였다. 1597년(선조 30년) 7월 21일의 칠천량 해전에서 원균이 대패하고 백의종군을 하던 이순신이 3군 수군통제사로 재임명되었다.

9월 15일 조수를 타고 해남군 문내면 전라우수영으로 진을 옮긴 이순신장군은 전라우수사 김억에게 수중철색을 치게 했다. 우수영 쪽 해안과 진도해안 양쪽에 걸쳐있는 남해안 전체에서 물살이 가장 센(유속 10노트) 좁은(폭 300m) 해협에 비스듬히 수중철색을 걸었다. 왜적의 배가 서로 부딪혀 깨지도록 설치하여 왜선들이 걸려 서로 부딪혀서 침몰하게 한 것이다.

왜군의 함대 133척의 선박이 명량앞 바다 울둘목에 쳐들어오자 이순신장군은 조선수군 13척을 이끌고 해전에 임했다. 명량대첩은 13척의 함선으로 왜함 382척을 쳐부순 세계해전사상 유례없이 작은 병력으로 많은 적군을 무찌른 사례가 되고 있다.

왜란의 마지막 전투인 노량해전은 1598년(선조 31) 무술년 11월 18~19일의 일이었다. 남해 노량 앞바다에는 겨울 북서풍의 차가운 날씨에 왜선 550척과 조·명 200척의 연합함선이 마지막 도주하는 왜적을 섬멸하려는 해전을 벌인 것이었다. 치열한 전투가 벌어졌다. 이순신장군은 명나라 장군인 진린과 서로 돕고 도우면서 왜선을 격파하여 왜선 2/3를 노량해협에 수장시켰다. 이순신 장군은 왜적과의 관음포 격전중에 손수 북을 치며 수군을 독려하다 날아오는 총알에 겨드랑이를 맞고 쓰러졌다. 장군은 유언으로 "싸움이 급하니 내가 죽었다는 말을 하지 말라"고 말했으며 맏아들 회와 조카 완이 임종을 지켰다. 비록 이순신이란 위대한 조선의 별은 관음포에서 떨어졌지만 충무공 이순신의 구국충정의 혼은 조선인의 가슴에 영원히 살아있다고 해야 할 것이다. 위대한 지도자는 국가위상정립을 목적으로 하나 반역자는 일신상의 영화만을 위해 움직인다는 말이 있지만, 이순신과 원균을 대비해 볼 때 그것이 사실이라는 생각이 들게 되는 것은 어쩔 수 없는 일이라 하겠다.

김상묵은 임진왜란이 일어났던 시대로 되돌아가서 역사적인 인물인 이순신장군이 왜군과의 수많은 해전에서 조선해군을 승리로 이끄는 모습을 이순신장군이 타고 있는 기함에 수병으로 승선하여 실전에 참전하면서 통쾌하게 느껴볼 수 있는 기회를 가질 수 있었다. 그가 수병으로 복무하는 기간 중에 이순신장군이 원균 등에게 모함을 당하여 삭탈관직이 되어 죄인으로 서울로 묶여가는 모습을 안타까운 마음으로 처량하게 배웅하던 슬픈 일도 겪었다. 원균이라는 장수처럼 보이지도 않는 무능해 보이는 사람이 지휘관이라고 기함에 승선하는 것을 보고 이제는 볼 짱 다 보았다는 생각이 들었는데, 아니나 다를까 그 자가 조선수군을 전멸시키는데 공헌을 한(?) 장본인이 될 줄이야. 그러지 않아도 이순신장군이 파직되고 원균이라는 자가 그 자리를 차지할 때부터 수군들은 장래에 대한 희망을 잃고 사기가 땅에 떨어졌었는데, 이에 호응하듯이 원균이 드디어 일을 저지르고야 말았던 것이다.

그러나 원균이 왜구에게 살해된 후에 다시 3군 수군통제사로 되돌아 온 이순신장군을 다시 대할 수 있었을 때의 김상묵의 감회는 마치 죽었던 부모형제가 다시 살아온 것처럼 벅찬 감격을 느꼈다. 이순신장군이 13척의 함선으로 300여 척이 넘는 막강한 왜군의 함선을 통쾌하게 무찌르는 명량해전에 참가하여 이순신장군이 기적과 같은 승리를 거두는 일에 동참할 수 있었던 것은 필설로 다 할 수 없는 감격스러운 일이 아니고 무엇이겠는가? 이순신장군이 왜구와의 마지막 전투에서 안타깝게도 전사하시는 모습까지 지켜보아야 하는 것은 너무나 슬프고도 안타까운 일이었다. 한참 전투가 벌어지고 있을 때는 자신이 21세기의 한국에서 400여 년 전의 임진왜란시의 조선으로 타임머신을 타고 왔다는 사실을 까마득하게 잊고 있었다. 이제는 왜란도 끝났으니 한국의 내 집으로 돌아가야 할 때가 된 것 같았다. 마치 실제로 그가 400여 년 뒤로 되돌아간 것을 전혀 의식하지 못하고 해전에 참가했으며, 이순신장군에 관한 기록은 물론 전쟁에 관한 기록도 상당히 정확하게 작성을 했으니 한국에 되돌아가면 이를 책으로 발행해야 하겠다는 결심을 했다.

　실제로 김상묵이 보고 체험했던 기록이니 그의 기록은 역사적인 자료로서도 중요한 가치를 충분히 가질 수 있을 것이다. 그가 우연한 기회에 타임머신을 타고 와서 임진왜란을 실제로 체험할 수 있었던 것은 거짓말 같은 일이기는 하지만, 자신처럼 생생하게 역사적인 사실을 체험한 사람은 아마도 이 세상에 존재하지 않는다는 것을 확신할 수 있을 것 같았다. 어떻게 해서 타임머신을 타게 되었는지는 알 수 없지만, 그가 분명히 타임머신을 타고 400여 년 전의 조선으로 왔으니 이제 남은 일은 21세기의 한국으로 되돌아가는 일이다. 그런데 문제는 자신이 타고 왔던 타임머신을 어디에 두었는지 기억이 나지를 않는다. 타임머신을 타야 한국으로 되돌아갈 수 있는 것인데 어떻게 하나 걱정이다. 왜란 중에 타임머신이 불타버려서 재가 되어버린 것은 아닐까?

김상묵은 타임머신이 없다면 어떻게 과거에서 현재의 자신의 생활로 되돌아갈 수 있느냐를 심각하게 생각해보기 시작했다. 타임머신을 타고 온 것이 아니라면 어떻게 현세에서 과거 400여 년 전의 세계로 갈 수 있었다는 말인가? 아무리 곰곰이 생각해 보아도 그에 대한 명확한 해답은 발견할 수 없는 것 같다. 가만히 있다가는 왜란이 끝난 조선에서 군복무를 하기 전의 머슴의 생활로 되돌아가는 것이나 아닌지 걱정이 태산 같았다. 7년간의 군복무를 마쳤지만 마땅한 직업이 없으니 이전의 머슴살이 생활로 되돌아 갈 수밖에 없는 것이 아니겠는가? 조선수군의 함선을 타고 목숨을 내건 해전에 참가했을 때에는 언제 죽을지도 모르는 목숨이었지만 그런대로 남자로서 해 볼만한 일이었다. 그런데 왜란이 끝나고 마땅히 할 일이 없어서 머슴살이라도 해야 할 처지라면 차라리 한국으로 되돌아가고 싶었다.

가만히 생각을 정리해 보니 자신이 지금처럼 조선에서 머슴으로 태어난 것이 아니라 대학원 국사학과의 대학원생이었던 것 같은 생각이 들었다. 그의 전공이 아마도 이씨조선의 역사, 특히 임진왜란의 역사적 고찰에 관한 학위논문을 준비하고 있었던 것 같은 생각이 어렴풋이 뇌리에 떠오르기 시작했다. 그것이 사실이라면 자신은 결코 이씨조선에서 머슴으로 태어난 천한 인간이 될 수 없는 것이다. 그렇다면 그가 지금까지 머슴으로서, 그리고 수병으로서 수십 번의 해전에 참가하면서 체험했던 일들은 다 무엇이란 말인가? 지금까지 그가 경험했던 모든 일들이 너무나 생생하고 현실감이 있기 때문에 꿈이라도 꾸고 있는 것이라고 매도하는 것도 좀 무리가 있는 것처럼 느껴졌다.

그가 지금까지 대면하고 체험했던 왜란과 관련된 사항들을 상세하게 기록해 둔 것과 머릿속에 구체적으로 각인해 둔 것들을 이곳에 오기 전에 자신이 살았다고 생각되는 한국으로 가져갈 수 있다면 왜란에 관한 연구에 귀중한 1차 자료가 될 수 있을 것이다. 왜냐하면, 이순신이나 원균과 같은 역사적인 인물들을 측근에서 대하면서 그들의 거동에 대하여 상세하게 관찰할 수 있는 기회를 직접 가졌으니, 이전처럼 그러한 역사적인 인물들에 관한 것을 다만 책에서만 보고 공부했을 때와는 비교가 되지 않을 정도로 현실감이 있는 역사적인 자료가 될 수 있기 때문이다.

그런데 문제는 어떻게 그러한 귀중한 자료들을 갖고 한국으로 되돌아 갈 수 있을 것인가 하는 것이다. 이곳까지 왔으니 분명히 되돌아갈 수 있는 방법도 있을 것이다. 그렇게 생각하기 시작하자 대학원생이었던 시절이 그리워져서 견딜 수가 없었다. 어쩌다가 엉뚱하게도 조선시대로 타임머신을 타고 와서 한국에 그대로 있었다면 하지 않아도 되었을 모진 고생을 불평 한마디 못하고 감수해야 했다는 말인가? 생각해 볼수록 한심한 생각만 들

뿐이다. 자신의 조선에서의 생활이 머슴생활을 포함하여 10년이 훨씬 넘는 긴 세월이긴 하지만 기나긴 꿈을 꾼 것이라 생각하고 꿈에서 빨리 깨어나서 자신이 직면하고 있는 이 어려운 난국에서 벗어날 수는 없을 것인가? 상묵의 생각은 현실에서 과감히 탈피하지를 못하고 머릿속에서만 뱅뱅 맴돌고 있는 듯한 따분한 느낌이 들었다.

그러다가 어느 날 갑자기 상묵은 긴 잠에서 깨어나듯 현실로 되돌아 올 수 있었다. 타임머신을 타고 되돌아온 것도 아닌데, 지도교수 연구실의 조교책상에서 졸다가 깨어난 자신을 발견할 수 있었다. 연구에 몰두하다가 너무나 피곤했던지 깊은 잠에 빠져서 꿈속에서 조선시대의 왜란시기에 타임머신을 타고 간 것처럼 생생한 체험을 하고 돌아왔던 것이다. 그의 체험은 너무나 생생한 것이었기 때문에 상묵이 꿈에서 깨어난 후에도 그가 체험했던 일들이 머릿속에 상세하게 각인되어 있다는 느낌이 들었다. 이제 남은 문제가 있다면 그가 조선에서 보고 들었던 기억들을 되살려서 컴퓨터에 기록으로 재현해 내는 일일 것이다. 불행히도 그가 조선 수군으로 복무하면서 틈틈이 기록해 놓았던 문서는 꿈에서 깨어나면서 그대로 그곳에 놓고 온 것만 같았다. 그가 다시 꿈을 꾸더라도 조선시대로 되돌아갈 수는 없는 것이니 잊어버리기로 하고, 머릿속에 각인되어 있는 기억들을 최대한으로 기억해 내서 가급적 정확한 기록으로 재현해 낼 수 있도록 최선을 다하는 방법밖에 없을 것이다.

상묵이 왜란에 관한 연구에 몰두하다 보니 꿈속에서이긴 했지만 조선시대로 되돌아가서 이순신이나 원균과 같은 역사적인 인물들을 실제로 만나보고 수군이 되어 해전을 실제로 생생하게 체험하는 꿈을 꿀 수 있었던 것이 아니었을까? 어떠한 일을 간절히 바라다보면 지극정성이라고 그 바람이 현실적으로 나타날 수 있다고 하는데, 상묵의 경우에도 그의 간절한 바람이 현실감 있는 역사적인 사실로 나타난 것은 아니었는지 자못 궁금해진다. 타임머신이라는 것이 실제로 있어서 우리가 원하기만 하면 시대를 초월하여 자유자재로 우리가 원하는 곳으로 넘나들 수 있다면 얼마나 좋을 것인가? 상묵의 생각으로는 그러한 일이 아직은 현실적이지 못한 것 같았다.

　과학의 발달은 그 끝을 알 수 없는 것이기는 하지만 타임머신이라는 것이 소설의 세계에서는 가능할지 모르지만, 현실의 세계에서는 불가능한 것으로 여겨진다. 그가 조선시대로 되돌아가서 실제로 체험했던 모든 일들이 마치 타임머신을 타고 조선시대로 갈 수 있었던 것처럼 느껴지기는 했지만, 나중에 그것이 꿈이었다고 판명된 후에도 그에게는 아직도 분명히 타임머신을 타고 조선시대에 갔었다는 확신 같은 것이 드는 것은 무슨 이유에서일까? 아마도 조선시대에 대한 미련 때문에 그런 것이 아닐까? 조선시대는 우리가 살고 있는 현재와는 아주 상이한 생활상을 보여주기 때문에 그렇게 생각되는 것인가? 이씨조선을 연구하는 역사학도로서 상묵의 생각은 타임머신을 타고 갔건 꿈속에서 갔건 간에 왜란시대의 사회상을 철저하게 체험할 수 있었다는데, 그 의의를 발견할 수 있을 것 같은 생각이 드는 것은 조선시대를 실제로 체험할 수 있는 기회가 그에게 주어졌었다는 점 때문일 것이다.

상묵의 생각으로는 지나간 역사적인 사실은 우리가 실제로 체험할 수는 없지만, 비록 대부분의 경우에 그러한 사실을 역사적인 기록으로만 접근할 수밖에 없다는 것이 역사인식의 한계점이라고 할 수 있을 것이다. 조선시대의 역사에 관한 것은 아니더라도 우리에게 가장 친근한 해방 이후의 역사에 관해서도 역사인식의 차이에 따라서는 정반대의 결론에 도달할 수도 있을 것이다. 역사와 시사의 구분도 어떻게 보면 상당히 모호한 개념이라고 할 수 있을 것이다. 상묵의 생각으로는 어떤 사건이 일어난 것 자체로 역사라고 말하는 사람은 없다는 것이다. 역사는 일정한 기간이 경과해야만 역사적인 것으로 평가할 수 있다는 것이다. 그러므로 단순한 사건의 발생은 역사라기보다는 시사라고 해야 한다는 것이다. 신문이나 방송에 방금 보도된 사건의 내용이 바로 시사성을 띠게 된다는 것이다.

외교문서와 같은 경우에 일정한 기간이 경과하기 전에는 비밀문서로 다루어져서 일반에게 공개되지를 않는다. 그 이유는 외교문서의 경우에는 과거의 열강 간에 비밀외교의 관행이 아직도 외교관계에 있어서 그대로 남아있기 때문에 외교의 비밀보장을 위한 방편으로서 외교문서의 비밀유지를 고집하고 있는 것이다. 오늘날 외교의 민주화라는 구실로 조약체결의 공개를 주장하는 정치적인 압력이 보편화되고 있는 추세에 있기 때문에 엉뚱한 방향으로 문제가 전개되어 국가전체가 시끄럽게 되는 경우를 더러 목격할 수 있는 것은 참으로 유감스러운 일이라고 상묵은 생각하고 있다.

이러한 시사성이 농후한 해방 후의 역사와는 달리 조선시대의 역사는 어느 정도 역사로서 확고한 자리를 잡고 있는 경우라고 볼 수 있기 때문에 논쟁의 여지가 큰 것은 아니라고 보아야 할 것이다. 상묵의 판단으로는 자신이 왜란에 관한 연구를 하여 석사학위, 그리고 가능하다면 박사학위까지 연구의 범위를 확장해서 받고 싶지만, 왜란의 해석에 대한 새로운 사실이 추가되지 않는 한 현재의 연구 성과에 대한 더 이상의 연구는 현재로서는 거의 불가능하다고 보여진다는 것이다. 창의성이 요구되는 학위논문에 있어서 이것은 실로 치명적인 문제점이라 할 수 있을 것이다.

다만 상묵 자신이 조선시대에 가서 실제로 체험했던 생생한 사실들을 역사적인 자료화해서 정리하면서 지금까지 학계에 알려지지 않았던 새로운 사실들이 발견되어서 왜란의 역사를 재평가할 수 있는 기회가 주어질 수 있다면 창의성이 있는 학위논문을 완성할 수 있을 것이며, 타임머신을 타고 찾아갔던 조선시대, 아니 꿈속에서 가보았던 그 시대에 대한 새로운 발견을 논문으로 작성할 수 있는 것이 아니겠는가?

12. 태평성대

　전쟁이 없는 세상이 온다면 인류의 모습은 어떻게 변화하게 될 것인가? 수십년간을 주변 국가들과의 전쟁에 시달려서 국민들이 지칠 대로 지쳐서 무기력하게 되었을 때 한 명의 유능한 정치군사 지도자가 나타나서 국가를 전쟁의 위협에서 구하고 국민을 도탄에서 건져내는데 성공을 했다. 국가가 전쟁의 위협에서 벗어나서 오래간만에 국민들이 평화를 구가하게 되자 전쟁으로 억제되어 있던 산업 활동이 정상적으로 재개할 수 있게 되어 실업자의 수도 줄어들게 되고 국민들의 생활도 안정되기 시작했다. 국민들도 열심히 일상생활을 영위하고 위정자들도 국사에 성실하게 임하다 보니 국가의 살림에 여유가 생기고 국민들의 생활도 경제적으로 크게 향상될 수 있었다.

　이렇게 되다 보니 국민들이 태평성대를 누릴 수 있는 시대가 바야흐로 시작되고 있는 듯한 느낌이 들기 시작했다. 국민들이 태평성대에서 아무 걱정 없이 살 수 있게 된다면 대부분의 사람들은 어떠한 생활을 하게 될 것인가? 소인배들은 생활에 여유가 생기고 특별히 할 일이 없게 된다면 주색잡기에 빠지기 쉽게 된다는 말이 있는데, 과연 그렇게 될 수 있는 것인가? 태평성대를 갑자기 누리게 된 국민들은 전처럼 성실하게 살아가려고 노력을 하는 대신에 잡생각을 하거나 막말로 주색잡기에 빠져버리게 되는 것은 아닌가 하는 우려를 자아내는 사태가 이곳저곳에서 차츰 나타나기 시작했다. 세상을 쉽게 살아가려는 사람들의 숫자가 사회적인 대세로 나타나게 됨에 따라 열심히 성실하게 살아가려는 사람들의 처지가 위협을 받게 되는 기현상이 파다하게 퍼져서 국민들의 마음을 지배하는 대세로 변하는 것 같은 위기감을 느끼게 될 정도로 사회의 일반적인 분위기가 변하기에 이르렀다.

김공도는 지금까지 극심한 전쟁에 시달리던 국가가 갑자기 전쟁의 위험에서 벗어나서 태평성대를 구가하게 된 것을 마다할 생각은 없지만, 국민이 이전의 성실한 생활태도를 버리고 무계획하게 살아가도 아무도 무엇이라 말하는 사람도 없다는 사실을 이용하여 제멋대로 살아가는 것을 즐기고 있는 것을 보고 참으로 한심한 생각이 들기 시작했다. 김공도의 생각으로는 국민들이 태평성대를 누릴 수 있다는 것이 과연 축복해야 할 일인가? 아니면 오히려 저주를 받았다고 말할 수 있을 것인가? 실로 갈피를 잡을 수 없는 심정으로 하루하루를 참으로 우울하게 지내게 되는 새로운 습관이 생기게 되었다.

그러나 공도는 태평성대를 맞이했다 하더라도 지금 많은 사람들이 생각하듯이 아무 일도 하지 않고 허송세월을 보낼 수는 없다는 생각에서 사회변천사에 관한 연구를 대학원에 가서 체계적으로 연구해보기로 했다. 그의 주요 연구주제는 태평성대에 관한 것이었다. 그는 태평성대에 관한 연구로 사회학 박사학위를 받았다. 그의 연구에 의하면, 어떤 시대를 막론하고 한 사회를 이끌어가는 지도자는 남들보다 앞서가는 생각을 갖고 있는 선각자들이라는 것이다. 비록 현재는 태평성대를 구가하고 있을지라도 언제인가는 사람들이 생활걱정을 하게 되고 전쟁의 위협 속에서 살아가야 하는 불안의 시대를 맞이하지 말라는 법은 없지 않은가? 유비무환이라고 만일에 생길 수 있는 일에 미리 언제나 대비해야 할 것이 아니겠는가? 대부분의 사람들처럼 태평성대가 언제까지나 지속되기나 할 것처럼 주색잡기에 빠져서 방탕한 생활로 인생을 허송할 수는 없는 일이 아니겠는가?

어느 시대를 막론하고 선각자라는 사람들은 존재하고 있는 것이다. 선각자가 없어서라기보다는 선각자들이 사람들에게 미치는 영향력이 미약하기 때문에 국가나 사회를 위기에서 구할 수 없었던 것뿐이다. 역사적으로 볼 때 태평성대라 할 수 있는 시대가 존재하지 않았던 것은 아니다. 중국의 요순시대가 대표적인 태평성대로 자주 인용되고 있지만, 그 시대는 어떻게 보면 역사라기보다는 신화로 보는 것이 온당할 것이다. 이러한 예외를 제외하고는 역사상 과연 태평성대라고 할 수 있는 시대가 실제로 존재했느냐에 대해서는 의문의 여지가 있는 것이다. '태평성대'라는 것은 어떻게 보면 '이상향'과 마찬가지로 하나의 허구이지 실재하는 것은 아닐 수도 있을 것이다. 그렇다면 왜 사람들은 역사적으로 실재한 일도 없었으며 앞으로도 실재하게 될 수 없는 허구라고 할 수 있는 '태평성대'나 '이상향'과 같은 가상의 세계를 상정하는 것일까? 그 이유는 우리가 현재 살고 있는 현실사회가 만족스러운 것이 아니기 때문에 우리가 달성할 수는 없지만 바람직한 이상적인 미래사회를 머릿속으로 상상해 보는 것이 아니겠는가?

김공도가 현재 살고 있는 사회가 태평성대의 사회이냐에 대한 것은 다분히 의문의 여지가 있다. 많은 사람들이 태평성대라고 주장하고 있지만, 그렇지 않다고 보는 사람들도 상당히 있기 때문이다. 수십 년간 계속되던 전쟁의 공포에서 깨끗이 벗어나서 평화를 구가하고 있는 사회에서 살고 있으니 그것이 태평성대가 아니고 무엇이냐 하는 주장이 있다. 과연 전쟁만 없으면 태평성대라 할 수 있을 것인가? 태평성대에 관한 토론회가 열렸다. 김공도가 토론회의 발제자로 나서기로 했다.

"태평성대가 어떠한 시대인가에 대한 정의는 여러 가지로 내릴 수 있을 것입니다. 우선 전쟁의 위험이 없는 시대를 태평성대라 할 수 있을 것입니다. 왜냐하면 인류역사상 전쟁이 없었던 시대는 거의 없었다고 해도 과언이 아니기 때문입니다."

"그렇다면 발제자의 의견으로는 전쟁만 없으면 그 시대를 태평성대로 정의해도 무방하다고 생각하시는 것입니까?" 강남대학의 김남수 교수의 질문이었다.

"전쟁이 없는 시대를 태평성대로 정의해도 무방할 것입니다.

평화에 대한 갈망이 얼마나 간절했으면 태평성대에 대한 그러한 정의까지 나오게 되었겠습니까?"

전쟁의 유무가 태평성대의 정의에 있어서 결정적인 영향을 미칠 수 있느냐 여부에 관한 열띤 토의가 관련학자들 간에 행하여졌다. 많은 학자들이 전쟁의 유무가 태평성대를 정의하는데 결정적인 영향을 미치고 있다는 데에는 동의하고 있었다. 최근의 역사발전단계에 있어서 전쟁이 없던 시대가 과연 얼마나 된다는 말인가? 제1차 대전은 엄밀한 의미에서 세계전쟁이라기 보다는 유럽대륙에 국한된 전쟁이라 할 수 있을 것이다. 유럽 이외의 지역도 전쟁에 참여하기는 했지만, 전쟁의 주도권은 독일과 프랑스가 갖고 있었으며, 기독교 국가들 간의 전쟁이었다고 할 수 있을 것이다. 같은 기독교 국가들 간의 전쟁이라 각국은 하느님께 자신의 국가에 승리를 가져다 달라고 기도했겠지만, 하느님은 과연 어느 편에 서계셨던 것일까? 프랑스가 승리를 했으니 하느님은 프랑스 편에 서계셨다고 말을 할 수 있을 것인가?

기독교 국가들 간의 전쟁에 있어서 하느님은 아마도 어느 편에도 서계시지 않으셨을 것이다. 제2차 대전은 좀 더 규모가 큰 전쟁으로 유럽대륙에만 국한되지 않은 실로 세계적인 양상을 띤 전쟁이었다고 할 수 있을 것이다. 최근에 세계 각지에서 일어나고 있는 크고 작은 전쟁들은 점차 종교전쟁이라는 양상을 띠고 있다. 제1차 세계대전의 발원지가 발칸반도의 사라예보였는데, 발칸반도는 아직도 종교를 분쟁의 구실로 삼고 있는 전쟁의 위협에서 헤어나지 못하고 있다. 중동지역에서 아직도 간단없이 지속되고 있는 이슬람교와 타종교간의 전쟁의 위협은 세계평화라는 것이 아직도 요원하다는 비관론이 우세하도록 만들고 있다.

전쟁의 위협을 사전에 방지하려는 세계적인 노력은 제1차 세계대전 후에 국제연맹의 탄생을 가져왔지만, 베르사이유조약에 의한 패전국 독일에 대한 과중한 배상요구로 독일을 파산시켰다. 이것이 전후 평화유지의 결정적인 실패원인이 되었던 것이다. 히틀러가 이끄는 나치독일이 불공평한 베르사이유조약을 폐기선언하고 오스트리아를 침공하여 병합함으로써 제2차 세계대전이 발발했던 것이다. 유럽대륙은 물론 아시아대륙이나 태평양제도뿐만 아니라 아프리카대륙에서도 막대한 전쟁의 피해가 발생하여 수많은 사람들이 살상되고 물자의 손실을 가져왔다. 이러한 전쟁의 피해를 방지하기 위하여 탄생한 국제연합(UN)이 세계각지에서 일어나는 전쟁의 위협을 최소화시키기 위한 노력을 계속하고 있지만 불행하게도 인류는 아직도 전쟁의 피해에서 완전히 벗어나서 전쟁이 없는 시대인 태평성대를 달성하지 못하고 있는 셈이다.

김공도는 인류의 끊임없는 전쟁의 역사에 비추어 볼 때 엄밀한 의미에서의 태평성대를 달성한다는 것은 사실상 인류의 영원한 꿈에 불과하다는 결론을 내릴 수밖에 없는 입장에 놓이게 되었다. 그러나 김공도는 이러한 비관적인 결론에도 불구하고 태평성대에 관한 연구를 계속하기로 했다. 그의 태평성대에 관한 연구는 전쟁이 없는 평화가 지속되는 시대에 관한 연구라고 볼 때, 자연스럽게 전쟁과 평화에 관한 연구를 주요 연구과제로 채택할 수밖에 없는 것이다. 전쟁과 평화는 대립되는 개념이라 할 수 있다. 전쟁을 일으키기는 쉽지만 평화를 달성하는 것은 참으로 어려운 일인 것이다.

전쟁과 평화에 대한 연구에는 이미 많은 자료들이 축적되어 있다. 세계평화의 전도사인 UN이 수집해놓은 자료는 물론 UN이 발행한 전쟁과 평화에 관한 자료도 실로 방대한 양에 달하고 있다. 그런데 전쟁과 평화에 관한 문제는 자료수집에 관한 문제도 중요하지만, 그것보다는 어떻게 전쟁을 방지하고 평화를 달성할 수 있을까 하는 문제에 관하여 체계적인 연구를 할 필요가 있을 것이다. 전쟁과 평화에 관한 문제는 자료수집에 관한 문제라기보다는 전쟁이 없는 평화를 어떻게 달성할 수 있을까 하는 방법론에 관한 문제인 것이다. 김공도의 태평성대에 관한 연구는 결국 전쟁이 없는 평시라 할 수 있는 평화를 달성하는 방법론에 관한 것이라 할 수 있을 것이다.

이러한 목적을 위하여 공도가 먼저 착수한 연구는 전쟁과 평화의 기간을 상호 비교하는 것이었다. 실로 방대한 연구이기는 했지만, 그러한 연구를 통하여 얻게 된 결론은 전쟁에 시달린 시기도 많았지만, 의외로 전쟁이 없는 평화의 기간도 무시할 수 없을 정도로 많기 때문에 우리가 알지 못하는 사이에 태평성대가 역사적으로 존재했다는 것을 증명해주는 좋은 사례들을 보여주고 있는 셈이다. 예를 들면 전후의 일본과 같은 경우에는 종전후 70년이 되는 기간 동안에 그야말로 태평성대를 구가하고 있는 셈이다. 한국전쟁으로 인한 경제적인 특수와 미국의 덕택으로 역사상 유래 없는 태평성대를 누리고 있음에도 불구하고 그것을 고맙게 여기지 않고 옛날의 군국주의 시대로 되돌아가려고 시도하고 있는 것은 너무나 어처구니없는 국제적인 얌체 짓이라 아니할 수 없지 않은가? 일본이 전쟁의 위협에서 완전히 벗어나서 태평성대를 구가할 수 있게 되었던 것은 종전 후 미국의 주도하에 만들어진 소위 평화헌법의 덕이었는데, 이 헌법을 폐기하고 재무장을 하여 아시아 제국에 침략의 손길을 뻗으려 하는 것은 역사는 되풀이 된다는 말이 있기는 하지만 이러한 일본의 군국주의화는 세계평화에 아무런 도움도 되지 않는 어리석은 행동이라 하겠다.

그런데 한국의 경우에는 일본이 당해야 했던 남북분단의 비극을 대신 당하면서 남북이 6 · 25 전쟁으로 큰 비극을 겪었고 정전 후 60여 년간에 전쟁은 다시 겪지 않았지만, 현재에 이르기까지 북한에 의한 끊임없는 전쟁도발의 위협으로 불안한 상태에 있다. 남북 간에 전쟁은 없지만 이러한 상태를 평화를 누리고 있는 태평성대라고 말할 수는 없는 것이다.

역사상 전쟁은 여러 가지 원인으로 시작되었다. 그리스 신화에 나오는 트로이의 전쟁은 헤레나라는 여인을 차지하기 위하여 도시국가간에 행하여진 전쟁이었다. 영토 확장을 위한 전쟁의 사례는 헤아릴 수 없이 많다. 로마제국은 건국 후에 세 번 유럽을 정복했다는 말이 있듯이 처음에는 무력으로, 다음에는 법으로, 그리고 마지막에는 종교로 유럽을 정복했던 것이다. 로마제국은 국력이 강해짐에 따라 주변 국가들을 무력으로 정복하여 영토를 확장하여 유럽전역을 로마제국의 지배하에 굴복시킴으로써 소위 로마의 평화(pax Romana)를 완성하여 수세기동안 전쟁이 없는 유럽을 통치할 수 있게 되었던 역사를 갖고 있다. 로마제국이 이 지역에 얼마나 큰 영향을 미쳤는지는 유럽 전 지역에 걸쳐 아직도 남아있는 로마의 유적지를 보면 가히 짐작할 수 있을 것이다.

유목민이었던 몽고가 징기스칸의 조직력에 의하여 강력한 세력으로 성장하여 동쪽으로는 한반도에까지 미치는 아시아의 전역과 유럽대륙을 완전히 정복하여 몽고제국을 건설한 후, 수 세기를 버틸 수 있었던 것은 유명한 역사적인 사실이다. 몽고제국이 통치하는 지역에는 한동안 전쟁의 위험이 없었으니 몽고제국이 세계를 지배한 시기를 가히 몽고의 평화(pax Mongolia)라고 부를 수 있을 것이다. 라틴 아메리카 국가들에 진출한 스페인 왕국의 정복자들(conquistador)은 원주민들에게 스페인어와 가톨릭 신앙을 전파시켜서 라틴 아메리카 전체를 스페인의 영향 하에 두고 있는 것도 유명한 역사적인 사실이다. 가톨릭 신앙을 그 지역에 전파시킬 때 사단장이 가톨릭신자가 되는 경우에 장교들은 물론 말단 사병에 이르기까지 가톨릭 신자가 될 수밖에 없었다는 우스갯 소리가 있을 지경이다. 그 결과 이 지역의 가톨릭 신자 수는 국민의 99퍼센트에 이르고 있다고 한다. 지금도 군부 쿠데타가 계속 일어나고 있는 이 지역을 스페인의 평화(pax España)라고 부르기는 무리가 있는 것 같다.

무력에 의하여 달성된 평화는 언제든지 반란에 의하여 전복될 수 있는 것이다. 냉전이 한동안 지속되던 시대에는 미국이나 구소련과 같은 초강대국가만이 세계를 지배할 수 있을 뿐만 아니라 평화를 논할 수 있는 것이지 군소국가들은 평화를 논의할 자격도 없다고 주장한 국제정치학자도 있었다. 현재는 그 학자가 주장했던 초강대국 중에 중국도 포함된다고 할 수 있을 것이다. 중국은 한 때 한국을 동이(동쪽에 있는 야만인)라고 부르고 인도차이나를 월남(남쪽에 있는 야만인)이라고 불렀을 뿐만 아니라, 북방민족인 흉노(헝가리)와 돌궐(터키)과 같은 북방민족이나 몽고나 만주족을 야만인 취급하면서 중화족만이 세계를 지배해야 한다는 오만한 생각을 갖고 있어서 자신의 국가를 세계의 중심에 있다는 뜻으로 중국이라고 부르고 있는 것이다.

현재의 통일중국도 티베트와 같은 국내적인 불안요인이 미해결 상태로 남아 있기는 하지만 태평성대를 구가하고 있는 국가라고 말할 수 있을 것이다. 중국은 현재 미국 다음으로 부강한 세계 제2의 경제대국을 목표로 약진을 계속하고 있다. 미국과 엇비슷한 영토를 갖고 있는 중국은 인구에 있어서는 미국의 5배 정도이며, 국가체제는 공산국가이지만 자본주의의 개방경제를 채택한 중국의 경제적인 발전은 참으로 눈부신 것이라 아니할 수 없을 것이다. 김공도의 연구결과에 의하면, 중국이 미국을 제치고 세계 제1의 경제대국으로 약진할 날도 얼마 남지 않았다는 것이다. 그의 연구결과에 의하면 미국과 일본이 급속히 접근하고 있는 것은 급속히 성장하는 중국을 견제하려는 양국의 목적이 일치하기 때문이라는 것이다. 과거의 군국주의로 회귀하려는 일본의 의도를 너무나 잘 파악하고 있는 미국이지만, 일본을 밀어주는 것이 비록 고양이에게 생선을 맡기는 격이 될 수 있을지는 알 수 없지만 당장 호랑이의 위협과 같은 중국을 대적하기 위해서는 아시아에서의 미국의 세력이 중국에 의하여 밀려나지 않도록 뒷받침해 줄 일본과 같은 강력한 협력자의 도움이 필요하다는 것을 절실하게 요구하고 있기 때문이라는 것이다.

공도의 연구에 의하면, 우리나라의 형편이 결코 태평성대가 아님에도 불구하고 대부분의 국민들이 마치 우리나라가 태평성대라도 만난 듯이 흥청망청 대면서 앞날에 대한 대비를 전혀 하지 않고 살고 있다는 것이다. 태평성대를 만난 어떤 나라에서 모든 백성들이 주색잡기에 빠져서 정신없이 살다보니 국고는 탕진되고 백성들은 도탄에 빠지고 말았다는 고사가 있듯이 지금처럼 모든 국민들이 저축하는 생활보다는 낭비하는 생활에 정신을 차리지 못하고 있다가는 그 고사가 암시하고 있는 것처럼 되지 말라는 보장은 없는 것이다.

이러한 고사를 너무나 잘 알고 있는 공도는 국민들의 잘못된 생각을 어떻게 하면 제대로 살게 만드느냐 하는 방향으로 바꾸어 놓을 수 있느냐 하는 것이 무엇보다도 중요하다는 것을 깨닫게 되었다. 태평성대를 연구하기 위한 전제조건으로서 우선 전쟁과 평화에 관한 연구를 할 필요가 있다는 것을 과소평가하려는 것은 결코 아니다. 그러나 그가 현재 진행 중에 있는 필요한 연구보다 좀 더 중요한 문제는 가급적 조속한 시일 내에 적극적으로 전개해야 할 대국민 활동으로서 국민을 계몽시키는 일이라는 것을 깨닫게 되어, 뜻이 맞는 사람들과 함께 그러한 목적을 위한 국민계몽운동을 전개하기로 했다. 이러한 목적을 위한 행동대원의 발대식을 위한 토론회를 공도의 주도하에 개최하기로 했다. 인터넷을 통해 100여 명의 젊은 참가자들을 확보할 수 있었다.

"국민계몽운동을 위한 발대식에 이렇게 많은 인원이 참석해주셔서 한결 고무되고 있습니다. 여러분도 다 아시다시피 우리 국민의 절대다수가 현재 태평성대를 누리고 있다는 잘못된 생각으로 방탕한 생활을 하고 있어서 앞으로도 이러한 현상이 개선되지 않고 지속된다면, 개인적으로는 물론 국가적으로도 돌이킬 수 없는 큰 손실을 가져올 우려가 있습니다. 이러한 사태가 일어나는 것을 미연에 방지하기 위한 국민계몽운동의 행동대원 발대식을 어떻게 조직하고 추진할 것이냐 하는 문제를 토론하기 위하여 오늘 여러분을 이 자리에 초청한 것이니 좋은 의견 있으시면 말씀해 주시기 바랍니다."

"김공도 박사님의 논문과 저서를 통해서 태평성대에 관한 것을 많이 공부할 수 있었습니다. 우리가 현재 태평성대에 살고 있는 것은 맞는 것입니까?" 젊은 한 토론참가자의 질문이었다.

"아주 중요한 질문을 해주셨습니다. 태평성대가 어떤 것인가 하는 질문으로 알고 답변을 해보겠습니다. 전쟁이 없는 시대를 태평성대라고 한다면 우리가 현재 태평성대에 살고 있다고 말을 할 수도 있을 것입니다. 그러나 북한에 의한 전쟁의 위협을 계속 받고 있는 현실을 평시라고 보고 태평성대라고 말할 수는 없을 것입니다."

"그러면 많은 국민들이 우리가 현재 태평성대를 누리고 있다고 착각을 하는 것입니까?" 다른 토론참가자의 정곡을 찌르는 질문이었다.

"바로 보셨습니다. 바로 그 점이 문제인 것입니다. 북한과 사생결단의 군사적인 대치를 하고 있는 우리나라는 언제 전쟁이 일어날지 알 수 없는데, 국민들은 태평성대가 왔다고 흥청망청 대고 있으니 그것이 문제가 아니고 무엇이겠습니까? 바로 그러한 의미에서 우리가 착수하려는 국민계몽운동이 필요한 것이 아니겠습니까? 행동대원의 구체적인 조직과 활동을 위하여 토론참가자들 중에 국민운동의 조직과 활동에 경험이나 지식을 갖고 계신 분이 있으시면, 저와 면담을 해주시면 감사하겠습니다. 오늘 모임은 이것으로 끝내고 여러분에게 곧 연락드리겠습니다."

이러한 운동을 전개하기 위해서는 상당한 운영자금이 필요한데, 다행히 공도는 자신의 생각에 적극적으로 동조하고 필요한 자금을 얼마든지 대주겠다는 독지가를 만나게 되어 운영자금 걱정은 안 해도 되게 되었다. 그리고 보니 태평성대가 왔다고 모든 사람들이 정신 나간 듯이 흥청망청 대면서 살고 있어서는 안 된다는 것을 깨닫게 되어 국민계몽운동을 계획하고 있는 것이다. 토론회에 참석하여 공도의 계획에 적극적으로 동참해 주는 젊은이들을 대하게 되니 많은 용기를 얻게 되었다. 공도가 찾고 있는 국민운동에 경험이 있다는 10여명이 공도에게 면담신청을 했다.

첫 번째 면담을 한 사람은 새마을운동의 지도자로서의 경험이 있다고 말했다.

"새마을운동 지도자의 경험이 있으시다고요? 구체적으로 무슨 일을 하셨습니까?"

"농협에서 근무할 때 새마을운동 훈련원에 배치되어 새마을교육을 담당했습니다. 잘 아시다시피 새마을운동은 우리나라에서 최초로 실시된 전국적인 규모의 정신교육 프로그램이었지요. 저는 새마을운동 교육담당자로서 쌓아온 경험을 토대로 박사님께서 추진하시려는 국민계몽운동의 선도자 역할을 충분히 해낼 수 있다고 확신합니다."

"이렇게 면담에 쾌히 응답해 주셔서 고맙습니다. 교육은 얼마 동안 담당하셨습니까?"

"10년 이상 됩니다. 교육을 담당하는 동안 교육프로그램 개발에도 동참했습니다."

"선생님의 경험이 국민계몽운동의 조직과 활동계획수립에 많은 도움이 될 것입니다. 면담에 응해주셔서 감사합니다. 연락드리도록 하겠습니다."

공도는 이 사람이 그에게 많은 도움이 될 것 같은 예감이 들었다. 다음에 면담한 사람은 고등학교 선생으로 명예퇴직한 사람이었다.

"선생께서는 학교에서 무슨 일을 하셨습니까?"

"영어선생이었는데 훈육주임도 겸하고 있었습니다. 학생들을 어떻게 훈도해야 하느냐에 관한 일가견이 있는 셈이지요. 저의 경험이 국민계몽운동에 많은 도움이 될 것으로 생각합니다."

"그렇겠군요. 참고하겠습니다."

세 번째 면접한 사람은 기업체에서 신입사원의 교양교육을 담당했던 사람이다.

"신입사원에 대한 교양교육을 담당했다고 하셨는데, 교육내용은 어떤 것이었습니까?"

"이전에 고등학교 교과목에 포함되어 있던 공민이나 민주시민과 같은 도덕교육에 관한 것이지요. 그러한 과목들이 대학입시 과목이 아니라는 이유로 고등학교 교과목에서 빠져버린 후로 아시다시피 학생들이 도덕적인 갈등과 혼란을 겪게 된 것이지요."

"참 그렇군요. 참으로 중요한 경험을 하셨습니다. 국민계몽운동에 많은 도움이 될 것 같습니다. 연락드리겠습니다."

처음에 면접한 세 사람 이외에도 면접을 신청한 사람들을 만나본 결과 별다른 특이사항이나 경력을 가진 것도 아니어서 세 사람을 행동대원의 간부로 채용하기로 했다. 새마을운동 교육 담당자였던 강준석은 나이도 지긋하고 통솔력도 있을 것 같아서 행동대장으로 임명했다. 고등학교 훈육주임 교사였던 이태방과 기업체에서 신입사원의 도덕교육을 담당했다는 민기식을 부단장으로 임명하여 군대식 조직을 도입하기로 했다. 국민계몽을 위한 교육내용은 한 때 전 세계적으로 유행했던 도덕재무장운동과 유사한 도덕교육을 국민을 상대로 실시하기로 했다. 운동의 규모는 최소한 새마을운동과 유사한 규모로 지속적으로 전 국민을 상대로 하는 운동으로 발전해야 국민에 대한 영향력도 기대할 수 있을 것이다. 이러한 운동은 새마을운동의 경우와 마찬가지로 정부의 적극적인 지원을 받아야 성공할 수 있는 운동이다.

　도덕교육을 중심으로 하는 국민계몽운동은 정부의 전적인 호응을 쉽게 얻을 수 있었으며, 정부의 자금지원과 민간의 자금조달에 힘입어 순풍에 돛을 단 듯이 계몽운동이 자리를 잡아가기 시작했다. 공도의 도덕교육운동이 정부와 민간의 자금지원을 받아서 국민 속으로 급속히 확산될 수 있었던 것은 국가 전체로 볼 때에 태평성대를 살고 있다고 믿고 있는 국민들의 불안심리가 전국적으로 퍼져 있어서 어떠한 형식으로든 간에 그러한 불안심리를 해소해 주는 것이 정부가 당면한 가장 중요한 과제로 제기되었기 때문이다. 이러한 시점에서 공도가 도덕교육의 실시를 통하여 국민을 재무장시킬 것을 제안하고 정부에 자금지원을 요청하고, 그러한 국민계몽운동을 적극적으로 추진해 나갈 의사표시를 하고 있는 공도의 제안에 대하여 정부에서 마다할 필요가 어디에 있겠는가?

　이러한 면에서 볼 때 공도는 운동전개의 시점을 제대로 잡았으며, 국민운동에 풍부한 경험이 있는 사람들을 국민운동을 추진하기 위한 간부로 임명하여 국민을 공략하기 위한 조직을 정비하게 되었던 것이다. 공도의 계몽운동의 성과는 몇 년 안에 국민들의 의식 속에 확고한 자리를 잡을 수 있게 되었다. 이제는 어떠한 국가적인 위기가 국민에게 닥치더라도 우리 국민은 그 위기를 충분히 극복해 낼 수 있는 준비가 다 된 것이며, 그러한 위기를 극복해 낼 능력도 충분히 갖게 되었다. 공도는 국민 때문에 더 이상의 염려를 하지 않아도 되었으며, 그동안 국민계몽을 위한 운동을 준비하는데 시간이 필요했기 때문에 잠정적으로 중단했던 태평성대에 관한 연구의 전제조건으로서의 전쟁과 평화에 관한 연구를 다시 계속하기로 했다.

지금까지의 전쟁에 관한 연구결과는 세계적인 전쟁은 자주 일어나는 것이 아니지만, 국지적인 전쟁은 현재에도 세계 각지에서 끊임없이 계속 일어나고 있다는 것이다. 전쟁이 없는 평시를 태평성대라고 할 수 있다면, 우리는 지금도 전쟁이 없는 태평성대에서 살고 있다고 감히 말을 할 수 있는 것이라고 공도는 생각하고 있다. 우리나라의 경우처럼 남북이 대치된 상태로 불안하게 60여 년간을 전쟁이 없는 상태로 살아가고 있는 현상을 태평성대라고 말을 할 수는 없지만, 전쟁이 없는 평시임에는 틀림이 없는 사실이다. 휴전 후의 정전상태의 유지를 전시라고 정의하고 있는데, 우리의 경우처럼 60여 년이라는 장기간에 걸쳐서 전쟁이 없는 대치상태를 유지하고 있다면 전시라고 부르는 대신에 평시라고 해도 무방하지 않을까?

공도가 우려했던 대로 태평성대에서 국민들이 열심히 살려고 노력하는 대신에 퇴폐주의에 빠져서 주색잡기에 골몰하는 이유는 무엇일까? 그 일에 익숙하지 못한 사람들의 경우에는 왜 사람들이 기회만 되면 그 짓을 못해서 안달이 나는 것인가 의아한 생각이 들게 되는데, 그러한 일에 있어서 방관자가 아닌 적극적인 참여자의 경우에는 죽자사자 사생결단을 하고 그 일에 달려든다는 것이다. 한 두 사람의 프로가 아니라 만일 국민의 대다수가 그 일에 몰두하고 생업에 소홀히 하는 사태가 발생하게 된다면 정말 큰일이라 아니할 수 없을 것이다.

태평성대를 맞이하여 국민대다수의 생태리듬이 그러한 방향으로 기울게 된다면 어떠한 문제가 발생할 것인가? 이러한 사회가 된다면 남들은 모두 주색잡기에 빠져서 정신을 못 차리고 있는데, 자신만은 마치 성인군자나 된 듯이 초연하게 구는 것이 사회적으로 용납될 수 있겠는가? 주색잡기가 마치 정상적인 행위나 되는 것처럼 퇴폐영업이 문전성시를 이루어 떼돈을 벌게 되는 사태가 태평성대를 빙자하여 성행한다면, 이를 정상적인 사회라고 말을 할 수 있겠는가? 공도는 그러한 사회가 결코 정상적인 사회가 될 수 없다는 것을 누구보다도 잘 알고 있기 때문에 이러한 망국풍조를 우리 사회에서 철저히 추방하기 위하여 정의의 칼을 뽑아들었던 것이다. 전 국민이 동조하고 있는 일이라 할지라도 주색잡기와 같은 퇴폐풍조는 태평성대라 하더라도 철저히 제거해야 할 사회악이라는 것이다.

공도의 이러한 사회악을 제거하기 위한 도덕교육의 성과가 나타나기 시작했다. 공민이나 민주시민과 같은 중요한 교과목을 대학입시과목이 아니라는 이유로 고등학교의 교과목에서 경솔하게 제거해 버렸던 대가를 철저히 치루게 된 셈이다. 그러한 과목들은 과연 불필요한 과목들인가? 도덕관념이 없는 국민은 어른이 되더라도 여전히 문제아로 남아있게 될 것이다. 자신만 위할 줄 알지 남을 배려할 줄 모르는 인간은 몸은 비록 어른의 모습을 하고 있을지라도 그의 머리는 아직도 어린이의 영역을 벗어나지 못한 채 조금도 자라지를 못하고 성장이 중단된 상태로 남아있게 되는 것이다. 그러한 덜 떨어진 어른들이 사회의 주류를 형성하게 된다면 사회적으로 큰 문제가 될 수 있다고 김공도 박사는 경고하고 있다. 태평성대에서 일부의 사람들이 주색잡기에 빠져서 허송세월을 하는 것을 보고 그렇게 사는 것이 부러운 나머지 생각 없이 그들도 따라하게 되는 것이 그러한 덜 떨어진 어른들의 일반적인 행태라는 것이다.

공도의 이러한 사태분석은 문제의 소재가 과연 어디에 있느냐를 밝혀내는데 많은 도움을 주고 있다. 공도의 분석에 의하면 주색잡기와 같은 악습을 따라하려는 사람들의 심리상태는 군중심리와 같은 것이다. 군중심리는 처음에는 별 것도 아닌 것처럼 보이던 문제가 많은 사람들이 한자리에 집결되어 있는 자리에서 확인되지 않은 선동자에 의하여 군중심리로 변하게 되는 경우 걷잡을 수 없는 위력을 발생할 수 있다는 것이다. 군중심리는 분명히 개인심리가 집적된 것이지만, 개인심리와는 전혀 다른 군중심리로 걷잡을 수 없이 발전하게 되는 경우 개인심리와 군중심리를 비교하는 것 자체가 무의미하다는 것이다.

군중심리가 막강한 위력을 발생하게 된 실례 중에 이태통령 취임직후에 전국을 흔들어 놓은 미국 쇠고기불매운동을 들 수 있을 것이다. 그 발화점이 전혀 사실이 아닌 순전한 허위사실에 근거하고 있었지만, 일단 그것이 군중심리로 발전하게 되자 실로 놀라운 위력을 발휘하여 한동안 전국을 들뜨게 했던 것이다. 미국 쇠고기 촛불 시위를 주도했던 당사자들도 군중심리가 작동하자 시위가 전혀 엉뚱한 방향으로 흘러가 버리는 것을 보고 놀라움을 금할 수 없었을 것이다.

　태평성대는 좋은 것인가? 이 문제에 대하여 공도는 그럴 수도 있고 그렇지 않을 수도 있다는 결론을 내리고 있다. 그 이유는 태평성대를 맞이하는 사람들의 심리상태, 특히 군중심리에 달려 있다는 것이다. 태평성대를 맞이하여 국민들이 보여주었던 주색잡기와 같은 퇴폐풍조야말로 결코 바람직한 일이 아니라고 할 수 있을 것이다. 그러한 예외적인 뜻하지 않았던 사태발생의 경우를 제외하고는 우리가 일생을 살면서 태평성대를 맞이할 수 있다는 사실이야말로 축복받은 일이 아니겠는가? 일생을 전쟁에 시달리며 살았던 백성이 전쟁이 없는 나라에서 살 수 있다면 얼마나 즐거운 일이며 바람직한 일이겠는가? 전쟁에 시달리다 보면 하고 싶은 일도 마음대로 할 수 없는 것이다. 여행을 하고 싶어도 전쟁이 한창 진행 중이라 언제 죽을지도 모르는 속을 여행을 한다며 혼자만 즐기면서 무사히 통과할 수 있겠는가? 그렇게 하기 전에 적군이나 아군에게 체포되거나 살해를 당할 수도 있는 일이 아니겠는가? 이러한 일은 평시에는 전혀 생각도 할 수 없는 일일 것이다.

　태평성대가 되면 먹을 것도 풍부해지고 생활에도 여유가 생기게 되어 인심도 후해져서 살기가 어려웠던 시절처럼 남의 물건을 탐내고 남을 밟고서라도 올라서겠다고 서로 간에 아옹다옹하지 않아도 다 잘 살 수 있으니 그 아니 좋은 일이겠는가? 태평성대에서는 누구나 자신이 하고 싶은 일을 남의 방해를 받지 않고 마음껏 할 수 있을 것이다. 하고 싶은 일을 무엇이나 마음대로 할 수 있는 사회야말로 일할 수 있는 자유인 직업선택의 자유가 보장된 사회라고 할 수 있을 것이다. 하고 싶은 말이 있어도 마음대로 말을 할 수 없고 쓰고 싶은 글이 있어도 마음대로 쓸 수 없는 사회라면 언론의 자유가 없는 사회라 할 수 있을 것이다. 민주주의를 달성하기 위하여 일생을 바친 사람들은 언론의 자유를 쟁취하기 위하여 헌신해 왔던 것이다.

민주사회에 있어서는 언론의 자유를 비롯하여, 신체의 자유, 신앙의 자유, 양심의 자유, 학문의 자유, 거주이전의 자유 등 하늘이 내린 천부인권이라 할 수 있는 자유가 참정권과 같은 다른 기본권보다 선행하는 인권이라 할 수 있을 것이다. 이렇게 볼 때 자유가 박탈된 인간에게는 지유보다 더 소중한 것은 없다고 해야 할 것이다. 신체의 자유를 생각해 볼 때, 감옥에 갇혀있는 사람은 신체의 자유가 제약을 받게 될 때에는 다른 어떠한 자유나 권리가 그에게 부여된다 할지라도 신체의 자유가 박탈된 사람에게는 아무런 의미도 없게 되는 것이다. 태평성대가 되는 경우에 이러한 자유와 권리가 박탈될 수도 있다고 한다면 그러한 자유와 권리의 일부가 박탈당하는 위험에 직면하게 되는 사람들은 태평성대가 된다는 것이 그들에게는 아무런 의미도 없기 때문에 태평성대가 되더라도 하나도 즐거운 일이 아니라는 것이다.

어떻게 보면 태평성대라는 것은 어느 시대에도 존재할 수 있는 가능성이 있는 시대라 할 수 있을 것이다. 인류의 역사를 일반적으로 전쟁의 역사라고 이해하려는 경향이 농후한데, 실제에 있어서는 전쟁에 시달리며 살았을 때보다는 오히려 평화를 구가하며 살았던 시대가 더 많았다는 사실을 증명할 수 있다는 것이다. 그렇게 본다면 우리가 구태여 태평성대를 갈망하고 그러한 시대를 달성하기 위하여 노력할 필요는 없다는 말이 될 것이다. 그렇다면 태평성대가 우리에게 제시해주는 역사적인 의미는 과연 무엇일까? 아마도 태평성대의 존재여부를 인정하는 것이 아니고 무엇이겠는가?

문학작품에 있어서도 전쟁을 주제로 한 소설은 헤아릴 수 없이 많다고 할 것이다. 그러나 평화를 주제로 한 소설은 거의 존재하지 않는다고 해도 과언이 아닐 것이다. 왜 그런 것일까? 태평성대를 갈망하는 인류의 열망과는 반대로 인간은 비극적인 결과를 가져오는 소설을 읽으면서 오히려 감격하고 주인공과 좀 더 공감하게 된다는 것이다. 평화가 실현되는 태평성대에 있어서는 사람들은 사실상 할 일이 없다고 해도 과언이 아닐 것이다. 사람들은 노력을 하지 않아도 쉽게 얻어질 수 있는 결과에 대해서는 감사하지 않는다는 것이다. 피땀 흘려서 힘들게 노력해서 얻어지는 결과에 대해서 성취감을 느낄 수 있다는 것이다. 이것이야 말로 사람들의 이율배반적인 모순이라 할 수 있을 것이다.

태평성대가 되어 모든 일이 저절로 얻어질 수 있게 된다면, 사람들은 과연 무슨 재미로 살아가야 할 것인가? 일생을 어렵게 고생하면서 근근이 살아 온 사람이 그가 원하지도 않았던 것인데 갑자기 벼락부자가 되었다거나 복권에 1등 당첨되어 막대한 당첨금을 수령하게 된다면, 그에게 닥친 급격한 변화에 견디지 못하고 죽음을 맞이할 수도 있다는 것이다. 이러한 급격한 환경 변화는 사람들에게 좋은 결과를 가져다주기보다는 나쁜 결과를 가져다주는 경우가 더 많다는 것이다. 처음부터 부자로 살았던 사람들에게는 갑자기 큰돈이 생긴다고 하여 그에게 별다른 영향을 미칠 수 없지만, 가난하게 살던 사람에게 갑자기 예상할 수도 없었던 큰돈이 생긴다면, 그는 급변한 환경에 적응하지를 못하고 극단적인 경우에는 사망까지 하게 된다는 것이다.

살던 대로 살아야지 갑자기 생활의 변화가 온다면 그러한 변화를 맞게 되는 사람의 경우에 정신적, 신체적인 급변을 감당하지 못하게 되는 사태가 발생할 수도 있다는 것이다. 이와 마찬가지로 급변하는 사회에서 우리가 살아가는 경우에는 그러한 변화에 적응하지를 못하고 낙오되는 사람들이 생길 수 있다는 것이다. 6·25 전쟁과 같은 비상사태를 겪은 후에 미친 사람들이 많이 생겨났다는 것이 그러한 사실을 입증해주고 있는 것이다. 급변하는 현실에 적응하지 못하는 사람들이 갑자기 정신을 놓다보니 정신이상자가 될 수밖에 없었다는 이야기이다.

공도는 사람의 경우 단계적으로 발전을 해 가야지 갑자기 자신의 지위가 변화하는 경우에는 문제가 생길 수 있다는 것이다. 낙하산 인사가 문제로 되는 것은 충분한 자격과 능력이 있는 사람은 낙하산을 탈 필요가 없겠지만, 부득이한 이유로 낙하산을 타게 되는 경우가 있을지라도 업무수행에 별 문제가 없을 것이다. 그런데 문제가 되는 것은 능력이 없는 사람이 낙하산을 타고 자신의 능력이나 자격에 어울리지 않는 과분한 자리를 차지하게 되는 경우에 문제가 생길 수 있다는 것이다. 능력이나 자격이 없는 사람은 어떠한 경우에도 낙하산을 타면 안 될 것이다.

　김공도 박사의 태평성대에 관한 연구에 의하면, 우리가 살고 있는 현실사회는 능력 위주로 이루어진 사회로서 능력이 없는 사람은 그러한 사회에서 낙오되고 결국에는 그 사회에서 도태될 수밖에 없다는 것이다. 우리가 이상적인 태평성대에 대한 꿈을 버리지 못하고 있는 것은 능력이 부족한 사람이라 할지라도 얼마든지 살아남을 수 있는 사회, 아무 일도 하지 않고 있어도 충분히 먹고 살 수 있는 사회에 대한 기대를 버리지 못한 채 태평성대에 대한 열망을 포기하지 못하고 있다고 해야 할 것이다.

　역사적으로 볼 때 그러한 꿈같은 태평성대는 한 번도 존재했던 일이 없었지만, 전쟁이 없는 평시로서 평화가 유지될 수 있는 사회는 현재에도 얼마든지 존재하고 있는 것이다. 이렇게 전쟁이 없이 평화가 유지될 수 있는 상태를 태평성대라고 부를 수 있다면 우리의 주변에서는 그러한 태평성대의 존재를 얼마든지 발견할 수 있을 것이다. 다만, 그러한 의미의 태평성대가 우리가 꿈꾸고 있는 태평성대냐 여부는 별개의 문제라고 할 수 있지 않을까?

13. 투명인간

　인간이 투명인간이 될 수 있다면 어떠한 문제가 발생할 수 있을 것인가? 투명인간이 범죄를 범한다면 엄청난 사회적인 문제가 발생하게 될 것이다. 그가 살인을 하거나 도둑질을 하더라도 누구인지 알 수가 없으니 그를 체포한다는 것은 처음부터 불가능한 일이라 할 수 있을 것이다. 최근에 이상한 절도와 살인행위가 행하여져서 시내를 발칵 긴장시키고 있는데, 다른 범죄의 경우와는 달리 범인을 볼 수 없기 때문에 도저히 잡을 수가 없다는 것이다. 범죄의 단서도 찾아낼 수 없으니 범인이 누구인지 전혀 감이 잡히지를 않기 때문이다.

　삼엄한 경비 속에 있는 국립박물관에서 국보급 보물들이 연일 도난당하고 있었지만, 보물들이 도난당했다는 것만 알 수 있을 뿐 누가 어떻게 박물관에 침입하여 국보적인 보물들을 감쪽같이 훔쳐갈 수 있었던 것인지 알 수가 없다. 국립박물관에 도난 방지를 위하여 각 곳에 설치되어 있는 CCTV에도 범인의 모습이 전혀 포착되고 있지를 않다. 그렇다 보니 범인이 어떻게 어떤 경로를 거쳐서 박물관에 침입하여 어떠한 방법으로 진열장을 열고 보물들을 훔쳐갔는지 전혀 짐작조차 할 수가 없었다. 분명히 도난당한 보물들은 외국으로 고가의 사례금을 받고 밀반출 되었을 것이다. 그러한 밀반출 경로가 분명히 있을 것임에도 불구하고 범죄 집단의 존재를 파악할 수가 없으니 도난당한 보물의 범인을 색출해 낼 수가 없는 것이다.

한말의 혼란기에 외국인들이 한국의 국보급 내지 보물급 문화재를 강제로 자기 나라로 가져가서 마치 자기네들 것처럼 박물관에 전시하고 있는 모습을 보고 나중에 그 나라의 박물관을 방문했을 때 아연해질 수밖에 없었다. 그 대표적인 예가 영국의 대영박물관이었다. 그곳은 마치 우리나라를 비롯하여 외국에서 약탈해 온 문화재들의 전시장인 것 같았다.

문화재의 도난사건이 계속해서 발생하게 되고 그에 대한 결정적인 수사가 체계적으로 이루어지지 않자 사람들은 이러한 도난사건이 인간에 의하여 행하여지는 것이 아니라 어떠한 초인간적인 존재에 의하여 행하여지는 것이 아닐까 하는 의구심을 갖게 되었다. 그때까지만 해도 투명인간에 의하여 행하여지는 행위가 아닐까 하는 생각을 해본 사람은 아직까지는 아무도 없었다. 그런데 미완형사인 중부서의 한동규 수사과장만이 처음으로 그러한 범죄행위가 우리의 눈에 보이지 않는 투명인간에 의한 범죄가 아닐까 하는 의심을 갖게 되었다. 만일 그것이 사실로 밝혀진다면 보통문제가 아니라는데 생각이 미치게 되었다.

만일 투명인간이라는 것이 존재한다면 그가 인간임에는 틀림 없지만 그의 존재가 인간의 눈에는 보이지 않기 때문에 눈에 보이지 않는 그들을 찾아내서 체포한다는 것이 거의 불가능한 일이라는 것을 깨닫게 되었다. 그런데 범죄수사 책임자인 한과장이 이 문제에 대하여 마냥 손만 놓고 있을 수는 없는 일이 아니겠는가? 한과장은 문화재 도난범이 틀림없이 투명인간일 것이라고 전제한 후 보이지 않는 투명인간과의 전쟁을 선포하고 범인체포에 적극 나서기로 했다.

한과장이 이 투명인간을 잡기 위하여 고안해 낸 최신 방법은 투명인간이 출몰할 것으로 예상되는 장소에 투명막을 설치하는 것이었다. 이러한 투명막은 투명인간의 눈에도 보이지 않기 때문에 투명막은 투명인간을 잡는데 최상의 무기가 될 수 있다는 것이다. 그런데 잡힌 투명인간을 보기 위해서는 특별한 안경을 쓸 필요가 있다는 것이다. 이론적으로 볼 때 우선 인간이 어떻게 투명인간으로 변할 수 있느냐를 알아야 하며, 그러한 눈에 보이지 않는 투명인간을 잡기 위해서는 투명막을 설치해야 하는데 그러한 투명막은 어떻게 만들어야 하며, 투명막에 잡힌 투명인간을 식별하기 위해서는 특수한 안경이 필요한데 그러한 안경은 또한 어떻게 만들 것이냐 하는 문제들을 해결하기만 하면 투명인간을 잡는 문제는 손쉽게 해결될 수 있다고 생각했다. 그런데 실제에 있어서는 이러한 문제들을 우리가 원하는 대로 해결하는 문제가 결코 용이한 것이 아니라는 것을 알게 되었다.

한 투명인간 소설에서는 투명인간이 되기 위해서는 옷을 다

벗고 특수한 약물을 마셔야만 인간이 투명인간으로 변할 수 있으며, 그 약물의 약효가 없어지게 될 때에는 원래의 인간 모습으로 되돌아오게 된다는 것이다. 그런데 이렇게 투명인간이 되는 경우에는 체온유지를 위한 옷을 입지 않기 때문에, 날씨가 추운 겨울철에 투명인간으로 변했다면 감기에 걸려서 투명인간의 기침소리 때문에 투명인간의 위치가 발견될 수도 있다는 것이다. 그런데 이과장이 체포하기로 작정하고 있는 투명인간의 경우에는 소설 속에 나오는 투명인간과는 전혀 다른 투명인간이라 할 수 있다. 그가 입고 있는 옷 때문에 투명인간이 되는데 지장을 받는 것도 아니며, 마시는 약의 약효 때문에 투명인간이 되었다가 약효가 소멸되면 다시 인간으로 환원되는 위험도 전혀 없는 투명인간이라는 것이다.

이러한 투명인간의 존재가 어떻게 가능할 수 있을지는 알 수 없지만, 만일 그러한 투명인간의 존재가 가능할 수 있다면 그는 그가 하는 일을 아무에게도 발각되지 않고 무슨 일이든지 제 마음대로 해낼 수 있다는 것이다. 그러한 투명인간이기 때문에 그가 문화재 밀반출과 같은 엄청난 범죄를 서슴없이 해낼 수 있는 것이 아닌가 한다. 이러한 투명인간을 잡기 위해서는 그가 다니는 통로로 추정되는 장소에 투명망을 설치할 필요가 있는데, 그러한 투명망을 성공적으로 만들어내느냐 하는 것은 역시 미해결의 어려운 문제로 남아있는 것이다. 투명인간을 잡는 효과적인 방법은 투명인간의 눈에 보이지 않는 투명망을 만들어내는 것인데, 그것이 생각처럼 그렇게 쉽게 해결될 수 있는 문제는 결코 아닌 것 같았다. 경찰에서는 투명인간을 잡는 일보다 투명망의 제조 가능성에 대한 문제해결에 좀 더 노심초사하고 있었다. 그런데 국립과학연구소의 집요한 연구의 결과 머지않아 투명망의 제조가 결실을 맺을 수 있다는 확신을 갖게 되었다.

현재까지 발견된 어떠한 소재로서는 투명망을 제조할 수 없지만, 국립과학연구소의 연구진이 추진하고 있는 K2로 명명될 수 있는 소재를 발견할 수만 있다면 투명망의 제조는 시간문제에 불과할 뿐이다. 그러다 보니 이제는 투명인간과 투명망의 대결이라는 문제로 사건이 확산될 수밖에 없었다. 투명인간이 어떻게 투명망의 제조가능성에 대한 비밀정보를 입수하게 되었는지는 알 수 없지만, 투명인간은 투명망의 제조가능성을 적극 방해하기로 했다. 그 방법이라는 것이 만일 국립과학연구소에서 K2라는 신소재를 발견하는 즉시 그것을 훔쳐내서 투명망의 제조를 원천봉쇄하는 것이었다. 이러한 계획을 미리 설정하고 있는 투명인간이야말로 날고기는 도둑임에는 틀림없는 일인 것 같았다.

투명망의 제조로 투명인간을 쉽게 체포할 수 있으리라고 낙관적으로 생각했던 한과장의 생각이 잘못된 판단이었다는 데는 별로 시간이 걸리지를 않았다. 투명인간의 범행이라고 생각되는 문화재 도난사건 뿐만 아니라 부호들의 귀중품 도난사건을 비롯하여 연쇄살인사건과 같은 끔찍한 살인사건이 연일 일어나고 있음에도 불구하고 한과장이 이끌고 있는 중부서에서는 범인체포에 전혀 성과를 올리지 못하고 있었다. 이러한 일련의 사건에 대한 범인이 체포되지를 않게 되자 사람들은 이것을 모두 투명인

간의 소행으로 단정하고 수사당국을 불신하기 시작했다. 현재로
서는 투명인간이 한 명인지, 아니면 여러 명인지조차 알지 못하
고 있었다. 그러다 보니 일반잡범이나 살인범의 소행까지 전부
투명인간의 소행으로 여기게 되는 것은 어쩔 수 없는 인지상정
이라 할 수 있을 것이다.

한과장이 속한 중부서에는 비상이 걸리게 되었다. 한과장이
투명인간문제에 대하여 지금까지 해온 생각의 방향은 현재 국립
과학연구소에 의하여 한창 연구개발 중에 있는 투명망만 계획대
로 제조될 수 있다면 충분히 해결될 수 있는 문제라고 간단히 생
각하려는 것이었다. 그러나 그의 생각이 아주 잘못된 순진한 생
각이라는 것이 곧 밝혀지면서 그의 생각이 잠시 멈추어선 것 같
은 느낌이 들어서 허탈감에 빠질 수밖에 없었다. 잠시 머리를 식
힌 후 투명인간에 대한 수사방향을 전면 재검토하기로 했다.

지금까지의 수사방향이었던 투명망을 제조하여 투명인간을 잡
겠다고 세웠던 계획이 실현가능성이 없는 안이한 생각이라고 밝
혀진 이상 투명인간의 수사방향에 대한 수정을 가해야 하는 것
은 불가피한 일이었다. 한과장은 지금까지의 투명인간에 관한
수사독점의 의지를 과감히 포기하고 전국적인 조직을 만들어서
투명인간의 체포에 수사진의 결집된 노력에 의하여 박차를 가하
기로 했다. 한과장의 생각으로는 투명인간의 체포는 수사과정에
있어서의 주도권 장악의 문제가 아니라 국가의 가능한 모든 수
사능력을 총동원하여 가급적 빠른 시일 내에 투명인간을 체포해
야 하는 문제라는 것을 확신하게 되었다. 투명인간의 체포에 대

한 공로를 다른 사람에게 빼앗길 수 있는 가능성이 있기는 하지만, 국민들의 수사기관의 무능력에 대한 비난의 목소리가 나날이 거세어지고 있는 현재에 있어서 수사상의 주도권문제로 뒷짐만 쥐고 있을 수는 없는 노릇이 아니겠는가?

새로 급조된 전국적인 규모의 수사본부에서는 전국에서 투명인간의 체포를 돕기 위하여 모인 민완형사들이 우선 투명인간의 범죄로 추정되는 유형을 분류하기로 했다. 그 이유는 지금까지 발생한 모든 미제 도난사건이나 살인사건이 모두 투명인간의 소행으로 결론짓는 데는 문제가 있기 때문이다. 특히 살인의 경우에는 투명인간이 전혀 관련이 없는 사건일 수도 있는 것이다. 극악무도한 살인범이 버젓이 살인을 저질러놓고 마치 투명인간이 살인을 한 것처럼 입을 다물고 있을지도 모르는 일이 아니겠는가? 도난사건의 경우에도 마찬가지일 가능성이 있을 것이다. 그러므로 구체적으로 투명인간의 체포작전을 세우기 전에 이 문제부터 밝힐 필요가 있을 것이다.

새로 출범하게 되는 수사본부에서는 투명인간의 체포문제를 처음 다루게 된 한과장이 그간의 경과를 설명한 후 이 문제에 대하여 처음으로 언급했다.

"지금까지 중부서에서 투명인간의 체포문제를 다루어 왔지만, 현재 미제 도난사건이나 살인사건의 범인과 관련하여 과연 그것이 모두 투명인간의 소행이냐 여부에 관한 것은 한 번도 고려해 본 일이 없었습니다. 그러나 새로운 수사본부가 전국에서 파견된 민완형사들로 구성된 이상 투명인간에 대한 수사방향은 지금까지와는 달라져야 할 것입니다. 그래서 나는 미제사건이 전부 투명인간의 소행이라고 결론짓지 말고 과연 그의 소행인지 여부를 체계적으로 재검토해 볼 것을 제안하는 바입니다.”

“강남서에서 온 김영남 경감입니다. 중부서 한과장님의 제의에 전적으로 동의합니다. 투명인간의 소행인지 여부도 파악하지 못한 채 수사에 착수하는 것은 문제가 있다고 생각되기 때문이지요.”

“남부서의 수사과장인 이종록입니다. 두 분의 의견에 전적으로 동의합니다. 그런데 현재의 우리 수사능력으로 그 문제가 쉽게 밝혀지겠습니까? 혹시 구체적인 복안이라도 있습니까?”

“바로 그 방법에 대하여 우리 수사본부가 수사에 착수하기 전에 그 방법을 논의해서 결정하자는 취지로 그 문제를 제기한 것입니다.” 중부서의 한과장이 자신의 제안을 부연했다.

그리하여 수사본부가 최초로 착수한 일은 투명인간의 범죄의 소행여부를 확정짓는 문제로서 법의학자들의 도움이 절대로 필요한 분야였다. 특히 살인사건의 경우에는 그들의 판단이 절대로 요구되는 분야였다. 도난사건의 경우에는 장물의 소재를 파악할 수 있다면, 범죄사실을 밝혀낼 수 있을 것이다. 그런데 살인사건의 경우에는 범인이 완전범죄에 성공하여 증거가 될 수 있는 피해자의 시신 자체를 없애버리는 경우에는 법의학자라 하더라도 범인에 대한 정보를 밝혀낼 수 없다는 문제점이 발생할 수 있는 가능성은 있는 것이다.

수사본부에서 투명인간에 관하여 밝혀낸 바에 의하면, 투명인간은 최근에 일어난 살인사건과는 아무런 관련이 없다는 잠정 결론이었다. 그 이유로는 투명인간이 사람들의 눈에 보이지 않기 때문에 아무도 그의 범행현장을 목격할 수 없으며, 투명인간이기 때문에 그의 범행이 발견될 위험이 전혀 없는데 구태여 살인을 해가면서 그의 범행을 강행해야 할 이유를 발견할 수 없기 때문이다. 그의 관심사는 아마도 문화재에 집중되어 있는 것 같다. 그렇다면 왜 외국의 문화재를 훔쳐서 우리나라에 반입해 오는 것과 같은 애국심(?)을 발휘하지는 않는 걸까? 수많은 우리나라의 문화재를 외국인들이 약탈해 갔으니 하는 말이다. 그는 부자들의 재물에도 관심이 없는 것 같다는 결론을 내리고 구체적으로 투명인간을 체포하는 작전에 돌입하기로 수사본부가 결정했다.

중부서의 한과장은 투명인간의 윤곽이 대충 드러나게 되자 수사본부의 투명인간 체포작전회의에서 다음과 같은 체포방법의 변경에 대한 제안을 했다.

"투명망의 제조로 투명인간을 체포하려던 허황된 방법은 체포방법의 한 작전으로 채택하지 않기로 했습니다. 그 대신 체포방법을 재래식 탐문수사에 따르도록 할 것을 제안합니다. 투명인간은 아마도 마술과 같은 속임수를 쓰는 인간일 가능성이 큽니다. 박물관 주변에 있는 역술인을 중심으로 탐문수사를 할 것을 제안합니다."

"왜 갑자기 역술인에 대한 탐문수사를 제안하시는 것입니까?" 강남서의 김경감이 한과장에게 질문을 했다.

"나의 분석에 의하면 투명인간은 틀림없이 산사에서 도를 닦은 경험이 있는 사람일 가능성이 있습니다. 아마도 도를 닦다가 우연한 기회에 투명인간으로 변할 수 있는 비법을 전수받은 후 속세로 내려와서 먹고살기 위해서 역술인이 되었을 것입니다."

"그렇다면 역술인에 대한 탐문수사의 구체적인 방법은 무엇입니까?" 남부서의 이과장의 질문이었다.

"역술인을 탐문수사하자는 것은 투명인간이 역술인일 가능성이 가장 크기 때문입니다. 투명인간이라고 해서 언제나 투명인간으로 있을 수는 없을 것입니다. 평상시에는 보통사람으로 있다가 범죄를 해야 할 때만 투명인간으로 변하게 되는 것이지요. 의심이 가는 역술인에 대한 밀착감시를 계속하다 보면 투명인간의 덜미를 잡을 수 있을 것입니다."

"한과장의 주장이 좀 원시적인 방법인 것 같기는 하지만, 투명인간 체포를 위한 가장 효과적인 방법이 될 수 있을 것 같군요. 투명인간 체포를 위한 탐문수사에 전국에서 모인 민완형사들의 수사능력을 총동원해 봅시다." 강남서의 김경감이 한과장이 제안한 탐문수사의 방법을 적극 지원해 주기로 했다.

그날부터 수사본부의 수사가능 인원을 총동원하여 의심이 나는 역술인을 찾아내는 데 전력을 다하기로 했다. 점을 치러 온 사람으로 위장하여 역술인과 대화를 하다보면 그 역술인이 산사에서 도를 닦았는지 여부를 알아낼 수 있을 것이다. 그런 방법으로 일단은 산사에서 도를 닦았다고 주장하는 역술인과 그렇지 않은 역술인을 가려내는 작업을 한 후에 의심이 가는 역술인에 대한 밀착감시를 계속하다 보면 투명인간인지 여부의 어떤 단서가 잡히게 될 것이다. 그가 투명인간으로 변신하는 순간을 포착할 수만 있다면 투명인간의 체포가 가능해질 수 있는 것이다. 제아무리 명석한 두뇌를 가진 투명인간이라 하더라도 인간이기 때문에 언제든지 실수를 범할 수는 있는 것이다. 더욱이 자신이 미행을 당하고 있다는 사실을 눈치 채게 될 때에는 투명인간이라 할지라도 긴장을 하게 되고 실수를 하게 될 확률이 높아지는 것이다.

이런 면에서 볼 때 탐문수사의 방법이 아마도 투명인간의 체포를 위한 가장 효과적인 방법이 될 수 있을 것이다. 과학적인 수사의 우월성을 주장하는 입장에서도 탐문수사의 방법보다 효과적인 방법을 찾아낼 수는 없을 것이다. 수사본부의 수사진이 총동원되어 역술인에 대한 탐문수사를 해본 결과 3~4명의 역술인이 최종적인 수사선상에 오르게 되었다. 그들은 모두 산사에서 도를 닦았다는 경력의 소유자들이었다. 이들 중에 틀림없이 투명인간이 있을 것 같은데 누가 진짜 투명인간인지를 가려내는 것은 그렇게 쉽게 결정될 문제가 아닌 것 같았다. 누가 실제로 투명인간으로 변신하는 마술을 걸 수 있느냐를 가려내는 문제가 아직도 남아있기 때문이다.

그들에 대한 밀착수사를 계속하고 있지만, 누가 투명인간인지를 가려내는 일은 결코 용이한 일이 아닌 것 같았다. 그들의 얼굴만 보아서는 역술인들처럼 누가 범인인지 여부를 가려낼 수는 없는 것이다. 그들의 일거수일투족을 계속 감시해보았지만,

그들의 일상생활에서 역술인 이외의 다른 특이사항을 발견할 수 없었다. 그들은 모두 막상막하로서 누가 진짜 투명인간인지를 가려낼 수 있는 방법이 없을 것 같았다. 수사본부가 세운 역술인 가운데 투명인간이 틀림없이 있을 것이라는 가설은 아주 잘못된 것으로서 투명인간이 역술인이 아닐 수도 있을 것이라는 의심이 들게 되었다. 만일 이것이 사실이라면 투명인간에 대한 수사는 원점으로 되돌아간 것이나 마찬가지가 되는 것이다. 그런데 그 많은 사람들을 대상으로 투명인간을 가려낸다는 것은 거의 불가능한 일이며, 이제 투명인간에 대한 수사는 오리무중에 빠진 것이나 마찬가지인 셈이 되었다.

결국 투명인간에 대한 수사는 원점에서부터 다시 시작할 수밖에 없게 되었다. 이 문제와 관련하여 중부서의 한과장이 다시 문제제기를 했다.

"지금까지 역술인에 대한 탐문수사를 진행해온 결과 범인일 가능성이 있는 3~4명에 대한 최종적인 판별수사를 하여 범인을 가려내는데 결국 실패하고 말았습니다. 따라서 모든 사람을 상대로 하는 수사에 착수할 수밖에 없는데 이러한 광범위한 대상을 수사선상에 올려놓고 어떻게 효과적으로 수사를 진행할지에 대한 의견교환을 할 필요가 있다고 생각됩니다. 좋은 의견 있으시면 말씀해 주시기 바랍니다."

"탐문수사가 효과를 보지 못했다면, 과학수사의 방법을 다시 동원해보는 것은 어떨까 합니다. 탐문수사가 과도한 수사인력의 시간낭비에도 불구하고 소기의 목적을 달성하지 못했다는 것이 밝혀진 이상 더 이상 탐문수사에만 집착하는 것은 좋은 방법이 아닌 것 같습니다. 이 시점에서 늦은 감이 있기는 하지만 탐문수사의 미비점을 과학수사의 방법을 적용하여 보충해줄 필요가 있을 것입니다." 지방에서 올라온 한 수사관의 발언이었다.

"좋은 의견을 제시해 주셨습니다. 역술인에 대한 탐문수사에 있어서 별다른 성과가 발견되지 않는다 하여 이 단계에서 그들에 대한 탐문수사를 완전히 중단하는 것은 좋은 방법이 아닌 것 같습니다. 모든 사람을 대상으로 하는 수사확대 방침을 채택하는 대신에 가장 유력한 용의자인 역술인에 대한 탐문수색을 계속하는데 과학적인 수사기법을 적용할 필요성이 있을 것입니다. 아직 증명을 하지 못해서 그렇지 역술인 용의자들 중에 분명히 투명인간이 있을 것으로 예상됩니다." 이러한 한과장의 수정안에 대하여 강남서의 김경감이 동의하는 의견을 내놓았다.

"수사를 감으로 한다는 말이 좀 웃기는 이야기이기는 하지만, 내가 그동안 수십 년간 수사관으로 활동해 온 경험에 의하면 이번 사건에 있어서의 용의자는 역시 최종적으로 남은 역술인들 중에 반드시 있을 것이라는 확신을 갖게 합니다. 만일 그들 중에 투명인간이 없다면 마술인들을 용의선상에 올려놓는 것도 한 방법이 될 수 있을 것입니다. 왜냐하면 마술인이야말로 자신을 투명인간으로 변신시킬 수 있는 속임수를 알고 있는 사람들이라고 판단되기 때문입니다."

"그러면 마술인들 가운데 유력한 용의자가 있는지 그쪽으로 수사를 확대해 가기로 합시다. 역술인들 중에 투명인간이 없다면, 마술인들 중에 투명인간이 있을 가능성도 있는 일이지요. 수사의 방향을 전 국민을 상대로 막연하게 확대해 나가는 대신에 역술인과 마술인으로 범위를 한정시킨 것은 현명한 결정이라고 판단되기 때문에 용의선상에 마술인도 포함시키도록 하겠습니다." 중부서의 한과장이 토론을 마무리 하는 의견을 내놓았다.

이제 투명인간에 대한 수사의 방향은 마술인에게까지 확대되었다. 수사관들은 사람을 일시적으로 사람의 눈앞에서 사라지게 하는 속임수를 쓰는 마술인들을 용의선상에 올려서 수사의 범위를 좁혀나가기로 했다. 마술인에 대한 수사를 해본 결과 사람이 사라지게 하는 속임수를 쓸 줄 아는 마술사는 전국을 통하여 10여 명밖에 없다는 것을 알게 되었다. 그들 중에 투명인간이 있는지 여부는 좀 더 수사를 해보아야 할 일이었다.

그런데 투명인간의 가능성은 역술인들보다는 마술인들에게 더 있을 것 같은 생각이 드는 것은 수사관의 감에서 뿐만 아니라 역술인들보다는 마술인이 투명인간으로 변신할 수 있는 능력이 더 있을 것 같기 때문이다. 역술인들이 투명인간으로 변신할 수 있는 비법을 터득했는지는 알 수 없지만, 사람을 눈앞에서 사라지게 하는 것은 그들의 전문분야가 아니다. 그런데 마술인의 경우에는 그러한 속임수가 그들이 행하는 마술의 한 표현방법일 수 있다는 것이다. 이렇게 볼 때 투명인간은 역술인이라기보다는 마술인일 가능성이 더욱 크다고 할 수 있을 것이다.

마술인들의 상당수는 상설 곡마단의 단장인 경우가 대부분이라 그들을 대상으로 탐문수사를 해본 결과 유일한 용의자를 찾아낼 수 있었다. 사람을 사라지게 할 수 있는 속임수를 마술로 해낼 수 있는 마술사들이 10여 명이나 있기는 하지만, 가장 여유 있게 살고 있는 마술사에게 수사력을 집중하기로 했다. 다른 마술사들의 경우에는 곡마단장으로 있기는 하지만, 요즘 곡마단에 대한 사람들의 인기가 없어져서 곡마단들이 운영난에 빠져서 문을 닫거나 곡마단 운영을 근근이 유지하고 있어서 전처럼 수입이 많지를 않았다. 대부분의 마술사 곡마단장들이 생활을 하는 데도 어려움이 있다는 것이 현재의 실정이다. 그런데 유일하게 한 명의 마술사 곡마단장만이 사양사업인 곡마단 운영에 있어서 영향을 받지 않고 부유한 생활을 유지하고 있는 것이 특별히 수사관들의 눈에 띄었다.

그가 곡마단 수입만으로는 그렇게 풍족한 생활을 결코 유지할 수 없는 것인데 어떻게 된 일인가? 곡마단 운영으로 인한 수입 이외의 별도 수입이 없이는 불가능한 일이 아니겠는가? 이러한 몇 가지 의문에 착안하여 그 곡마단 단장에 대한 밀착 탐문수사를 해본 결과 곡마단 수입 이외에 별도의 수입이 상당히 있다는 것을 알아내게 되었다. 있는 사람들이 자신의 부를 감추기는 무척 어려운 일인 것이다. 특히 용의선상에 오르게 된 곡마단 단장의 경우에 어렸을 때부터 부유하게 살았던 것이 아니라, 갑자기 많은 돈을 챙기다 보니 어딘가 어설픈 점이 있어서 자신이 부자라는 것을 자기도 모르는 사이에 과시하게 되었던 것이다.

급속히 늘어난 부에 대한 철저한 관리를 못했기 때문에 투명인간일 것이라는 의심을 수사관들로부터 받게 되어 수사본부에 의하여 마침내 체포되었던 것이다. 그의 급작스러운 부의 증식이 문화재를 외국에 반출하여 그 대가로 얻은 수익 때문이라는 것이 나중에 수사본부에 의하여 밝혀졌다. 그 곡마단 단장은 문화재의 외국반출로 거부가 되었지만, 문화재를 도난당한 우리나라의 박물관에는 비상이 걸렸으며 문화재를 훔쳐간 투명인간을 잡기 위한 수사당국의 필사적인 노력은 필설로 다 표현할 수 없는 어려움이 뒤따랐다.

여하튼 투명인간이 체포됨으로써 투명인간과 얽힌 낭설과 억측은 모두 해소되었다. 투명인간은 보이지 않기 때문에 잡을 수 없다는 가설도 결국은 틀린 말이라는 것이 입증되었다. 투명인간을 잡기 위해서는 투명망이 있어야 한다는 엉뚱한 주장도 제기되었지만, 투명망이 없어도 재래식 탐문수사 방법에 의하여 투명인간을 체포할 수 있었던 것이다. 과학수사방법의 최신 기법들이 있기는 하지만 그러한 기법들을 투명인간을 잡는데 전혀 사용하지 않고 투명인간을 맨손으로 잡아냈다는 것은 수사본부의 일대 개가라 할 수 있을 것이다.

이제 어렵게 투명인간을 잡았으니 그가 어떤 동기에서 투명인간이 되어 문화재를 외국에 빼돌렸느냐 하는 것이 수사대상이 되었다.

"언제부터 투명인간이 되겠다는 생각을 해보았습니까?"

"투명인간이 된다면 얼마나 좋을까 하는 생각은 어릴 때부터 꾸었던 나의 꿈이었지요. 가난한 집에 태어난 나 이동우는 학교도 제대로 다니지 못했으며, 형제자매들이 많았기 때문에 어렸을 때부터 곡마단에 팔려가다시피 하여 곡마단에서 잔뼈가 굳었지요. 곡마단에서 잔일과 막일만 하던 내가 다행히 단장의 눈에 들어서 막일을 면하고 단장의 외동딸과 혼인을 하게 되었습니다. 단장의 사위가 된 나는 단장이 내게 전수해주기로 한 마술을 배우게 되어 단장과 더불어 곡마단의 마술사가 되었지요."

"그러면 단장에게 배운 마술을 범죄에 사용할 생각이 마술을 배울 때부터 있었습니까? 은신술 같은 마술을 범죄에 사용해야 하겠다는 생각은 언제부터 생각하기 시작했습니까?"

"은신술, 특히 투명인간이 될 수 있는 마술을 배운 후에 마음속에 많은 갈등을 겪게 되었습니다. 어린 시절을 워낙 가난하게 살아왔기 때문에 한번 부자로 살게 될 수 있다면 원이 없겠다는 생각을 하게 되었습니다. 그러던 차에 단장에게 은신술을 배우게 되었으니 나의 기쁨이 어떠했겠습니까?"

"그러면 문화재를 대대적으로 훔치려는 계획을 세운 것은 언제부터입니까?"

"내가 프랑스의 탐정소설작가인 모리스 루불랑의『괴도 루팡』을 읽은 후부터이지요. 소설속이긴 했지만 괴도 루팡이 프랑스와 외국의 문화재들을 훔쳐내서 거부가 되는 것을 보고 나도 그를 흉내 내서 거부가 되는 꿈을 꾸기 시작했지요? 문화재를 훔치는데 은신술, 특히 투명인간이 되는 마술의 기법은 문화재를 훔쳐내는 데 결정적인 속임수라는 판단 하에 딱 한번만 투명인간이 되어 문화재를 훔쳐보기로 했습니다. 그런데 누구의 방해도 받지 않고 귀중한 문화재를 훔쳐내는 데 성공하게 되자 도둑질이라는 것이 별 것 아니라는 생각에서 딱 한번만 문화재를 빼내기로 했는데. 그 약속을 어기고 계속해서 문화재를 훔치게 된 것이지요. 바늘도둑이 소도둑이 된다는 말이 바로 이런 경우를 말하는 것이겠지요. 다만 아쉬운 것은 우리나라의 문화재를 훔쳐서 외국에 반출해 가는 대신에 루팡처럼 왜 외국의 문화재를 훔쳐서 우리나라로 반입해 오지 못했나 하는 점이지요?"

"피의자가 한국의 문화재를 외국에 반출해서 돈을 버는 데만 신경을 쓰지 않고 외국의 문화재도 훔쳐서 한국으로 반입해 들여왔다면 죄가 상쇄되어 피의자께서 받아야 할 형벌의 양이 많이 경감될 수 있는 가능성도 있지 않았을까요? 절도죄는 범죄가 되기는 하지만, 우리의 문화재를 외국으로 반출해 나가는 것과 외국의 문화재를 우리나라로 반입해 들여오는 것 간에는 상당히 다르지 않을까 하는 생각이 드는군요."

"문화재를 훔쳐내는 과정에서 부득이한 사유로 혹시 살인을 저지른 일은 없습니까?"

"내가 은신술을 써서 투명인간이 되면 사람들의 눈에 뜨이지 않게 되어 내가 무슨 일을 하든지 사람들이 나를 볼 수 없는데 무엇 때문에 살인을 할 필요가 있겠습니까? 살인을 할 의사는 처음부터 없었으며, 문화재를 훔치다가 실수로 살인을 한 일도 없습니다."

"지금은 물어보나 마나 한 문제가 되었지만 은신술을 써서 좋은 일을 해보았으면 어떠했을까 하는 아쉬움은 없습니까?"

"그런 생각을 해보았다면 어떻게 이 지경이 되었겠습니까? 어려서 워낙에 가난하게 살았기 때문에 돈에 걸신이 들어서 신세를 망친 셈이요. 좋은 일을 할 수 있었다면 좋았겠지요. 하지만 그런 일을 한 번도 해본 일이 없으니 좋은 일을 어떻게 하는지도 모르겠으며 현재로서는 그런 일을 하고 싶은 생각도 없습니다."

"피의자는 우리나라의 국보급 문화재를 훔쳐서 외국에 비싼 돈을 받고 반출했다는 사실 하나만으로 중벌을 면치 못할 것입니다. 단단히 각오를 해야 할 것입니다. 마지막으로 무슨 할 말은 없습니까?"

"문화재를 훔쳐서 외국에 비싼 값으로 팔아버린 죄인으로서 할 말이 무엇이 있겠습니까마는 나도 태어날 때부터 도둑이었던 것은 아니었습니다. 가난하게 살다보니 돈에 욕심이 생겨서 문화재 도둑까지 되어버렸지요. 후회합니다. 그리고 죄송합니다."

이동우의 경우에는 은신술을 써서 나쁜 짓을 해서 결국은 영어의 몸이 되었지만 은신술을 써서 투명인간이 되는 경우에 좋은 일을 골라서 하는 사람도 수없이 많이 있으리라고 생각된다. 남이 모르게 선행을 하는 사람이 될 수도 있을 것이다. 불의의 사고에서 사람을 구해내는 선행의 주인공이 될 수도 있을 것이다. 다수의 악당들에게 둘러싸여서 위기에 처한 사람을 구하기 위하여 혼자 힘으로 수많은 악당들을 통쾌하게 물리치면서 약자를 구하는 정의의 투사가 될 수도 있을 것이다.

적국에 침입하여 기밀문서를 비밀리에 빼내 와서 국가이익에 기여를 하는 국제스파이가 될 수도 있을 것이다. 시험문제를 사전에 빼내거나 남의 돈을 빼내가는 일과 같은 짓을 거리낌 없이

하는 투명인간이 되어서는 아니 될 것이다. 나쁜 일은 투명인간
이 되어서 결코 해서는 아니 될 일들일 것이다.

만일 사람들에게 투명인간이 될 수 있는 기회를 준 다음에 무
엇이든지 각자 하기를 원하는 일들을 해보라고 한다면 아마도
사람들이 원하는 일들이 천차만별이 될 것이다. 남들이 보고 있
는데서 할 수 있는 일과 보지 않는데서 할 수 있는 일은 다른 성
질을 갖게 될 것이다. 남이 보는 데서 할 수 있는 일은 떳떳한 일
이겠지만, 남이 보지 않는데서 할 수 있는 일은 떳떳하지 않은
일일 수 있다.

이동우가 투명인간이 될 수 없었다면 감히 국보급 보물을 훔
쳐서 외국에 반출해서 팔아먹을 생각을 하지는 못했을 것이다.
투명인간이 된다는 것은 사람의 눈에 범죄현장이 발각되지 않는
다는 것이며, 사람의 눈에 뜨이지 않는다면 얼마든지 국보급 보
물쯤 훔쳐도 관계없다는 생각이 쉽게 들었을 것이다. 남이 자신
의 행동하는 모습을 알아낼 수 없다는 것은 그만큼 비밀이 지켜
진다는 것이기 때문에 무슨 일이든지 주저하지 않고 할 수 있게
된다는 것이다.

투명인간과 일반인이 대결하게 되는 경우에 일반인은 투명인
간을 볼 수 없기 때문에 만일에 양자 간에 싸움이 붙는다면 투명
인간의 일방적인 승리로 끝나버리게 될 것이다. 한 쪽은 볼 수
있는데 반하여 다른 쪽은 장님이나 마찬가지로 투명인간을 볼
수 없기 때문이다. 이 세상에는 투명인간과 일반인과의 대결처
럼 웃기는 일들이 허다히 발생할 가능성이 있는 것이다. 정부의

국민에 대한 위압적인 행동이 그 실례가 될 수 있을 것이다. 민주국가에 있어서 정부는 국민을 위하여 존재하는 것으로 일반적으로 알려져 있는데, 살아가다 보면 과연 정부라는 것이 국민을 위하여 존재하는 것인지 하는 의문이 들 때가 더러 있다. 일반인인 국민들은 정부를 볼 수 없지만 정부만이 고압적으로 국민들을 내려다보면서 마치 투명인간이 일반인들을 대하듯 일방적으로 밀어붙인다면 과연 정부와 국민간의 원만한 관계가 유지될 수 있을 것인가? 만일 정부기관이 어떠한 문제에 대하여 권한만 행사하고 정부의 행정처분에 의하여 피해를 입게 되는 국민에 대한 책임을 지지 않는다면, 과연 그런 경우에 정부의 존재이유는 무엇이겠는가?

투명인간과 일반인과의 관계는 악덕 기업주와 피고용자의 관계에서도 생길 수 있을 것이다. 악덕 기업주들은 피고용자들을 기아선상의 월급을 주면서 부려먹다가도 시도 때도 없이 피고용자를 해고시키고 밀린 월급도 제때 주지를 않아서 피고용자들의 소송제기를 당하여 망신살이 뻗치게 되는 경우가 있다. 이것이야말로 투명인간이 자신을 알아보지 못하는 일반인을 상대하여 자신의 이익만 취하는 것과 무엇이 다르겠는가?

기업체에 있어서 정규직과 비정규직의 차이도 투명인간과 일반인의 관계와 비슷한 것 같다. 정규직에 취업한 사람들은 투명인간처럼 자신이 원하는 자리에 계속 남아있을 수 있지만, 비정규직 경우에는 투명인간을 볼 수 없기 때문에 계속해서 남아있어야 할 명분이 없기 때문에 투명인간처럼 자기가 원할 때까지 오래 마물 수가 없게 된다는 것이다. 투명인간과 일반인의 관계는 결코 평등관계가 될 수 없다는 것이다. 양자의 관계는 상하관계일 뿐만 아니라 최악의 불평등관계가 될 수밖에 없는 관계라 할 수 있다.

우리가 투명인간이 되어보려는 희망은 실제로 투명인간이 될 수 있는 가능은 없지만 투명인간이 되어 평상시에 해보고 싶었던 일을 남의 간섭을 전혀 받지 않고 하고 싶어서 꿈꾸어보는 기대감이 아닐까? 우리 인간은 살아가면서 세상일이 순조롭게 풀려갈 때도 있지만, 모든 일이 꼬이기만 해서 제대로 풀려가지 않을 때 투명인간이라도 되어서 실타래처럼 복잡하게 얽혀 있는 문제들을 술술 풀어갈 수 있다면 얼마나 좋을까?

투명인간이 되었으면 하는 희망은 일종의 현실도피용일 수도 있을 것이다. 물론 가능한 일은 아니겠지만, 어려운 일이 닥칠 때마다 그 문제를 해결할 생각은 하지 않은 채 사람들의 관심 속에서 사라져 버릴 생각만 하게 된다면, 때때로 살아가면서 닥치게 되는 난관을 극복해 나가는 데서 오는 즐거움을 전혀 느끼지 못하고 살아가게 될 것이니 산다는 것이 과연 무슨 의미가 있겠는가? 난관을 극복하면서 살아가야 할 우리에게 배정된 인생의 몫을 투명인간이 된다고 하여 현실문제에서 완전히 도피할 수 있는 성질의 문제는 아닐 것이다.

투명인간이 되고 싶어하는 것은 우리가 이룰 수 없는 불가능한 희망의 한 표출이라고 할 수 있을 것이다. 우리는 이룰 수 없는 불가능한 일을 쉽게 포기하지를 못하고 끈질기게 물고 늘어지는 경향이 있는 것 같다. 일찍이 어떤 문제의 성취에 지나치게 집착하는 의식구조를 포기할 수 있었다면, 연속적인 실패가 가져다주는 심리적인 갈등을 겪지 않아도 되었을 문제를 불필요하게 겪고 있는 것이다. 사람들은 무엇 때문에 불가능한 일을 가능한 일로 만들려고 시도하고 있으며, 그러한 사람들의 숫자가 인구 중에 다수를 점하게 된다면 그것은 절대로 바람직한 현상이 아닌 것 같다. 헛된 일에 희망을 거는 사람들이 많으면 많을수록 우리 사회가 살기 힘들고 피곤해지는 곳으로 변화하게 될 가능성이 많아지게 될 것이 아니겠는가?

투명인간이 되고 싶어 하는 것은 사람들에 대한 불신의 표출일 수도 있는 것이다. 사람들을 불신하게 되면 불신하는 사람을 만나기 싫어지고 그들을 일상생활에서 보기 싫어서 투명인간이라도 되고 싶어지는 것이다. 왜냐하면 투명인간이 될 수 있다면 보기 싫고 만나기 싫은 사람에게서 사라질 수 있기 때문이다. 투명인간이 될 수 있다면 얼마나 편한 일이겠는가? 필요할 때마다 투명인간이 될 수 있다면 살아가는 묘미도 있지 않을까? 만나고 싶지 않은 사람들과 어쩔 수 없이 만나야 하는 것처럼 괴로운 일은 없을 것이다. 우리가 직장생활을 하고 있을 때는 사이가 좋은 사람들과만 언제나 생활할 수 있는 것은 아닐 것이다. 때로는 사이가 좋지 않은 사람들과도 함께 어울려 생활하지 않으면 아니 될 경우가 발생할 수 있는데, 그러한 경우에 사이가 좋지 않은 사람들과 함께 일해야 하는 것은 정말로 고통스러운 일이라 할 수 있을 것이다. 이러한 경우에는 투명인간이 된다고 하여 그러한 현실적인 문제에서 피할 수 있는 일은 아닐 것이다. 그러한 경우에 유일한 문제해결 방법은 상대방이 은퇴하여 직장을 떠나거나 아니면 이쪽에서 그러한 방법으로 직장을 떠나는 방법밖에 없을 것이다. 그러나 이러한 해결방법은 시간이 걸리며, 만일 당장의 문제해결을 원한다면 원하는 쪽이 직장을 떠나면 되는 것이다. 그러나 이러한 결정이 쉽게 내려질 수 없다는 것은 너무나 잘 알려진 사실이라 하겠다.

신현덕 제3소설집

여성 상위시대

초판인쇄 2015년 05월 25일 **초판발행** 2015년 05월 30일

지은이 **신현덕**
펴낸이 **이혜숙** 펴낸곳 **신세림출판사**
등록일 1991년 12월 24일 제2-1298호

100-015 서울특별시 중구 충무로5가 19-9 부성B/D 702호
전화 02-2264-1972 팩스 02-2264-1973
E-mail : shinselim72@hanmail.net

정가 15,000원

ISBN 978-89-5800-155-3, 03810